新潮日本古典集成

雨月物語 癇癖談

浅野三平 校注

新潮社版

目次

凡　例

一、本書に収めた『雨月物語』と『癇癖談』は、近世中期の文人上田秋成の作品である。その『雨月物語』の本文として、西尾市立図書館岩瀬文庫蔵の、京都梅村判兵衛・大坂野村長兵衛二肆《にし》合刻による、安永五年（一七七六）刊行の、半紙本五巻五冊よりなる初版本を底本とした。なお、校注者架蔵の安永五年板『雨月物語』の零本《れいほん》（欠巻部分の多い本）を適宜参照した。『癇癖談』の本文としては、校注者架蔵の文政五年（一八二二）刊行の、皇都近江屋治助・東都前川六左衛門・大坂河内屋茂兵衛・同平七・今津屋辰三郎合刻本である半紙本上下二巻二冊を底本として用い、さらに架蔵の『癇癖談』の写本一冊と対校した。

一、できる限り底本に即して本文を校訂したが、現代の一般読者の便宜を考えて、次のように少し変更している。すなわち、本文中の漢字は、現行の通用漢字があるものは、それに従い、その他は、なるべく底本通りとした。

本文中の仮名づかいと振り仮名は、原則として歴史的仮名づかいによった。また、送り仮名も、なるべく現行の新しい送り仮名法を採用するようにしたので、底本の表記が幾分か変更されている。例えば、底本に「神清骨冷《しんすみほねひえ》て」とあるのは、「神清《しんす》み骨冷《ほねひ》えて」のごとく、活用語尾を送った。

底本に「必此日を」とあるのは、「必ず此の日を」のごとく、それぞれ仮名を送って読み易くした。さらに、「報ひ」は「報い」、「まいる」は「まゐる」とし、ウ音便形「思ふて」は「思うて」のごとく表記した。

また、振り仮名は、本文を読み易くするために、底本にはない所へもかなり多く付した。なお、底本にある振り仮名のうち、林《はやし》・父《ちち》など分り易い漢字や、傍注と重なったところなどは、割愛したのも幾分かある。

一、本文の表記のなかで、「ものゝ」は「ものの」、「行く〳〵」は「行く行く」のごとく現行慣用の表記法に統一した。

一、本文中、「峰」と「峯」、「蛇」と「虵」、「不思義」と「不思議」、さらに「すざまじ」・「すざまし」・「すさまじ」など、さまざまに表記されている語は、作者の執筆の意図を考慮して、統一せずに、すべて底本通りとした。

一、底本は、読点《とうてん》とみられる白丸（。）のみで区切り、いっさい段落などはないが、一般読者のために適当に句読点をほどこし、適宜、段落をつけて区切った。また、登場人物の会話の部分は、「　」及び『　』でかこんだ。

一、『癇癖談』には、各章の冒頭に〇印を付すが、これを省略したかわりに、章と章との間を二行あけた。

一、『癇癖談』には、作者自身の手による頭注が次のごとくにある。これらの著者の注を、頭注欄へは置かず、各章中の段落の終りに付し、色刷りにした。また、原注の漢文には、送り仮名を付した。

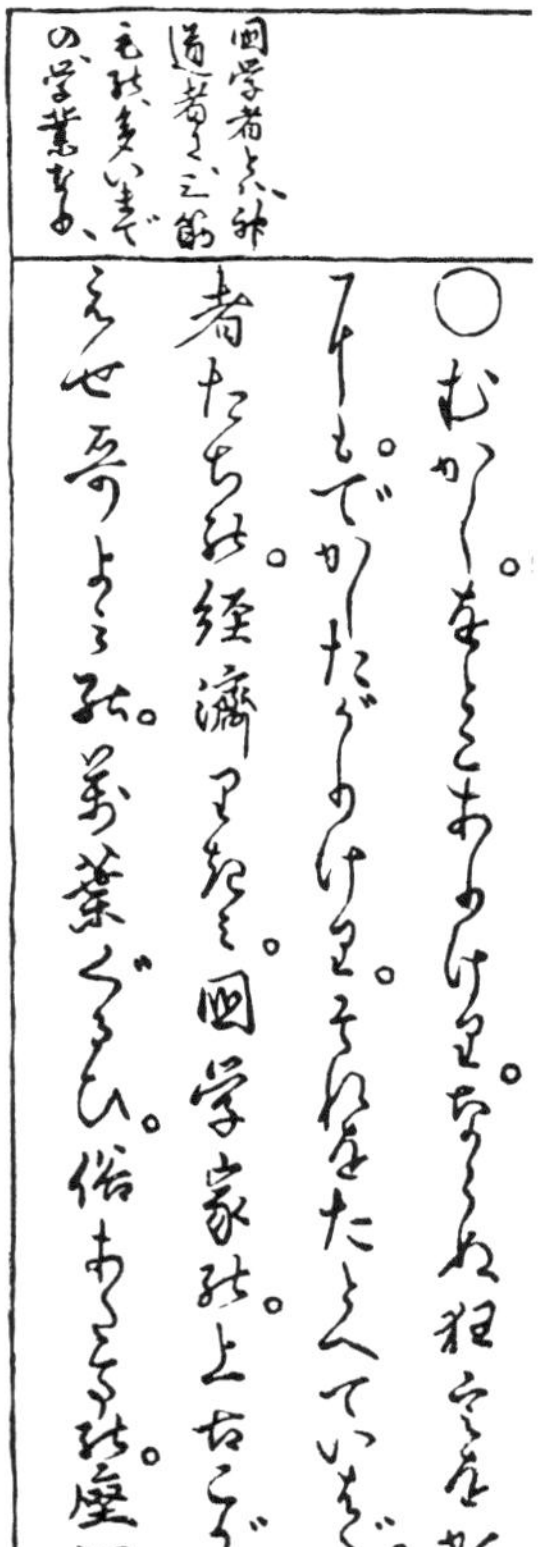

一、本書における校注者による注は、傍注と頭注とからなっている。現代語訳である傍注と、本文をあわせ読めば、一応の意味が分るようにし、より深い理解を必要とする読者に、頭注を参照していただくようにした。

一、頭注欄には、段落ごとに小見出しを色刷りで入れた。＊印の個所には、とくに理解をふかめるための資料などを記した。また、頭注に引用した漢文は、すべて訓《よ》み下し文とした。

一、頭注及び傍注をつけるに際し、従来の多くの注釈書、研究書からさまざまな恩恵をこうむった。
それらのうち『雨月物語』については、次の二著を、とくに参照した。
中村幸彦氏校注『日本古典文学大系56　上田秋成集』昭和三十四年刊
鵜月洋氏著『雨月物語評釈』昭和四十四年刊
また、『癇癖談』については、次の注釈書、研究論文に負うところが多かった。
重友毅氏校注『日本古典全書　上田秋成集』昭和三十二年刊
中村幸彦氏「癇癖談に描かれた人々」(『近世大阪芸文叢談』所収　昭和四十八年刊)
ここに記して謝意を表したい。

一、巻末の「解説」は、作者上田秋成の生涯を理解してから、『雨月物語』『癇癖談』二作品の鑑賞にすすめるように配慮して執筆した。

一、巻末の「付録」には、「雨月物語紀行」として各篇の地理と、『癇癖談』に関係する『伊勢物語』の本文抜萃《ばっすい》を掲載した。

雨月物語《うげつものがたり》 癇癖談《くせものがたり》

雨月物語

雨月物語　序

[一]羅子《らし》水滸《すいこ》を撰して、三世唖児《あじ》を生み、[二]紫媛《しえん》源語《げんご》を著して、一旦[三]悪趣《あくしゅ》に堕《お》ちるものは、[四]蓋《けだ》し業《ごふ》の偪《せま》るところと《身にさしせまっ》なるのみ《ただけのこと》。然り而《しかう》して其の文を観《み》るに、各々《おのおの》[五]奇態を奮《ふる》ひ、[六]啽哢《かんろう》真に逼《せま》り、[七]低昂宛転《ていかうゑんてん》、読者をして[八]心気洞越《どうゑつ》せしむるなり。[九]事実を千古に鑑《かんが》見るべし。余[一〇]適《たまたま》鼓腹《こふく》の閑話あり、口を衝《つ》いて吐き出《いだ》す。[一一]雉雊《きじな》き龍戦ふ、自ら《筆者自》以て《身も》[一二]杜撰《づさん》となす。則《すなは》ち之《これ》を[一三]摘読《てきどく》する者は、固《もと》より当《まさ》に《事》信と《実と》謂《い》はざるべき《言うはずがない》なり。豈醜脣平鼻《あにしうしんへいび》[一四]の報《むくい》を求むべ《受けようか》けん《それ》や《はない》。[一五]明和戊子《ぼし》晩春、雨霽《は》れ月朦朧《もうろう》の夜、窗下《さうか》に編成《窓の下で書》し《き》、以て[一六]梓氏《しし》に畀《あた》ふ。題して雨月物語《うげつものがたり》と曰《い》ふと云ふ。

[一七]剪枝畸人《せんしきじん》書す。

[一八]子虚後人　[一九]遊戯三昧

一　羅貫中《らかんちゅう》が『水滸伝』を著し、その為に子孫に三代もの問唖《おし》の子が生れたという俗説（『西湖遊覧志余』）。羅子の「子」は男子の敬称。羅子は元末明初の人。

二　紫式部は『源氏物語』を著したので、地獄に堕ちたという俗説（『今《いま》物語』）。注一とともに仏教の因果思想より生じた。「媛」は貴女の敬称。

三　悪事をした者が、死後行かねばならない地獄・餓鬼・畜生の三つの世界。

四　「業」は悪業のことで、「偪《ふく》」は迫ること。ここを「けだし業のために偪《せま》らるる所のみ」とか「けだし業を為すことの偪る所のみ」などと訓《よ》むこともできる。

五　できる限りの妙趣向をして。

六　「啽《かん》」は黙していわない様子。「哢《ろう》」は鳥の啼き声。鳥が黙ったりさえずったりする様子。文章の調子のととのっていることの形容。

七　高く低く変化することで、文章の流麗なさま。

八　中国太古の弦楽器である瑟《しつ》の底の穴を言うが、ここは作品のよさのために強く感動させることの意味。

九　「事実を千古に見鑑《けんかん》すべし」で、「遠い昔の出来事でありながら、それが目前のものの如く、ありありと写し出されている」の訳、「事実を千古に鑑《かん》せらるべし」で、「作中にひそかに作者が寓《ぐう》した事実を現代においても鑑《かがみ》にかける如く明らかにわからせる」の訳、「事実を千古に鑑《かんが》みらるべし」と訓み、「その当時の出来事を、遠い後の世である今日において、さながら眼前にありありとてらし出して見ることができるような

雨月物語　序

羅子撰水滸。而三世生唖児。紫媛著源語。而一旦堕悪趣者。蓋為業所偪耳。然而観其文。各々奮奇態。唅哢逼真。低昂宛転。令読者心気洞越也。可見鑑事実于千古焉。余適有鼓腹之閑話。衝口吐出。雉雊龍戦。自以為杜撰。則摘読之者。固当不謂信也。豈可求醜脣平鼻之報哉。明和戊子晩春。雨霽月朦朧之夜。窗下編成。以畀梓氏。題曰雨月物語云。剪枝畸人書

思いがする」の訳などがある。いまは「その作品によって、千年もの古い昔から、ずっと鑑《かがみ》にてらし合せて見られよう」と簡単に訳しておく。
一〇 太平の世のむだばなし。
一一 奇怪なことを書いた、という意。『書経』や『易経』などにみられる句。両書ともに、不吉な事の前兆であって、奇怪な現象の意に用いている。
一二 いいかげんなものと思う。
一三 ひろい読みすること。
一四 兎唇《みつくち》や、鼻の平らな者が子孫に生れる報い。
＊「豈醜脣平鼻《あにしうしんへいび》の報を求むべけんや」の句は、作者に子孫があったら書けないことである。事実、上田秋成には子孫がなかった。
一五 明和五年（一七六八）三月。
一六 出版書肆《しょし》に与えた。「畀《ひ》」は物を与える、の意味。
一七 秋成の戯号。剪枝は剪肢や剪指ととり、指の不具なのを、自ら嘲《あざけ》った筆名とするのが重友毅氏以来の説であるが、明和八年には「剪枝山人」、明和九年に「三余山人」と、その予告にあるので、版行時の剪枝畸人も枝を切っている変り者という程度の意味であろう。
一八 子虚は『文選《もんぜん》』巻七の司馬相如の子虚賦に見える虚言をなす人物で、「後人」はその子孫。自らを子虚の子孫とへりくだって表現している。
一九 『五雑俎《ござつそ》』に「遊戯三昧之筆」とあり、遊びたわむれることに熱中する、の意味。江戸後期写の『百鬼夜行図』にも「遊戯三昧院」の印があり、一般的。

＊ 讃岐で崩御された崇徳上皇と、その霊を供養する西行とを主人公とする「白峯」は、崇徳院に同情する中世以来の庶民感情に基づいて成立した。『山家集《さんかしゆう》』『撰集抄《せんじゆうしよう》』、『異本保元《ほうげん》物語』『白峰寺縁起』『四国遍礼霊場記』などが典拠となっている。

一 京都府と滋賀県の境にあった逢坂《おうさか》の関の役人。以下の文は『撰集抄』巻二・第四の「木曾の懸橋《かけはし》。佐野の舟橋《ふなばし》など見侍りしに。心もとどまるべき程なり」云々によっている。このような古典の換骨奪胎《かんこつだったい》が、秋成の特色である。

二 現在の名古屋市緑区鳴海町にあった歌枕（古歌に詠まれた諸国の名所）。以下不尽の高嶺・浮島がはら・清見が関（以上静岡県）、大磯・小いそ（神奈川県）、塩竈（宮城県）、象潟（秋田県）、佐野の舟梁（群馬県）、木曾の桟橋（長野県）、須磨・明石（兵庫県）、ともに著名な歌枕。

三 高倉天皇の御代一一六八年。仁安二年説もある。

四 難波（大阪）にかかる枕詞。

五 香川県坂出《さかいで》市王越《おうごし》町にあり、海に近い同町乃生《のぶ》に、現在も西行庵と西行腰掛松《こしかけのまつ》がある。

六 「笻《きよう》」は竹の一種。杖を作るのに適する竹であるから、転じて杖の意に用いられる。「植《とど》む」は逗留《とうりゆう》した、の意。

七 長い旅路の疲れをいやすためではなく、俗塵《ぞくじん》にまみれた体を清め、仏法の悟りを得る修行をするための住い。「草枕」は旅にかかる枕詞。

雨月物語《うげつものがたり》 巻之一

白《しら》峯《みね》

西方への旅

[一]あふ坂の関守《せきもり》にゆるされて《〔通行を〕》より、秋こし《秋の来た》山の黄葉《もみぢ》見過しがたく、浜千鳥の跡ふみつくる《足跡をつけて遊ぶ》[二]鳴海《なるみ》がた、不尽《ふじ》の高嶺《たかね》の煙《けふり》、浮島がはら、清《きよ》見《み》が関《せき》、大磯《いそ》・小いその浦々、むらさき《紫草の》艶《には》ふ《美しく咲く》武蔵野の原、塩竈《しほがま》の和《なぎ》たる朝げしき、象潟《きさがた》の蜑《あま》が笘《とま》や、佐野の舟梁《ふなばし》、木曾の桟橋《かけはし》、心のとどまらぬかたぞなきに《どこも心に残るところばかりであったが》、猶《なほ》、西の国の歌枕見まほしとて《見たいと思って》、[三]仁安《にんあん》三年の秋は、[四]葭《あし》がちる難波《なには》を経《へ》て、須磨《すま》・明石《あかし》の浦ふく風を身にしめつも《しみじみと感じながら》、行く行く讃岐《さぬき》の[五]真尾坂《みをざか》の林といふにしばらく[六]笻《つゑ》を植《とど》む。[七]草枕は

るけき旅路の労《いたはり》にもあらで、観念修行《くわんねんしゆぎやう》の便《たより》せし庵《いほり》なりけり。

新院の陵

この里ちかき白峯《しらみね》[一]といふ所にこそ、新院[二]の陵《みささぎ》ありと聞きて、拝みたてまつらばやと（お参りいたしたいものだと）、十月《かみなづき》はじめつかた、かの山に登る。松柏《まつかしは》は奥ふかく茂りあひて、青雲《あをぐも》[三]の軽靡《たなび》く日すら（天気のよい日でも）小雨そぼふるがごとし。児《ちご》[四]が嶽《だけ》といふ嶮《けは》しき嶽背《みねうしろ》に聳《そばだ》ちて、千仭《せんじん》[五]の谷底より雲霧《くもきり》おひのぼれば、咫尺《まのあたり》[六]をも鬱悒《おぼつかな》きここ地せらる。木立わづかに間《す》きたる所に（透き間がある所に）、土墩《たか》く積みたるが上に、石を三《み》かさね[七]に畳《たた》みなしたるが（つみかさねたのが）、荊蕀薜蘿《うばらかづら》[八]にうづもれてうらがなしきを（悲しみに暗然として）、これならん御墓《みはか》[九]にやと心もかきくらまされ[一〇]て、さらに夢現《ゆめうつつ》をもわきがたし（区別しがたい）。

現《げ》にまのあたりに見奉りしは（院の御生前お目にかかったときは）、紫宸《ししん》・清涼《せいりやう》[一一]の御座《みくら》に朝政《おほまつりごと》きこしめさせ給ふを（政務をとっておられたのを）、百《もも》の官人《つかさびと》は、かく賢《さか》しき君ぞとて、詔《みことのり》恐みてつかへまつりし（御命令をつつしみお仕えした）。近衛院《このゑのゐん》[一二]に禅《ゆづ》りましても（譲位なさっても）、藐姑射《はこや》[一三]の山の瓊《たま》の林に禁《し》めさせ給ふを（住んでおられたのに）、思ひきや（意外にも）麋鹿《びろく》[一四]のかよふ跡のみ見えて（［誰一人として］）、詣《まう》でつかふる人もなき（参って奉仕する人もない）深山《みやま》の荊《おどろ》の下に神がくれ給はんとは（草木や茨の下に崩御されていようとは）、万乗《ばんじよう》の君にてわたらせ給ふ（天子でいらっしゃってさえ）

一 香川県坂出市松山町青海《おうみ》にあり、標高三三〇メートルで、その頂上北西に崇徳上皇の陵がある。現地では「シロミネ」と呼ぶ人もいるが、江戸期の書には「シラミネ」と読むのが多い。

二 崇徳上皇。保元の乱後、讃岐へ流された。父鳥羽上皇を本院と言ったのに対して言う。上皇が二人の場合は、本院・新院という。

三 『万葉集』巻十六に「伊夜彦《いやひこ》のおのれ神さび青雲のたなびく日すら小雨《こさめ》そぼふる」とある。

四 白峰の北側の絶壁をなしている部分を児が嶽という。つまり、一支峰または別の峰ではなく、北壁をさす。「背《うしろ》に聳《そばだ》つ」と表現した秋成は現地を知らない。

五 「仭」は八尺で、谷などの非常に深いことをいう。

六 すぐ目の前をも。咫《し》は八寸で一寸は約三センチメートル。尺《せき》は一尺で三〇・三センチメートル。

七 「みかさね」と読めば石塔三基で、「みつがさね」と読めば、石を三つ重ねて一体としたものという説もある。現存する陵は、二間四方くらいの方墳であり、「かずら」が今も茂っているという。

八 荊《いばら》や蔓草《つるくさ》。

九 正しくは「これなん」とあるべきところ。これが御墓であろうかと、の意。

一〇 「かきくらす心の闇にまどひにき夢うつつとはこよひさだめよ」（『伊勢物語』六十九段）による。

一一 紫宸殿は天皇が朝政をとる所、清涼殿は平生お住みになる御殿。

さへ、宿世《すくせ》一五の業《ごふ》といふもののおそろしくもそひたてまつりて《〔院に〕つきまとって》、罪を《罪業を》のがれさせ給はざりしよと《まぬがれなされなかったことよと》、世のはかなきに思ひつづけて涙わき出づるがごとし。

終夜《よもすがら》供養《くやう》したてまつらばやと《御回向をさせていただこうと》、御墓《みはか》の前のたひらなる石の上に座をしめて、経文《きやうもん》徐《しづか》に誦《ず》しつつも《読みながら》、かつ《あわせて》歌よみてたてまつる。

一六松山の浪のけしきはかはらじを
かたなく君はなりまさりけり

猶《なほ》心怠らず供養《きようやう》一七す。露いかばかり《夜露と涙がどれほど》袂《そで》にふかかりけん《袖をぬらしただろうか》。日は没《い》りしほどに、山深き夜のさま常《ただ》一八ならね、石の牀《ゆか》、木の葉の衾《ふすま》いと寒く《夜具で大層寒く》、一九神清《しんす》み骨冷《ほねひ》えて、物とはなしに《何ということもなく》凄《すずま》じきここちせらる。月は出でしかど《出たけれど》、茂きが林《もと》は影をもらさねば《繁茂した樹林は月光を通さないので》、あやなき闇《やみ》《まっ暗闇》にうらぶれて《もの悲しい思いで》、眠《ねぶ》るともなきに、まさしく「円位《ゑんゐ》二〇円位」とよぶ声す。

眼《め》をひらきてすかし見れば、其《そ》の形異《さまこと》なる人の、背高く痩《や》せおとろへたるが《人が》、顔のかたち、着たる衣《きぬ》の色紋《いろあや》も見えで《はっきりしないで》、こなたにむか

崇徳上皇の亡霊

一二 七六代天皇。崇徳上皇の異母弟。
一三 上皇の御所。「瓊《たま》の林」は玉で飾った宮殿。
一四「麋《び》」は大きな鹿。大鹿や鹿、つまり獣類。
一五 前世の因縁。「宿世」は過去の世の意であるが、古代では宿世だけで、前世からの因縁の意味があった。
一六〈ここの松山の岸に寄せる浪のけしきは絶対変るまいと思われたのに、跡形もなく君はお亡くなりになられてしまったよ〉。「かたなく」の「かた」は「形」「潟」の掛詞で、浪の縁語。『山家集《さんかしゆう》』に見え、五句は「なりましにけり」となっている。松山の浪は、『古今集』巻二十に「君をおきてあだし心をわがもたば末の松山浪も越えなむ」とあるのによるか。
一七 読経すること。
一八 普通ではないので。「ね」は打消の助動詞「ず」の已然形で条件法的用法。
一九 心は澄み渡り、骨の中まで冷えきってしまって。秋成の『世間妾形気《てかけかたぎ》』にも「心清みて。松が根枕」とあり、都賀庭鐘《つがていしよう》の『繁野話《しげしげやわ》』巻五にも「われ死して神《しん》あらば」とある。「神」はこころ、精神の意味。
二〇 鳥羽院に仕えた武士佐藤義清《のりきよ》が出家して法名を円位といい、のち西行法師と呼ばれた。家集は『山家集』。説話集『撰集抄《せんじゆうしよう》』も江戸時代は西行作と思われていた。
* 巻頭から登場する誰と明示しない主人公は、『撰集抄』『山家集』等の援用で西行を思わせていたが、ここで初めて「円位」と呼ばれ、読者に西行と分らせる。

ひて立てるを、西行《さいぎやう》もとより道心《だうしん》[一]の法師《ほふし》なれば、恐《おそ》ろしともなくて、「ここに来たるは誰《た》そ」と答ふ。かの人いふ。「前《さき》によみつること葉《ば》《和歌》のかへりごと聞えんとて《返歌をしようと思って》見えつるなり《姿を現したのだ》」とて、

[二]「松山の浪にながれてこし船の
やがてむなしくなりにけるかな

喜《うれ》しくもまうでつるよ《詣でてくれたことよ》」と聞ゆるに《おっしゃったので》、新院の霊《れい》なることをしりて、地にぬかづき涙を流していふ。「さりとていかに迷はせ給ふや《しかしながらどうしてお迷いになられたのですか》。濁《ぢよく》[三]世《せ》を厭離《えんり》[四]し給ひつることのうらやましく侍りてこそ《思われましたからこそ》、今夜《こよひ》の法施《ほふせ》[五]に随縁《ずいえん》[六]したてまつるを、現形《げぎやう》[七]し給ふはありがたくも悲しき御こころに《でご》し侍り《ざいます》。ひたぶるに《一途に》隔生即忘《きやくしやうそくまう》[八]して、仏果円満《ぶつくわゑんまん》の位《くらゐ》に昇らせ給へ」と、情《こころ》をつくして諫《いさ》め奉る。

新院呵々《からから》[九]と笑はせ給ひ、「汝《なんぢ》しらず《知るまいが》、近来《ちかごろ》の世の乱《みだれ》は朕《わ》がなす事《わざ》なり。生きてありし日より魔道《まだう》[一〇]にこころざしをかたぶけて《悪魔道の修得を志し精魂を傾けて》、平治《へいぢ》[一一]の乱《みだれ》を発《おこ》さしめ、死して猶《なほ》、朝家《てうか》[一二]に祟《たたり》をなす。見よ見よ、やがて天《あめ》が

一 仏道の悟りを開いた僧侶。
二 〈松山の津へ浪に流されてきた船は、ふたたび都へ帰ることもなく、そのまま朽ち果ててしまったよ。そのように私も松山へ流されて、この地で生涯を終えてしまったことだ〉。「浪」「ながれ」「船」は縁語。『山家集』下にある西行の歌を、ここでは崇徳上皇の歌としている。
三 「濁世」は五濁《ごじよく》悪世。五濁とは、劫《こう》・煩悩《ぼんのう》・衆生《しゅじょう》・見・命《みょう》の五つを言う。よごれた現世のこと。
四 現世を離れて死の世界に入ること。「厭離」は普通「おんり」と読み、厭離穢土《えど》と熟語にして使われる。崇徳上皇が出家したことをさす、という解釈もある。
五 読経し念仏を唱えることによって供養して。
六 仏縁にあやかり申しておりますのに。
七 お姿をお現しになるのは、有難く存じますものの、現世に未練を残す迷いのお心は悲しゅうございます。「現形」は、死者が生前の姿を見せること。
八 現世の妄執を忘れて、果報に満ちた仏の位に成仏なさって下さい。
九 「呵々」は笑う声。ここは大声で笑う形容。
一〇 天狗《てんぐ》道。悪魔の道。江戸時代「魔」は天狗をさすことが多かった。

亡霊と西行の問答

一一 平治元年(一一五九)に藤原信頼《のぶより》と源義朝らが、藤原信西《しんぜい》、平清盛を滅ぼそうとして負けた乱。
一二 朝廷。

下《した》に大乱を生《しやう》ぜしめん」といふ。西行此《こ》の詔《みことのり》に涙をとどめて、「こは浅ましき御こころばへをうけ給はるものかな。君はもとよりも聡明の聞《御評判がおありですから》えましませば、[一三]王道《わうだう》のことわりはあきらめ《明らかになさっていらっしゃる》させ給ふ。こころみに討《たづ》ね請《まう》すべし《お尋ね申しましょう》。そも、[一四]保元《ほうげん》の御謀叛《ごむほん》は天《あめ》[一五]の神の教へ給ふことわりにも違《たが》はじとておぼし立たせ給ふか。又みづからの人欲《にんよく》より計策《たばか》り給ふか。[一六]詳《つばら》に告《の》らせ給へ」と奏《まう》す。其の時、院の御《み》けしきかはらせ給ひ、「汝聞け、帝位は《天皇の位は》人の極《きはみ》なり。若《も》し[一七]人道上《にんだうかみ》より《帝より》乱す則《とき》は、天の命《めい》に応じ、民の望《のぞみ》に順《したが》うて是《これ》を伐《う》つ。抑《そもそも》、[一八]永治《えいぢ》の昔、犯《をか》せる罪もなきに、[一九]父帝《みかど》の命《みこと》を恐《かしこ》みて、三歳の体仁《としひと》に代《よ》を禅《ゆづ》りし心、人欲《にんよく》深きといふべからず。体仁早世《としひとさうせい》ましては《された上は》、朕《わ》が皇子《みこ》の重仁《しげひと》こそ国しらすべきものを《国を治めるべきものだと》と、朕《われ》も人も思ひをりしに、[二〇]美福門院《びふくもんゐん》が妬《ねた》みにさへられて《さまたげられて》、四の宮の雅仁《まさひと》に代《よ》を簒《うば》はれしは《奪いとられたのは》深き怨《うらみ》にあらずや。重仁《しげひと》国しらすべき才《国を治めうる才能がある》あり。雅仁《まさひと》何らの[二一]うつは物ぞ。人の徳をえらばず[二二]も、天《あめ》が下の事を[二三]後宮《こうきゆう》にかたらひ給ふは《相談して決められたのは》父帝《みかど》の罪なりし。されど《しかしながら》、世にあら《御在世のう》

一三 君主の道がどのようなものであるかは。

一四 父鳥羽法皇の崩御直後、保元元年（一一五六）七月十日、崇徳院が藤原頼長《よりなが》・源為義らと挙兵して実弟の後白河天皇側と戦ったが敗れ讃岐《さぬき》へ流された事件。

一五 天照大神《あまてらすおおみかみ》がお教え下さった道理。日本国は天照大神の子孫が万世一系に継承する、という思想。

一六 くわしくお話し下さいませ。

一七 人倫の道。仏教語ふうに振り仮名している。

一八 永治元年（一一四一）十二月のこと。

一九 父鳥羽法皇。皇位継承者の関係は、次の系図参照。なお「体仁《としひと》」は「なりひと」が正しい。

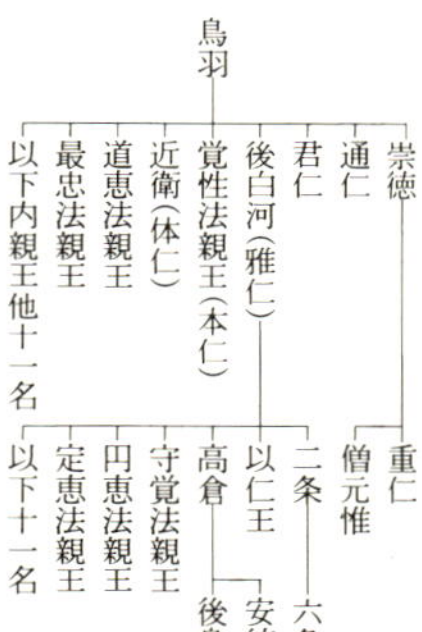

二〇 藤原得子《とくし》。藤原長実《ながざね》の娘で、鳥羽天皇の后となり近衛天皇の生母であった。

二一 器量のある人間。才能ある人物。「雅仁はどの程度の人物だ」の意。

二二 選ぼうともしないで。「も」は強意の助詞。

二三 后妃や女官の住む宮殿。ここは美福門院をさす。

一 孝行と信義の心。
二 周の武王が臣下でありながら主君に当る紂《ちゆう》王を討った故事。
三 周の国八百年の基を作る大業となったではないか。『周本紀』末皇甫《まつこうほ》説《せつ》に「周八、オヨソ三十七王八百六十七年」。
四 天皇として国家を治める資格のある身で。
五 牝鶏《めんどり》が時をつくること。ここでは美福門院が政治に口出しすること。
六 現世の煩悩から脱却しようとする心。
七 人間の道をむりやりに仏教の因果応報に引き入れて説き、の意で、「人道」は仏教で言う人間界のこと。「因果」は因果応報の理。
八 中国古代の聖王たちの教えを仏教にまじえて。

西行の諫言

せ給《ちは》ふほどは孝信[一]をまもりて、勤色《ゆめ》《決して顔色にも出さなかったが》にも出さざりしを、崩《かく》れさせ給ひてはいつまでありなんと、《いつまでこのまま黙っておられようかと》武《たけ》きこころざしを《武力を用いる心を》発《おこ》せしなり《起したのだ》。臣とし[二]て君を伐《う》つすら、天に応じ民の望《のぞみ》にしたがへば、周《しう》八百年[三]の創業《さうげふ》となるものを、まして、しるべき位[四]ある身にて、牝鶏《ひんけい》[五]の晨《あした》する代《よ》を取《交替》つて代らんに《しようとするのに》、道を失ふといふべからず。汝家を出で仏に婬し、《お前は出家して仏道におぼれてしまい》未来解脱《げだつ》[六]の利慾を願ふ心より、人道《にんだう》[七]をもて因果《いんぐわ》に引き入れ、堯舜《げうしゆん》[八]のをしへを釈門《しやくもん》に混《こん》じて朕《われ》に説くや」と、御声《荒々しい》あららかに《お声で》告《の》らせ給ふ。

白峯の崇徳院と西行

西行いよよ恐《ますます恐れ》るる色もなく《る様子もなく》座をすすみて、

九 仏語の五欲六塵の略。みにくいさまざまな欲情。五欲は色《しき》・声《しやう》・香・味・触《しよく》で、六塵は眼・耳・鼻・舌・身・意。

一〇 誉田別尊《ほんだわけのみこと》。即ち一五代応神天皇で、その子大鷦鷯命《おおさざきのみこと》(後の一六代仁徳天皇)と、その弟菟道稚郎子《うじのわかいらつこ》が皇位を譲りあった。

一一 皇位を「天つ日嗣《ひつぎ》」といい、天皇の位を継ぐ皇太子のこと。

一二 「宝算」は天皇の年齢の敬称。ここは生命のこと。

一三 天皇として天下を治める業務、の意で、ここは皇位。

一四 父母へ孝行し、兄によく仕えること。「悌」には兄弟または長幼の間の情に厚い意がある。

一五 『孟子』告子下篇に「堯舜《げうしゅん》ノ道ハ孝悌《かうてい》ノミ」とある。

「君が告らせ給ふ《君のおっしゃいます》所《ところは》は、人道《にんだう》のことわりをかりて欲塵《よくぢん》[九]をのがれ《逃れていらっしゃいません》給はず。遠く辰《もろ》旦《こし》をいふ《中国を》までもあらず。皇朝《くわうてう》の昔、誉田《ほんだ》[一〇]の天皇、兄の皇子《みこ》大鷦鷯《おほさざき》の王《きみ》をおきて、季《すゑ》の皇子《みこ》菟道《うぢ》の王《きみ》を日嗣《ひつぎ》[一一]の太子《みこ》となし給ふ。天皇崩御《かみがく》れ給ひては、兄弟《はらから》相譲《ゆづ》りて位に昇《のぼ》り給はず。三とせをわたりても、猶《なお》果つべくもあらぬ《「譲り合いが」終らないため》を、菟道の王深く憂ひ給ひて、『豈《あに》《「私が」》久しく生きて天《あめ》が下を煩《わづら》はしめんや《わずらわせようか》』とて、みづから《ご自分の手で》宝算《よはひ》[一二]《生命》を断たせ給ふ《をお断ちになられたので》ものから、罷事《やんごと》なくて《やむを得ず》兄の皇子《みこ》御位《みくらゐ》に即《つ》かせ給ふ。是《こ》れ天《てん》[一三]業《げふ》を重んじ孝悌《かうてい》[一四]をまもり、忠《まこと》をつくして人慾《にんよく》なし。堯舜《げうしゅん》[一五]の道といふ《いうべ》

なるべし《きである》。本朝に[一]儒教《じゆけう》を尊《たふと》みて専《もは》ら王道の輔《たすけ》とするは、菟道《うぢ》の王《きみ》、[二]百済《くだら》の王仁《わに》を召して学ばせ給ふを《お学びになったのを》はじめなれば《その初めとするので》、此《こ》の兄弟《はらから》の王の御心ぞ、[三]即《やが》て漢土《もろこし》の聖の《聖王の》御心ともいふべし。又『周の創《はじ》め、[四]武王一たび怒《いか》りて天下の民を安くす《人心を安らかにした》。臣として君を弑《しい》すといふべからず。［それは］[五]仁《じん》を賊《ぬす》み義を賊《ぬす》む、一夫《いつふ》の紂《ちう》を誅《ちゆう》するなり』といふ事、[六]孟子《まうじ》といふ書にありと人の伝へに聞き侍《はべ》る。されば漢土《もろこし》の書は、[七]経典《けいてん》・[八]史策《しさく》・[九]詩《し》文《ぶん》にいたるまで渡さざるはなきに《渡来しないものはないのに》、かの孟子の書ばかりいまだ日本に来《きた》らず。此の書を積みて来たる船は、[一〇]必ずしも暴風《あらきかぜ》にあひて沈没《しづ》むよしをいへり。それをいかなる故ぞととふに《どういうわけかと尋ねるに》、我が国は[一一]天照《あまてら》すおほん神《かみ》の[一二]開闢《はつぐに》しろしめししより、日嗣《ひつぎ》の大王《きみ》絶《た》ゆる事なきを、かく口賢《さか》しきをしへを伝へなば《こざかしい教えを伝えたならば》、末の世に[一三]神孫《しんそん》を奪うて［から皇位を］罪なしといふ敵《あた》も出づべしと《賊も出るであろうと》、八百《やほ》よろづの神の《もろもろの神様が》悪《にく》ませ給うて、神風を起して船を覆《くつがへ》し給ふと聞く。されば他国《かのくに》の聖《ひじり》の教《をしへ》も、ここの国土《くにつち》にふさはしからぬことすくなからず。且《かつ》、詩にもいはざるや《詩経でもこのように言っていますよ》、『[一四]兄弟牆《うち》に鬩《せめ》ぐ

一 儒教を尊んで、もっぱら天皇の道を行う助けとしているのは。「輔《たすけ》」は理論的補助の意味。
二 応神天皇十六年に、百済《くだら》の国から王仁《わに》が『論語』十巻、『千字文《もん》』一巻を携えて渡来した。
三 すなわち。
四 『孟子』梁《りよう》恵王篇下に「武王マタ一タビ怒リテ天下ノ民ヲ安ンズ」とある。殷《いん》の紂《ちゆう》王の暴悪を怒って討ったこと。
五 仁にそむき、義にもさからって無茶な行いをした一人の不徳者である紂をこらしめたのである。「賊《ぬす》む」はそこなう、の意。
六 底本「もうじ」とある。中国戦国時代の儒家、孟《もう》軻《か》の著書。四書の一。『五雑俎』に「倭奴《わど》モ亦《また》儒書ヲ重ンジテ仏法ヲ信ズ。凡《およ》ソ中国ノ経書ハ皆重キ価ヲ以ツテコレヲ購《あがな》フ。独《ひとり》孟子無シト云フ。其ノ書ヲ携ヘテ往ク者有ラバ、舟輒《すなは》チ覆溺《ふくでき》ス、此《これ》亦一奇事也」とある。
七 聖人の教訓を記した書。
八 歴史的記録。
九 詩と文書。詩集文集の類。
一〇 必ず、の意。「し」「も」はともに強意。普通は下に打消法をともなうが、ここは、きっとの意。
一一 天照大神《あまてらすおおみかみ》。皇室の祖神である。
一二 国をお開きになってから。
一三 神の子孫。即ち天子。
一四 兄弟は垣根の内、すなわち身内同士では、どんなに喧嘩《けんか》していてもよいが、いったん外敵が攻めてきた

とも外《よそ》の侮《あなどり》を禦《ふせ》げよ』と。さるを《それなのに》骨肉《こつにく》の愛をわすれ給ひ《肉親の愛を》、あまさへ《その上に》[一五]一院崩御《かみがく》れ給ひて、[一六]殯《もがり》の宮に肌膚《みはだへ》もいまだ寒《ひ》えさせたまはぬに《冷たくおなりにならぬのに》、御《み》旗《はた》なびかせ[一七]弓末《ゆずゑ》ふり立てて、[一八]宝祚《みくらゐ》をあらそひ給ふは、不孝《ふかう》の罪これより劇《はなはだ》しきはあらじ。[一九]天下は神器《じんき》なり。人のわたくしをもて《人が私欲をもって》奪《うば》ふとも得べからぬことわりなるを《奪い取ることのできない道理であるのに》、たとへ重仁王《しげひとぎみ》の[二〇]即位《みくらゐ》は民の仰ぎ望む所なりとも、徳を布《し》き[二一]和《くわ》を施《ほどこ》し給はで、[二二]道ならぬみわざをもて代《よ》を乱し給ふ則《とき》は、きのふまで君を慕《した》ひしも《民も》、けふは忽《たちま》ち怨敵《あた》となりて、本意《ほい》をも遂げたまはで《目的をもお遂げにならないで》、いにしへより例《あと》なき《昔にも先例のない》刑《つみ》を得給ひて、かかる鄙《ひな》の国の土とならせ給ふなり《田舎でお亡くなりになられたのです》。ただただ《〔この上はもう〕》旧《ふる》き讐《あた》をわすれ給うて、浄土にかへらせ給はんこそ《西方浄土へお帰り下さることこそ》、[二三]願はまほしき叡慮《みこころ》なれ」と、はばかることなく奏《まを》しける。

亡霊の述懐

院長嘘《ながきいき》をつがせ給ひ《おつきになって》、「今、《〔お前は〕》事を正して《善悪を説いて》罪をとふ《〔私の〕罪を責めた》。ことわりなきにあらず《道理がないわけでもない》。されどいかにせん《しかしながらどうしようか》。この島に[二四]謫《はぶら》れて、[二五]高遠《たかとほ》が松山の家に困《くるし》められ、日に三たびの[二六]御膳《おもの》すすむるよりは、まゐりつかふる者も

ら団結してこれを防げ、の意。『詩経』の小雅にある。
一五 鳥羽法皇。崇徳上皇の父。
一六 「もあがり」の略。「も」は凶事。貴人のなきがらを本葬にする前に、仮におさめて置く御殿。
一七 弓を振りたてて戦争を始め。「弓末《ゆずゑ》」は弓の両端の弦をかけるところをいう。
一八 皇位。
一九 『老子』二十九章に「天下ハ神器ナリ。ナスベカラズ」とあって、天下は神の定めた器である。つまり普通の人間がみだりに使ってはならないのだ、の意。
二〇 即位を「みくらい」と訓《よ》ませ、み位につくこと、すなわち「御即位」の事をいう。
二一 平和をお与えにならないで。
二二 人の道に外れた方法をもって、の意。父法皇の喪《も》中《ちゅう》に皇位を争ったことをさしている。
二三 お願いしたい君の御心でございます。「まほし」は願望の助動詞。
二四 流されて。「謫《たく》ハ咎ナリ、罪ナリ、過《か》ナリ」(『玉篇』)。
二五 綾高遠《あやたかとお》。綾郡の豪族で、この地で綾姓の子孫が現存している。当時は国司の次官をしていたようである。現在の香川県坂出《さかいで》市林田町中川にある城山《きやま》の麓の雲井御所跡が高遠の旧跡であり、上皇はここに住まわれたという。
二六 お食事。上皇ご自身の言葉であり、作者の意識もはたらいて敬語を使用した。

なし。只《ただ》、天《あま》とぶ雁《かり》の小夜《さよ》[一]の枕におとづるるを聞けば《夜の枕もと近くに聞えてくると》、都にや行くらんとなつかしく、暁《あかつき》の千鳥の洲崎《すさき》[二]にさわぐも、心をくだく種となる《わが心をくるしめるもととなる》。烏《からす》[三]の頭《かしら》は白くなるとも、都には還《かへ》るべき期《とき》もあらねば、定めて海畔《あまべ》の鬼とならんずらん《亡霊となってしまうことだろう》。ひたすら《ただただ》後世《ごせ》のためにとて《来世の幸福のためにと》、五部の大乗《だいじよう》[四]経《きやう》をうつしてけるが《書き写したのであるが》、貝鐘《かひがね》[五]の音《ね》も聞えぬ荒磯《ありそ》にとどめんもかなし。『せめては筆の跡ばかりを《写経の筆跡だけでも》洛《みやこ》の中《うち》に入れさせ給へ』と、仁和寺《にんわじ》[六]の御《み》[七]室《むろ》の許《もと》へ、経にそへてよみておくりける。

浜千鳥[八]跡はみやこにかよへども
　身は松山に音《ね》をのみぞ鳴く

しかるに少納言信西《しんせい》[九]がはからひとして《処置で》、『若《も》し咒咀《じゆそ》の心にや《帝を呪う魂胆ではと》』と奏しけるより、そがままに《そのまま》かへされしぞうらみなれ《返却されてきたことこそ》。いにしへより倭《やまと》漢土《もろこし》ともに、国をあらそひて兄弟敵《あた》となりし例《ためし》は珍しからねど、罪深き事かなと思ふより《思ったからこそ》、悪心懺悔《あくしんざんげ》[一〇]の為にとて写しぬる御経なるを《であるのを》、いかにささふる[一一]者ありとも《妨げる者があったとしても》、親しき[一二]を議《はか》るべき令《のり》にもたがひて、筆《写経す》

一「小夜」は夜のこと。「小」は接頭語。
二「洲崎」は洲が水中へつき出た所。
＊ここの文は『保元物語』巻三、「新院御経御沈めの事・付崩御の事」の「夜の雁の遥《はるか》に海を過ぐるも、故郷に言伝《ことづて》せま欲《ほ》しく、暁の千鳥の洲崎にさわぐも御心を砕く種となる」によっている。秋成の文章力をみるべきである。
三 永遠におこらない、あり得ないことのたとえ。
四 華厳《けごん》・大集《だいじつ》・般若《はんにゃ》・法華《ほっけ》・涅槃《ねはん》の五経で、大乗経は釈迦の教えの中の最高のもの。
五 ほら貝とつり鐘は寺院の要具。付近にお寺もない、の意味。
六 京都市右京区花園町にある真言宗御室《おむろ》派大本山。
七 仁和寺の住職は皇室の出身者が多かったので、特に御室門跡《おむろもんぜき》と呼ばれた。当時の門跡は覚性《かくしよう》法親王。
八〈私が書いた文字は都へ行くけれども、我が身はこの松山で千鳥の泣くように、むせび泣くばかりであるよ〉。浜千鳥の跡とは、文字または筆跡のことで、中国黄帝の時、蒼頡《そうけつ》が鳥の足跡を見て文字を創作したという故事による。
九 藤原通憲《みちのり》のこと。信西は法名。保元の乱には崇徳上皇方に敵対し、平治の乱で源義朝に殺された。
一〇 自分の悪い心を懺悔《ざんげ》しようとして。
一一「ささふ」は「障《ささは》る」の他動詞。
一二 議親法。天皇・皇后・皇太后・太皇太后などの親族については減刑する特別法。

の跡だも納れ給はぬ《ら京にお入れにならない帝の》叡慮《みこころ》こそ、今は旧《ひさ》しき讐《あた》なるかな。所詮《しよせん》此の経を[一三]魔道に回向《ゑかう》して、恨《うらみ》をはるかさんと《はらそうと》、一すぢにおもひ定めて、指を破り血をもて願文をうつし、経とともに志戸《しと》[一四]の海に沈《しづ》めてし後《のち》は、人にも見《まみ》えず《会わず》深く閉ぢこもりて、ひとへに《一途に》魔王となるべき大願をちかひしが、はた《果して》平治の乱《みだれ》ぞ出できぬる。まづ信頼《のぶより》[一五]が高き位を望む驕慢《おごり》の心をさそうて《そそのかして》義朝《よしとも》[一六]をかたらはしむ《味方につかせた》。かの義朝こそ悪《にく》き敵《あた》なれ。父の為義《ためよし》[一七]をはじめ、同胞《はらから》[一八]の武士《もののべ》[一九]は皆朕《わ》がために命を捨てしに、他《かれ》一人朕《われ》に弓を挽《ひ》く。為朝《ためとも》[二〇]が勇猛、為義《ためよし》・忠政《ただまさ》[二一]が軍配《たばかり》[二二]に嬴目《かついろ》[二三]を見つるに《見えていたのに》、西南の風に焼討《やきうち》せられ、白川《しらかは》[二四]の宮を出でしより、如意《によい》[二五]が嶽《みね》の嶮《けは》しきに足を破られ《傷つけられ》、或は山賤《やまがつ》[二六]の椎柴《しひしば》[二七]をおほひて《身にまとって》雨露を凌《しの》ぎ、終《つひ》に擒《とら》はれて此の島に《この讃岐に》謫《はぶら》れしまで《流されるまでは》、皆義朝が姦《かだま》[二八]しき計策《たばかり》に困《くるし》められしなり。これが報を《この報復をしようと》虎狼《こらう》[二九]の心に障化《しやうげ》して、信頼が陰謀にかたらはせしかば《加担させたから》、地祇《くにつがみ》[三〇]に逆《さか》ふ罪、武に賢《さと》からぬ《強くない》清盛《きよもり》に逐討《おひう》たる。且《かつ》、父の為義を弑《しい》せし報偪《むくいせま》りて、家の子[三一]に謀《はか》られしは、天神《あまつがみ》[三二]の祟《たたり》を蒙《かうむ》りしものよ。又、

一三 天狗道へお経を捧げて。
一四 従来、一部で言われているような香川県大川郡志《し》度《ど》町の志度の海ではなく、松山近くの海である。
一五 藤原信頼《のぶより》。平治の乱の結果、平清盛に殺された。
一六 源為義《ためよし》の長子で、後に鎌倉幕府を開く頼朝の父。
一七 義朝の父で源氏の棟梁《とうりよう》。保元の乱後斬首《ざんしゆ》された。
一八 一族の源氏一党。為義の子供たちをさす。
一九 「もののべ」は普通には役人を意味するが、この場合は「武士」の意味。
二〇 源為義の八男。保元の乱後伊豆大島へ流された。
二一 平忠正《ただまさ》。清盛の叔父。
二二 はかりごとによって。軍略の意の「はかり」に接頭語「た」を加えたもの。
二三 勝ち目。「嬴《えい》」は勝負に勝つこと。底本は「羸」。
二四 白河法皇の御所で乱の時は崇徳院の御所だった。
二五 京都市左京区浄土寺町鹿《しし》ケ谷《たに》町の東にある。東山三十六峰中の北端で一般に大文字《だいもんじ》山と呼ばれている。
二六 きこり、杣人《そまびと》など。
二七 しば。本来は「椎の木のむらがっている」のを言うが、ここは「椎の柴」の意味であろう。
二八 狡猾《こうかつ》な策略。保元の乱の焼討の計略をさす。
二九 わたしが、義朝の心に残忍凶悪な悪念を起させるように祟ってやり。「障化」は、たたり。
三〇 国土を守護する神。「天神」に対する地神。
三一 義朝は尾張の野間で家来長田《おさだ》忠致《ただむね》に殺された。
三二 天の神。天地自然をつかさどるもの。

少納言信西《しんせい》は、常に己《おのれ》を博士《はかせ》[一]ぶりて、人を拒《こば》む心の直からぬ《心が狭く素直でない》、これをさそうて《信西の気持をそそのかして》信頼・義朝が讐《あた》となせしかば、終《つひ》に家をすてて宇治山《うぢやま》[二]の坑《あな》に竄《かく》れしを、はた《果して》探し獲《え》られて六条河原《ろくでうがはら》[三]に梟首《かけ》[四]らる。これ経をかへせし諛言《おもねり》[五]の罪を治めしなり《一命をもってあがなったのだ》。それがあまり《その余勢をかって》、応保《おうほう》[六]の夏は美福門院《びふくもんゐん》が命を窮《せま》り《命を奪い》、長寛《ちやうくわん》[七]の春は忠通《ただみち》を祟《たた》りて、朕《われ》[八]も其の秋世をさりしかど、猶《なほ》、嗔火熾《しんくわさかん》[九]にして尽きざるままに、終《つひ》に大魔王[一〇]となりて、三百余類《よるい》[一一]の巨魁《かみ》となる。朕《わ》がけんぞくのなすところ《わが配下の者たちがしてのけることとは》、人の福《さいはひ》[一二]をみては転《うつ》して禍《わざはひ》とし、世の治《をさま》るを見ては乱《みだれ》を発《おこ》さしむ《起させた》。只《ただ》、清盛《きよもり》が人果《にんくわ》[一三]大にして、親族氏族《うからやから》[一四]ことごとく高き官位につらなり、おのがままなる国政《まつりごと》を執行《とりおこな》ふといへども、重盛《しげもり》忠義をもて輔《たす》くる故、いまだ期《とき》いたらず《〔平家を滅ぼす〕時がきていない》。汝見よ。平氏《へいし》も又久しからじ。雅仁朕《まさひとわれ》につらかりしほどは終《つひ》に報《むく》ふべきぞ《辛く当っただけは最後には報いてやるぞ》」と、御声いやましに恐しく《ますます恐ろしく》聞えけり。西行いふ、「君かくまで魔界《まかい》の悪業につながれて《悪縁にしばられて》、仏土に億万里を隔《へだ》て給へば《極楽浄土に億万里も遠く》、ふたたびいはじ」とて、只、黙《もく》[一五]してむかひ居たりける。

一 学者ぶって。
二 信西が今の京都府綴喜《つづき》郡宇治田原町辺《へん》の山に穴を掘って隠れたこと。
三 京都の六条河原。当時処刑場であった。
四 打たれた首を獄門にかけられ、晒《さら》しものにされたこと。
五 天皇にこびへつらって、崇徳上皇の写経をつき返したこと。
六 応保元年（一一六一）の夏。美福門院の死の史実は、一年前の永暦元年十一月二十三日。
七 長寛二年（一一六四）二月十九日に、保元の乱で崇徳上皇に敵対した藤原忠通《ただみち》が死んだ。
八 崇徳上皇は長寛二年八月二十六日、四十六歳で崩御され、同年九月十八日に白峰寺の西北の石巌《せきがん》で荼毘《だび》に付された。
九 胸の怒りが火のように燃えていること。「心火」とも。
一〇 天狗道の首領。江戸期は「魔」といえば、多く「天狗」を意味した。
一一 天狗の眷属《けんぞく》は三百余類といわれた。
一二『本朝神社考』巻六に「人の福《さいはひ》を見ては則ち転《てんじ》て禍《わざはひ》と為し、世の治《をさま》るに遇《あひ》ては、則ち復《また》乱を為す」とある。
一三 人間としての果報。運。
一四「うから」は氏族、「やから」は家族で、誤用している。家族や一族のもの。

亡霊化鳥を呼ぶ

時に峯谷《みねたに》ゆすり動きて、風叢林《はやし》を僵《たふ》すがごとく、[一六]沙石《まさご》を空に巻上《まきあ》ぐる。見る見る、[一七]一段の陰火《いんくわ》、君が膝の下《もと》より燃上《もえあが》りて、山も谷も昼のごとくあきらかなり《昼のように明るくなった》。光《ひかり》の中につらつら《よくよく》御気色《みけしき》を見たてまつるに、朱《あけ》をそぎたる《真赤になった》[一八]龍顔《みおもて》に、[一九]荊《おどろ》の髪膝《ひざ》にかかるまで乱れ、白眼《しろきまなこ》を吊《つ》りあげ、熱《あつ》き嘘《いき》をくるしげにつがせ給ふ《吐いていらっしゃる》。御衣《おんぞ》は[二〇]柿色《かきいろ》のいたうすすびたるに《大変すすけているのに》、手足の爪《つめ》は獣のごとく生《お》ひのびて、さながら魔王の形《かたち》、あさましくもおそろし。空にむかひて「[二一]相摸《さがみ》相摸」と叫《よ》ばせ給ふ。「あ《はい》」と答へて、鳶《とび》のごとくの化鳥《けてう》翔来《かけきた》り、前に伏して詔《みことのり》をまつ。院、かの化鳥《けてう》にむかひ給ひ、「何ぞはやく《どうしてさっさと》重盛《しげもり》が命を奪《と》りて、雅《まさ》仁《ひと》・清盛《きよもり》をくるしめざる」。化鳥《けてう》こたへていふ、「上皇の幸福《さいはひ》いまだ尽きず、重盛が忠信ちかづきがたし《忠義と信義の心が篤いので近づけません》。今より[二二]支干《えと》一周《めぐり》を待《ま》たば、重盛が命数《よはひ》既に尽きなん。他《かれ》死せば一族の幸福《さいはひ》此の時に亡《ほろ》ぶべし」。院、手を拍《う》つて怡《よろこ》ばせ給ひ、「かの讐敵《あたども》ことごとく此の前の《この近くの》海に尽すべし《滅ぼしてしまえ》」と、御声谷峯に響《ひび》きて、凄《すざま》しさいふべくもあらず。〔西行は〕魔道の

一五 底本「黙《もぐ》して」ともよめる。
一六 小石。細かい砂石。
一七 ひとかたまりの鬼火。二六頁注五参照。
一八 天子の顔の敬称。普通は、「りゅうがん」と、音読みにする。
一九 生い茂る雑草のように乱れている髪。
二〇 修験者《しゅげんじゃ》の着た衣。柿渋で染めたので、「柿色」というだけで、山伏の衣の意をあらわす。
二一 注釈書によっては、三井寺の僧相模阿闍梨《さがみあじゃり》勝尊《しょうそん》で、保元の乱で崇徳上皇方につき、首謀者であった藤原頼長の邸で後白河天皇呪詛《じゅそ》の秘法を行った人物としている。しかし、「上古より南海道六箇国の天狗の司《つかさ》」(『南海通記』)、「当山鎮守《ちんじゅ》相模坊老翁と現《げん》して」(『白峰寺縁起』)、「白峯に住んで年を経る相模とはわが事」(謡曲『松山天狗』)などにある、天狗相模とみる説をとりたい。
* 現地へ行くと、坂出市からのバスで、大藪、松山の津から二つ目に〝相模坊〟という停留所があり、この辺は、昔時白峰寺の境内の一部であったと土地の人は言う。しかし寺では末寺の如きものと言っている。また、相模坊大権現《だいごんげん》は、白峰寺住職が一代に一回拝観するのみで、その他の者は絶対拝観できない秘仏とされ、木の株に坐っている木彫りの等身像の、山伏姿の天狗という。
二二 十干《じっかん》十二支の一めぐりは六十年であるが、ここは仁安三年からの十二年後をさしている。

浅ましきありさまを見て涙しのぶに堪へず、復《ふたた》び一首の歌に一随縁《ずいえん》の
こころをすすめたてまつる。

二よしや君昔の玉の床《とこ》とても
かからんのちは何にかはせん

三刹利《せつり》も須陀《しゆだ》もかはらぬものをと、心あまりて《感情の高まりのあまりに》高らかに吟《うた》ひける。
〔上皇は〕此のことばを聞しめして《お聞きになって》感《め》でさせ給ふ《感心された》やうなりしが、四御面《みおもて》も和《やは》らぎ、五陰火《いんくわ》もややうすく消えゆくほどに、つひに六龍体《みかたち》もかきけちたる《かきけすように》ごとく見えずなれば、化鳥《けてう》もいづち《どこへ》去《ゆ》きけん跡もなく《去ったのか跡形もなく》、十日あまりの月は峯にかくれて、木のくれやみのあやなきに《生い茂っている木々のまっ暗闇につつまれて》、夢路にやすらふが如し《まるで夢をみているようだ》。ほどなく、七いなのめの明けゆく空に、八朝鳥《あさとり》の音《こゑ》おもしろく鳴きわたれば、かさねて九金剛経《こんがうきやう》一巻を供養《くやう》したてまつり、山をくだりて庵《いほり》に帰り、閑《しづか》に一〇終夜《よもすがら》のことどもを思ひ出づるに、平治の乱より《平治の乱を初めとして》〔お話に登場した〕人々の出入りや年月にはじめて、人々の消息、年月のたがひなければ、深く慎《つつし》みて人にも《他人には》かたり出でず《一切口外しなかった》。

一 仏縁に従って悟りをひらこうとする心。
二 〈たとえ昔は立派な玉座に居られたにしても、君よ、このような無常な死にお会いになってしまわれた現在は、いったい、それが何になりましょうか〉。
三 王侯も士民も死んでしまえば皆一緒である。「刹利・須陀」はインド特有のカーストである四姓（波羅《ばら》門《もん》・刹帝利《せつていり》・毘舎《ばいしや》・首陀羅《すどら》）の二。刹利は「刹帝利」の略で土《ど》田主《でんしゆ》とも言い、戦争に従事したり役人として国を治める第二階級。須陀は「首陀羅」で征服された土着の民族であり、賤業に従事した最下階級。
四 御顔色もおだやかになられて。
五 夜、幽霊が出現する時に燃える火。実際には、山野、墓地などの燐《りん》が燃えて出る火らしい。鬼火。
六 天子の姿の敬称。
七 「明く」にかかる枕詞。寝《い》の目《め》が朝になって開くからという。
八 朝、ねぐらから飛び立つ鳥。
九 金剛般若波羅蜜経《こんごうはんにゃはらみつきょう》一巻。すべての煩悩をたって、無我の理《ことわり》を説いたもの。
一〇 昨夜から一晩の間に起った出来事。
一一 西行が白峰へ登ったのは仁安二年と考えられるが、『雨月物語』では「仁安三年」としているので、この計算から言えば「十二年」が正しい。二五頁一一行目の「支干一周を待たば」に照応する文。
一二 平清盛のこと。「相国」は太政大臣の唐名。
一三 後白河法皇をさす。

終焉

其《そ》の後[一一]十三年を経て、治承《ちしよう》三年の秋、平《たひら》の重盛病に係《かか》りて世を逝《さ》りぬれば、平相国《へいさうこく》[一二]入道、君[一三]をうらみて鳥羽《とば》[一四]の離宮《とつみや》に籠《こ》めたてまつり、かさねて（さらに）福原[一五]の茅《かや》の宮に困《くるし》めたてまつる。頼朝《よりとも》東風に競ひおこり（関東から兵をあげ）、義仲《よしなか》北雪をはらうて出づるに及び（北の信濃から雪を払って出陣したので）、平氏の一門ことごとく西の海に漂《ただよ》ひ、遂《つひ》に讃岐《さぬき》[一六]の海・志戸《しと》[一七]・八島《やしま》[一八]にいたりて、武《たけ》きつはものどもおほく（勇猛な武士たちの多くは）鼃魚《がうぎよ》[一九]のはらに葬《はぶ》られ、赤間《あかま》[二〇]が関《せき》・壇《だん》[二一]の浦《うら》にせまりて（追いつめられて）、幼主《えうしゆ》[二二]海に入らせたまへば、軍将《いくさぎみ》たちものこりなく（平家の将軍たちも残らず）亡びしまで、露たがはざりしぞ（〔あの話と〕少しも違わなかったことが）おそろしくあやしき話柄《かたりぐさ》なりけり。其の後、御廟《みべう》[二三]は玉もて雕《ゑ》り、丹青《たんせい》[二四]を彩《ゑど》りなして、稜威《みいづ》[二五]を崇《あが》めたてまつる。かの国にかよふ人は、必ず幣《ぬさ》[二六]をささげて斎《いは》ひまつるべき（祭らねばならぬ）御神なりけらし（であったという）。

一四 京都市伏見区鳥羽の城南《せいなん》離宮。
一五 現在の神戸市兵庫区にある福原での粗末な茅葺《かやぶ》きの仮の御所。
一六 香川県に面する海。今の瀬戸内海の一部。
一七 ここの志戸は、香川県大川郡志度町の海。
一八 屋島《やしま》のこと。現在の高松市の東北につき出た半島。当時は島であったという。
一九 海中に没して魚介類の餌食《えじき》となり。「鼃」は大がめ。
二〇 下関市付近の旧称。
二一 下関市東端の海上。
二二 安徳天皇。寿永四年（一一八五）三月入水して崩御。時にわずか八歳。
二三 みたまや。「廟」は普通は「廟」と書く。「玉もて雕り」は、玉をもって、ちりばめること。
二四 極彩色をほどこして。
二五 崇徳上皇の御威光をながく崇めたてまつった。
二六 神にささげる供え物で、絹・麻・木綿《ゆう》・紙などで作った。

＊ この崇徳上皇の怨霊《おんりよう》は、俗信的に言えばその後も長く朝廷に祟ったとみえ、慶応四年（一八六八）に、孝明天皇の御遺志をついで、明治天皇が京都の飛鳥井《あすかい》町に「白峰宮」を建立して祀《まつ》られた。また同年八月二十六日に、勅使が讃岐へ下向して、崇徳上皇の御神霊の前で宣命《せんみよう》を読んでおり、歴代天皇の中では、最も問題の人物であった。

菊《きく》花《くわ》の約《ちぎり》

丈部左門の登場

[一]青々《せいせい》たる春の柳、[二]家園《みその》に種《う》ゆることなかれ《植えてはならない》。交りは《交際は》軽薄の人と結ぶことなかれ。[三]楊柳《やうりう》茂りやすくとも、秋の初風《はつかぜ》の吹くに耐へめや《にはひとたまりもなく散る》。軽薄の人は交りやすくして《〔離れていくのも〕》亦速《またすみや》かなり《早い》。[四]楊柳いくたび春に染《そ》むれども、軽薄の人は絶えて訪《とむら》ふ日なし。

[五]播磨《はりま》の国加古《かこ》の駅《うまや》に丈部左門《はせべさもん》といふ[六]博士《はかせ》あり。[七]清貧《せいひん》を憩《あまな》ひて、友とする書《ふみ》の外《ほか》は、すべて[八]調度《てうど》の絮煩《わづらはしき》を厭《いと》ふ。老母あり。[九]孟氏《まうし》の操《みさを》にゆづらず《劣らず》、常に[一〇]紡績《うみつむぎ》を事として《仕事として》左門がこころざしを助く《勉強する気持を助けた》。其《そ》の[一一]季女《いもうと》なるものは、同じ里の[一二]佐用氏《さようぢ》に養はる《縁付いていた》。此《こ》の佐用が家は頗《すこぶ》る富みさかえて有りけるが、丈部母子《はせべおやこ》の賢《かしこ》きを慕《した》ひ、娘子《をとめ》を娶《めと》りて親族となり、屢《しばしば》、事に托せて《何かにかこつけて》物を餉《おく》るといへども、「[一三]口腹《こうふく》の為に人を累《わづらは》さん

＊死をもって信義をつらぬく男の話である、中国白話《はくわ》小説の『古今小説』巻十六「范巨卿雞黍死生交《はんきよけいけいしよしせいのまじわり》」を、原拠として翻案しており、他に『英草紙《はなぶさ》』や『陰徳太平記』『雲陽軍実記《うんようぐんじつき》』などが、ある程度は参照されて、この「菊花の約」は創《つく》られた。

一 「范巨卿雞黍死生交」（以下「死生交」と省略）の冒頭の「樹ヲ種《う》ウルニ垂楊《すいやう》ヲ種ウルナカレ、交リヲ結ブニ軽薄児ト結ブナカレ。楊枝秋風ノ吹クニ耐ヘズ、軽薄ハ結ビ易クシテマタ離レ易シ……」による。

二 家の庭、の意の「家園」に、「園」の敬称として「み」をつけ、「みその」と訓《よ》ませた。

三 「楊《よう》」は川柳《かわやなぎ》、「柳《りゅう》」はしだれ柳。

四 楊柳は春になるたびに新緑を見せてくれるが。

五 兵庫県加古川市。「駅」は宿場のこと。往来する旅人の便利をはかって、駄馬・人足を備えていた宿場町。当時の絵図によれば明石《あかし》・三木・加古・望月などが山陽道の大きな宿場であった。

六 博学の人。ここは身分や資格ではなく、単に学者の意。

七 清貧に甘んじ楽しんで。「清貧」は、貧乏だが心は清潔である、の意。「憩ふ」は、甘受する、の意。

八 調度品のわずらわしく多いこと。「絮《じょ》」は「くずあさ」とか「ふるわた」の意。

九 「三遷・断機」で有名な孟子の母の賢明さ。孟子

や」とて、敢《あへ》て承《う》くることなし。

左門病床の旅人に逢う

一日《あるひ》、左門、同じ里の何某《なにがし》が許《もと》に訪《とぶら》ひて《訪問して》、いにしへ今の物がたりして興ある時に《面白くなってきた時》、壁を隔《へだ》てて人の痛楚《くるし》[一四]む声、いともあはれに《たいへんふびんに》聞えければ、主《あるじ》に尋ぬるに、あるじ答ふ、「これより《この地より》西の国の人と見ゆるが、伴《ともな》ひに後れしよしにて《連れに遅れたということで》、一宿《ひとよ》を求めらるるに《一夜の宿を頼まれたが》、士家《しか》[一五]の風ありて卑《いや》しからぬと見しままに《見たのでそのまま》、逗《とど》めまゐらせしに《お泊めしたところ》、其の夜邪熱《じやねつ》[一六]劇《はなはだ》しく、起臥《おきふし》も自《みづか》らはまかせられぬを《自分では自由にできないのを見て》、いとほしさに《気の毒に思って》三日四日は過《すご》しぬれど、何地《いづち》[一七]の人ともさだかならぬに《はっきりしないのに》、主《あるじ》も《私も》思ひがけぬ過《あやまり》[一八]し出でて、ここち《〔今は〕》惑《まど》ひ侍りぬ《後悔しています》」といふ。左門聞きて、「かなしき物がたりにこそ《お気の毒なお話ですね》[一九]。あるじの心安からぬも《不安に思われるのも》さる事にしあれど《それももっともですが》、病苦《びやうく》の人はしるべなき《知人もいない》旅の空に此の疾《やまひ》を憂《うれ》ひ給ふは、わきて《とりわけ》胸窮《むねくる》しくおはすべし《心を痛めておいででしょう》。其のやうを[二〇]も看《み》ばや」といふを、あるじとどめて、「瘟病《をんびやう》[二一]は人を過《あやま》つ物と聞ゆるから、家童《わらべ》[二二]らもあへてかしこに行かしめず《その部屋には立ち入らせません》。立ちよりて身を害《がい》し給ふことなかれ」。左門笑ひていふ、「死生命《しせいめい》[二三]あり。何の病《やまひ》か人に伝《つた》

の母が、よりよい教育環境を求め三度転居したり、織っていた機《はた》の糸を刀で切って、孟子に学問の中絶の不可をさとしたりしたこと。

一〇 麻などの繊維をより合せて、糸をつむぐこと。

一一 末娘。つまり左門の妹。「季」は末子をいう。

一二 兵庫県には佐用郡があり、この地名より採ったか。

一三 「口腹」は飲食のことであるが、ここは一家の生計のために、他人の世話をうけられようか、の意。

一四 「痛楚」は非常にくるしむこと。『後漢書』陸続《りくぞく》伝に「諸吏痛楚《つうそ》ニ堪ヘズ」とある。

一五 武士の風格。

一六 たちのよくない激しい熱。

一七 どこの、どういう氏素姓《うじ》の人か。

一八 知らない人を助けて失敗だったと。

一九 強意の助詞「こそ」の下に「あれ」が省略された形。

二〇 様子を見たいものです。「ばや」は願望を表す。

二一 悪性の流行病は人を破滅させるものだと。「瘟」は、疫《えき》。「死生交」に「瘟病ハ人ヲ過《あやま》ツ」とある。

二二 家の者たち。

二三 人の生死は天命によるもので、人力ではどうしようもないの意。「死生交」に「劭曰《せうい》はク、死生命アリ、イヅクンゾ病能ク人ヲ過ツノ理アラン」とあり、『論語』顔淵《がんえん》篇に「死生命アリ、富貴ハ天ニ在リ」とある。

ふべき。これらは愚俗《ぐぞく》のことばにて《無知な者の考えで》、吾が們《ともがら》[一]はとらず」《従いません》とて、戸を推《お》して入[二]りつも《入りながら》其の人を見るに《見ると》、あるじがかたりしに違《たが》はで、倫《なみ》の人にはあらじを《普通の人物とは思えないが》、病深きと見えて、面《おもて》[三]は黄《き》に、肌《はだへ》黒く痩《や》せ、古き衾《ふすま》[四]のうへに悶《もだ》え臥《ふ》す。〔その人が〕人なつかしげに左門を見て、「湯ひとつ恵み給へ」といふ。左門ちかくよりて、「士憂《うれ》へ給ふことなかれ《貴殿よご心配なさいますな》。必ず救《すく》ひまゐらすべし」《お救いいたしましょう》とて、あるじと計《はか》りて《相談し》、薬をえらみ、自ら方《はう》[五]を案じ、みづから煮《に》てあたへつも[六]、猶《なほ》、粥《かゆ》をすすめて、病を看《み》ること、同胞《はらから》[七]のごとく、まことに捨てがたきありさまなり《本当に捨ててはおけない手厚い看護ぶりであった》。

尼子氏富田城を奪う

一 私ども。「們《ともがら》」は『字典』に「今の塡詞家《てんしか》、我們、俺門」とある。中国の俗語で、人称代名詞に添えて、複数又は謙遜《けんそん》を表す。ここは知識人である自分を謙遜している。

二 普通には「入りつつも」とあるべきところ。「つ」は完了の助動詞、「も」は強意の係助詞であり、「つも」で「つつも」と同意に使っている。秋成の文によく見られる用法である。

三 「死生交」には「面ハ黄ニ、肌瘦《や》セ」とある。

＊ 顔が黄色で肌が黒く痩せていれば、今日の医学からは癌《がん》か黄疸《おうだん》という診断が下される。しかし、前に「瘟病」とか「邪熱」とか記されているので、これを重視すれば、ある種の伝染病であろう。

四 寝る時、身体の上にかける夜具。

五 自分で処方を考えて。当時の儒者、学者には医学の心得のある者が多かった。

六 与えながらも。「つも」は注二の如く「つつも」と同じ。

七 兄弟。「胞」は胞胎《えな》で、母体が同じこと。

赤穴宗右衛門の境遇

かの武士、左門が愛憐《あはれみ》の厚きに泪《なみだ》を流して、「かくまで漂客《へうかく》[八]を恵《めぐ》み給ふ。死（死ん）すとも（でも）御心に（ご親切に）報《むく》いたてまつらん（報恩いたします）」といふ。左門諫《いさ》めて、「ちからなきことは（心弱いことは）な聞え給ひそ（もうおっしゃいますな）。凡《およ》そ疫《えき》[九]は日数あり。其《そ》のほどを過ぎぬれば寿命《ことぶき》をあやまたず。吾日々に詣でてつかへまゐらすべし（私が毎日参上して看病いたしましょう）」と、実《まめ》やかに（誠実に）約《ちぎ》りつつも（約束しながら）、心をもちゐて（こまやかに気づかいして）助けけるに、病漸減《ややげん》[一〇]じてここち（気分が）清《すず》しくおぼえければ（楽になったと思われたから）、〔武士は〕あるじにも念比《ねんごろ》に詞をつくし（心からお礼の言葉を述べ）、左門が陰徳《いんとく》[一一]をたふとみて（尊敬して）、其の（左門の）生業《なりはひ》[一二]をもたづね、己《おの》が身の上をもかたりていふ。「故《もと》、出雲《いづも》[一三]の国松江の郷《さと》に生長《ひととな》[一四]りて、赤穴《あかな》[一五]宗《そう》右衛《ゑ》

八 通りすがりの旅人。これほどまでに行きずりの者の面倒を見て下さいました、の意。
九 疫病（流行病）は、日数が決っていて、その期間を過ぎれば、生命に差しつかえないという。
一〇 ようやく軽くなって。
一一 かくれた徳行、善行。
一二 職業。
一三 現在の島根県松江市。
一四 成人して。
一五 赤穴氏は出雲の豪族で、現在も島根県には赤穴姓がある。もとは、出雲国飯石《いいし》郡赤穴より起った姓である。『雲陽軍実記』に見える赤名与右衛門や、真木宗右衛門などの名から作った人名か。

門《もん》といふ者なるが、わづか《いささか》に兵書《へいしょ》[一]の旨《むね》を察《あきら》めしによりて《会得したので》、富田《とみた》[二]の城主塩冶掃部介《えんやかもんのすけ》[三]、吾《われ》を師として物学《まな》び給ひしに、《〔私は〕》近江《あふみ》の佐々木氏綱《うぢつな》[四]に密《みそか》の使《つかひ》にえらばれて、《佐々木の》かの館《みたち》にとどまるうち、《あいだに》前《さき》の城主尼子経久《あまこつねひさ》[五]、山中党《やまなかたう》[六]をかたらひて《誘いこんで》大三十日《おほみそか》の夜不慮《すずろ》に《不意に》城を乗《の》りとりしかば、掃部殿も討死《うちじに》ありしなり。もとより雲州《うんしう》は《出雲は》佐々木の持国《もちぐに》にて、塩冶《えんや》は守《しゅ》[七]護代《ごだい》なれば、《〔氏綱に〕》『三沢《みざは》[八]・三刀屋《みとや》を助けて、経久を亡《ほろ》ぼし給へ』とすすむれども、氏綱は外勇《ほか》《一見勇猛だが》にして内怯《おび》えたる《実は臆病で愚かな大将だからしなかった》愚将なれば果さず。かへりて《かえって私を近江に》吾を国に逗《とど》む。故《ゆゑ》なき所《理由もない所に》に永く居《を》らじと、己《おの》が身ひとつ《からだひとつで》を竊《ぬす》みて《そっと》国に還《かへ》る路《みち》に、此《こ》の疾《やまひ》にかかりて、思ひがけずも師を労《わづら》はしむるは、《貴君に世話になり》身にあまりたる御恩《めぐみ》[九]にこそ。吾半世の《後半生の》命をもて必ず報《むく》いたてまつらん」。左門いふ、「[一〇]見る所を忍びざるは人たるものの心なるべければ、厚き詞をさむるに故なし《深い感謝のことばを受けるいわれがない》。猶《なほ》、逗《とどま》りて《滞在してご養生なさい》いたはり給へ」と、《〔その〕》実《まこと》ある詞を便《たより》にて《力として》、日比《ひ》経《ごろふ》るままに、物みな《体具合が》平生《つね》に邇《ちか》くぞなりにける。此の日比《ごろ》《この頃》、左門はよき友もとめたり《探し得たと》とて、日夜《ひるよる》交はりて《昼も夜も親しく語り合う》物がたり

一　兵法書で中国武経七書をさす。
二　島根県能義《のぎ》郡広瀬町にある。「とだ」と訓《よ》むのが正しい。現在も立派な山城を示す月山城跡がある。
三　近江《おうみ》の佐々木貞頼の家来。富田城にいたが、文明十七年の大晦《おおみそか》日尼子経久の手にかかって討死した。
四　近江の豪族。佐々木貞頼の兄。
五　佐々木氏の代官。富田一帯を占領して追放されたが、後勢力を持ち、天文十一年に八十四歳で没した。
＊　富田城の攻防に関する典拠としては、天正八年の『雲陽軍実記』や、正徳二年板の『陰徳太平記』がある。賤民《せんみん》が七十余人、甲冑《かっちゅう》の上に烏帽子《えぼし》素袍《すおう》を着て大手門で万歳《まんざい》を始め、その隙《すき》に経久以下の山中党ら七十余人が所々に火をかけて暴れ回り、ついに城主塩冶掃部介も討死する。秋成は、「菊花の約」に『陰徳太平記』を直接引用しなかったが、この部分の插絵（前頁）は、『陰徳太平記』にある「……城中ノ兵共、武具ノ一ツモ取合《あわせ》タル者ハ無ク周章《あわて》騒ク処ヲ、賀麻ノ一党烏帽子・素袍棄《すて》太刀提《さげ》テ爰彼所《ここかしこ》ニテ切伏ケレバ、コハ如何ニ夜打、入タルコソトテ、女童《をんなわらは》等ハ声ヲ計リニ泣叫ビ……」のところと酷似している。
六　出雲の豪族。山中鹿之助を長とする。
七　諸国の守護職の代理人で、現地で政務をとるもの。
八　ともに出雲の豪族。はじめは塩冶掃部介に従い、のち尼子経久に降

すに《うちに》、赤穴も[一一]諸子百家《しょしひゃくか》の事[一二]おろおろかたり出でて、問ひわきまふる《質問も理解力もすぐれ》心愚《おろか》ならず。[一三]兵機《へいき》のことわりはをさをさしく《とくに長じていて》聞えければ《語ったから》、ひとつとして相ともにたがふ心もなく《お互いに感情のゆき違いもなく》、かつ感《め》で《感心したり》、かつよろこびて《喜んだりして》、終《つひ》に[一四]兄弟の盟《ちかひ》をなす。赤穴《あかな》五歳長じたれば《年長であるから》、[一五]伯氏《あに》たるべき礼儀ををさめて《受け入れて》、左門にむかひていふ。「吾父母に離《わか》れまゐらせていとも久し。賢弟《けんてい》が老母は即《やが》て《即ち》吾が母なれば、あらたに《改めて》拝《をが》みたてまつらん《ご挨拶申し上げたいと》ことを願ふ。老母あはれみて、をさなき心《子供っぽい私の気持を》を肯《う》け給はんや《受け入れて下さいますか》」。左門歓《よろこ》びに堪《た》へず、「母なる者、常に我が孤独を憂《うれ》ふ。信《まこと》ある言《ことば》を告《つ》げなば、[一六]齢《よはひ》も延《の》びなんに」と、伴《ともな》ひて家に帰る。老母よろこび迎へて、「吾《わ》が子《こ》不才《才能が》にて《なくて》、学ぶ所時にあはず《身につけた学問が時勢に合わず》、[一七]青雲《せいうん》の便《たより》を失ふ。ねがふは捨てずして《どうかお見捨てなく》伯氏《あに》たる教《をしへ》を施《ほどこ》し給へ」。赤穴拝していふ、「[一八]大丈夫《だいぢやうぶ》は義を重《おも》しとす。[一九]功名富貴《こうめいふうき》はいふに足らず《くだらぬことです》。吾いま母公《ぼこう》の慈愛《めぐみ》をかうむり、賢弟《けんてい》の敬《ゐや》を納むる《兄として尊敬された》、何の望かこれに過ぐべき《それ以上何の望みがありましょうか》」と、よろこびうれしみつつ《うれしがりつつ》、又、日来《ひごろ》をとどまりける《しばらく逗留した》。

った。
九 御恩でございますよ、の意。「御恩にこそあれ」の「あれ」が省略されている。
一〇 人の不幸をみて捨てておけずに助けるのは、人間の本来持っている心であるから、の意。『孟子』公孫丑《こうそんちゆう》篇上の「人皆忍ビザルノ心有リ」による。
一一 中国の春秋戦国時代に名家《めいか》、道家《どうか》、兵家《へいか》など、それぞれ説を主張した人たち。『漢書』芸文志《げいぶんし》に「諸子百八十九家、賈生《かせい》以後諸家ヲ合シテ之ヲ言フ」とある。
一二 ぼつぼつ語り出して。
一三 戦争の理論としての用兵の機略。
一四 兄弟の約束。義兄弟の約束を交わしたのである。「死生交」に「結ンデ兄弟ト為ル」とある。
一五 兄弟の順（伯・仲・叔・季）の一番上。
一六 寿命もきっと延びることでしょうに。「延びなむに」で、「な」は完了の助動詞「ぬ」の未然形だが、ここは強意に使っている。「む」は推量で、「に」は終助詞である。
一七 立身出世のつて、便宜。「青雲」は、ここでは青雲の志の意味で、立身出世して高位高官に昇ること。
一八 「死生交」に「大丈夫ハ義気ヲ以ツテ重シトス。功名富貴ハ乃《すなは》チ微末ノミ」とある。「大丈夫」は意志堅固な立派な男、の意。
一九 「功」は、てがら、「名」は、名誉、「富貴」は富と地位。功成り名を挙げ、金も地位も得ること。

一　山上の桜。
＊「尾上の花」を兵庫県加古川市尾上町の桜をさすとする説が多いが、古来、海岸に近いこの地には有名な桜はなく、かつ、瀬戸内海に近いせいか浜風を受けて桜がよく育たないと、尾上神社の神主が言明している。なお「尾上の松」は有名であっても桜についての具体的なものはあまりない。故《ゆえ》に尾上は峰《お》の上の約で、「峰に咲く花」ととるべきであろう。
二　涼しい風の吹くのにつれて、うち寄せる波の気配にも、の意。この海を加古川の南、高砂《たかさご》の浦の暗示ととる説もあるが、秋成はこの辺の地理に暗く、加古の駅辺なども海岸として表現したものであろう。現在は加古川から海岸まで五キロメートルほどある。
三　出雲へ下って。「下向《げこう》」は都から地方へ行くこと。
四　「菽」は豆で、ここでは豆粥《まめがゆ》、の意。「水」はもっとも貧しい飲物の意。「奴」は、かいがいしく仕える意味。極めて貧しいもてなしながらもお仕えして。
五　陰暦九月九日の節句。九を陽の極とし重なる意で重陽《ちようよう》という。菊酒を飲み茱萸《ぐみ》を入れた嚢《ふくろ》を帯びる習慣。
六　年・月・日などにかかる枕詞。
七　「蚤《そう》」は、早いの意味。
八　草ぶきの粗末な家。
九　出雲の国。「八雲たつ」は出雲にかかる枕詞。
一〇　当人が着いてから慌《あわ》てて支度したならば、の意。

赤穴宗右衛門の帰郷

きのふけふ咲きぬると見し《昨日か今日咲いたと思った》尾上《をのへ》[一]の花も散りはてて、涼[二]しき風による浪《なみ》に、とはでもしるき《尋ねなくてもはっきり分る》夏の初《はじめ》になりぬ。赤穴、母子《おやこ》にむかひて、「吾が近江《あふみ》を遁《のが》れ来《きた》りしも、雲州《うんしう》の動静《やうす》を見んためなれば、一たび下[三]向《くだ》りてやがて帰り来り、菽水《しゆくすい》[四]の奴《つぶね》に御恩《めぐみ》をかへしたてまつるべし。今のわかれを給へ《しばしのお暇を下さい》」といふ。左門いふ、「さあらば《それならば》兄長《このかみ》いつの時にか帰り給ふべき《兄上はいつお帰りなさいますか》」。赤穴いふ、「月日は逝《ゆ》きやすし。おそくとも此の秋《この秋より》は過《すご》さじ《遅れません》」。左門云ふ、「秋はいつの日を定めて待つべきや。ねがふは《どうか「月日を」》約《やく》し給へ」。赤穴云ふ、「重陽《ここぬか》[五]の佳節《かせつ》をもて帰り来る日とすべし」。左門いふ、「兄長《このかみ》必ず此の日をあやまり給ふな《まちがえないで下さい》。一枝の菊花に薄酒《うすきけ》を備《そな》へて待ちたてまつらん」と、互《たがひ》に情《まこと》をつくして《誠実に約束して》赤穴は西に帰りけり。

約束の九月九日

[六]あら玉の月日はやく経《へ》ゆきて、下枝《したえ》の茱萸《ぐみ》色づき、垣根の野ら菊《野菊が》艶《にほ》ひやかに《美しく》、九月《ながづき》にもなりぬ。九日《ここぬか》はいつよりも蚤《はや》[七]く起出でて、草[八]の屋の席《むしろ》をはらひ、黄菊・しら菊二枝三枝小瓶《こがめ》に插《さ》し、嚢《ふくろ》をかたぶ《財布をはた》

けて《いて》酒飯《しゆはん》の設《まうけ》をす。老母云ふ、「かの[九]八雲《やくも》たつ国は山陰《ぎた》の果《はて》にありて、ここには百里を隔《へだ》つると聞けば、けふとも定めがたきに、其《そ》の来《こ》し《来てから》を見ても物すとも《準備をしても》遅からじ」。左門云ふ、「赤穴は信《まこと》ある武士《もののべ》なれば必ず約《ちぎり》を誤《あやま》らじ。[一〇]其の人を見てあわただしからんは、思はんことの恥かし《〔彼が〕何と思うかがはずかしい》」とて、美酒《よきさけ》を[一一]沽《か》ひ、[一二]鮮魚《あざらけき》を宰《に》て厨《くりや》に備《そな》ふ。

此の日や天《そら》晴れて、[一三]千里《ちさと》に雲のたちゐもなく、[一四]草枕旅ゆく人の群々《むれむれ》かたりゆくは、「けふは誰某《たれがし》がよき京入《みやこいり》なる。此《こ》の度《たび》の商物《あきもの》によき徳とる《商売にうまい利益を得る》べき祥《さが》になん《吉兆であろう》」とて過ぐ。五十《いそぢ》あまりの武士《もののべ》、廿《はたち》あまりの同じ出立なる《同じ服装をした武士に》、「[一五]日和《には》はかばかりよかりしものを《天気はこんなによかったのに》、明石《あかし》より船もとめなば《船を雇っていたら》、この[一六]朝びらきに[一七]牛窓《うしまど》の門《と》の泊《とまり》は追《お》ふべき。若き男《をのこ》は[一八]却《けく》物怯《おびえ》して、銭《ぜに》おほく費《つひ》やすことよ」といふに、「殿の上《のぼ》らせ給ふ時、[一九]小豆島《あづきじま》より[二〇]室津《むろづ》のわたりし給ふに、なまからきめにあはせ給ふを《さんざんひどい目におあいになられたのを》、従《みとも》に侍《はべ》りしもののかたりしを《話していたのを》思へば、このほとりの渡りは必ず[二一]怯《おび》ゆべし。[二二]な恚《ふづく》み給ひそ。[二三]魚が橋の蕎麦《くろむぎ》ふるまひまをさんに」といひな

＊ 弟の自分が約束を本気にしていなかったと義兄赤穴が思うことが恥ずかしいというところに、武士の約束のきびしさを見る。老母の言葉の世俗的であるのに対し、左門の潔癖性をみるべきである。

一一 「沽ふ」には、売る、買うの両義があるが、ここは買う、の意味。

一二 新鮮な魚を料理して、台所に用意した。

一三 見渡す限りどこにも雲もなく。「死生交」に「是《この》日ハ天晴レテ日朗《ほがら》カニ万里ニ雲無シ」とある。

一四 旅にかかる枕詞。

一五 『万葉集』巻三の「飼飯《けひ》の海のには好くあらし苅《かり》薦《こも》の」から「庭・海面」ととる説もあるが、『万葉集見安補正《みやすほせい》』に言う「海上の風波なく平らかなるを、にはよしと云ふ」に従う。

一六 早朝の船出。

一七 「牛窓」は岡山県邑久《おく》郡牛窓町。「門《と》」は海峡のこと。牛窓港へ風を受けて進んでいただろう、の意。

一八 かえって。

一九 香川県小豆《しょうず》郡。瀬戸内海の島。今の小豆島《しょうどしま》。

二〇 兵庫県揖保《いぼ》郡御津《みつ》町。古来瀬戸内海の要港。

二一 怯《おび》えるに違いない。こわがって当然だ。

二二 御立腹なさいますな。「な……そ」で禁止を表す。底本「恚《ふくつ》み」とある。

二三 高砂市阿弥陀町の蕎麦《そば》。「くろむぎ」は蕎麦の古名。『和名抄』に「蕎麦・和名曾波牟伎《そはむぎ》、一に久呂無木《くろむぎ》」とある。

ぐさめて行く。〔馬の〕口とる男《をのこ》の腹だたしげに、「此の死馬《しにうま》[一]は眼《まなこ》をもはたけぬか」と、荷鞍《にぐら》おしなほして追ひもて行く《鞍の荷の形を整えて追って行った》。午時《ひる》もややかたぶき《正午もかなり経過した》ぬれど《けれども》、待ちつる人は《赤穴は》来《きた》らず。西に沈む日に、〔通行人の〕宿り急ぐ足のせはしげなるを見るにも、外《と》の方のみまもられて《外の方だけに視線がそそがれて》心酔《ゑ》へるが如し。

赤穴との再会

老母、左門をよびて、「人の心の秋[二]にはあらずとも、菊の色こき[三]はけふのみかは《今日だけであろうか》。帰りくる信《まこと》だにあらば、空《そら》[四]は時雨《しぐれ》にうつりゆくとも何[五]をか怨《うら》むべき。入りて臥《ふ》しもして《家へ入って横にでもなって》、又、翌《あす》の日を待つべし」と《とい》あるに《うので》、否《いな》みがたく《ことわれず》〔入り〕、母をすかして《納得させて》前《さき》に臥さしめ、もしやと戸《と》の外《そと》に出でて見れば、銀河《ぎんが》[六]影きえぎえに、氷輪《ひょうりん》[七]我のみを照して淋《さび》しきに、軒守る犬の吼《ほ》ゆる声すみわたり、浦浪《うらなみ》[八]の音ぞここもとにたちくる《すぐそこまでうち寄せて》やうなり。月の光も山の際《は》に陰《くら》くなれば、今はとて《もうこれまでと》戸《と》を閉《た》てて入らんとするに、ただ看《み》[九]る、おぼろなる黒影《かげろひ》[一〇]の中に人ありて、風の随《まにまに》来るをあやしと見れば赤穴宗右衛門なり。踊《をど》りあがるここちして《うれしさに飛びあがる思いで》、「小弟蚤《せうていはや》[一一]くより待ちて今にいたりぬる《今になりました》。

一 この駄馬は目すらあけられないのか。「はたく」は「はだく」で、広げる、開く、の意味の動詞。

二 赤穴の心が秋の空のように変ったわけではなくても。「秋」に「飽き」をかける。

三 二人の交情の深く約束の固いのを、菊花の色濃いのにたとえた。

四 時が過ぎて空は時雨《しぐれ》模様に変っても。

五 いったい何を恨むべきであろうか、何も恨むべきではない。「か」は反語。

六 天の川にある星の光はおぼろおぼろで。

七 冷たい月。

八 『源氏物語』須磨の巻に「波ただここもとに立ちくる心地して」とある。

九 ふと見やると。明・清時代の口語小説である中国白話小説の慣用法である。「只看」とか「只見」と書く。

一〇 「かげろひ」は陰になる意味の動詞「かげろふ」の連用形が名詞化したもの。「死生交」に「隠々タル黒影ノ中ニ、一人ノ風ニ随《したが》ツテ至ルヲ見ル」とある。

一一 弟分である自分をへり下って「小弟」と言った。「死生交」に「小弟蚤クヨリ直ニ候ヒテ今ニ至ル」とある。「蚤く」は早朝のこと。

盟《ちかひ》たがはで来り給ふことのうれしさよ。いざ（さあ）入らせ給へ（お入り下さい）」といふ[一二]めれど、（赤穴は）只点頭《うなづ》き[一三]て物をもいはである（一言も物を言わないでいる）。左門前《さき》にすすみて、南[一四]の窻《まど》の下《もと》にむかへ、座につかしめ、「兄長《このかみ》[一五]来り給ふことの遅《おそ》かりしに、老母も待ちわびて、翌《あす》こそと臥所《ふしど》に入らせ給ふ。寤《さま》させまゐらせん（起してまいりましょう）」といへるを、赤穴又頭《かしら》を揺《ふ》りてとどめつも（とどめながら）、更に（少しも）物をもいはでぞある。左門云ふ、「既に夜を続ぎて来し給ふに（夜も昼も休まず旅を続けておいでになったので）、心も倦《う》み足も労《つか》れ給ふべし。幸《さいはひ》[一六]に一杯を酌《く》みて歇息《やす》[一七]ませ給へ」とて、酒をあたため、下《さか》[一八]物《な》を列《つら》ねてすすむるに（すすめたところ）、赤穴袖をもて面《おもて》を掩《おほ》ひ、其の臭《にほ》ひ[一九]を嫌放《いみさ》くるに似たり。左門いふ、「井臼《せいきう》[二〇]の力《つとめ》はた款《もてな》すに足らざれども、己が（私の心）心なり（遣いです）。いやしみ給ふことなかれ」。赤穴猶《なほ》答へもせで、長嘘《ながきいき》をつぎつつ、しばししていふ、「賢弟が信《まこと》ある饗応《あるじぶり》[二一]をなどいなむべきことわりやあらん（どうしてお断りできる理由がありましょうや）。欺《あざむ》くに詞《ことば》なければ、実《じつ》（事実を）をもて告ぐるなり（申します）。必ずし[二二]もあやしみ給ひそ。吾《われ》は陽世《うつせみ》[二三]の人にあらず（この世の人ではない）、きたなき[二四]霊《たま》のかりに形《かたち》を見えつるなり（あらわしたものです）」。

一二 と言ったけれど。「めり」は推量の助動詞であるが、ここは左門の我を忘れて喜んでいる気持を婉曲に表現している。
一三 『忠義水滸伝解』に「点頭、うなづくこと」とある。
一四 南座敷、つまり表座敷の窓の下。窓の下が客の正座である。
一五 兄上。「子の上《かみ》」の意より長男、兄のこと。
一六 よろしかったらどうか。
一七 お休み下さい。「歇息《けつそく》」はやすむこと。「死生交」に「各自歇息ス」とある。
一八 酒の肴《さかな》。
一九 生臭さを嫌って避けているようである。
* この辺の描写に、この世の人でない赤穴宗右衛門の状態がよく出ている。
二〇 みずから水を汲み米をつくこと。ここは、手料理で十分なおもてなしはできませんが、の意。
二一 客のもてなし方を「あるじぶり」といい、酒食で人をもてなす意の「饗応《きようおう》」の訓読みとしたもの。
二二 決して、どうかあやしみ下さいますな。「必ずしも」は普通下に打消又は反語を伴って用いるが、ここは「必ず」と同じ。「しも」は強意。
二三 「死生交」に「吾ハ陽世《やうせい》ノ人ニ非ズ」とある。
二四 死者は不浄なものという観念から、「きたなき」と言ったのである。

左門大いに驚きて、「兄長《このかみ》何ゆゑにこのあやしきを《この不思議なことを》かたり出で給ふや。更に[一]夢ともおぼえ侍らず」。赤穴いふ、「賢弟とわかれて国にくだりしが、国人《くにびと》大かた経久が勢ひに服《つ》きて《従って》、塩冶《えんや》[二]の恩《めぐみ》を顧《かへりみ》るものなし。従弟《いとこ》なる赤穴《あかな》[三]丹治、富田の城にあるを訪《とむら》ひしに、〔丹治は〕利害《りがい》を説《と》きて吾《われ》を経久に見《まみ》[四]えしむ。仮《かり》に其《そ》の詞《ことば》を容《い》れて、つらつら《よくよく》経久がなす所を見るに、万夫《ばんふ》[五]の雄《ゆう》人に勝《すぐ》れ、よく士卒《いくさ》[六]を習練《たなら》すといへども、智[七]を用うるに狐疑《こぎ》[八]の心おほくして、腹心爪牙《ふくしんさうが》[九]の家の子なし。永く居《を》りて益《やう》なきを思ひて、賢弟が菊花の約《ちぎり》[一〇]ある事をかたりて去《さ》らんとすれば、経久怨《うら》める色ありて、丹治に令し《命令して》、吾を大城《おほぎ》[一一]の外にはなたずして、遂にけふにいたらしむ。此の約《ちかひ》にたがふものならば《約束を違えてしまったならば》、賢弟吾を何ものとかせんと《私をどんな人間と思われるだろうかと》、ひたすら《一途に》思ひ沈めども遁《のが》るるに方なし《方法がない》。いにしへの人のいふ、『人[一二]一日に千里《ちさと》をゆくことあたはず。魂《たま》よく一日に千里をもゆく』と。此《こ》のことわり《道理を》を思ひ出でて、みづから刃《やいば》に伏し《自殺して》、今夜《こよひ》陰風《かぜ》[一三]に乗《の》りてはるばる来《きた》り菊花の約《ちかひ》[一四]に赴《つ》く。この心をあはれみ

一　一向に夢とも思われません。どうしても本当には思えません、の意。

二　出雲の守護代《しゅごだい》。塩冶掃部介。三二頁注三参照。

三　架空の人物であろう。しかし、現在、富田にも赤穴姓が残っている。

四　会わせた。

五　万人にも当る勇気。「雄」は、ここでは武勇。

六　兵士を訓練する。『允恭紀《いんぎょうき》』に「卒、いくさ」とある。

七　「智謀経略の方面では」とする訳もあるが、上に「士卒《いくさ》を習練《たなら》す」と名詞＋動詞の形があるので、ここも「智者を用いるのに」の意ととる。

八　疑い深い心。「狐《きつね》」は疑い深いという。

九　主君と心を一つにし手足となって働く家臣。「爪牙」は、爪となり牙となって補佐するものをいう。

一〇　菊花の約、つまり、重陽の節句九月九日に会う約束。

＊　秋成は、宗右衛門と左門の義兄弟の約《ちぎり》を主題として、この話をとり上げたから、本篇の題名を「菊花の約」としたのである。

一一　ここは富田の城。

一二　「死生交」に「古人云フ有リ、人千里ヲ行クコト能ハズ、魂ハ能《よ》ク日ニ千里ヲ行ク、ト」とある。

一三　「死生交」に「魂ハ陰風ニ駕《が》シテ、特ニ来《きた》ツテ雞黍《けいしょ》ノ約ニ赴ク」とある。「陰風」は、陰気なつめたい風。亡霊がこれに乗ってあの世から来るのをいう。

一四 菊花の節句の日に会う約束のために駆けつけたのです。
一五「かき」は接頭語。
＊ 九月九日に左門に逢わねばならないという強い執念が、その死とともに人魂又は亡霊となって、赤穴をして一瞬の内に千里を飛ばせ、その生前の思いを果させている。
一六 あわてて。「慌」も「忙」も、あわただしくいそがしい意味を持つ。
一七 去る霊をのせた陰風で眼がくらんで。注一三参照。
一八 客席の辺。
一九 さかな。料理。「魚《な》」は「肴《な》」と同じ語源で、食物とする魚《さかな》のこと。
二〇 何とも言うべき言葉もないでしょうに。この老母の言う「明日赤穴が来たならば……」と考えるのが一般的であろう。これに対して既に当の赤穴が出現していたところが劇的である。
二一 ようやく。
二二 底本は「侍《わざく》」とある。「侍」は「特」の誤刻ととる。「侍」ならば、たのむの意。
二三 酒やさかな。
二四 何度も何度も。再三再四。
二五「死生交」に「遂ニ自ラ刎《は》ネテ死ス、陰魂千里、特々来ツテ一見ス」とある。
二六「驚す」は、目をさまさせる、の意。

給へ」といひをはりて、泪《なみだ》わき出づるが如し。「今は永きわかれなり。只《ただ》母公《ばこう》に《母上に孝行して下さい》よくつかへ給へ」とて、座を立つと見しが《席を立つように見えたが》、かき消え[二五]《消えてしまって》て見えずなりにける。

左門の嘆き

左門慌忙《あわ》[一六]てとどめんとすれば、陰風《いんふう》[一七]に眼《まなこ》くらみて〔赤穴の〕行方《ゆくへ》をしらず《分らなくなった》。俯向《うつぶし》につまづき倒れたるままに、声を放ちて《大声をあげて》大いに哭《なげ》く《泣いた》。老母目さめ、驚《おどろ》き立ちて、左門がある所《居る場所を》を見れば、座上《とこのべ》[一八]に酒瓶魚《さかがめなも》[一九]盛りたる皿《さら》どもあまた列べたるが中に《たくさん並べてある中に》臥倒《ふしたふ》れたるを、いそがはしく《急いで》扶起《たすけおこ》して、「いかに」ととへども、只《ただ》、声を呑みて泣く泣く《泣くばかりで》さらに《一向に》言《ことば》なし。老母問ひていふ。「伯氏《あに》赤穴《あかな》が約《ちかひ》にたがふを怨《うらむ》るとならば《恨みに思うならば》、明日《あす》なん《こそ》もし来る《もし来た時には》には言《ことば》[二〇]なからんものを。汝《お前はこれほどまでに》かくまでをさなくも愚《おろか》なるか」とつよく諫《いさ》むるに、左門漸《やや》[二一]答へていふ。「兄長《このかみ》今夜《こよひ》菊花の約《ちかひ》に特《わざわざ》[二二]来《きた》る。酒殽《しゆかう》[二三]をもて迎ふるに、再三《あまたたび》[二四]辞《いな》み給うて《辞退された上》云ふ、『しかじかのやうにて《これこれの事情があって》約《ちかひ》に背《そむ》くがゆゑに、自《みづか》[二五]ら刃《やいば》に伏して陰魂《なきたま》百里を来る』といひて見えずなりぬ。それ故に《そういうわけで》こそは母の《母上の》眠《ねむり》をも驚《おどろか》[二六]したてまつれ《おさましました》。只々赦《ゆる》し給へ」と潸然《さめざめ》と哭《なき》入るを、老母いふ。「[一]牢裏《らうり》に繋《つな》がるる人は夢にも赦《ゆる》さるるを見[二]、[三]渇《かつ》するものは夢に漿水《しやうすい》を飲《の》むといへり。汝も又さる《お前もまたそういう》類《たぐひ》にやあらん。よく心を静《しづ》むべし」とあれども、左門頭《かしら》を揺《ふ》りて、「まことに[四]夢の正《まさ》なきにあらず。兄長《このかみ》はここもとにこそありつれ《ここに本当にいらっしゃったのですよ》」と、また声を放《あ》げて哭倒《なきたふ》る。老母も今は疑はず、相叫《よ》びて《呼び合って》其の夜は哭《な》きあかしぬ。

明くる日、左門母を拝していふ《母に頭を下げて言った》。「吾幼《をさな》きより身を[五]翰墨《かんぼく》に托《よ》するといへども、[六]国に忠義の聞えなく《評判もなく》、家に孝信をつくすことあたはず、徒《いたづら》に天地のあひだに生るるのみ《無駄にこの世に生きているだけです》。兄長赤穴《このかみあかな》は一生を信義の為に終《をは》る。小弟《弟の私は》けふより出雲《いづも》に下り、せめては[七]骨を蔵《をさ》めて信《しん》を全《まつた》うせん。[八]公尊体《きみおほんみ》を保ち給うて《お大事にして下さって》、しばらくの暇《いとま》を給ふべし」。老母云ふ、「吾《わ》が児《こ》かしこに去るとも、はやく帰りて老が心を休めよ《年とった私を安心させておくれ》。永く逗《とど》まりてけふを《今日を》旧《ひさ》しき日となすことなかれ《永遠の別れの日とすることのないように》」。左門いふ。「[九]生《しやう》は浮きたる漚《あわ》のごとく、旦《あさ》にゆふべに定め《〔消える時を〕》がたくとも、やがて帰りまゐるべし《まもなく帰って参りましょう》」とて、

一　「死生交」に「母哭《な》イテ曰ク、古人云ヘル有リ、囚人ハ赦ヲ夢ミ、渇人《かつじん》ハ漿《しやう》ヲ夢ム、ト」とある。「牢裏」は牢獄の中のこと。

二　底本「見え」となっている。

三　咽《のど》のかわいた者は夢の中で飲料水を飲むという。

四　夢のようなふたしかなものではない。「死生交」に「劭《せう》曰ク、夢ニ非ザルナリ、児《じ》親シク来ルヲ見ル」とある。

五　筆墨に同じ。転じて学問文事のことをいう。

六　「死生交」に「劭国《くに》ニ忠ヲ尽スコト能《あた》ハズ、家ニ孝ヲ尽スコト能ハズ、徒《いたづ》ラニ天地ノ間ニ生クルノミ」とある。

七　遺骨を葬って、信義を全うしたい。

八　ここは母をさす。母上。

九　人間の生命は流れに浮ぶ水泡《みなわ》の如きものだ、の意。「死生交」に「劭曰ク、生ハ浮キタル漚《あわ》ノ如ク、死生ノ事ハ旦夕《たんせき》モ保チ難シ」とある。

[一〇]泪《なみだ》を振《ふる》うて家を出で、佐用氏《さようぢ》にゆきて老母の介抱《いたはり》を苦[一一]《ねんごろ》にあつらへ、出雲の国にまかる《行く》路《みち》《途中》に、[一二]飢ゑて食《しよく》を思はず、寒きに衣をわすれて、まどろめば夢にも《ねむっている夢の中でも》哭《な》きあかしつつ、十日を経《へ》て富田の大城《おほぎ》にいたりぬ。

左門の復讐

先づ赤穴丹治が宅《いへ》にいきて、姓名をもて《名前を告げて》[一三]いひ入るるに、丹治迎へ請じて、「[一四]翼《つばさ》ある物の告ぐるにあらで、いかでしらせ給ふべき《どうしてお知りになりましたか》謂《いはれ》なし《不思議です》」としきりに問尋《とひもと》む。左門いふ。「士たる者は《武士たる者は》富貴消息[一五]《ふうきせうそく》の事ともに論ずべからず。只《ただ》、信義をもて重しとす。伯氏《あに》宗右衛門一旦[一六]《ひとたび》の約《ちかひ》をおもんじ、むなしき《なくなった》魂《たま》の百里を来《きた》るに報《むく》いすとて、《〔私は〕》[一七]日夜を逐《お》うてここにくだりしなり。吾《わ》が学ぶ所について《私が学び知ったことで》士に尋ねまゐらすべき旨あり《貴君にお尋ねしたいことがあります》。ねがふは明かに答へ給へかし《どうかはっきりとお答え下さい》。昔、魏《ぎ》の公叔座[一八]《こうしゆくざ》病の牀《ゆか》にふしたるに、魏《ぎ》王《わう》みづからまうでて手をとりつも告《つ》ぐるは、『若し《万一》諱《い》む[一九]《死》べからずのことあらば《が迫ったならば》、誰をして社稷[二〇]《くに》を守らしめんや。吾がために教《をしへ》を遺《のこ》せ』とあるに《と言われたので》、叔座《しゆくざ》いふ。『[二一]商鞅《しやうあう》年少《わか》しといへども奇才[二二]《きさい》あり。

一〇 流れる涙をぬぐって。
一一 丁寧に頼み込んで。「苦《ねんごろ》」は「懇《ねんごろ》」に同じ。「あつらふ」は、頼んで自分の思うようにさせること。
一二 ひたすら赤穴を思い続けている様子の表現。「死生交」に「沿路上、餓ヱテ食《う》ヲ択《えら》バズ、寒《こご》エテ衣ヲ思ハズ、夜ハ店舎ニ宿リ、夢中ト雖《いへど》モマタ哭《な》ク」とある。
一三 案内を乞う。面会を申し入れる。
一四 鳥や雁が。漢の蘇武《そぶ》が雁の足に手紙を結び託した故事を踏まえている。
一五 富貴盛衰のどちらも。「富貴」は財産に富み位が貴いこと。「消息」は栄枯盛衰のこと。
一六 一度した約束。すなわち、菊花の約のこと。
一七 夜を日についで急ぐこと。
一八 中国の戦国時代にあった魏《ぎ》の国の宰相。『史記』六十八商君列伝にある。
一九 忌み避けることができないことで、死をさしている。
二〇 土の神と穀物の神。又、これを祀《まつ》る意から国家をさす。ここは国家の意。
二一 公孫鞅《こうそんおう》。中国戦国時代の政治家で、刑名家（名称とその形が当らないのを責める、意見と実績の不一致を許さない法律学の刑名学を主張した人）である。秦《しん》に仕え宰相となり、功をもって商君に封ぜられた人。
二二 奇抜な才。即ち、めずらしくすぐれている才能。

王若《きみも》し此の人を用ゐ給はずば《お用いにならないなら》、これを殺《ころ》しても境《さかひ》[一]を出すことなかれ《出してはなりません》。他の国にゆかしめば《いかせたなら》、必ず[二]も後の禍《わざはひ》となるべし』と、苦《ねんごろ》[三]に教へて、又、商鞅《しやうあう》を私《ひそか》にまねき、『吾汝《なんぢ》をすすむれども、王許[四]さざる色あれば、用ゐずばかへりて《登用しないのならいっそ》汝を害し給へと教ふ。是《これ》[五]、君を先にし、臣を後にするなり。汝速《はや》く他《ひと》の国に去《さ》りて害を免《のが》るべし』といへり。此の事、士と《貴君と》宗右衛門に比《たぐ》へてはいかに《比べてみてはいかがですか》」。丹治、只頭《かしら》を低《た》れて言《ことば》なし。左門、座[六]をすすみて、「伯氏《あに》宗右衛門、塩冶《えんや》が旧交《よしみ》[七]を思ひて、尼子《あまこ》に仕へざるは《仕えなかったのは》義士[八]なり。士は《貴君は》、旧主《きうしゆ》の塩冶を捨てて、尼子に降《くだ》りしは士たる義なし《武士の義理を全うしていない》。伯氏《あに》は菊花の約《ちかひ》を重んじ、命を捨てて、百里を来《こ》しは信《まこと》[九]ある極《かぎり》なり。士は今尼子に媚《こ》びて骨肉《こつにく》[一〇]の人をくるしめ、此の横死《わうし》[一一]をなさしむるは友とする信《まこと》なし。経久強《し》ひてとどめ給ふとも《無理におとどめなさっても》、旧《ひさ》しき交りを思はば〔赤穴に対し〕、私《ひそか》に商鞅叔座《しやうあうしゆくざ》が信《まこと》をつくすべきに、只、栄利《えいり》[一二]にのみ走りて士家《しか》[一三]の風なきは、即《すなは》ち尼子の家風なるべし。さるから《それだから》兄長《このかみ》、何故《なにゆゑ》此の国に足をとどむべき《とどまれようか》。吾、今、信義を重んじて

一 国境。
二 必ずや。「も」は強意の助詞。秋成の特殊用法。
三 懇切に。「懇《ねんごろ》に」に同じ。四一頁注一一参照。
四 聞き入れない様子。用いない気配。
五 この措置は主君を先にし、家臣を後にしたものである。家臣としての道を全うしたものだ。『史記』六十八商君列伝に「王我ヲ許サザルノ色アレバ、我マサニ君ヲ先ニシ臣ヲ後ニシ……」とあって、この前後の插話は、すべて『史記』の原文に近い。
六 さらに身を乗り出して。「を」は動作の起る所や、行われる所を示す助詞。
七 情誼《じょうぎ》。古い交際をいう。
八 義を重んずる武士。また、出雲の「赤穴」氏は、『雲陽軍実記』には、「右京亮斗《ばかり》一城を守りて更に気を屈せず無二の忠義金鉄の如し」と書かれ、『陰徳太平記』には、「赤穴唯一人尼子一味ノ約ヲ金石ノ如ク守リタル義士ナレバ如何ニ方便《たばかる》共今更降旗ヲバ建ツ可カラズ」と記された信義を重んじた「義士」なのであり、秋成は「死生交」を翻案するのに、この赤穴を主人公にした。
九 信義を重んじる極致。
一〇 親子兄弟。肉親の人。ここでは従兄弟《いとこ》の関係。
一一 天命を全うしないで死ぬこと。ここは、自殺という非業の死。
一二 栄達と利益。
一三 武士としての気風。

態々《わざわざ》ここに来る。汝は又不義のために汚名《をめい》をのこせ」とて《と言って》、いひもをはらず抜打《ぬきうち》[一四]に斬《き》りつくれば、一刀《かたな》にてそこに倒《たふ》る。家眷《いへのこ》[一五]ども立騒ぐ間《ひま》に、はやく逃《のが》れ出でて跡なし《跡形もなかった》。[一六]尼子経久此《このことを》のよしを伝へ聞きて、兄弟信義の篤《あつ》きをあはれみ、左門が跡をも強《し》ひて逐《お》はせざるとなり《追わせなかったと言う》。咨《ああ》[一七]、軽薄《けいはく》の人と交りは結《むす》ぶべからずとなん《と〔言うがその通りだ〕》。

雨月物語　一之巻終

一四 鞘《さや》から抜いた刀を、構えずにすぐ打つこと。

一五 家来。「眷《けん》」は親族の意味だが、ここでは一族郎党の意味に使っている。

一六 尼子経久が富田城で乱暴した人間を追わせなかった実例があったようだ。『陰徳太平記』巻七「亀井新次郎経久江最後之暇乞《いとまこひノ》事」にも、経久の三男塩谷興久の重臣亀井新次郎が城を退出する時に、城の門柱に矢を射たり、富田の町屋に放火したりしたので、若者共が追いかけ討とうとした時に「経久思フ子細アリ亀井ニ手ナ付《つけ》ソト制セラレケル程ニ力無ク止リケリ」とあり、経久公は、相当に思慮深い人物として描かれている。秋成の経久観はややきびしい。

一七 感嘆詞。「ああ」と嘆く声。

＊ 巻尾の語句は、冒頭の「……交りは軽薄の人と結ぶことなかれ」に対応させている。この「軽薄な人と交際するな」とは、赤穴宗右衛門に対する赤穴丹治を非難しているとみることもできるが、ここでは、赤穴宗右衛門の信義とそれにこたえて敵《かたき》を討った丈部左門の二人をたたえたことばと考えたい。

雨月物語《うげつものがたり》　巻之二

浅《あさ》一茅《ぢ》が宿《やど》

勝四郎の上洛

二下総《しもをさ》の国葛餝《かつしかの》郡《こほり》真間《まま》の郷《さと》に、三勝四郎《かつしらう》といふ男ありけり。祖父《おほぢ》より旧《ひさ》しく《長年》ここに住み、田畠《ばた》あまた主《ぬし》づきて《所有して》家豊《ゆたか》に暮しけるが、生長《ひととな》りて四物にかかはらぬ性《さが》より、農作《なりはひ》をうたてき《おもしろくないと》物に厭《いと》ひけるままに、はた《果して》家貧《まづ》しくなりにけり。さるほどに《そのうちに》親族《うから》おほくにも疎《うと》んじられけるを、朽《くち》をしきことに思ひしみて《くやしいことだとつくづく思って》、いかにもして《どうかして》家を興《おこ》しなんもの《再興したいもの》をと《だと》左右《とかく》にはかりける《いろいろな人に相談した》。其の比《ころ》五雀部《ささべ》の曾次《そうじ》といふ人、六足利染《あしかがぞめ》の絹を七交易《からえき》するために、年々京《みやこ》よりくだりけるが、此の郷《さと》に氏族《やから》《親族》のありけ

＊才色兼備の羅愛愛《らあいあい》を主人公とする『剪燈新話《せんとうしんわ》』巻三の「愛卿伝《あいけいでん》」を基にして、夫婦の別れや妻の自殺などの筋を借り、クライマックスには『今昔物語集』巻第二十七「人妻、死《シテ》後、会《ノ》旧夫《もとのおっとにあえること》語第二十四」が参照され、さらに題名その他に『源氏物語』などの影響をこうむって、この「浅茅が宿」は成り立っている。

一　庭に茅《ち》がやが生《お》い茂った、荒れはてた家、の意。『徒然草《つれづれぐさ》』百三十七段に「長き夜をひとり明《あか》し、遠き雲井を思ひやり、浅茅が宿に昔を偲《しの》ぶこそ色好むとはいはめ」とある。秋成の『文反古《ふみほうぐ》』にも「浅茅が里より……」の表現がみられる。

二　普通は「しもふさ」とよむ。「をさ」と表記したのは「総」を「麻《を》」の意に解したからであろう。また、「葛餝」も普通は葛飾で、『和名抄《わみょうしょう》』には「葛餝・加止志加」とある。「真間の郷」は現在の千葉県市川市真間である。

三　上に「かついしかのこおり」としたので、音のよさから「かつし」を重ねて主人公の名前を「かついしろう」としたのであろう。

四　物事にこだわらない無頓着《むとんじゃく》な性質。

五　雀部は、仁徳天皇の御諱《いみな》・鷦鷯《さざき》（雀）を名にしたもので、山城国に雀部姓があるから、京の人の名としては妥当な設定である。

六　栃木県足利付近で産する染物。

七　物と物とを交換して取り引きする。

るを屢《しばしば》来訪《とぶら》ひしかば、かねてより《以前から》親《した》しかりけるままに《親しかったので》、商人《あきびと》となりて京《みやこ》[一]まうのぼらんことを頼みしに、雀部《ささべ》いとやすく《たいへん簡単に》肯《うけが》ひて《承知し》、[二]「いつの比《ころ》はまかるべし」と聞えける《と言った》。他《かれ》《雀部の》がたのもしきをよろこび《〔勝四郎は〕》、残《のこ》る田をも[三]販《う》りつくして金に代《か》へ、絹素《きぬ》あまた買積《かひつ》みて、京にゆく日をもよほしける《計画していた》。

勝四郎が妻宮木なるものは《宮木という女性は》、[四]人の目とむるばかりの容《かたち》に、心ばへ《性質も》も愚《おろか》ならずありけり。此《こ》の度《たび》勝四郎が商物《あきもの》買ひて京《みやこ》にゆくといふを、[五]うたてきことに思ひ、言《ことば》をつくして諫《いさ》むれども、[六]常の心のはやりたるにせんかたなく《いたし方もなくて》、[七]梓弓《あづさゆみ》末のたづきの心ぼそきにも《今後の生計に不安があったけれども》、かひがひしく《〔旅支度を〕けなげにも》調《こしら》へて、其の夜はさりがたき《離れがたい》別れをかたり、「かくては《このようになって》たのみなき《頼るあてもない》女心の、野にも山にも惑ふばかり《どうしたらよいか困り果てるだけで》、物うきかぎりに侍り《つらい限りでございます》。朝《あした》に夕《ゆふべ》にわすれ給はで、速く帰り給へ。命だにとは思ふものの《命さえあればよいと思うものの》、明《あす》をたのまれぬ世のことわりは《世の中の常ですから》、武《たけ》き御心にもあはれみ給へ《〔あなたの〕お強い男心でも哀れと思って下さい》」といふに、「いかで[八]浮木《うきぎ》に乗《の》りつも、しらぬ国に長居《ながゐ》せん。[九]葛《くず》のうら葉のかへるは

一 「まゐのぼる」の音便で、上洛したい、の意。
二 これこれの頃に参りましょう。ここは雀部が勝四郎を京へ連れて行ってくれることを意味する。
三 「販る」はあきなう、の意。本来は安く買って、もうけて売ること。
＊ 『雨月物語』刊行前の加島村居住時代に、秋成は、摂津川辺郡神崎にある「宮木が塚」（遊女宮城墓）に詣でている。「浅茅が宿」の妻の名を宮木としたのも、このあたりからの着想であろう。
四 人々の目をひくほどの美人。「愛卿伝」では「色《しき》貌《はう》才芸一時ニ独歩シ、性識《せいしき》通敏ニシテ詩詞《しし》ニ巧ナリ」と表現されている。
五 面白くないつらいことに。
六 いつも一本気に思いこむ性質である上、今回は、さらにはやっているので。
七 「末」にかかる枕詞。『万葉集』巻十二に「梓弓末のたづきは知らねども心は君によりにしものを」とある。
八 筏《いかだ》に乗りながらも。不安な生活を続けることを意味する。
九 「かへる」の序詞。「かへる」は、裏葉の返ると、帰るの掛詞。
一〇 「東《あづま》」にかかる枕詞。
一一 享徳四年（一四五五）六月。
一二 足利氏は京都御所（室町幕府）に対して、鎌倉に

も御所（公方《くぼう》）を置いた。
一三 足利成氏。持氏の子。この事件は『鎌倉大草紙《おおぞうし》』や『後太平記《ごたいへいき》』などに拠《よ》っている。
一四 鎌倉の公方の下で補佐する者。関東管領。ここは上杉憲忠《のりただ》。
一五 上総《かずさ》下総の二国。
一六 箱根の関の東。つまり関東のこと。
一七 若いこと。「弱」には弱年・弱冠などのように、若い、の意がある。
一八 あちらこちらに逃げ迷う。「迯」は逃の俗字。
＊ 初めに鎌倉管領足利持氏が、自ら公方と称し、執事を管領と呼び京都に対抗した。その子成氏が、上杉憲忠と争って、享徳三年（一四五四）に、憲忠を殺し、翌四年正月にも憲忠の弟と戦い、管領勢と戦った。のち、古河《こが》へ逃げ古河公方と称した。この間の争いを享徳の乱という。
一九 頼りにならない人の心だなあと。
二〇 夫を恨み、さらに我が身を悲しんで、がっかり気落ちしてしまって。
二一〈待っている私の悲しみは誰も夫に告げてはくれない。せめて「逢う」という名の逢坂の関にいる夕つけ鳥だけでも、どうか約束の秋は暮れてしまったと告げて下さいな〉。「夕づけ鳥」は「木綿《ゆふ》付鳥」で、鶏に木綿をつけ、都の四境の関で祓《はらい》をしたもの。また、鶏の異名にもなっている。この「木綿」の当て字に「夕」を用い、「言う」にかけた。

戦禍に遭遇する宮木

此の秋なるべし。心づよく待ち給へ《気を強くしてお待ちなさい》」といひなぐさめて、夜も明け《明けた》ぬるに《ので》、一〇鳥が啼《な》く東《あづま》を立出でて京《みやこ》の方《かた》へ急ぎけり。

一一此年享徳《ことしきやうとく》の夏、一二鎌倉の御所一三成氏朝臣《しげうぢあそん》、一四管領《くわんれい》の上杉《うへすぎ》と御中《仲が》放《さ》けて《悪くなり》、館《みたち》兵火《ひやうくわ》に跡なく滅びければ、御所《成氏さま》は一五総州《そうしう》の御味方《みかた》へ落ちさせ給ふ《おのがれになってか》より《らは》、一六関の東忽《たちま》ちに乱れて、心々の世の中となりしほどに《めいめい勝手なことをする世になったので》、老いたるは《［人々］》山に逃竄《にげかく》れ、一七弱《わか》きは軍民《いくさひと》にもよほされ《徴集されてしまい》、「けふは此所《このところ》を焼きはらふ」、「明《あす》は敵のよせ来るぞ」と、女わらべ等《ら》は一八東西《をちこち》に迯《に》げまどひて泣きかなしむ。勝四郎が妻なるもの《宮木》も、いづちへも《どこへでも》遁《のが》れんものを《逃げ出したいと》と思ひしかど、「此の秋を待て」と聞えし《と言った》夫《をつと》の言《ことば》を頼みつつも、安からぬ心に《不安な思いを抱きながら》日をかぞへて暮しける。秋にもなりしかど風の便もあらねば《何のたよりもなかったから》、世とともに《世間と同じように》一九憑《たのみ》なき人心かなと、二〇恨みかなしみおもひくづほれて、

二一身のうさは人しも告《つ》げじあふ坂の
　夕づけ鳥よ秋も暮れぬと

かくよめれども、(〔京までは〕多くの国に隔てられているので)国あまた隔てぬれば、いひおくるべき伝《つて》もなし。世の中騒《さわが》しきにつれて、人の心も恐しくなりにたり。(恐ろしくなってしまった)適間《たまたま》[一]とぶらふ人も、宮木がかたち[二]の愛《めで》たきを見ては、さまざまにすかしいざなへども、(いろいろとだまして誘惑しようとしたが)[三]三貞《てい》の賢《かしこ》き操《みさを》を守りてつらくもてなし、(すげなく応対し)後は戸を閉《た》てて見《まみ》えざりけり。(会わなかった)一人《ひとり》の婢女《はしため》[四]も去りて、すこしの貯《たくはへ》もむなしく、(すっかりなくなり)其の年も暮れぬ。年あらたまりぬれども猶をさまらず。(まだ平和は来なかった)[五]あまさへ去年《こぞ》の秋、[六]京家《きやうけ》の下知《げち》として、美濃《みの》の国郡上《ぐじやう》[七]の主《ぬし》、東《とう》[八]の下野守常縁《しもつけのかみつねより》[九]に御旗《みはた》を給《た》びて、下野の領所《しるところ》[一〇]にくだり、氏族《しぞく》千葉《ちば》[一一]の実胤《さねたね》とはかりて責《せ》むるにより、(〔成氏方を〕攻めたので)御所方(成氏方)も固く守りて拒《ふせ》ぎ戦ひけるほどに、いつ果《は》つべきとも見えず。(終るかも分らなかった)野伏《のぶし》[一二]等はここかしこに寨《さい》をかまへ、(とりでを作り)火を放ちて財《たから》を奪《うば》ふ。八州《しう》[一三]すべて安き所もなく、浅ましき世の費《つひえ》なりけり。(全くひどい世の中の無駄な消費である)

勝四郎近江にて発病

勝四郎は雀部《ささべ》に従ひて京《みやこ》にゆき、絹ども残りなく交易《かうえき》せしほどに、(売ったところが)当時《このごろ》都は花美《くわび》を好む節《とき》なれば、(時勢だったのでよい儲けをして)よき徳とりて東《あつま》に帰る用意《はかりごと》をなすに、今度《このたび》上杉の兵《つはもの》鎌倉の御所を陥《おと》し、なほ御跡[一四]をしたうて責《せ》め討《う》てば、

一 まれに。「死生交」に「適間《たまたま》親シク巨卿《きよけい》ノ到来ヲ見ル」とある。
二 容貌の美しいのを見ては。
三 普通、中国古代で貞操を守った三人の婦人、義・姫・華のことを言うが、ここは、『剪燈新話句解《せんとうしんわくかい》』の「愛卿伝」の三貞の注にある「義婦節婦烈婦也《なり》、或ハ曰フ孝子忠臣烈女也」を意味しているとも考えられる。
四 下女。
五 あまつさえ。その上に。「あまさへ」は「あまつさへ」の促音「つ」をはぶいた形。
六 京都の将軍、足利義政の命令。
七 岐阜県郡上《ぐじよう》郡八幡《はちまん》町。
八 武将で歌人。明応三年(一四九四)没。
九 足利将軍の命令による征伐の印の旗をたまわって。
一〇 実際は下総国香取郡。
一一 千葉胤直《たねなお》の弟で、兄の死後に市川城主となった。
一二 野武士。のぶせり。戦争時には強盗もした武士や土民の集団。
一三 関八州のこと。相模《さがみ》・武蔵《むさし》・安房《あわ》・上総・下総・常陸《ひたち》・上野《こうずけ》・下野《しもつけ》。『鎌倉大草紙』には「関東八州所々にて合戦止《やむ》時なく。をのづから修羅道《しゅらだう》の岐《ちまた》と成《なる》」とある。

古郷《ふるさと》の辺《ほとり》は[一五]干戈《かんくわ》みちみちて、[一六]涿鹿《たくろく》の岐《ちまた》となりしよしをいひはやす《世間で盛んに言った》。まのあたりなるさへ《眼前のことですら》偽《いつはり》おほき[一七]世説《よがたり》なるを、ましてしら雲の[一八]八重《やへ》に隔《へだ》たりし国なれば、心も心ならず《ひどく落ちつかず》、八月《はづき》のはじめ京《みやこ》をたち出でて、[一九]岐《き》曽《そ》の真坂《みさか》を[二〇]日くらしに踰《こ》えけるに、[二一]落草《ぬすびと》ども道を塞《さき》へて、[二二]行李《にもつ》も残りなく奪《うば》はれしがうへに《その上に》、人のかたるを聞けば、是より東の方は所々に新関《しんせき》を居《す》ゑて、旅客《たびびと》の往来《いきき》をだに宥《ゆる》さざるよし《許さないそうだ》。さては《それでは》消息《おとづれ》をすべき《便りを送る》たづきもなし《手段もない》。家も兵火にや亡びなん《家も戦火で焼けつくしてしまったろう》。妻も世に生きてあらじ。しからば古郷《ふるさと》とても鬼《おに》のすむ所なりとて、ここより又京《みやこ》に引きかへすに、[二三]近江《あふみ》の国に入りて、にはかにここちあしく《突然気分が悪くなってしまって》、[二四]熱《あつ》き病を憂《うれ》ふ。[二五]武佐《むさ》といふ所に、児玉《こだま》嘉兵衛とて富貴の人《金持の人》あり。是は雀部《さきべ》が妻の産所《さと》なりければ、苦《ねんごろ》にたのみけるに《丁重に頼みこんだ所が》、此の人見捨てずしていたはりつも《「勝四郎を」見捨てないでいたわりながら》、医《い》を《医者を》むかへて[二六]薬の事専《もは》らなりし。ややここち《気分が》清《すず》しく《さわやかに》なりぬれば《なったので》、篤《あつ》き恩《めぐみ》をかたじけなうす《御恩を感謝した》。されど歩《あゆ》む事はまだ[二七]はかばかしからねば、今年は思ひがけずもここに《武佐の地で》春を迎ふるに、いつのほどか《いつのまにか》

一四 足利成氏の逃げた跡を追って。公方《くぼう》であるから敬語を用いた。
一五「たて」と「ほこ」。交戦の最中で。「愛卿伝」には「干戈満目《めにみち》コモゴモ揮《ふる》フ」とある。
一六 戦乱の地。黄帝が蚩尤《しゆう》と戦った古戦場が語源。
一七 世間の噂《うわさ》。
一八 大変遠い国。甚《はなは》だ遠方の形容を言い、『万葉集』巻五にも「白雲の千重にへだてる」とある。
一九 岐阜県と長野県の境にある馬籠《まごめ》峠。歌枕。長野県西筑摩郡山口村にある。
二〇 一日中かかって。「夕ぐれに」という解釈もあるが、ここは「終日」の意にとる。「踰ゆ」は通り過ぎること。
二一 盗賊たちが道をさえぎって。『小説字彙《じい》』に「落《らく》艸《さう》、盗人の仲間入りすること」とある。
二二 荷物のこと。陶山南濤《すやまなんとう》の宝暦七年刊『忠義水滸伝《ちゅうぎすいこでん》解《かい》』に「行李は旅荷物也」とある。
二三 滋賀県。淡海とも書く。
二四 熱病にかかった。
二五 近江の蒲生《がもう》郡武佐村で、現在の滋賀県近江八幡市武佐町。
二六 投薬や治療に専念した。
二七 うまくいかないから。「はかばかし」は、目当て、当てどの意味をもつ「はか」を重ねて形容詞化したもの。

此の里にも友をもとめて《友人ができて》、[一]揉《た》めざるに直《なほ》き志を賞《しやう》ぜられて、児玉《こだま》をはじめ誰々も頼もしく《信頼して》交《まじは》りけり。此の後は京《みやこ》に出でて雀部《ささべ》をとぶらひ、又は近江に帰りて児玉《こだま》に身を托《よ》せ、七とせがほどは夢のごとくに過《すご》しぬ。

七年目の帰郷

[二]寛正《かんしやう》二年、[三]畿内河内《きないかはち》の国に[四]畠山《はたけやま》が同根《どうこん》の争ひ果さざれば《争いが絶えなかったので》、京《みやこ》ぢかくも騒《さわが》しきに、春の頃より[五]瘟疫《えやみ》さかんに行《おこな》はれて、屍《かばね》は[六]衢《ちまた》に畳《つ》み、人の心も今や[七]一劫《ごふ》の尽《つ》くるならんと、はかなきかぎりを《この世の無常を》悲しみける。勝四郎[八]熟《つらつら》思ふに、かく落魄《おちぶ》れてなす事もなき身の、何をたのみとて《たよりとして》遠き国に逗《とどま》り、[九]由縁《ゆゑ》なき人の恵《めぐみ》をうけて、いつまで生くべき命なるぞ《生きられる命であろうか》。古郷《ふるさと》に捨てし人《宮木》の消息《せうそこ》をだにしらで《さえ知らないで》、[一〇]萱草《わすれぐさ》おひぬる野方《のべ》に長々しき年月を過しけるは、信《まこと》なき[一一]己《おの》が心なりける物を。たとへ[一二]泉《せん》下《か》の人となりて、ありつる世にはあらずとも《この世には生きていなくても》、其のあとをもとめて[一三]壠《つか》をも築《つ》くべけれと《築くべきであると》、人々に志を告《つ》げて、五月雨《さみだれ》のはれ間《ま》に手をわかちて《別れをつけて》、十日あまりを経て古郷《ふるさと》に帰り着きぬ。

一 生れつき素直な人柄が気に入られて。『荀子《じゆんし》』勧学篇に「蓬《よもぎ》ハ麻中ニ生ジ扶《たす》ケズシテ自《みづか》ラ直シ」とある。

＊「揉めざるに直き志」に、主人公勝四郎の「物にかかはらぬ」性格の一面が表現されている。

二 寛正二年は一四六一年、寛正は後花園天皇、後土《ごつち》御門《みかど》天皇時代の年号、将軍は足利義政である。

三 五畿内のこと。すなわち、大和《やまと》・山城《やましろ》・和泉《いずみ》・河内・摂津《せつつ》五か国の内、の意。

四 畠山持国の実子義就《よしなり》と養子で甥《おい》の政長との戦い。「同根」は兄弟のこと。

五 流行病。疫病。

六 巷《ちまた》や道にかさなって。

七 人の世の終るのかと。「一劫」は、仏語に言う四劫の一。世界の始めより終焉までを成・住・壊《え》・空の四劫に分ける。ここは人類の生きる住劫《じゆうごう》をさす。

八 よくよく考えてみるに。

九 ゆかりのない親族でもない人。

一〇 妻も故里も忘れてしまったこの遠方の地で。「わすれぐさ」は「やぶかんぞう」や「忍草」の異称。

一一 自分の心からおこったものであるのだなあ。「物を」は感動の意味。

一二 黄泉の下、すなわち死の世界である、あの世。

一三 「壠」は壟に同じ。土を屍の上に盛りあげた墓。

一四 秋成の『金砂《こがねいさご》』五に「継橋は板ばしを河の渡りのままに長く次ぎたる也」とある。

此の時、日ははや西に沈みて、雨雲はおちかかるばかりに闇《くら》けれど、旧《ひさ》しく住みなれし里なれば迷ふべうもあらじと《迷うはずもないと》、夏野わけ行くに、いにしへの継橋《つぎはし》[一四]も川瀬におちたれば、げに《いかにも》駒の足音《あおと》[一五]もせぬに、田畑は荒れたきままにすさみて《荒れ放題にあれはてていて》、旧《もと》の道もわからず、ありつる《昔あった》人居《いへゐ》[一六]もなし。たまたま《まれに》、ここかしこに残る家に人の住むとは見ゆるもあ《住んでいると見えるのもあった》れど《けれど》、昔には似つつ[一七]もあらね。いづれか《どれがいったい》我が住みし家ぞと立ち惑《まど》ふに、ここ二十歩《ほ》[一八]ばかりを去りて《歩くと〔そこには〕》、雷《らい》に摧《くだ》かれし《裂かれた》松の聳《そび》えて立てるが、雲間《くもま》の星のひかりに見えたるを、げに《本当に》我が軒の標《しるし》[一九]こそ見えつる《見えたわいと》と、先《ま》づ喜《うれ》しきここちしてあゆむに《近寄って行くと》、家は故《もと》にかはらであり《変らないであった》。人も住むと見えて、古戸《ふるど》の間《すき》より燈火の影もれて輝々《きらきら》とするに、他人《こと》や住む《別人が住むか》、もし其の人《もしや妻その人が》や在《いま》すか《いるのかと》と心躁《さわが》しく、門に立ちよりて咳《しはぶき》[二〇]すれば、内にも《家の中で》速く聞きとりて《も早くも聞き知って》、「誰《た》ぞ《誰ですか》」と咎《とが》む。いたうねびたれど《たいへん年老いているが》正しく妻の声なるを聞きて、夢かと胸のみさわがれて、「我こそ帰りまゐりたり《私が帰って来たんだよ》」といふを、〔宮木は〕聞かはらで《達者で》独自《ひとりあさぢ》[二一]浅茅が原に住みつることの不思議さよ」といふを、聞

一五『万葉集』巻十四「足《あ》の音せず行かむ駒もが葛飾《かつしか》の真間《まま》の継橋やまず通はむ」をふまえている。
一六 家居で、ここは家並、人家の意。
一七 少しも似ていなかったから。「あらねば」と同じで条件法とみてよい。「ね」は打消の助動詞「ず」の已然形である。
一八「歩」は国訓は「ぶ」。歩は測地の尺度で、曲尺《かねじやく》六尺の称。雑令に「凡そ地を度《はか》るに五尺を歩とす」とある。「二十歩」で曲尺百二十尺。約四〇メートルぐらい。
一九 わが家の証拠となるしるし。
＊「愛卿伝」では「荒廃シテ人ノ居ル無シ、タダ鼠《そ》ノ梁《りやう》ニカクレ、梟《けう》ガ樹ニ鳴クヲ見ル。蒼苔碧草《さうたいへきさう》階庭ニ掩映《えんえい》スルノミ。其ノ母ヤ妻ヲ求ルニ去リ向フヲ知ラズ、惟中堂𥿻然《ただちゆうだうきぜん》トシテ独《ひとり》存ス。洒掃《さいさう》シテ息《いこ》フ」と表現され、一間を除いて全く変っていたことを告げている。
二〇 合図にせきばらいをすること。「咳」は王朝物語によく見られる来訪をつげる合図である。
＊この辺の描写は「……まづしはぶきをさきにたてて、彼は誰そ何人そと問ふ。……といふ声、いたうねびすぎたれど、聞きしおい人とききしりたり」(『源氏物語』蓬生《よもぎふ》)が参考になっている。秋成は素養に物をいわせて活用したのであろう。
二一 茅のまばらに生えた荒野原。『源氏物語』蓬生の巻に「かかる浅茅が原をうつろひ給はで」とある。

きしりたれば《き覚えた夫の声なので》、やがて《すぐに》戸を明くるに、いといたう黒く《〔宮木は〕たいへんひどく》垢《あか》づきて《垢まみれで》、眼《まみ》[一]はおち入りたるやうに、結《あ》げたる髪も《結い上げた髪も》脊《せ》にかかりて《崩れて背にかかり》、故《もと》の人と《以前の妻と》も思はれず。夫《をとこ》[二]を見て物をもいはで潸然《さめざめ》[三]となく。

勝四郎も心くらみて《ぼうぜんとして》、しばし物をも聞えざりしが《しばらくものも言えなかったが》、ややして《しばらくして》いふは、「今までかくおはすと思ひなば《こうして生きておいでだと思ったら》、など《どうして〔他国で〕》年月を過すべき。去《い》[四]ぬる年京《みやこ》にありつる日《滞在していたとき》、鎌倉の兵乱《ひやうらん》を聞き、[五]御所の師潰《いくさつひ》えしかば、総州《そうしう》に避《さ》けて禦《ふせ》ぎ給ふ。管領《くわんれい》これを責むる事急なりといふ。其の明《その翌日》雀部《あすささべ》にわかれて、八月《はづき》のはじめ京《みやこ》を立ちて、木曾路を来《く》るに、山賊《やまだち》[六]あまたに取りこめられ《とり囲まれてしまい》、衣服《いふく》金銀残りなく掠《かす》[七]められ、命[八]ばかりを辛労《からう》じて助かりぬ。且《かつ》里人のかたるを聞けば、東海東山の道はすべて新関を居《す》ゑて人を駐《とど》むるよし。又きのふ京《みやこ》より節刀使《せつとし》[九]もくだり給ひて、上杉に与《くみ》し、総州の陣《いくさ》に向はせ給ふ。本国の《郷里の》辺《ほとり》は疾《と》くに焼きはらはれ、[一〇]馬の蹄尺地《ひづめせきち》も間《ひま》なしとかたるによりて、今は灰塵《くわいぢん》とやなり給ひけん《灰になりになったのか》、海にや沈み給ひけんと、ひたすらに思ひとどめて《一途にそうと心に決めてしまって》、又京《みやこ》にの

一「目つき」の意であるが、ここは目のこと。『万葉集』巻七に「吾が見し児等が目見《まみ》は知るしも」とある。
二 夫。勝四郎のこと。
三「潸然《さんぜん》」は涙の出るさま。

勝四郎と宮木の再会

＊ このように物も言わずに泣くだけであったという文で、長く一人で留守をしていた妻の哀れさがよく表れている。『雨月物語』の「宮木」を垢《あか》じみて老けた女として出現させたのに対し、「愛卿伝」では、服装も昔のままで、ただ巾《きん》を頸《くび》に巻いていたのが違っていたと、その縊死《いし》のさまを表現していてたいへん凄みがある。

四 七年前の享徳四年（一四五五）。
五 足利成氏方の軍勢が敗戦したので。
六 山賊多数に。『徒然草』第八十七段に「山だちありとののしりければ……」とある。
七 奪いとられて。
八 命のみを。「を」は「は」より強調した使用法。
九 正しくは節度使と書く。ここは京都の将軍家が遣わした征討の使で、四八頁七行目の東常縁《とうのつねより》のこと。
一〇 走る軍馬の蹄ばかりで、わずかの土地も安らかな所はなかった。
一一 寄食し居候《いそうろう》となって。
一二 妻の死んだあと。
一三『文選《もんぜん》』の宋玉高唐賦にある、楚《そ》の襄王《じようおう》が夢に一

宮木の身の上

ぼりぬるより、人に[一一]餬口《くちもら》ひて七とせは過しけり。近曽《このごろ》すずろに《しきりに》物のなつかしくありしかば、せめて其の[一二]蹤《あと》をも見たきままに帰りぬれど、かくて世におはせんとは《こうして生きておいでだとは》努々《ゆめゆめ》思はざりし《少しも思わなかった》なり。[一三]巫山《ふざん》の雲、[一四]漢宮《かんきゅう》の幻《まぼろし》にもあらざるや」と、くりことはてしぞなき《くどくどと愚痴が終らなかった》。

妻涙をとどめて《涙を押えて》、「一たび離《わか》れまゐらせて後、[一五]たのむの秋より前《さき》に、恐しき世の中となりて、里人《さとびと》は皆家を捨てて海に漂《ただよ》ひ山に隠《こも》れば、適《たまたま》に残りたる人は、多く[一六]虎狼《こらう》の心ありて、かく寡《やもめ》となりしを《一人暮しを》便《たより》よしとや《都合がよいと》、言《ことば》を巧《たく》みていざなへども《誘惑したけれども》、[一七]玉と砕《くだ》けても瓦《かはら》の全《また》きにはならはじものをと、幾たびか辛苦《からきめ》を忍びぬる。[一八]銀河《ぎんが》秋を告《つ》ぐれども君は帰り給はず。冬を待ち、春を迎へても消息《おとづれ》なし。今は京《みやこ》にのぼりて尋ねまゐらせんと《お尋ねいたしましょうと》思ひしかど、[一九]丈夫《ますらを》さへ宥《ゆる》さざる関の鎖《とざし》を、いかで《どうして》女の越ゆべき道もあらじと、軒端の松にかひなき宿に《待つ甲斐もない家で軒先の松を相手に》、狐鵂鸖《きつねふくろふ》を友として今日までは過しぬ。今は長き恨《うら》みもはればれとなりぬる事《すっかり晴れてしまったのが》の喜《うれ》しく侍《はべ》り。[二〇]逢ふを待つ間《ま》に恋ひ死なんは、人しらぬ恨みなるべ

婦人と会して交りを結ぶものの実は巫山《ふざん》の朝雲であったという故事。すなわち、男女が夢に相会するを言う。巫山は中国四川省にある山。「……夢ニ一婦人ヲ見ル、曰ク、妾《せふ》ハ巫山ノ女ナリ、高唐ノ客ト為ル。聞クナラク君ガ高唐ニ遊ブト、願クハ枕席《ちんせき》ヲ薦《すす》メント、王因《よ》ツテ之ヲ幸トス……」。

一四『漢書』にある、漢の武帝が亡くなった夫人と生死をへだてて相会すること。『東坡《とうば》詩集』に「李《り》夫人死ス、漢武帝之ヲ念《おも》フテ已《や》マズ、乃《すなは》チ方士ヲシテ反魂香《はんごんかう》ヲ作ラシメ、之ヲ焼ク、夫人乃チ降《くだ》ル」とある。

一五 あなたがお帰りになると頼みにしておりました秋よりも早く。

一六 虎や狼のようなけだものの心。

一七 貞操を守って死んでしまっても、不義をして汚れて生きながらえるようなことはすまい、の意。『剪燈《せんとう》新話句解』に「魏《ぎ》ノ宗室景皓《けいかう》曰ク、大丈夫ハ寧《むし》ロ玉砕シテ、瓦《かはら》全ウナサズ」とあり、『北斉書』の元景安伝にも「大丈夫ハ寧ロ玉ト砕ク可キモ瓦ノ全キ能ハズ」とある。

一八 天の川が冴《さ》えて七夕の秋になっても。

一九 男でさえ、たやすくは通れない関所を。

二〇『後拾遺集』十一に「人知れず逢ふをまつ間に恋ひ死なば何に代へたる命とかいはむ」とある。会う前に恋いこがれて死んだなら、相手にわかってもらえない口惜しさはどれほど深いかと訴えている。

し」と、又よよと泣くを、「夜こそ短きに」といひなぐさめて、と[一]もに臥しぬ。

よよとばかり泣くのを（勝四郎）　一緒　に寝についた

荒廃のわが家

[一]窓《まど》の紙松風《かみまつかぜ》を啜《すす》りて夜もすがら涼しきに、[二]途《みち》の長手《ながて》に労《つか》れ熟《うま》く寝《い》ねたり。[三]五更《ごかう》の天《そら》明けゆく比現《ころうつつ》なき心にもすずろに寒かりければ、[四]衾帔《ふすまはつ》さんとさぐる手に、何物にや[五]籟々《さやさや》と音するに目さめぬ。面《かほ》にひやひやと物のこぼるるを、雨や漏りぬるかと見れば、屋根は風にまくられてあれば、[六]有明月のしらみて残りたるも見ゆ。家は[七]扉《と》もあるやなし。[八]簀垣《すがき》朽頽《くちくづ》れたる間《ひま》より、荻薄《をぎすすき》高く生出《おひ》でて、朝露うちこぼるるに、袖湿《ひ》ぢてしぼるばかりなり。壁には[九]蔦葛《つたくず》延《は》ひかかり、庭は[一〇]葎《むぐら》に埋《うづも》れて、秋ならねども[一一]野らなる宿なりけり。

夜どおし　夢心地にも何となく　何であろうか　雨でも漏るのかと　どこ　にあるやら　袖は　ぐっしょりぬれてしぼる程であった　野原さながらに荒れた家だった

妻の墓の辞世

さてしも臥《ふ》したる妻はいづち行きけん見えず。狐《きつね》などのしわざにやと思へば、かく荒れ果てぬれど故《もと》住みし家にたがはで、広く造《つく》り作《な》せし奥わたりより、端《はし》の方、稲倉《いなぐら》まで好みたるままの形《さま》なり。[一二]呆自《あき》れて足の踏所《ふみど》さへ失《わす》れたるやうなりしが、熟《つらつら》おもふに、妻は既《すで》に死《まか》[一三]

それにしても　ともに寝た　どこへ行ってしまったのか　違いなく　家の後方から　好みに合せて作ったままの

＊この辺の描写に、『今昔物語集』巻二十七第二十四話「人妻《ノ》、死後《シテ》、会旧夫語《もとのおつとにあえること》」にある、地方にいた男が帰京して、留守居していた妻と逢った翌日、それが死体であることを知る話の影響があろうか。「夜モ深更《ふかくふけ》ヌレバ……二人掻抱《かきいだき》テ臥シヌ、……夜ノ明ラムモ不知《しら》デ寐《い》ヌル程ニ」とある。

一　窓の破れた障子紙を、松風がすすり泣くように鳴らして。

二　長い旅に疲れて熟睡した。

三　午前四時から午前六時の間。あけがた。

四　夜具を体にかけようと探る手に。「帔」には巾を肩から背にかぶる意がある。底本は「帔《はっさ》ん」とあるが、「帔《かつ》かん」の誤りと考えてよい。

五　「籟《らい》」はひびき、こえ、の意。

六　有明けの月。夜が明けても空にかかっている月。

七　「扉」は戸のこと。

八　簀掻《すがき》。簀子《すのこ》状に竹や板を並べた床。

九　さまざまの蔓草。

一〇　八重葎《やえむぐら》。あかね科の二年生草本。

一一　『古今集』巻四、僧正遍昭《へんじよう》の歌に「さとはあれて人はふりにしやどなれや庭もまかきも秋ののらなる」とある。

一二　茫《ぼう》（呆）然自失の意から「呆自」を「あきれて」と読んだか。

一三　死んでしまって。『崇神紀《すじんき》』に「死亡者《まかれるもの》」とありて、今は狐狸《こり》の住みかはりて《狐や狸が代りに住んで》、かく野らなる宿と《こんな野原同様のあばら家と》なりたれば、怪《あや》[一四]しき鬼《もの》の化《け》してありし形《かたち》を見せつるにてぞあるべき。若《も》し又我を慕《した》ふ魂《たま》のかへり来りて《妻の霊魂が帰ってきて》かたりぬるものか。思ひし事の露たがはざりし《家も妻もまさしく想像した通りであった》よと《なあと》、更に《全く》涙さへ出でず。我が身ひとつは[一五]故《もと》の身にしてと、あゆみ廻《めぐ》るに、むかし閨房《ふしど》にて《寝室で》ありし所の簀子《すのこ》[一六]をはらひ《取り払い》、土を積みて壠《つか》《墓》とし、雨露をふせぐまうけもあり《設備がしてあった》。夜《よべ》の霊《れい》はここもとよりやと《ここから出てきたのかと思うと》恐しくも且《かつ》なつかし。水向《むけ》[一七]の具《ぐ》物せし中に、木の端《はし》を刪《けづ》りたるに《削ったものに》、那須野《なすの》[一八]紙のいたう古《ふる》びて、文字もむら消《ぎえ》[一九]して所々見定めがたき、正しく妻の筆の跡なり。法名《戒名》といふものも年月もしるさで、三十一字に[二〇]末期《いまは》の心を哀《あはれ》にも展《の》べたり《述べていた》。

[二一]さりともと思ふ心にはかられて
　　世にもけふまでいける命か

ここにはじめて《この歌を見て初めて》妻の死したるを覚《さと》りて《知って》、大いに叫《さけ》びて倒れ伏す。去《さ》りとて《しかしながら》何の年、何の月日に終りしさへしらぬ浅ましさよ。人はし《〔ひょっとしたら〕誰》

る。

一四 あやしい鬼が化身して。妖怪が化けて。

一五 辺りは全部変ってしまっているのに、自分だけは元通りの体であって、の意。『古今集』巻十五の在原《ありわら》業平《なりひら》の歌「月やあらぬ春やむかしの春ならぬ我身ひとつはもとの身にして」による。

一六 簀《す》で造った縁側。簀は竹または細かい板を横に並べて編んだもの。

＊「なつかし」と表現して、二度と会えないから、出来たらもう一度会いたいという気持を表している。また、宮木も、「帰るのを待て」という夫の言葉にひかれて待っていたので、一夜の抱擁で愛情の執念は満たされ、成仏したのであろう。

一七 お供えの水などが置かれている中に。

一八 栃木県那須野地方の烏山《からすやま》辺で産する紙。

＊この那須野紙を貼《は》った木片が、塔婆《とうば》に代って宮木の墓、つまり碑となっているのである。

一九 あちらこちらが消えていて。

二〇 短歌のこと。普通「みそひともじ」とよみ、一首の歌が三十一字なので、このようにいう。

二一 〈それにしても、夫がまもなく帰ってくるでしょう、と思う自分の心にだまされて、よくもまあ、この世に、今日という今日まで生きてきました、私の命よ〉。『続後撰集』巻十三の藤原敦忠の歌「さりともと思ふ心に慰みて今日まで世にも生ける命か」を少し直して使用している。

りもやせんと《か知っていなかろうかと》、涙をとどめて立ち出づれば、日高くさし昇りぬ。先《ま》づ、ちかき家に行きて主《あるじ》を見るに、昔見し人にあらず《以前の知り合いではなく》、かへりて《かえって逆に》「何国《いづく》の人ぞ」と咎《とが》む。勝四郎礼《ゐやま》[一]ひていふ、「此《こ》の隣なる家の主《あるじ》なりしが、過活《わたらひ》[二]のため京《みやこ》に七とせまでありて《七年間滞在しておりまして》、昨《きそ》[三]の夜《よ》帰りまゐりしに、既に荒廃《あれすさ》[四]みて人も住《すま》ゐ侍らず《住んでいません》。妻なるものも死《まか》[五]りしと見えて壠《つか》[六]の設《まうけ》も見えつるが《あるようですが》、いつの年にともなきに《「死んだ」かも分らないので》、まさりて《一段と》悲しく侍り。しらせ給はば《ご存じでしたら》教へ給へかし」。《「そこで」》主《あるじ》の男いふ、「哀《あはれ》[七]にも聞え給ふものかな。我《わ》がここに住むもいまだ一とせばかりの事なれば、それよりはるかの昔に亡《う》[八]せ給ふと見えて、住み給ふ人のありつる世はしり侍らず《いらっしゃった頃を知りません》。すべて此[九]の里の旧《ふる》き人は兵乱《ひやうらん》の初《はじめ》に逃失《にげう》せて、今住居《すまゐ》する人は大かた他《ほか》より移り来たる人なり。只一人《ひとり》の翁《おきな》の侍るが《がいますが》、所に《この辺で》旧《ひさ》しき人と見え給ふ《ずいぶん長い人と見えます》。時々《をりをり》あの家にゆきて、亡《う》せ給ふ人の菩提《ぼだい》[一〇]を弔《とぶら》はせ給ふなり。此の翁こそ月日をもしらせ給ふべし《死亡の年月日をきっとご存じでしょう》」といふ。勝四郎いふ、「さては《それでは》其の翁の栖《す》み給ふ家は何方《いづべ》にて侍るや《どこでございますか》」。主《あるじ》いふ、「ここよ

一 礼儀正しく挨拶《あいさつ》をして。
二 生活するための生業。『繁野話《しげしげやわ》』巻五では「過活《すぎはひ》」と読んでいる。
三 昨夜。『万葉集』巻四「久堅《ひさかた》の昨夜《きそのよ》の雨に」とある。
四 荒れ果てていて。荒廃していて。
五 「死《まか》る」は死ぬこと。みまかる。普通「罷る」と書く。
六 土を盛りあげて作った墓。普通「塚」とかく。五〇頁注一三参照。
七 お気の毒なことをおっしゃいますね。「聞ゆ」という動詞は近世の文語では、「聞かせてくれる」という相手の自己に対する動作に用いている。
八 お亡くなりになった。「う（失）す」には、死ぬの意がある。
九 巻頭に言う「下総の国葛餝郡真間の郷」のこと。
一〇 煩悩《ぼんのう》を断って悟道を得る仏果のこと。ここは極楽往生するように弔うこと。
一一 「歩」は五一頁注一八参照。ここでは「ひとあゆみの長さ」で、百歩《ぽ》のことか。歩は本来は尺度の単位

り百歩《ほ》[一一]ばかり浜の方に、麻《あさ》[一二]おほく植《う》ゑたる畑の主《ぬし》にて、其所《そこ》にちひさき庵《いほり》して住ませ給ふなり《を作ってお住まいです》」と教ふ。勝四郎よろこびてかの家《老人の庵》にゆきて見れば、七十可《ななそぢばかり》[一三]の翁の、腰は浅ましきまで《腰がおどろくほど》屈《かがま》りたるが《曲った人が》、庭竈《にはかまど》[一四]の前に円座《わらうだ》[一五]敷きて茶を啜《すす》り居《を》る。翁も勝四郎と見るより《を見るとすぐに》、「吾主《わぬし》[一六]何とて遅《おそ》く帰り給ふ」といふを見れば、此の里に久しき《長く住む》漆間《うるま》[一七]の翁といふ人なり。

翁の話

勝四郎、翁が高齢《よはひ》をことぶきて《長寿のお祝いを言い》、次に京《みやこ》に行きて心ならずも逗《とどま》りしより、前夜《さきのよ》のあやしきまで《奇怪なできごと》を詳《つばら》にかたりて《くわしく話して》、翁が壠《つか》を築《つ》きて祭り〔霊を〕給ふ恩《めぐみ》のかたじけなき《御恩のありがたさを》を告《つ》げつつも《述べながらも》、涙とどめがたし。翁いふ、「吾主《わぬし》遠くゆき給ひて後は、夏の比《ころ》より干戈《かんくわ》[一八]を揮《ふる》ひ出でて、里人は所々に遁《のが》れ、弱《わか》き者どもは軍民《いくさびと》に召さるるほどに《徴集されてしまうので》、桑田《さうでん》[一九]にはかに狐《こ》兎《と》の叢《くさむら》となる。只烈婦《さかしめ》[二〇]のみ主《ぬし》が秋を《秋にと》約《ちか》ひ給ふを《約束なさったのを》守りて、家を出で給はず。翁も又、足蹇《なえ》[二一]ぎて百歩《ほ》を難《かた》しとすれば、深く閉《た》てこもりて出でず。一旦《ひとたびこ》[二二]樹神《だま》[二三]などいふおそろしき鬼《もの》[二四]の栖《す》む所となりたりしを、稚《わか》[二五]

で、間《けん》のこと。

一二 中央アジアの原産で、日本へは古代伝来した。茎の皮から繊維をとり、布や糸を作った。

一三 七十歳代ぐらい。「可」には「ばかり」「ほど」の意味がある。『史記』に「飲ム二五六斗可《ばかり》一」とある。

一四 庭にあるかまど。

一五 藁《わら》や藺《い》などを編んで作った丸い敷物。えんざ。

一六 おぬし。お前。同輩、またはそれ以下に用いる対称の人称代名詞。

一七 創造上の人名。ただし、法然《ほうねん》上人の姓から採ったとする解釈もある。

一八 干《たて》と戈《ほこ》。すなわち戦争のこと。「揮ひ出づ」は、戦争がおこったこと。

一九 田畑。「桑田変じて滄海《そうかい》と成る」などの慣用法があり、世の中の移り変りのはげしいことをいう。

二〇 節義がかたい女。宮木をさす。『古事記』上に「佐《さ》加志売《かしめ》」。

二一 歩くことが不自由で、足がいざりのようになって。「蹇《けん》」は「あしなえ」。

二二 一度は。ここは、遂には、の意。

二三 樹木に宿る霊。人に祟《たた》ると信じられていた。『繁野話』巻三にも「谷神《こだま》の棲《す》む処」とある。

二四 「者」か「物」を「鬼」と記したのは、やはり妖《あや》しい鬼の意味があるからであろう。

二五 「若き」とせず「稚き」としたのは「いとけない」「おさない」の意味を加えたかったからであろう。

き女子《をんなご》の矢武《やたけ》におはする《気丈夫でしたのが》ぞ、老が物見たる中のあはれなりし《この老人が見聞したことの中でも最高の感動でした》。秋去《さ》り春来りて、其の年《一》の八月《はづき》十日といふに死《まか》り給ふ。慟《いとほ》二しさのあまりに、老が手づから土を運びて柩《ひつぎ》を蔵《をさ》め、其の終焉《をはり》に残し給ひし筆の跡を壠《つか》のしるしとして、蘋蘩《みづむけ》三行潦の祭も心ばかりにものしけるが、翁もとより筆とる事《わざ》をしもしらねば、其の月日《死亡の》を紀《しる》四す事もえせず《できず》、寺院遠ければ贈号《おくりな》五を求むる方もなくて《求める方法もなくて》、五とせを過し侍るなり。今の物がたりを聞くに《聞いてみると》、必ず《きっと》烈婦《さかしめ》の魂《たま》の来り給ひて、旧《ひさ》しき恨みを聞え給ふなるべし《述べなさったのに違いない》、復《ふたた》びかしこに行きて念比《ねんごろ》《丁寧に》にとぶらひ給

勝四郎荒廃のわが家を嘆く

一 別れた翌年の康正二年。
二 気の毒さのあまりに。「惆《ちよう》」にはいたむの意味がある。
三 「蘋」はうきくさ。かたばみ藻。「蘩」はしろよもぎのこと。「行潦」は途上のたまり水のことで、『春秋左伝』に「蘋蘩《ひんぱん》薀藻《うんさう》之《の》菜《さい》、筐筥《きやうきよ》錡《き》釜《ふ》之器、潢汚《くわうを》行潦《かうらう》之水」とあり、「蘋蘩行潦」は貧しい手向け、の意に使っている。
四 普通「記す」であるが、この「紀す」にも「記す」の意味があり、『釈名《しやくみやう》』釈言語に、「紀は記なり、之を記し識《し》るなり」とある。
五 功績をたたえて、死後贈る名。ここは戒名《かいみやう》の意。

六　千葉県市川市真間に残る万葉伝説の処女。『万葉集』巻九に「詠勝鹿真間娘子謌一首并短謌《かつしかのままのおとめをよみしうたいっしゅならびにたんか》」があり、巻四・巻十四にも合わせて八首ある。現地には「手児女」を祭ったお堂がある。一般には「てこな」と呼び「手児奈」とも書く。

＊　市川市真間一丁目の法華宗真間山弘法寺《ぐぼう》の東南二百メートル余りの真間四丁目に「手児奈堂」があり、現在は弘法寺の末寺の如く、弘法寺の僧侶が詰めている。しかし門が鳥居であることからも、本来は「手児奈社」であり、神として手児女を祭ったものであろう。隣に真間稲荷神社が現存する。

七　『万葉集』巻九の高橋虫麿《むしまろ》の長歌「麻衣《あさぎぬ》に青衿着け……髪だにも掻《か》きは梳《けづ》らず　履《くつ》をだに穿かず行けども　錦綾《にしきあや》の中につつめる　斎児《いはひ》も　妹《いも》に如《し》かめや　望月の満《た》れる面《おも》わに　花の如《ごと》笑みて立てれば……」に拠っていて、この辺りの文章に、秋成の例の古典流用の方法を見るべきである。なお、『万葉集見安補正』にも「麻布に青衿かけてと云へり、いやしき人は領巾《ひれ》にかたどりてやよそひし」とある。

八　都の高貴な女性。

九　本来は諸国から九州の太宰府《だざいふ》へ派遣された国防の兵士であるが、ここは京よりの兵、の意味。

「真間の手児女」の昔話

へ」とて、杖を曳《ひ》きて前《さき》に立ち、壟《つか》の《墓の》まへに《前に》俯《ふ》して声を放《あ》げて歎《なげ》きつつも《なげきながら》、其の夜はそこに念仏して《念仏をとなえて》明しける《夜を明した》。

寝られぬままに翁かたりていふ、「翁が祖父《おほぢ》の其の祖父《おほぢ》すらも生《うま》れぬはるかの往古《いにしへ》の事よ。此の郷《さと》に真間《まま》[六]の手児女《てごな》といふ、いと美しき娘子《をとめ》ありけり。家貧しければ、身には麻衣《あさごろも》[七]に青衿《あをえり》つけて、髪だも《髪さえ》梳《けづ》らず《とかず》、履《くつ》だも穿《は》かずてあれど《履かなかったけれど》、面《かほ》は望《もち》の夜の月のごと《満月のように美しく》、笑《ゑ》めば花の艶《にほ》ふが如《ごと》、『綾錦《あやにしき》に裹《つつ》める《装う》京女臈《みやこぢよらう》[八]にも勝《まさ》りたれ』とて、この里人はもとより《言うまでもなく》、京《みやこ》の防人等《さきもりたち》[九]、国の隣の人までも、言《こと》をよせて恋慕《しの》ばざ

るはなかりしを、手児女《てごな》物うき事に思ひ沈《しづ》みつつ、『おほくの人の[一]心に報《むくい》す』とて、此《こ》の浦回《うらわ》[二]の波に身を投げしことを、世の哀《あはれ》なる例《ためし》とて、[三]いにしへの人は歌にもよみ給ひてかたり伝へしを、翁が《私が》稚《をさな》かりしときに《子供であった時に》、母のおもしろく語《かた》り給ふをさへ、いと哀なることに聞きしを、此の亡人《なき》の心《宮木の》は、昔の手児女《てごな》がをさなき心に幾らをかまさりて悲しかりけん《純真な気持よりどれほどまさって悲しかったことでありましょう》」と、かたるかたる涙さしぐみて《涙ぐんで》とどめかぬるぞ、老は物えこらへぬなりけり《老人というものはこらえ性のないものなのだ》。勝四郎が悲しみはいふべくもなし《言うまでもなかった》。此の物がたりを聞きて、おもふあまりを《感情のほとばしるあまりを》田舎人《ゐなか》[四]の口鈍《にぶ》くもよみける、

[五]いにしへの真間《まま》の手児奈《てごな》をかくばかり
　恋ひてしあらん真間のてこなを

思ふ心のはしばかりをもえいはぬぞ《思うことの一片すらも言い表すことができないのは》、よくいふ《上手に心を述べる》人の心にもまさりてあはれなりとやいはん。〔以上の話は〕[六]かの国にしばしばかよふ商人《あきびと》の聞伝へてかたりけるなりき。

一　心に報いよう。手児女は、一人を選ばず、思いをかけてくれた人皆にこたえようとして、身を投げて死んだ。ここを「報いず」と読み、すべての男性に報いることができないからとも訳せるが、「お報いする」ととる方がよい。

二　入江。秋成の『金砂』八に「下総の葛飾郡に真間の浦あり」と記されている。

三『万葉集』で手児女を詠んだ山部赤人《やまべのあかひと》、高橋虫麿ら。

四　田舎人がたどたどしくも。この「田舎人」は勝四郎をさす。なお、別人ともとれるが、へり下って勝四郎のことを、このように表現したととるほうが素直であろう。

五〈真間の手児奈を慕っていた人々は、ちょうど私がかくも宮木を慕い嘆いているように、入江に身を投げた手児奈を恋しがったことでありましょうよ〉。勝四郎の情感を、散文ではなく歌で示したところに、作者の工夫がみられる。

六　真間の里のある下総の国。

夢《む》応《おう》の鯉《り》魚《ぎよ》

むかし[七]延長《えんちやう》の頃、[八]三井寺《みゐでら》に[九]興義《こうぎ》といふ僧ありけり。絵に巧なるを《上手であること》もて名を世にゆるされけり《から世間で名人との評判を立てられていた》。嘗《つね》に画《ゑが》く所、仏像山水花鳥《さんすいくわてう》を事とせず《主とせず》。[一〇]寺務の間《いとま》ある日は湖《うみ》[一一]に小船をうかべて、網引釣《あびきつり》[一二]する泉郎《あま》に銭を与へ、獲《え》たる魚をもとの江《え》に放ちて、其《そ》の魚の遊躍《あそ》ぶを見ては画きけるほどに《描いているうちに》、年を経て細妙《くはしき》[一三]にいたりけり。或るときは絵に心を凝《こら》して《ある時などは絵の工夫に》眠《ねぶり》をさそへば《眠りに入ると》、ゆめの裏《うち》に江に《湖水に》入りて、大小《さばかり》[一四]の魚とともに遊ぶ。覚《さ》むれば即《やが》て《すぐに》見つるままを画《ゑが》きて壁に貼《お》し《はりつけて》、みづから呼びて[一五]夢応の鯉魚《りぎよ》と名付けけり。其の絵の妙なるを《すばらしさに》感《め》でて《感嘆し》乞要《こひもと》むるもの《欲する人が》前後《ついで》をあらそへば《順番を争ったので》、只《ただ》花鳥山水は乞ふにまかせてあたへ、鯉魚《りぎよ》の絵はあながちに《むやみに》惜《をし》みて、人毎《ごと》《「絵を乞う」》に戯《たはぶ》れていふ。「生《しやう》を殺し鮮《あざらけ》[一六]を喰《くら》ふ凡俗の人に《在家の人に》、法師の

＊ 遊離魂の話の「夢応の鯉魚」は、『古今説海』巻九の「魚服記《ぎよふくき》」、および『醒世恒言《せいせいこうげん》』第二十六巻「薛録事魚服証仙《せつろくじぎよふくしようせん》」その他を典拠としており、他編にくらべると、文字通り翻案小説といえよう。

七 第六〇代醍醐《だいご》天皇、第六一代朱雀《すざく》天皇の代の年号。九二三年閏《うるう》四月〜九三一年四月。

八 滋賀県大津市にある天台宗長等《ながら》山園城寺《おんじようじ》のこと。

九 三井寺の住僧、つまり塔頭《たつちゆう》の住職で、『古今著聞集《ここんちよもんじゆう》』に見え、元禄六年板の『本朝画史』には、「僧興義曾《か》つて江州三井寺に住み画名有り」とある。

画僧興義

一〇 寺院でのいろいろな勤め。

一一 古くは海に限らず、広く水を湛《たた》えた所を「うみ」と言った。ここでは琵琶湖を言う。

一二 網を打ち釣をする漁夫。

一三 くわしく巧みであること。精妙。

＊ この鯉魚を描く画家は、秋成の『万匂集《まにおうしゆう》』に、「夢玉の仙人がゑがける鯉」として詠まれている人物、即ち『浪速《なにわ》人傑談』に「殊《こと》さら鯉魚を描《ゑがく》に妙を得たり、依《よつ》て其画を求《もとむ》る人多かりしゆへ、世に鯉翁と異名せしと云《いふ》」とある、名は葛子《くずし》明《めい》、号を蛇玉《じやぎよく》という実在の画家がモデルである。

一四 大小さまざまの。

一五 夢中に感応して夢に見たままを描いた鯉。

一六 本文の後出に「あざらけき」と読むところがある。「あざらけ」は、新鮮なもの、の意。鮮魚。

養《やしな》ふ魚必[1]ずしも与へず」となん[2]。其の絵と俳諧《わざごと》[3]とともに天下《あめがした》に聞え《評判に》けり《なった》。

興義の蘇生

一とせ《ある年》病《やまひ》に係《かか》りて、七日を経《へ》て忽《たちま》ちに眼《まなこ》を閉《と》ぢ、息絶えてむなしくなりぬ《死んでしまった》。徒《と》弟《てい》友どち[4]あつまりて歎き惜みけるが、只心頭《むね》[5]のあたりの微《すこ》し暖《あたた》かなるにぞ《あたたかなので》、若《も》しやと居めぐりて《周りを取巻き坐って》守りつつ[6]も三日を経《へ》にけるに、手足すこし動き出づるやうなりしが、忽ち長嘘《ためいき》[7]を吐《は》きて、眼《め》をひらき、醒《さ》めたるがごとくに起きあがりて《まるで眠りから目覚めたような様子で起き上がり》、人々にむかひ、「我《私は》人《にん》事《じ》をわすれて《気を失ってから》、既《すで》に久し。幾日[8]をか過しけん」。衆弟等《しゅうていら》[9]いふ、「師三日前《さき》に息《いき》たえ給ひぬ。寺中の人々をはじめ、日比睦《ひごろむつ》まじくかたり給ふ殿原《とのばら》[10]も詣で給ひて《いらっしゃって》、葬《はうむり》の事をもはかり給ひぬれど《相談なさいましたが》、只師が心頭《むね》の暖《あたた》かなるを見て、柩《ひつぎ》にも蔵《をさ》めでかく守り侍りしに《おさめないで見守っていましたが》、今や蘇生《よみがへ》り給ふ《息を吹き返されたので》につきて、『かしこくも物せざりしよ《よくも葬ってしまわなかったことだ》』と、怡《よろこ》びあへり」。興義点頭《うなづ》きていふ、「誰にもあれ一人《だれでもよいから一人》、檀家《だんか》[11]の平《たひら》[12]の助《すけ》の殿の館《みたち》[13]に詣《まう》りて告さ[14]んは、『法師こそ不思議に生き《い》侍《はべ》れ。君今酒を酌《く》み、鮮《あざら》けき鱠《なます》[15]をつく《作らせ》

一 決して、必ず、の意味の副詞。後に否定語を伴い「決して……ない」の意を示す。
二 下に「いふ」などの結びの語が省略されている。
三 たわむれごと。「生を殺し云々」の語をさす。
四 門弟や友達。「友どち」は友だちに同じ。底本「友とぢ」とある。
五 心頭には、胸と心の二つの意味がある。「魚服記」には「而《しかる》ニ心頭《しんとう》微《かすか》ニ暖《あたたか》シ」とある。
六 「守りつつも」とあるべきで、見守りながら、の意。
七 長い息。「魚服記」には「忽《たちま》チ長吁《ちやうく》シテ起坐」とある。
八 大分の日数が経ったのであろうか。「けん（けむ）」は過去推量の助動詞の連体形。「魚服記」は「吾人間《にんかん》ノ幾日ナルヤヲ知ラズ」と。
九 多くの門人たち、弟子たち。
一〇 男の方たち。「ばら」は複数を示す接尾語。
一一 寺に所属して財物を捧げる信者。「だんか」は、「檀越家《だんおつけ》」の略。「檀越」は「檀那」ともいい、梵語ダアナパチの音訳。施主。
一二 「助の殿」は国司の次官のこと。延長年間の国司は藤原兼輔《かねすけ》であるが、貞観《じようかん》時代の近江権守《ごんのかみ》には、「平清風」という「平の助の殿」もいる。
一三 邸。
一四 申しあげてほしいことは。
一五 細く切った生の魚肉。
一六 先方の人々の様子を見るがよい。

一七 他人の弟の敬称。「令」は立派な、という意。
一八 宮中の鋪設《ほせつ》・洒掃《さいさう》のことを掌《つかさど》る掃部司《かもりづかさ》の役人。ここは固有名詞で、地位のある家来の名前。『本朝画史』に「左衛門ノ府生《ふしやう》掃守」なる人物が朱雀帝に仕えて能画の名が有ったという記事がある。この「掃守」から採ったものか。
一九 箸をおき、食べるのを止めて。
二〇 わざわざ来てもらった労。遠路の来訪を謝す語。
二一 生き返った祝詞。
二二 まあためしに。「試に」はためしに、の程度の意。
二三 漁師の文四に。「魚服記」の翻案である『御前御伽婢子《ごぜんおとぎぼうこ》』巻之六の「是《これ》は京都《みやこ》五条通にて水無瀬《みなせ》文治といへるもの死て魚に化《け》し事」では「一人の漁人」と記されていて名前はない。興義に当る主人公の「文治」という名前から「文四」とでも付けたのであろうか。

興義と助の殿の話

二四 目の下九〇センチ余り、の意。魚の大きさは目の下を以っていう。また、「身丈」かと見る説もある。
二五 南向きの表座敷。
二六 たべながら。「啗《たん》」は食う、の意。「魚服記」には「斐《ひ》桃《もも》ノ実ヲ啗《くら》フ」とある。
二七 「奕」は囲碁。「手段」は手並み。碁の勝負。
二八 「まな」は真魚で、「ま」は美称、「な」は副食物とする魚。ここは大きく立派な魚、の意。
二九 食物を盛る脚のついた小さな台。腰高《こしだか》ともいう。底本の「杯」を「坏」に改めた。

らしめ給ふ《ておられる》。しばらく宴《えん》を罷《や》めて寺に詣でさせ給へ《おいで下さいませ》。稀有《けう》の物がた《珍しい話をお》り聞えまゐらせん《きかせいたしましょう》』とて、彼《か》[一六]の人々のある形《さま》を見よ。我が詞《ことば》に露《少しも》たがはじ《違っていまい》」といふ。使異《あや》しみながら《不思議がりつつ》彼の館《みたち》に往《い》きて、其の由を《そのことを》いひ入れてうかがひ見るに、主《あるじ》の助《すけ》をはじめ、令弟《おとうと》[一七]の十郎、家の子《家来の》掃守《かもり》[一八]など居《ゐ》めぐりて《車座になって》、酒を酌《く》みゐたる《飲んでいた》。師が詞のたがはぬを奇《あやし》とす《不思議がった》。助の館《たち》の人々此の事を聞きて大いに異《あや》しみ、先づ《すぐに》箸《はし》[一九]を止《や》めて、十郎・掃守《かもり》をも召具《めしぐ》して《引き連れて》寺に到る。

興義枕をあげて《枕から頭をあげて》、路次《ろじ》[二〇]の労《わづら》ひをかたじけなうすれば《感謝すると》、助も蘇生《よみがへり》[二一]の賀《ことぶき》を述ぶ。興義先づ問ひていふ、「君試《こころみ》[二二]に我がいふ事を聞かせ給へ《お聞き下さい》。かの漁父《ぎよふ》[二三]文四に魚をあつらへ給ふ事ありや《御注文なさったことがありますか》」。助驚きて、「まことにさる事あり《本当にそういうことがありました》。いかにしてしらせ給ふや《どうしてお知りになりましたか》」。興義、「かの漁父、三尺《みたけ》[二四]あまりの魚を籠《かご》に入れて君が門に入る。君は賢弟《けんてい》と南面《みなみおもて》[二五]の所に碁《ご》を囲みておはす《うっていらっしゃる》。掃守《かもり》傍《かたはら》に侍りて、桃の実《み》の大なるを啗《く》[二六]ひつつ奕《えき》[二七]の手段を見る。漁父が大魚《まな》[二八]を携《たづさ》へ来《きた》るを喜《よろこ》びて、高坏《たかつき》[二九]に盛りたる桃をあたへ、又盃《さかづき》を給うて《与えて》三献《こんの》[一]飲ましめ給ふ。鱠手《かしはびと》[二]したり顔に《得意そうな顔で》魚をとり出でて鱠《なます》にせしまで、法師が《この私の》いふ所たがはでぞあるらめ《少しも違わないでしょう》」といふに、助の人々此の事を聞きて、或は異《あや》しみ、或はここち惑ひて《妙な気持になって》、かく詳《つばら》[三]なる言《こと》のよしを頻《しきり》に尋ぬるに《尋ねたので》、興義かたりていふ。

「我此《こ》の頃病《やまひ》にくるしみて堪へがたきあまり《たえがたさに》、其の死したるをもしらず《自分の死んだのも》、熱きここち《熱っぽい気分を》すこしさまさんものをと、杖《つゑ》に扶《たす》けられて《すがって》門を出づれば、病もやや《次第に》忘れたるやうにて、籠《こ》の鳥の雲井[四]にかへるここちす。山となく里となく行き行きて《行きつづけて》、又江《湖》の畔《ほとり》に出づ。湖水《こすい》

助の殿の館で鱠にされる鯉

一　三盃、の意。献は序数の場合は、呉音で「こん」と読むのが例である。酒宴で酒をすすめるのに、三献を礼とする。

二　料理人。上代、かしわ（槲・柏）などの葉を器としたことから、食器・御馳走の意となり、さらに料理人に転じた。「かしわで」とも言う。

三　情況をくわしく知っている理由。

鯉魚と化した興義の話

＊この辺りは、「魚服記」の次の文に拠っている。「……熱ヲ悪《いと》ヒ、涼ヲ求メテ杖ヲ策《つ》キテ行クモ、ソノ夢ナルヲ知ラザルナリ。……漸ク山ニ入ルニ山ヲ行ケバ益々悶《もだ》ユ。遂ニ下リテ江畔ニ……」。

四　「雲井」は雲居で、雲のあるところ。すなわち大空。籠《かご》の中の鳥が外へ出て自由な気持になったことを形容している。

の碧《みどり》なるを見る《見るや》より《いなや》、五現《うつつ》なき心に六浴《あ》びて遊びなんとて、そこに衣を脱《ぬ》ぎ去《す》てて、身を跳《をど》らして深《深い》きに《所に》七飛《と》び入《い》りつも、八彼此《をちこち》に游《およ》《泳》ぎめぐるに《ぎまわったが》、幼《わかき》より水に狎《な》れたるにもあらぬが《自由に泳げたわけでもないが》、慾《おも》ふにまかせて《自由自在に》戯《たはぶ》れけり。今思へば愚《おろか》なる夢ごころなりし《夢うつつの心地であった》。されども人の水に浮ぶは、九魚のこころよきにはしかず《魚がこころよげに泳ぐのには及ばない》。ここにて又魚の遊びをうらやむこころおこりぬ。傍《かたはら》にひとつの大魚《まな》ありていふ、『師のねがふ事いとやすし〔叶えてあげるのは〕。待たせ給へ』とて、一〇杳《はるか》の底《そこ》に去《ゆ》くと見しに《行ったと思うと》、しばしして、一一冠装《かむりさう》束《ぞく》したる人の、前《さき》の大魚《まな》に胯《またが》りて、許多《あまた》の一二鼇魚《うろくづ》を率《ひき》ゐて浮び来たり、

五 正気ではない夢見心地。
六 水浴をして遊んでやろう。「なん」の「な」は完了の助動詞「ぬ」の未然形だが、ここは強意に用いられている。「ん」は意志の助動詞。
七 「飛び入りつつも」とあるべきところ。秋成の特殊用法。
八 あちらこちらを。
九 「魚服記」に「人ノ浮ブハ魚ノ快キニ如《し》カズ」とある。
一〇 「杳《よう》」は「暗い」の意と「はるか」の意とがある。
一一 冠は装束と合せ用いるもので、繁文《しげもん》の冠、遠文《とおもん》の冠などがある。ここは特定のものではなく、海神に奉仕する者の威容を漠然と描いたもので、冠をかむり立派な服装をした人、の意。
一二 魚類。「鼇」は大がめ。ここでは一般に海中に住む魚をさしている。

我にむかひていふ、『[一]海若《わたづみ》の詔《みことのり》あり。老僧かねて[二]放生《はうじやう》の功徳《くどく》多し。今江《湖水に》に入りて魚の遊躍《あそび》〔老僧が〕をねがふ。[三]権《かり》に金鯉《きんり》が服《ふく》を授《さづ》けて、[四]水府《すいふ》のたのしみをせさせ給ふ《おさせになります》。只餌《ゑ》の香《かん》ばしきに昧《くら》まされて《だまされて》、釣《つり》の糸にかかり身を亡《うしな》ふ事なかれ』といひて、去りて見えずなりぬ。

不思議のあまりに、おのが身をかへり見れば、いつのまに鱗金《うろこきん》光《くわう》を備へて、ひとつの鯉魚と化《け》しぬ。あやしとも思はで《別に変だとも思わないで》、尾《を》を振り鰭《ひれ》を動かして、心のままに《思うままに》逍遙《せうえう》す。まづ[五]長等《ながら》の山おろし、立ちゐる浪に身をのせて、志賀の[六]大湾《おほわだ》の汀《みぎは》に遊べば、かち人《歩く人が》の裳《も》のすそぬらす《裾を濡らす程近くを往来するのに》ゆきかひに驚《おど》されて、[七]比良《ひら》の高山影うつる、深き水底《みなそこ》に潜《かづ》くとすれど《もぐろうとしても》、[八]かくれ堅田《かただ》の漁火《いさりび》によるぞうつつなき《つい近寄るのも夢心地である》。[九]ぬば玉の夜中《よなか》の潟《かた》にやどる月は《湖面に映る月は》、[一〇]鏡の山の峯に清《す》みて、[一一]八十《やそ》の湊《みなと》の八十隈《やそくま》もなくておもしろ。[一二]沖津嶋山、[一三]竹生嶋《ちくぶしま》、波にうつろふ[一四]朱《あけ》の垣《かき》こそおどろかるれ。[一五]さしも伊吹《いぶき》の山風に、[一六]旦妻船《あさづまふね》も漕出《こぎ》づれば、[一七]芦間《あしま》の夢をさまされ、[一八]矢橋《やばせ》の渡りする人の[一九]水《み》なれ棹《さを》をのがれては《渡し舟の船頭の》、[二〇]瀬田の橋守《はしもり》にいくそた《なんどもなん》

一 「わた」は海の古語。「つ」は、の。「み」は、神霊の意。海を支配する神。ここは湖の神。
二 捕えた鳥や魚を放してやること。興義は日頃から漁師などから魚を買って湖へ放してやっていた。六一頁四～五行参照。
三 かりにしばらく金色の光を放つ鯉の服を授けて。
「権」は、仮、の意。
四 海底にあるという都。ここは、水中の意。
五 琵琶湖の西岸、園城寺の建っている長等の山から吹きおろす風によって立つ波に。
六 水の入り込んだ所。「汀」は波打ち際。
七 滋賀県滋賀郡にあり、比叡山の北にそびえる山。
八 「身がかくれ難い」と「堅田」とをかけた掛詞。堅田は、大津の北にある町。
九 夜・夕・黒などにかかる枕詞。
一〇 鏡山の山頂に澄み渡って、の意。「鏡の山」は滋賀県の蒲生《がもう》、野洲《やす》、甲賀の三郡の境にある山。歌枕として名高い。「月」「鏡」「すみて」は縁語。
一一 多くの港の隅々まで残る所なく照しているのも。
一二 沖の島の万葉風表現。琵琶湖の中央付近にある。
一三 琵琶湖の北岸近くにある島。
＊ このあたりは、鯉になった興義が広い琵琶湖を、所狭しと遊泳するさまを、近江八景などを採り入れて描いている。またこの近江八景の文は、『万葉集』をはじめ、謡曲「竹生島」「近江八景」や、芭蕉の「堅田十六夜《いざよい》之弁」などの伝統をうけたか。

鯉魚の興義漁夫に捕まる

びか追はれぬ《ども追われた》。日あたたかなれば浮び、風あらきときは千尋《ちひろ》[二一]の底《そこ》に遊ぶ。

急《にはか》[二二]にも飢《う》ゑて食《もの》ほしげなるに《食物が欲しくなって》、彼此《をちこち》に求《あさ》[二三]り得《え》ずして狂ひゆくほど《いらいらしていくう》に《ち》、忽ち《急に》文四が釣を垂《た》るるにあふ。其の餌《ゑ》ははなはだ香《かんば》し。心《心では》又河伯《かはがみ》[二四]の戒《いましめ》を守りて思ふ。我は仏《ほとけ》の御弟子なり。しばし食《もの》を求め得ずとも、なぞもあさましく魚の餌を飲むべきとて《どうして魚の餌を飲むようなさもしいことができようかと》、そこを去る。しばしありて飢《う》ゑますます甚《はなはだ》しければ、かさねて思ふに《再び思い返すと》、今は堪《た》へがたし。たとへ此の餌《ゑ》を飲《の》むとも嗚呼《をこ》[二五]に捕《と》られんやは。もとより他《かれ》は相識るもの《文四は知り合いで》なれば《あるから》、何のはばかりかあらんとて《何のさしつかえがあろうかと》、遂に餌をのむ。文四はやく《すばやく》糸を収《をさ》めて我を捕ふ。『こはいかにするぞ《これは一体どうするのか》』と叫びぬれども、他《かれ》かつ《まる》て聞かず顔に《で聞えないふりをして》もてなして、縄《なは》をもて我が腮《あぎと》[二六]を貫《つらぬ》き、芦間《あしま》[二七]に船を繋《つな》ぎ、我を籠《かご》に押し入れて君《助の殿》が門に進《すす》み入る。君は賢《けん》弟と南面《みなみおもて》の間《ま》に奕《えき》《碁》して遊ばせ給ふ《を楽しんでおられた》。掃守《かもり》傍《かたはら》に侍りて菓《このみ》[二八]を啗《くら》ふ。文四がもて来《こ》し大魚《まな》を見て、人々大いに感《め》でさせ給ふ《おほめになった》。我其のとき人々にむかひ、声をは

一四 竹生島にある神社の朱塗りの玉垣に驚かされた。
一五『後拾遺集』巻十一の「かくとだにえやは伊吹のさしも草さしもしらじな燃ゆるおもひを」によっていて、伊吹山産のさしも草と、そうであるがの意の「さしも」とをかけている。
一六 琵琶湖東岸の朝妻の渡し船で大津まで湖上一里（四キロ）。
一七 湖岸に生い茂っている葦の間。
一八 滋賀県草津市矢橋で、琵琶湖の南東岸に位置し、往時はここから大津まで海上一里を船で渡った。
一九 よく水になじみ、船を巧みにあやつる棹。
二〇 瀬田の唐橋《からはし》の番人。
二一 一尋は六尺（一メートル八二センチ）。「千尋」は非常に深いこと。
二二 急に。「も」は強意の副助詞。秋成の特殊用法。
二三「求」と「食」を合わせて一つにした字。『万葉集』巻四に「求食」をあさると読んでいる。
二四 河の神の戒め。釣糸にかかるな、という湖神の使いの言葉をさす。
二五 ばかばかしくも、みすみす捕えられようか。「嗚呼」は馬鹿げたこと。「魚服記」には「縦《たと》ヒ鉤《かぎ》ヲ呑メド、趙幹《てうかん》豈《あ》ニ我ヲ殺サンヤ」とある。
二六 あご。魚のえら。
二七「魚服記」には「幹聴カズシテ縄ヲ以ツテ我腮ヲ貫キ、乃《すなは》チ葦ノ間ニ繫《つな》グ」とある。
二八 果物。前に「桃」と出ている。

り上げて、「一旁等《かたがたら》は興義をわすれ給ふか。宥《ゆる》させ給へ。寺にかへさせ給へ」（寺へ帰してやって下さい）と連《しき》りに叫びぬれど、人々しらぬ（人々は知らぬ）形《さま》にもてなして（ふりをして）、只手を拍《う》つて喜び給ふ。鱠手《かしはびと》なるもの（調理人が）、まづ我が両眼を左手《ひだり》の指《おゆび》にてつよくとらへ、二右手《みぎり》に礪《と》ぎすませし刀《かたな》をとりて俎盤《まないた》にのぼし、既に切るべかりしとき（まさに切ろうとしたとき）、我《われ》くるしさのあまりに大声をあげて、『仏弟子を害する例やある（法師を殺すというような話があるか）。我を助けよ（助けてくれ）我を助けよ（助けてくれ）』と哭《な》き叫びぬれど、〔誰も〕聞き入れず。三終《つひ》に切らるるとおぼえて夢醒《さ》めたり」とかたる。人々大いに四感《め》で異《あや》しみ、「師が物がたりにつきて思ふに（あなたのお話について考えてみると）、其《そ》の度ごとに魚の口の動くを見れど、更に（少しも）声を出す事なし。かかる事まのあたりに見しこそいと不思議なれ」とて、従者《ずさ》を家に走らしめて、残《のこ》れる鱠《なます》を湖《うみ》に捨てさせけり。

興義の死

興義これより病癒《い》えて、五杳《はるか》の後六天年《よはひ》をもて死《まか》りける。其の終焉《をはり》に臨《のぞ》みて、画《ゑが》く所の（描きためた）鯉魚数枚《すまい》をとりて湖《うみ》に散《ちら》せば、画《ゑが》ける魚七紙繭《しけん》《かみきぬ》をはなれて水に遊戯《いうげ》す。ここをもて（こうしたわけで）興義が絵世に伝はらず（現存していない）。其の弟子成《なり》

一 おのおのがた。皆さん。

二 「右手」を「みぎり」と訓《よ》むのは左手《ひだり》の語形と合うように「右」に「り」を加えたと考えられている。

三 とうとう切られると思った瞬間に。「魚服記」には「吾頸《わがくび》ヲ砧《ちん》上ニ按《おさ》ヘテ之ヲ斬ル。彼ノ頸ノ適《まさ》ニ落ツルトキ、此《ここ》ニ亦省悟《またせいご》シテ、遂ニ奉召セシノミ」とある。

＊この興義が魚になっている間は、いわゆる「遊離魂」といって、興義の体から一時的に魂が鯉に移っていたことになる。

四 感心し不思議がって。「魚服記」には「諸公大イニ驚カザル莫《な》ク、……王士良ノ将《まさ》ニ殺サントスルト、皆其口ノ動クヲ見レド、実ニ焉《これ》ヲ聞クコトナシ」とある。

五 ずっと後に。「杳《よう》」は、はるか、の意。六五頁注一〇参照。

六 寿命を全うして死んだ。『尊卑分脈』や『諸家大系図』によると、興義は文章博士《もんじょうはかせ》藤原実範の第六子であり、三井寺の碩学《せきがく》であることと、「終焉《しゅうえん》の刻弥陀《ときみだ》の

光《みつ》なるもの、興義が神妙《しんめう》[八]をつたへて時に名あり。閑院《かんゐん》[九]の殿《との》の障子《しやうじ》[一〇]に鶏《にはとり》を画《ゑが》きしに、生ける鶏《とり》この絵を見て蹴《け》たるよしを、古き物[一一]がたりに載《の》せたり。

当時有名であった

宝が停《とま》る」と記されているように、その死に臨んで何らかの不思議が起った人物である。

七 画料紙と絵絹。

八 非常にすぐれた画の技。

九 京都の二条の南、西洞院《にしのとういん》の西にあった左大臣藤原冬嗣の邸宅。後鳥羽天皇以後、里内裏《さとだいり》となった。

一〇 襖《ふすま》障子。現在言う障子は明《あかり》障子といって、鎌倉時代以後考案のもの。

一一 鎌倉時代の説話集『古今著聞集』をさす。橘成季《なりすえ》の著で、建長六年（一二五四）に成立。

＊「魚服記」が、薛偉《せつい》を主人公として、どんどん筋を進めていて簡潔なのに対し、その翻案ではあるものの、近江八景を入れて琵琶湖めぐりをさせている「夢応の鯉魚」には、抒情性が感じられる。

雨月物語　二之巻終

雨月物語《うげつものがたり》　巻之三

仏法僧《ぶつぽふそう》

夢然父子吉野高野へ

二 うらやすの国ひさしく〔長くつづき〕、三 民作業《たみなりはひ》をたのしむあまりに〔余暇に〕、春は花の〔桜の〕下《もと》に息《やす》ひ、秋は錦〔紅葉の〕の林を尋《たづ》ね、四 しらぬ火の筑紫路《つくしぢ》もしらではと械《かぢ》〔船の〕まくらする人の〔旅をする人が〕、五 富士筑波の嶺々《みねみね》を心にしむるぞそぞろなるかな〔思っては心ひかれて何となくうきうきすることだ〕。六 伊勢の相可《あふか》といふ郷《さと》に、七 拝志氏《はやしうぢ》の人、世をはやく嗣《つぎ》〔はやばやと家督を〕に譲《ゆづ》り、八 忌《い》むこともなく頭《かしら》おろして〔髪をそって〕、名を夢然《むぜん》とあらため、従来《もとより》身に病《やまひ》さへなくて、彼此《をちこち》の旅寝を老《おい》のたのしみとする。季子作之治《すゑのこさくのぢ》なるものが九 生長《ひととなり》の頑《かたくな》なるをうれひて、京の人見するとて〔都の人の風流ぶりを見せようと〕、一月あまり一〇 二条の一一 別業《べつげふ》に

＊豊臣秀次の滅亡に同情的な「仏法僧」は、『怪談とのゐ袋』巻四の「伏見桃山亡霊の行列の事」にある秀次一行の幽霊話に、直接的なヒントを得て、『剪燈新話《せんとう》』巻之二「龍堂霊会録《りゅうどうれいかいろく》」などを典拠とし、「高野山」を舞台として作りあげられている。

一 「このはずく」という梟《ふくろう》の一種。鳴き声からこの名前がある。享和二年板の『諸国便覧』には仏法僧のことを「大《おほき》さ鵯《ひよどり》より少しちいさく背萌黄《せもえぎ》色にして羽さき黒く觜《はし》ふとく赤く足の色もおなじ前後に四ツの爪ありて夜にいたつて鳴《なく》此鳥紀州高野山にありといへり」とある。

二 心の安らかな国。日本の古称。

三 生業のこと。

四 筑紫にかかる枕詞。筑紫は筑前筑後の古名。また広く九州の総称としても用いられる。

五 いずれも東国の名山。

六 三重県多気《たき》郡多気町相可。

七 拝志氏の一族。「拝志」姓は河内《かわち》・伊予にある。

八 戒を受けて仏道に入るということもなしに何となく。

九 生れつき一徹《いってつ》で気がきかないのを。底本「頑《かたく》なる」とある。

一〇 京都市上京区二条通り。

一一 別荘。

逗《とどま》りて、三月《やよひ》の末《すゑ》吉野の奥の花を見て、知れる寺院に七日ばかりかたらひ《知っている寺に七日ほど宿泊して住職とも語り合い》、此のついでに、「いまだ高野山《かうやさん》[一]を見ず、いざ《さあ》」とて、夏のはじめ青葉の茂《しげ》みをわけつつ、天《てん》[二]の川といふ《〔所〕》より踰《こ》えて、摩尼《まに》[三]の御山にいたる。道のゆくての嶮《さか》しきになづみて《けわしさにゆきなやんで》、おもはずも日かたぶきぬ《思いのほか早く日没になった》。

檀場《だんぢやう》[四]、諸堂、霊廟《みたまや》[五]、残りなく拝みめぐりて、「ここに宿からん《ここで宿をお借りしたい》」といへど、ふつに《全く》答ふるものなし。そこを行く人に所の《当地の》掟《おきて》[六]をきけば、「寺院僧坊[七]に便《たより》なき人は《つてのない者は》、麓《ふもと》にくだりて明《〔夜を〕》すべし。此《こ》[八]の山すべて旅人に一夜をかす事なし」とかたる。いかがはせん《どうしたらよかろうか》。さすがにも老の身の、嶮《さか》しき山路を来《こ》しがうへに、事のよしを聞きて、大きに心倦《う》みつかれぬ《疲れてがっかりした》。作之治がいふ、「日もくれ、足も痛《いた》みて、いかがしてあまたのみちをくだらん《長い山道を下れましょうか》。弱《わか》き身は《若い私は》草に臥《ふ》すとも厭《いと》ひなし《構いません》。只病《や》み給はん事の悲しさよ《ご病気になられたらと心配です》」。夢然云ふ、「旅はかかるをこそ哀れともいふなれ《おもむきがあるといえるのだ》。今夜《こよひ》脚《あし》をやぶり、倦《う》みつかれて山をくだるとも、おのが《〔そこが〕》古郷《ふるさと》

一 真言宗の総本山で弘法大師の開基。和歌山県伊都《いと》郡にある。
二 奈良県吉野郡天川《てんかわ》村。東より高野へ入る道で、寛政十三年板の『高野山絵図』には「奥の院より天ぐ見、天野川越し山上道」とある。
三 「摩尼」は梵語《ぼんご》で、珠、の意。高野山の美称でもある。奥の院背後の山を「まにの山」と言う。
四 「壇場」が正しい。高野山の金堂・御影堂《みえいどう》のある一帯をさし、奥の院とともに両壇と呼ぶ。
五 奥の院にあって弘法大師が入定《にゅうじょう》した所で、その霊を祀《まつ》っている。

燈籠堂の通夜

＊ この前後の文章からすると、「みたまや」は現在の「奥の院」ではない。つまり、秋成は高野山にあまり来たことがなく、建物の位置をいい加減に描いていることになる。

六 その土地のならわし、しきたり。山の規律。
七 僧侶の宿舎。
八 山のどこも他人に宿をかさない。『怪談登志男《としお》』巻一にも「……無双の霊場、実《げに》も一宗の本山とあほぐに足れりと、ここかしこ見廻るほどに、おもはず日も西にかたぶきぬ、一宿をもとむれども、此所の習ひ他宗の沙門《しゃもん》に一夜の宿をもゆるさず……」と甲斐《かい》の身延《みのぶ》山の描写が見られ、当時はごく普通のことであった。
九 神木の名、転じて日本の異称。
一〇 真言宗の開祖である弘法大師空海のこと。高野山を弘仁《こうにん》八年（八一七）に開いた。

にもあらず。翌《あす》のみち又はかりがたし《旅路がまた心配である》。此《〔ところが〕》の山は[九]扶桑《ふさう》第一の霊場、[一〇]大師の広徳かたるに尽きず《言いつくせない》。殊にも来りて《わざわざやって来ても》[一一]通夜《つや》し奉り、後世《死後の安楽を祈願》の事たのみ聞ゆべきに《申し上げるべきなのに》、幸の時《をり》なれば、霊廟《みたまや》に夜もすがら[一二]法施《ほふせ》したてまつるべし」とて、杉の下道のをぐらきを行き行き《暗い所をどんどん進んで行って》、霊廟《みたまや》の前なる[一三]燈籠《とうろう》堂《だう》の[一四]簀子《すのこ》に上《のぼ》りて、雨具《あまぐ》うち敷き座をまうけて、閑《しづか》に念仏《ねぶつ》しつつも、夜の更《ふ》けゆくをわびてぞある《わびしく思っていた》。

[一五]方五十町に開きて、あやしげなる林《みすぼらしく目ざわりな林》も見えず、小石だも掃《はら》ひし[一六]福《ふく》田《でん》ながら、さすがにここは寺院遠く、[一七]陀羅尼《だらに》[一八]鈴錫《れいしやく》の音《こゑ》も聞えず、木《こ》立《だち》は雲をしのぎて《雲よりも高いほど》[一九]茂《し》みさび、道に[二〇]界《さか》ふ水の音ほそぼそと清《す》みわたりて物がなしき。寝られぬままに、夢然《むぜん》かたりていふ、「そもそも大師の[二一]神化《じんくわ》、土石草木も[二二]霊を啓《ひら》きて、八百《やほ》とせあまりの今《八百余年後の》にいたりて、いよよあらたに《あらたかに》、いよよたふとし。[二三]遺芳歴踪《ゐはうれきそう》多きが中に、此の山な《こそ》ん第一の道場なり。大師いまそかりける《大師がいらっしゃった》むかし《その昔》、遠く唐土《もろこし》にわたり給ひ、あの国にて感《め》でさせ給ふ事《心をお動かしになったことがあって》おはして、『此の[二四]三鈷《こ》のとどまる

一一　堂に籠《こも》って終夜祈願をささげ、法事を営むこと。
一二　仏法の三施（財施・法施・無畏施《むいせ》）の一つで、念仏や誦経《ずきやう》などをすること。
一三　霊廟の拝殿にあたり、昔から灯明が絶えない所。
一四　簀子縁。すがき。ここでは燈籠堂の縁側をさす。
＊　お堂に一夜を過すと怪異に遭遇したというのは、『剪燈新話《せんとうしんわ》』の「龍堂霊会録《りゆうどうれいかいろく》」に拠《よ》っているが、談義本の『教訓下手談義《へただんぎ》』巻四「三囲《みめぐり》通夜物語」にも、さまざまな神が出現して物語るという話があり、こういう形式の物語は多かった。
一五　五十町四方が平坦《へいたん》になっていて。実際は大門より奥の院まで、東西五十町南北十余町ほどである。
一六　三宝（仏・法・僧）の徳を福田という。ここは、霊場、の意。
一七　梵語で、真言、の意。陀羅尼経《だらにきよう》を読誦《どくじゆ》する声。
一八　鈴と錫杖《しやくじよう》。ともに修験者《しゆげんしや》が携えたもので、虫や蛇を追い払うためのもの。
一九　茂りにしげって。『万葉集見安《みやす》補正』に「木草の茂盛するを云、しみは茂み也、さびはすすむ也」と。
二〇　道に沿い、木立との間の境になって流れる川の音。具体的には高野山の玉川の水の音。
二一　神の如く偉大な教化《きようけ》の力。
二二　霊を宿らせる、悟りを開く、などの意。
二三　（弘法大師の）残したよい仕事や遍歴の跡。
二四　密教の修法《ずほう》に用いる仏具、金剛杵《こんごうしよ》の一種で、両端が三つ股《また》にわかれている。

所、我が道を《真言の宗旨を》揚《あ》ぐる霊地なり《ひろめる聖地である》』とて、杳冥《そら》[一]にむかひて抛《な》げさせ給ふが《お投げになったが》、はた《果して》此の山にとどまりぬる。檀場《だんぢやう》の御前なる三鈷《こ》[二]の松こそ、此の物の落ちとどまりし地《ところ》なりと聞く。すべて此の山の草木泉石《さうもくせんせき》、霊[三]ならざるはあらずとなん。こよひ不思議にもここに一夜を《一夜の宿を》かりたてまつる事、一世[四]ならぬ善縁《ぜんえん》なり。儞弱《なんぢわか》きとて努々《ゆめゆめ》信心おこたるべからず」と、小《さざ》[五]やかにかたるも清《す》みて心ぼそし。

御廟《みべう》のうしろの林にと覚えて《思われるが》、仏法仏法《ぶつぱんぶつぱん》となく鳥の音《ね》、山彦《こだま》にこたへて《こだまとなって響きあい》ちかく聞ゆ。夢然《むぜん》目さむる心ちして、「あな《ああ》めづらし。あの啼《な》く鳥こそ仏法僧といふならめ《いうのであろう》。かねて《前々から》此の山に栖《す》みつるとは聞きしかど《話に聞いていたが》、まさに其の音を聞きしといふ人もなきに、こよひのやどり、まことに滅罪生善《めつざいしやうぜん》[六]の祥《しるし》なるや。かの鳥は清浄《しやうじやう》の地をえらみてすめるよしなり《選んで住むということである》。上野《かんづけ》[七]の国迦葉山《かせふざん》、下野《しもつけ》[八]の国二荒《ふたら》山、山城《やましろ》[九]の醍醐《だいご》の峯、河内《かはち》[一〇]の杵長《しなが》山、就中《なかんづく》此の山にすむ事《特に高野山に》、大師の詩偈《しげ》[一一]ありて世の人よくしれり。

一　はるかかなたの空に。
二　御影堂《みえいどう》の前にあり、中国の明州《みょうじゅう》の津から投げた三鈷《さんこ》が、引っかかって止ったという松の木。
三　霊でないものはないという。この「霊」とは、生物がそれぞれ魂とでもいうべき不思議な力を持っていることをさしている。
四　前世からのよい因縁。
五　小声で語っているのも、声が澄み通って心細かった。「清み」は「澄み」と同じ。
六　現世の罪を滅して未来の善を生ずること。
七　群馬県沼田市北部にある迦葉山龍華院弥勒寺《りゅうげいんみろく》。
八　栃木県上都賀《かみつが》郡の日光山の別名。

仏法僧の鳴声

九　京都市伏見区醍醐。山麓《さんろく》に醍醐寺三宝院がある。『続無名抄《ぞくむみょうしょう》』には「下野《しもつけ》ノ国二荒山ニ仏法僧有リ　山城ノ国宇治醍醐《ダイゴ》山仏法僧有リ」と記している。
一〇　大阪府南河内《かわち》郡太子《たいし》町。聖徳太子の廟所叡福寺《びょうしょえいふくじ》があり、その背後の山。
一一　「偈」は梵語《ぼんご》の「頌《しょう》」のこと。仏徳をたたえた詩のこと。次の「寒林……」の詩をさす。
一二　この詩は『遍照発揮性霊集《へんじょうほっきしょうりょうしゅう》』巻十にある。また延宝八年の『続無名抄』、享和元年の『河内名所図会《ずえ》』にも引用されており、かなり有名なものと考えられる。〈冬の林の中に一人坐って粗末なお堂に夜を過し暁を迎えると、「仏・法・僧」という三宝の声を一鳥の啼き声に聞く。一鳥に声があるように人にもそれぞ

[一二]寒《かん》林《りん》独《どく》坐《ざ》草《さう》堂《だうノ》暁《あかつき》　三《さん》宝《ぼう》之《の》声《こゑヲ》聞《きク》二一《いつ》鳥《てうニ》一

一《いつ》鳥《てう》有《あり》レ声《こゑ》　人《ひと》有《あり》レ心《こころ》　性《せい》心《しん》雲《うん》水《すい》倶《ともニ》了《れう》々《れう》

又ふるき歌に、

[一三]松の尾の峯静かなる曙《あけぼの》に
　あふぎて聞けば仏法僧啼く

むかし[一四]最福寺《さいふくじ》の[一五]延朗《えんらう》法師は、世にならびなき[一六]法華者《ほつけしや》なりしほどに、[一七]松の尾の御神、此の鳥をして常に延朗《えんらう》につかへしめ給ふ《仕えさせなされた》よしをいひ伝ふれば、かの[一八]神垣《松の尾の》にも巣《す》むよしは聞えぬ《住んでいたことは知られている》。こよひの奇妙、既に《今晩不思議なことに》一鳥声あり。我ここにありて《ここにいて》心なからんや《感動せずにいられようか》」とて、平生《つね》のたのしみとする[一九]俳諧風《はいかいぶり》の十七言《こと》を、しばしうちかたぶいて《思案して》いひ出でける。

[二〇]鳥の音《ね》も秘密《ひみつ》の山の茂《しげ》みかな

旅硯《たびすずり》とり出でて、御燈《みあかし》の光りに《明りを頼りに》書きつけ、今一声もがなと《もう一鳴きしないかなあと》耳を倚《かたぶ》くるに《耳をすますと》、思ひかけずも遠く寺院の方より、[二一]前《さき》を追《お》ふ声の厳敷《いかめしく》聞えて、やや《次第に》近づき来たり。「何人の《いったい誰が》夜深《ふ》けて詣《まう》で給ふや」と、異《あや》しくも恐

れ心がある。この山では、鳥の性と人の心と大自然の雲や水とが、ともに真理に悟入していることだ〉。
一三『新撰六帖』の中の藤原光俊の歌。『続無名抄』もこの歌を引く。松尾山《まつのお》は京都市西京区にある松尾神社の背後の山。
一四 松尾山の南麓にあった天台宗の寺。現在は廃滅。
一五 天台宗の高僧。源義信の子で源義家四世の孫に当る。十四歳の時に三井寺永証の弟子となり、後、比叡《ひえい》山《ざん》で修行をして安元二年最福寺住職となった。承元二年一月十二日に七十九歳で没。世に松尾上人と言う。
一六 法華宗《ほつけしゆう》の信者。
一七 松尾神社の祭神。大山咋神《おおやまくいのかみ》、市杵島姫命《いちきしまひめのみこと》。
一八 境内。神域。この鳥が境内に棲むことは、享和二年板の『諸国便覧』にも「しかれども高野山のみにあらず城州松の尾山にもありしや古今集に　松の尾の山の奥にも人ぞすむ仏法僧のなくにつけても　此歌にてかんがふるに高野にかぎらず松の尾山にもあること必せり然れども外には稀《まれ》にして高野山のみ多くありけるか」とあり、松の尾に仏法僧鳥がすむのはかなり知られていた。
一九 俳諧の発句。
二〇〈真言秘密の法を行う高野山は、木立も深く茂っていて、仏法僧の鳴き声にも神秘なひびきがある〉。鳥の音の神秘さと、密教（真言宗）の両意をかけている。
二一 貴人の行列の先に立って、通行人を制し戒める先払いの声。

秀次一行の夜宴

一 皇族の名の下につける敬称。醍醐天皇の頃から摂政・関白・将軍にも言った。

＊この秀次の行列の場面は、『怪談とのゐ袋』巻之四にある「伏見桃山亡霊の行列の事」にある次の文に拠《よ》っていよう。「……前駆の武士きびしくいましめ　殿下の御通りそ下にをれと　よはゝつてゆく　おどろき平地にひざまつきぬ　程なく二行に列をたててしとしととゆく　供奉《ぐぶ》の人々みな衣冠びびしく　御輿《おこし》のあとは烏帽子かり衣騎馬《ぎば》うちまじりておびたたし　夜の事なればわかちがたき事あるへきに　その顔ばせ衣紋までことことよく見えたり……いかなる御方にて渡らせ給ふとたづねければ　豊臣秀次公にてましますとこたへて……」。『とのゐ袋』は、明和五年刊行であるが、この篇は「明和二年の事なりき」と冒頭にあるので、この秀次一行の幽霊事件は、当時の上方では喧伝《けんでん》されていて、秋成も、舞台を高野山に移して一篇を作ったものらしい。また「先ぶれの声がして、はじめ遠くから次第に近づいて来た」という『剪燈《せんとう》新話』の「富貴《ふうき》発跡《はっせき》司志《しし》」に拠るところがあるとも見られている。

しく、親子顔を見あはせて息をつめ《息を止めて》、そなたをのみまもり居る《そちらの方だけを見守っていると》に、はや前駆《ぜんく》の若侍橋板《〔御廟橋の〕》をあららかに《あらあらしく》踏《ふ》みてここに来る。

おどろきて堂の右に潜《ひそ》みかくるるを、武士《ぶし》はやく見つけて、「何者なるぞ。一殿下《でんか》のわたらせ給ふ《おいでになったのだ》。疾《と》く《早く》下りよ」といふに、あわただしく二簀子《すのこ》をくだり、土に俯《ふ》して三跪《うずま》る。程なく多くの足音聞ゆる中に、四沓音《くつおと》高く響《ひび》きて、五烏帽子《えぼし》直衣《なほし》めしたる貴人堂に上り給へば、六従者《みとも》の

高野山の秀次一行と夢然父子

武士《もののべ》四五人ばかり右左《みぎひだり》に座をまうく《座をしめた》。かの貴人、人々に向ひて、「誰《たれ》々はなど《どうして》来らざる《来ないのか》」と課《おほ》せらるる《おっしゃると》に、「七やがてぞ参りつら

め」と奏《まう》す。又一群《むれ》の足音して、威儀ある《威厳のある》武士、頭《かしら》まろげたる《頭を丸くした》入道等うち交りて、礼《ゐや》[八]たてまつりて堂に昇る。貴人只今来りし武士

にむかひて、「常陸《ひたち》[九]は何とておそく参りたるぞ《どうして遅くやってきたのだ》」とあれば、かの武士いふ、「白江《しらえ》[一〇]熊谷《くまがへ》[一一]の両士、公《きみ》[一二]に大御酒《おほみき》[一三]すすめたてまつるとて実《まめ》[一四]やかなるに、臣[一五]も鮮《あざらけ》[一六]き物一種調《てう》じまゐらせん《料理してさし上げようと》ため、御従《みとも》に後《おく》れたてまつりぬ」と奏《まう》す。はやく《さっそく》酒殽《さかな》をつらねて《そろえて》すすめまゐらすれば、「万《ばん》[一七]作酌《さくしやく》まゐれ《酌せよ》」とぞ課《おほ》せらる。恐《かしこま》りて、美相《びさう》[一八]の若士《わかさふらひ》膝行《ゐざ》りよりて瓶《へい》[一九]子《じ》を捧《ささ》ぐ。かなたこなたに《あちらこちらへ》杯《さかづき》をめぐらしていと興ありげなり《たいへん愉快そうであった》。貴人

二 簀子縁。
三 土下座《どげざ》した。『古事記』下に「宇受須麻理」とあり、「跪る」は「うずすまる」が正しい。
四 黒漆《くろうるし》を塗った桐製の浅沓《あさぐつ》で歩く音。
五 公家の略式のかぶり物と服。『桃花蘂葉《とうかずいよう》』に「烏帽子直衣《なほし》・大納言以上参院の時之を著《ちやく》す」とある。
六 お供の武士。「もののべ」は秋成のよく使う訓《よ》み方である。
七 すぐに来ることでございましょう。「やがて」は「即て」で、ただちに、すぐに、の意味。
八 うやうやしく敬意を表して。
九 木村常陸介重茲《ひたちのすけしげこれ》。関白秀次の忠臣。秀次自刃《じじん》後、摂津の大門寺で自刃した。
一〇 白江備後守範秀《びんごのかみのりひで》。秀次没後、京都四条貞安寺で切腹した。
一一 熊谷大膳亮直之《だいぜんのすけなおゆき》。嵯峨二尊院で自刃した。
一二 主君。秀次公のこと。
一三 神や貴人にさし上げる酒。『雄略紀』に「大御酒《おほみき》」とある。
一四 忠実に働いておりますので。
一五 私も。木村常陸介の自称。
一六 鮮魚を一品。
一七 不破万作《ふわばんさく》。秀次の小姓。秀次と同じく、高野山で切腹した。
一八 美男の。
一九 酒を入れ盃に注ぐ道具。徳利《とくり》の古名。

又曰《のたま》[一]はく、「絶《た》えて紹巴《ぜうは》[二]が説話《ものがたり》を聞かず。召《め》せ」との給ふに、呼びつぐやうなりしが《順々に命令を伝えるようであったが》、我が《夢然が》跪《うずま》[三]りし背《うしろ》の方《かた》より、大いなる《体の大きな》法師の、面《おもて》[四]うちひらめきて、目鼻《めはな》あざやかなる人の、僧衣《そうえ》かいつくろひて《乱れをととのえて》座の末にまゐれり《末座についた》。貴人古語《ふること》[五]かれこれ問ひ[六]弁《わきま》へ給ふに、詳《つばら》に答へたてまつるを《詳細にご返答したのを》、いといと感《め》でさせ給うて、「他《かれ》に禄《ろく》[七]とらせよ」との給ふ。

大師の歌をめぐる問答

一人の武士、かの法師に問ひていふ、「此の山は大徳《だいとこ》[八]の啓《ひら》き給うて《ご開山になり》、土《と》石草木《せきさうもく》も霊なきはあらずと聞く。さるに《それなのに》玉川の流《ながれ》には毒《どく》あり。人飲《の》む時は斃《たふ》るが故に《死ぬというので》、大師のよませ給ふ歌とて、

わすれても汲《く》[九]みやしつらん旅人《たび》の
　高野《たかの》の奥の玉川の水

といふことを聞伝へたり。大徳のさすがに《高僧であったのにもかかわらず》、此の毒《どく》ある流《ながれ》をば、など《なぜ》涸《あ》[一〇]せては果《はた》し給はぬや、いぶかしき事を、足下《そこ》[一一]にはいかに弁《わきま》へ給ふ」。

法師笑《ゑみ》をふくみていふは《ほほえんでいうには》、「此の歌は風雅集《ふうがしふ》[一二]に撰《えら》み入れ給ふ。其

一 おっしゃることには、の意で、「言ふ」の尊敬語。
二 里村紹巴。連歌師。秀吉・秀次に寵愛《ちようあい》された。秀次没後三井寺へ流されたが、後に赦《ゆる》されて慶長七年（一六〇二）に七十六歳で没した。
三 うずくまる、ひざまずく、の意。七七頁注三参照。
四 「ひらめく」は平たい、平べったい、の意。「うち」は接頭語。顔が大きく平面的で目鼻立ちのはっきりした人。
五 古くからいい伝えられていること。「古言」とも書く。
六 本来は質問し理解する、の意味だが、ここは質問なさると、ぐらいの意。
七 褒美《ほうび》。当座のおくり物。底本は「録」である。
八 高徳の僧。ここは弘法大師。
九 『風雅集』巻十六雑にある。この歌が後人の偽作であることは本居宣長も『玉かつま』巻十一で述べている。〈毒を忘れて、汲んで呑みはしなかったであろうか。旅ゆく人が、この高野山の奥を流れる玉川の水を〉。安永三年序の『本朝奇跡談』には「同国高野山に大秘所有《あり》。是を高野の名所といふ。常の参詣旅人は此《この》所《ところ》へ入らず。此辺大毒水有。弘法大師の歌に『忘れても汲《くみ》やしぬらん旅人の高野の奥の玉川の水』執事より毒水法度《はつと》の制札有」とある。また、寛保二年板の『扶《ふ》桑《そう》怪談弁述鈔《べんじゆつしよう》』などにも、高野山の玉川及び、このいわゆる大師作の歌が記されていて、当時有名であっ

た。
一〇 すっかり水を涸《か》らしておしまいにならなかったのか。
一一 そこもと（貴君）は。「そこ」は二人称の代名詞。
一二 勅撰二十一代集の一で、花園上皇の撰。二十巻。貞和《じょうわ》二年成立したもの。
一三 詩歌の前に、その成立のいわれなどを説明した文章。詞書《ことばがき》。
一四「毒虫」は現在の鉱毒の意味に使用している。
一五 道理の通らない間違った説。
一六 不思議な力を自由自在に発揮できて。
一七 神社に祭られていない土・草木等の神。
一八 封じ込み。
一九 怪鳥を服従させておしまいになったことは。
二〇 玉川はわが国に六か所ある。いずれも歌の名所である。すなわち、井手の玉川（京都府）、野路の玉川（滋賀県）、擣衣《きぬた》の玉川（大阪府）、調布《ちょうふ》の玉川（東京都）、野田の玉川（宮城県）と、この高野山とである。
二一 有名な。
二二 両手ですくった（水を飲んだ）のであろう。
二三 道理に合わぬ妄説。たわごと。
二四「今の京」は平安京をさしている。すなわち、平安朝初期の詠みぶり、歌風のこと。
二五 多くの玉を緒に通して頭にかけた装身具。
二六 衣の美称。美しい衣服のこと。

の端詞《はしことば》[一三]に、『高野《たかの》の奥の院《ゐん》へまゐる道に、玉川といふ河の水上《みなかみ》に毒《どく》[一四]虫《むし》おほかりければ、此の流を飲《の》むまじきよしを〔飲んではならないということを〕しめしおきて後、よみ侍りける』とことわらせ給へば〔説明をなさっていますから〕、足下《そこ》のおぼえ給ふ如くなり。さ〔しか〕れど〔しながら〕今の御疑《うたが》ひ僻言《ひがごと》[一五]ならぬは、大師は神通自在《じんつうじざい》[一六]にして、隠神《かくれがみ》[一七]を役《えき》して〔使って〕道なきをひらき、巌《いはほ》を鐫《ゑ》るには〔くりぬくのは〕土を穿《うが》つよりも易《やす》く、大蛇《をろち》を禁《いま》[一八]しめ、化鳥《けてう》[一九]を奉仕《まつろ》へしめ給ふ事、天《あめ》が下の人の仰《あふ》ぎたてまつる功《いさをし》〔功〕なるを思ふには〔績であると思うにつけて〕、此の歌の端《はし》の詞《ことば》ぞまことしからね〔本当らしくありません〕。もとより此の玉河[二〇]てふ川は国々にありて、いづれをよめる歌も、其の流《ながれ》のきよきを誉《あ》げしなる〔ほめそやしている〕を思へば、ここの玉川も毒《どく》ある流にはあらで、歌の意《こころ》も、かばかり〔これほど〕名[二一]に負《お》ふ河の此の山にあるを、ここに詣づる人は忘る忘る〔すっかり忘れ〕も〔ても〕、流《ながれ》の清《きよ》きに愛《め》でて手[二二]に掬《むす》びつらんとよませ給ふにやあらんを〔お詠みになったのでありましょうに〕、後の人の毒ありといふ狂言《まがこと》[二三]より、此の端詞《はしことば》はつくりなせしものかとも思はるるなり。又深く疑ふときには、此の歌の調《しらべ》、今の京《みやこ》[二四]の初《はじめ》の口風《くちぶり》にもあらず。おほよそ此の国の古語《ふること》に、玉蘰《たまかづら》[二五]、玉簾《たまだれ》、珠衣《たまぎぬ》[二六]の類《たぐひ》は、形《かたち》をほめ清きを賞《ほ》むる語《ことば》なるから《であるから》、清水《しみづ》をも玉水、玉の井、玉河ともほむるなり。毒ある流を《もし毒があるなら》、など玉てふ語《ことば》《なぜ玉という》は冠《かうむ》らしめん《上につけよう》。強《あなが》[一]ちに仏《ほとけ》をたふとむ人の《ありがたがる人で》、歌の意《こころ》に細妙《くは》しからぬは〔人〕、これほどの訛《あやまり》は幾らをもしいづるなり《しでかすものです》。足下《そこ》は歌よむ人にもおはせで《歌人でもありませんのに》、此の歌の意異《こころあや》しみ給ふは用意《ようい》[二]ある事こそ」と篤《あつ》く感《め》でにける。貴人をはじめ、人々も此のことわりを《この理にかなった説明を》頻《しき》りに感《め》でさせ給ふ。

御《み》堂のうしろの方に、仏法仏法《ぶつぱんぶつぱん》[三]と啼《な》く音《こゑ》ちかく聞ゆるに《近くに聞えたので》、貴人杯《さかづき》をあげ給ひて、「例《れい》[四]の鳥絶《た》えて鳴《な》かざりしに、今夜《こよひ》の酒宴《しゆえん》に栄《はえ》あるぞ《興が増した》。紹巴《ぜうは》[五]いかに」と課《おほ》せ給ふ。法師かしこまりて、「某《それがし》が短句《たんく》[六]、公《きみ》にも御耳すすびましさん《お聞き古しでいらっしゃいましょう》[七]。ここに旅人の通夜《つや》[八]しけるが、今の世《現代の》の俳諧風《はいかいぶり》[九]をまうして侍る。公《きみ》にはめづらしくおはさんに《殿下にはお珍しいことでしょうから》、召《め》して聞かせ給へ《お聞きなさいませ》」といふ。「それ召せ」と課《おほ》せらるるに、若きさむらひ夢然《ぜん》が方へむかひ、「召し給ふぞ。ちかうまゐれ」と云ふ。夢現《ゆめうつつ》ともわかで《分らないで》、おそろしさのままに、御まのあたりへ《貴人の目の前へ》はひ出づる。法師夢《む》

一 むやみに。ただ一途に。

二 たしなみ深いこと。「用意ある事にこそあれ」の「に」と「あれ」が省略されている。

三 「仏法」を仏法僧の啼き声の「ブッパンブッパン」の当て字としたもの。秋成の『胆大小心録《たんだいしようしんろく》』には「仏法僧は高野山で聞たが、ブッパンブッパンとないた。形は見へなんだ」とある。

＊ 後年嘉永七年板の『讃岐《さぬき》名所図会』には、「一名三宝鳥と云　高野山日光比叡松乃尾及諸国山中に産す　雄は鳩の如《ごとき》啼こゑブッポウと云　契冲翁の云　仏法僧鳥の鳴やう仏法とさやかに二声三声なきて後ひきく僧となくなん　深夜に啼て昼なくことなし　上田秋成の説に深夜稀にブツハン〳〵となくといへり」とあって、この秋成の説を引用している。

四 あの鳥、すなわち仏法僧のこと。

五 七八頁注二参照。

六 短い句。発句、の意味。

七 「すすぶ」はすすける、古ぼける、の意。

八 仏堂に参籠して終夜祈願すること。おこもり。

九 俳諧を申しております。「俳諧風」は俳諧のこと。「侍る」は連体形止めで、秋成の慣用法。

一〇 豊臣秀吉の甥《おい》で、その養子となる。天正十九年に秀吉より関白をゆずられたが、悪業が続いたため高野山に追われ、文禄四年自刃《じじん》させられた。時に二十八

然《ぜん》にむかひ、「前《さき》によみつる詞《ことば》を公《きみ》に申上げよ」といふ。夢然恐る恐る、「何をか申しつる《いったい何を申したでしょうか》、更に《一向に》覚え侍《はべ》らず。只赦《ゆる》し給はれ」と云ふ。法師かさねて、「秘《ひ》密《みつ》の山とは申さざるや《申さなかったか》。殿下《でんか》の問はせ給ふ。いそぎ申上げよ」といふ。夢然いよいよ《ますます》恐れて、「殿下と課《おほ》せ出《いだ》され侍《はべ》るは誰にてわたらせ給ひ《どなたでいらっしゃって》、かかる深山《みやま》に夜宴《やえん》をもよほし給ふや。更に《本当に》いぶかしき事に侍《はべ》る」といふ。法師答へて、「殿下と申し奉るは、[一〇]関白秀次《ひでつぐ》公にてわたらせ給ふ《秀次公でいらっしゃる》。人々[一一]は[一二]木村常陸介、[一三]雀部《ささべ》淡路、[一四]白江備後、[一五]熊谷《くまがへ》大膳、[一六]粟野杢《あはのもく》、[一七]日比野下野《ひびのしもつけ》、[一八]山口少雲《せうらん》、[一九]丸毛不心《まるもふしん》、[二〇]隆西《りゆうさい》入道、[二一]山本主殿《とのも》、[二二]山田三十郎、不破《ふは》万作、かく云ふは紹巴《ぜうは》法橋《ほつけう》[二三]なり。汝等《なんぢら》不思議の御目見えつかまつりたるは《お前たちは不思議なご縁でお会い申し上げたものだよ》。前《さき》のことばいそぎ申上げよ」といふ。頭《かしら》に髪《かみ》あらばふとるべきばかりに《長く伸びて太くなるくらいに》凄《すさま》じく《恐ろしく》、肝魂《きもたましひ》も虚《そら》にかへるここちして《宙に飛ぶような心地がして》、振《ふる》ふ振ふ《震えながら》、[二四]頭陀嚢《づだぶくろ》より清き紙取出でて、筆《書きぶり》もしどろに《もしどろもどろで》書きつけてさし出すを、主殿《とのも》取りてたかく吟《ぎん》じ上ぐる。

鳥の音《ね》も秘密の山の茂《しげ》みかな

歳。
一一 この人々の名前は、小瀬甫庵《おぜほあん》の『太閤記』巻十七「前関白秀次公之事」に見えている。
一二 七七頁注九参照。
一三 秀次の臣。雀部淡路守。高野山で秀次を介錯《かいしゃく》して自害。
一四 七七頁注一〇参照。
一五 七七頁注一一参照。
* 夢然法師の質問で、貴人が、はじめて関白秀次と分って、物語はいよいよ凄さを増し佳境に入る。
一六 粟野杢助。秀次の臣。京都粟田口《あわたぐち》吉水辺で切腹。
一七 日比野下野守。秀次の妾であった「おあこの方」の父で、京都北野辺で切腹した。
一八 秀次の妾「お辰の方」の父。北野辺で切腹した。
一九 秀次の臣。京都相国寺《しょうこくじ》門前で自刃した。
二〇 秀次の臣。秀次が介錯して高野山で死んだ。
二一 秀次の小姓、山本主殿助。高野山で主君に先立って死んだ。
二二 秀次の小姓。高野山で主君に先立って死んだ。
二三 僧侶の第三位。法印・法眼《ほうげん》・法橋の順である。近世では文人・医者にも賜った例がある。
* 「頭に髪あらば云々」は、愁ある時は頭髪が急に伸びるという故事と同じで、よくその恐怖感を描き出している。
二四 「頭陀」は梵語《ぼんご》で托鉢《たくはつ》僧の意味。僧侶が首にかける袋。

貴人聞かせ給ひて、「口がしこくもつかまつりしな《小利口にも詠みあげたな》。誰《た》そ此の末《すゑ》[一]句《く》をまうせ」とのたまふに、山田三十郎座をすすみて、「某《それがし》つかまつらん」とて、しばしうちかたぶきてかくなん《首をかたむけ思案してこのように詠んだ》。

「芥子《けし》[二]たき明《あか》すみじか夜の牀《ゆか》

いかがあるべき《どんなものでしょうか》」と紹巴に見する。「よろしくまうされたり」と、又公《きみ》の前に出すを見給ひて、「片羽《かたは》[三]にもあらぬは《まんざらでもないわ》」と興じ給ひて、杯《さかづき》を揚《あ》げてめぐらし給ふ。

淡路と聞えし人《いった人が》、にはかに《突然》色を違《たが》へて《顔色を変えて》、「はや修羅《しゅら》[四]の時にや、阿《あ》[五]修羅《しゅら》ども御迎《むか》ひに来ると聞え侍《はべ》る。立たせ給へ」といへば、一座の人々忽ち面《おもて》に血《ち》を灑《そそ》ぎし如く〔真赤になって〕、「いざ石田[六]増田[七]が徒《ともがら》に、今夜《こよひ》も泡吹《あわ》かせん」と勇みて立躁《さわ》ぐ。秀次《ひでつぐ》、木村に向はせ給ひ、「よしなき奴《やつ》《つまらない者》に我が姿を見せつるぞ《にわが姿を見せてしまったな》。他二人《かれふたり》も修羅《しゅら》につれ来れ《魔界へ連れてこい》」と課《おほ》せある。老臣の人々かけ隔《へだ》りて《間に入って》声をそろへ、「いまだ命《めい》つきざる者《寿命の尽きない》なり。例の[八]悪業なせさせ給ひそ《なさいますな》」といふ詞も、人々の形《かたち》も、遠く雲井[九]に行くが《空のかなたへ消》

一 連句における付句《つけく》のこと。ここでは五・七・五の句に対して、七・七の句をさしている。

二 〈夏の夜を芥子を焚《た》いて明かしていると、この護《ご》摩壇《まだん》の床《ゆか》へも、しらじらと夜が明けていた〉。芥子を焚いて護摩の修法《すほう》をし加持祈禱をする。前句《まえく》を夜明けの鳥の声ととっての付句である。

三 『雨夜物語たみことば』に「かたは・鳥の片羽より出でたる詞也。……片羽は不具なる事故《ことゆゑ》に、みにくき事にも云へり」とある。不充分でもない、の意から、わるくない、となる。

四 「修羅」は「阿修羅《あしゅら》」の略で、悪鬼の世界。人間が死後いずれかに行くべき世界である六道（地獄・餓鬼・畜生・修羅・人間・天上）の一つである。ここでは争闘の始まる時をいう。生前悪業をした秀次は、死後修羅道におち、阿修羅の将となって、生前と同じように争闘を始めようとしている。

夢然父子死を免れる

五 インドの鬼神。梵語《ぼんご》「アスラ」の音訳。もともとは仏法を守る神の一つであったが、闘争を好む悪神のように受け取られるようになった。

六 石田三成《みつなり》。豊臣時代の五奉行の一人で、秀次に対しては、増田長盛らと組んで対抗した。

七 増田長盛。石田三成と同じく五奉行の一人。

八 人を殺したり、狩猟にかこつけ禁を犯して武器をふやしたりした。

ごとし《えるようだった》。親子は気絶えて《失神してしまって》、しばしがうち死に入りけるが《死んだようになっていたが》、[一〇]しののめの明けゆく空に、ふる露の冷《ひや》やかなるに生出《いき》でしかど、いまだ明けきらぬ恐しさに、[一一]大師の御名《みな》をせはしく唱《とな》へつつ、漸《やや》日出づると見《ようやく日の出を》て《見て》、いそぎ山をくだり、京《みやこ》にかへりて薬鍼《やくしん》の保養をなしける《薬やはりで療養した》。一日《あるひ》、夢然《むぜん》[一二]三条の橋を過ぐる時、[一三]悪《あく》ぎやく塚《つか》の事思ひ出づるより、かの寺眺められて《自然に視線がいき》、「白昼《ひる》ながら《であるのに》物凄《すさま》じくありける」と、京人《みやこびと》にかたりしを、そがままにしるしぬ《そのまま書きしるしたのである》。

九　雲のあるところ、つまり空。
一〇　明けるにかかる枕詞。しかし、近ごろは「しののめ」のみで、明け方の意味の名詞とする解釈もある。
一一　弘法大師の御名。
一二　京都市中京区にある三条大橋。
一三　京都市中京区木屋町三条下ル瑞泉寺内にある。秀次の首及び妻妾ら三十余人の死骸《しがい》を埋めた所で、畜生塚とも言う。現在は秀次の墓を囲み、家臣その他の石碑が並んでいる。

吉《き》備《び》津《つ》の釜《かま》

妒婦の利害をめぐって

「妒婦《とふ》[一]の養ひがたきも《扱いにくいけれども》、老《お》いての後《年老いてから》其の功《こう》を知る《値打ちが分る》」と。咨《ああ》[二]、これ何人の語《ことば》ぞや。害《わざはひ》の甚《はなはだ》しからぬも《軽いものでさえ》、商工《わたらひ》[三]を妨《さまた》げ物を破《やぶ》りて、垣の隣の口《そしり》をふせぎがたく《悪口は止めにくく》、害《わざはひ》の大なるにおよびては、家を失ひ国をほろぼして、天《あめ》が下に笑を伝ふ《天下の笑いものとなる》。いにしへより此の毒《どく》にあたる人、幾許《いくばく》といふ事をしらず。死《し》して蟒《みづち》[四]となり、或《あるい》は霹靂《はたたがみ》[五]を震《ふる》うて怨《うらみ》を報《むく》ふ類《たぐひ》は、其の《妻の》肉を醢《ししびしほ》[六]にするとも《したところで》飽《あ》くべからず《飽きたりない》。〔しかし〕さるためしは希《まれ》なり。夫《をつと》のおのれをよく脩《をさ》めて《自分の行いを》〔妻を〕教へなば《教育すれば》、此の患《うれひ》おのづから避くべきものを《さけることができるものを》、只かりそめなる《ちょっとした》徒《あだ》ことに《浮気から》、女の慳《かだま》[七]しき性《さが》を募《つの》らして、其の身の《わが身の》憂《うれひ》をもとむるにぞありける《自ら招いてしまうのである》。「禽《きん》[八]を制《せい》するは気《き》にあり。婦《ふ》[九]を制《せい》するは其の夫《をつと》の雄《を》々《を》しきにあり」といふは、現《げ》にさることぞかし《本当にもっともなことである》。

＊吉備津神社での御釜祓《はら》いの結果、悲恋に終った話を、秋成は、恐らく知っており、その上で『剪燈《せんとう》新話』巻之二「牡丹燈記《ぼたんとうき》」を少し利用し、部分的には『本朝神社考』や、『今昔物語集』などを参照し、さらに醜神「磯良《いそら》」を主人公の名前にして、本篇を作っている。

一 嫉妬深い妻。『五雑爼《ござっそ》』巻八に「故ニ諺《ことわざ》ニ曰《い》ヘル有リ、老ニ到リテ方《まさ》ニ妒婦ノ功ヲ知ルト」とある。正徳二年の『当世智恵鑑《ちえかがみ》』の巻四の一「江戸の嫉婦《しっぷ》」の巻頭にも「悋気《りんき》は三毒の蛇《じゃ》心にて女第一の疵《きず》なり。其身の本心をそこなひ。人をなやまし人をころす事。毒薬よりも甚《はなはだ》しきゆへに是を妬《と》毒といへり」とあると、指摘されているごとく、妒婦の毒を説く文章を冒頭に置く物語は、既にあった。

二 ああ、一体、誰がそんなことを言ったのでしょうか。「咨《し》」は『字典』に「嗟嘆《さたん》之辞」とある。

三 家業。

四 「みづち」は、蛟と書き、蛇に似た想像上の動物である。「蟒《うわばみ》」は本来大蛇のこと。

五 烈しい雷。

六 肉の塩辛。底本の振り仮名は「ししびし」。古代中国で、敵の死体を醢にしたという例がある。

七 ねじけた性質。

八 小鳥の飛ぶ自由を押えて動けなくするのは、人間の気合による。

正太郎と磯良の結婚

[一〇]吉備《きび》の国賀夜郡庭妹《かやのこほりにひせ》の郷《さと》に、[一一]井沢《ゐざは》庄太夫といふものあり。[一二]祖父《おほぢ》は播磨《はりま》の[一三]赤松に仕へしが、去《さ》んぬる《さる》[一四]嘉吉《かきつ》元年の乱《みだれ》に、かの館《たち》を去りてここに来《きた》り、庄太夫にいたるまで三代《みよ》を経て、[一五]春耕《たがや》し、秋収《をさ》めて、家豊《ゆた》かにくらしけり。一子正太郎なるもの、農業《なりはひ》を厭《いと》ふあまりに、酒に乱れ色に酖《ふけ》りて、父が掟《おきて》を守らず《戒めを守らない》。父母これを歎《なげ》きて私《ひそ》かにはかるは《内々で相談したのは》、「あはれ《どうかして》良人《よき》の女子《むすめ》の貌《かほ》よきを娶《めと》りてあはせなば、渠《かれ》が身もおのづから脩《をさ》まりなん」とて、あまねく《のこる所なく》国中《くになか》をもとむるに、幸《さいはひ》に[一六]媒氏《なかうど》ありていふ、「[一七]吉備津《きびつ》の[一八]神主《かんざね》[一九]香央造酒《かさだみき》が女子《むすめ》は、うまれだち《生れつき》秀麗《みやびやか》にて《優雅で》、父母にもよく仕へ、かつ歌をよみ、箏《こと》に[二〇]工《たくみ》なり。従来《もとより》かの家は[二一]吉備の鴨別《かもわけ》が裔《すゑ》にて家系《すぢめ》も正しければ、君が家に[二二]因《ちな》み給ふは果《はた》吉祥《よきさが》なるべし。此の事の就《な》らんは老が願ふ所なり《この縁談の成立はこの老人の望みです》。[二三]大人《うし》の御心《み》いか《どう》におぼさんや《お考えですか》」といふ。庄太夫大いに怡《よろこ》び、「よくも説かせ給ふものかな《よくまあお話し下さいましたものですね》。此の事我が家にとりて千とせの[二四]計《はかりごと》なりといへども、香央《かさだ》は此の国の貴族《きぞく》にて、我は氏《うぢ》なき[二五]田夫《でんぶ》なり。門戸敵《こてき》すべからねば《家柄が釣り合わないから》、

九　女をうまく扱うのは、その夫の男らしさにある。『五雑俎』巻八に「禽《きん》ノ制ハ気ニ在リト、然ラバ則チ婦ノ制ハ夫《それ》固《もと》ヨリ勇力ノ外ニ出ヅル者ニ有リ」とある。

一〇　岡山県岡山市庭瀬。

一一　この氏は甲斐発祥が多い。現地にも、かつて井沢姓があったというが、今はない。

一二　先祖。

一三　赤松満祐《みつすけ》。室町時代の播磨（兵庫県）の守護職。

一四　嘉吉元年（一四四一）六月二十四日、赤松満祐が将軍足利義教《よしのり》を殺し、九月十日山名持豊《やまなもちとよ》に亡ぼされた事件。『嘉吉記《かきつき》』に「城中兵人ニ知ラレルホドノ者ハ腹ヲ切ル其ノ数ヲ知ラズ」とある。

一五　『荀子《じゅんし》』に「春耕《たがや》シ夏耘《くさぎ》リ秋収メ冬蔵ス」とある。

一六　結婚のなかだちをする人。媒妁《ばいしゃく》人。

一七　岡山県岡山市吉備津の吉備津神社。

一八　神官。神ぬし。

一九　吉備津神社の四大社家の一に、香陽《かよう》家がある。これを「香央」と変え、『本朝神社考』中之三の「笠田」を利用して「カサダ」と読ませたもの。

二〇　「工」は「たくみ」とよみ、上手、の意味。

二一　鴨別命《かもわけのみこと》。吉備族の祖吉備津彦命の子。

二二　縁を結べば、きっとめでたい祥《しるし》となりましょう。

二三　人、特に学者、師匠に対する尊称。

二四　家運長久の方法。

二五　農夫。田舎《いなか》者、教養のない者の意もある。

おそらくは（〔香央は〕）肯《うけが》ひ給はじ」。媒氏《なかだち》の翁笑《ゑみ》をつくりて、「大人《うし》の謙《くだ》り給ふ（ご謙遜が）事甚《はなはだ》し（過ぎます）。我かならず[一]万歳《ばんぜい》を謳《うた》ふべし」と、往《い》きて香央《かさだ》に説《と》けば、彼方《かなた》にもよろこびつつ、妻なるものにもかたらふに（相談したところ）、妻もいさみていふ、「我が女子《むすめ》既に十七歳になりぬれば、朝夕によき人がな（よい人がいないものか）、娶《あは》せんものをと、心もおちゐ侍らず（気も休まりませんでした）。はやく日をえらみて[二]聘礼《しるし》を納《い》れ給へ」と、[三]強《あなが》ちにすすむれば、盟約《ちかひ》すでになりて、井沢にかへりごとす（返事をした）。[四]即《やが》て聘礼《しるし》を厚くととのへて送り納《い》れ（結納の品々を立派にそろえて）、よき日をとりて、婚儀《ことぶき》をもよほしけり（結婚式をあげる準備をした）。

御釜祓いの占い

猶《なほ》、幸《さいはひ》を神に祈《いの》るとて、（〔香央は〕）[五]巫子《かんなぎ》[六]祝部《はふり》を召《め》しあつめて、[七]御湯《みゆ》をたてまつる（湯立ての占いをした）。そもそも当社に祈誓《いのり》する人は、[八]数《かず》の祓物《はらへつもの》を供《そな》へて御湯《みゆ》を奉り、吉祥凶祥《よきさがあしきさが》を占《うらな》ふ。巫子《かんなぎ》[九]祝詞《のつと》をはり、湯の沸上《わきあが》るにおよびて、[一〇]吉祥《よきさが》には釜の鳴《な》る音《こゑ》牛の吼《ほ》ゆるが如し。凶《あし》きは釜に音なし。是《これ》を吉備津の御釜祓《みかまばらひ》といふ。さるに（ところが）香央《かさだ》が家の事は、神の[一一]祈《う》けさせ給はぬにや（御受納にならなかったのか）、只秋の虫の叢《くさむら》にすだく（集まり鳴くほどの）ばかりの声もなし。ここに疑《うたが》ひをおこして、

一 まとめましょう。祝宴の際のことほぎの言葉。
二 結納《ゆいのう》。結婚するために品物を贈る儀礼。
三 強く。本来は、無理に、強いて、の意味。
四 直ちに。早速。
五 みこ。神主の下にあって、舞などを奉仕する女子。女を巫《かんなぎ》と言い、男を覡《おのこかんなぎ》と言う。
六 一般に神主、禰宜《ねぎ》などをさすが、正確には禰宜の次の下級の神官のこと。
七 湯立てをする。これらの事は、『本朝神社考』に拠ると諸注釈書にあるが、『神社啓蒙《けいもう》』（寛文十年）、『神道名目類聚鈔《しんどうめいもくるいしゅうしょう》』（正徳四年）、『本朝怪談故事』（正徳六年板）や、『諸国里人談《りじんだん》』（寛保三年）、その他多くにほぼ同じ記事が見られる。
八 さまざまな供物。
九 御鳴動《みおどみ》の神事の祝詞《のりと》は「かけまくも綾《あや》に畏《かしこ》きわが大神の……この御炊殿《みかしのみあらか》のあやに畏き御釜の奇《く》しく妙《たへ》なる御鳴動《みおどみ》を拝み奉らむと祈白《のみまを》す事を……」とある。
一〇『神社考』には「則チ釜ノ鳴ルコト牛ノ声ノ如クナレバ吉、若《も》シ釜ガ鳴ラネバ則チ凶ナリト云フ」と。
一一「や」は係助詞、下に「あらむ」が略されている。
＊後年、秋成は『鶉居倭哥集《うずらいわかしゅう》』に、「釜」の題で「卜《ぼく》とひて吉備津の釜のあしきねにおもひいやます恋に死ななん」と詠み、御釜占いの凶兆によって、死で終った悲恋を記している。これなども「吉備津の釜」と同材であろう。

此《この》の祥《さが》を妻にかたらふ《しるしを妻と相談した》。妻更に《少しも》疑はず、「御釜の音なかりしは、祝《は》部等《ふりたち》が身の清からぬにぞあらめ《体が清潔でなかったからでしょう》。既に聘礼《しるし》を納《をさ》めしうへ、かの赤縄《せきじよう》[一二]に繋《つな》ぎては、仇《あだ》ある家《仇敵の家》、異《こと》なる域《くに》なりとも易《か》ふべからず《変えられないと》と聞くもの《聞いております》を《ものを》。ことに井沢は、弓の本末《もとすゑ》[一三]をもしりたる人の流《すゑ》にて《武家の子孫であって》、掟[一四]ある家と聞けば、今否《いな》むとも承《うけが》はじ《承知しますまい》。ことに佳婿《むこがね》[一五]の麗《あて》なるをほの聞きて《美男であるのを伝え聞いて》、我が児《こ》も日をかぞへて待ちわぶる物を《〔婚礼までの〕日数を数えて待ちわびていますのに》、今のよからぬ言《こと》を聞くものならば、不慮《すずろ》[一六]なる事をや仕出でん《しでかしましょう》。其のとき悔《く》ゆるともかへらじ《〔もとに〕》」と、言《ことば》を尽して諫《いさ》むるは、まことに女の意《こころ》ばへなるべし《本当に女らしい心づかいであろう》。香央《かさだ》も従来《もとより》ねがふ因《ちなみ》なれば《縁談だから》深く疑はず、妻のことばに従《つ》きて、婚儀《ことぶき》ととのひ、両家の親族氏族《うからやから》、鶴の千とせ[一七]、亀の万代《よろづよ》をうたひことぶきけり。

正太郎の放蕩

香央《かさだ》の女子《むすめ》磯良《いそら》[一八]、かしこに往《い》きてより《先方へ》、夙《つと》[一九]に起《お》き、おそく臥《ふ》して、常に舅姑《おやおや》の傍《かたへ》を去《さ》らず、夫《をつと》が性《さが》をはかりて《性質をよく考えて》、心を尽《つく》して仕へければ、井沢夫婦は孝節《かうせつ》[二〇]を感《め》でたしとて、歓《よろこ》びに耐《た》へねば、正太郎も其の《妻の》志に愛《め》でて、むつまじくかたらひけり。されどおのがまま《生れつきの》の奸《たは》[二一]けたる

一二 夫婦の縁を結んだ上は。『幽怪録』に「此《これ》（赤縄）以テ夫婦ノ足ヲ繋《つな》ギ、仇家《きうか》異域ト雖《いへど》モ、縄一タビ繋ガバ、終《つひ》ニ易《か》フ可カラズ」とある。

一三 「弓の本末をもしる」は弓のもとと末、つまり弓を扱うことのできる者。武士をさしている。

一四 厳格な家。

一五 婿となる人。

一六 思いがけない短慮なこと。

一七 夫婦の縁の行末長いことを祝った。『淮南子《えなんじ》』に「鶴ハ千歳其遊ヲ極メ、亀ハ万歳ノ齢《よはひ》ヲ経ル」とある。

一八 磯良の名については、文献としては、『太平記』巻三十九「神功皇后新羅《しらぎ》ヲ攻メ給フ事」に「阿度部《あとべ》ノ磯良一人召ニ応ゼズ……」とあるのが一番早い。九州筑前の志賀島《しかのしま》にある志賀海神社の祭神が、「阿曇の磯良」なので、『日本書紀』の神功皇后三韓征伐の故事に付会したものであろう。中世以来の「磯良」は、貝殻石のくっついた海神で、しかも大変醜い者だったという。現在も祇園《ぎおん》祭の船鉾《ふなぼこ》に「磯良」がかざられ、大阪府茨木市三島丘に磯良神社、俗に疣水《いぼみず》神社があり、「磯良大神」を祭神としている。秋成も、みにくい神としての磯良を、よく承知の上で「うまれだち秀麗《みやびやか》」（八五頁八行）な主人公の名前にしたものであろう。

一九 「夙に」は早く、の意。

二〇 嫁の孝行と貞節に感心して。

二一 放蕩《ほうとう》の性質。色好みの性質。

性《さが》はいかにせん《どうにもならなかった》。いつの比《ころ》より、《〔か〕》鞆《とも》[一]の津の袖といふ妓女《あそびもの》[二]にふかくなじみて、遂に贖《あがな》ひ出し《金で請け出し》、ちかき里に別荘《べつや》をしつらひ《こしらえて》、かしこに《そちらで》日をかさねて家にかへらず。磯良《いそら》これを怨《うら》みて、或は舅姑《おやおや》の忿《いかり》に托《よ》[三]せて諫《いさ》め、或日[四]は徒《あだ》なる心をうらみかこてども《浮気心を恨み嘆いても》、《〔正太郎は〕》大虚《おほぞら》にのみ聞きなして《うわの空に聞き流して》、後は月[五]をわたりてかへり来らず。父は磯良《いそら》が切なる《ひたすらな》行止《ふるまひ》を見るに忍びず、正太郎を責《せ》めて押籠《おしこ》めける《監禁した》。磯良これを悲《かな》しがりて、朝夕の奴《つぶね》[六]も殊《こと》に実《まめ》[七]やかに、かつ袖が方へも私《ひそ》かに物を餉《おく》りて、信《まこと》のかぎりをつくしける《誠心誠意つくした》。

一日《あるひ》父が宿にあらぬ《家にいない》間《ひま》に、正太郎磯良をかたらひて《うまくまるめこみ相談した》いふ、「御許《おもと》[八]の信《まこと》ある操《みさを》を見て、今はおのれが身の罪をくゆる《後悔する》ばかりなり。かの女をも古郷《ふるさと》に送りてのち、父の面《おもて》[九]を和《なご》め奉らん。渠《かれ》は《彼女は》播磨の印南野《いなみの》[一〇]の者なるが、親もなき身の浅ましくてある《みじめに生きているのを》を、いとかなしく思ひて憐《あはれ》をもかけつるなり。我に捨てられなば、はた《また》船泊《ふなとま》[一一]りの妓女《うかれめ》となるべし。おなじ浅ましき奴《つぶね》なりとも《仕事をしても》、京《みやこ》は人の情もありと聞けば、渠《かれ》

一　広島県福山市鞆《とも》町の港。古くから瀬戸内海の要港であった。寛延元年序の『鞆浦志』には、伊予の宮内が開いた遊女町で寛永の末頃に「有儀《ありそ》」という名の町ができたことを記している。なお、鞆の津の遊女は、『平家物語』や、『太平記』にも登場し、この地の遊女は古くから存在していた。

二　遊女のこと。うかれめ。

三　かこつけて。

四　あるいは。『好色一代男』にも「こころを思日合せ」とあり、「日」は「ひ」の音標文字として使用している。

五　幾月も。一月以上も、という解釈もある。

六　奉仕すること。「奴」は下部《しもべ》仕え、下男や下女の意。下女のように仕えること。

七　ゆきとどいて丁寧なこと。同じ『雨月物語』の「蛇性の婬」にも「実《まめ》やかなる御饗《みあへ》もえし奉らず」とある。

正太郎の裏切り

＊　ここで作者は、愛人を作った夫をその父が押しこめると、一途に悲しみ朝夕に夫に仕え、夫の愛人にまで品物を贈る貞淑な女性として、「磯良」を表現し、さらに意外な進展をする話の伏線としている。

八　そなた。女性に対する二人称の代名詞で、軽い敬意や親しみをこめたもの。

九　父上の怒りを和《やわら》げ奉りましょう。

一〇　兵庫県印南《いなみ》郡辺の平野。

をば京に送りやりて、栄《よし》ある人に《身分のある立派な人に》仕へさせたく思ふなり。我[一二]かくてあれば万《よろづ》に貧《まづ》しかりぬべし。路《みち》[一三]の代《しろ》身にまとふ物も誰がはかりごと《いったい誰が工夫して》してあたへん《与えてくれるだろうか》。御許《おもと》[一四]此の事をよくして渠《かれ》を恵み給へ」と、ねんごろ《ていねいに》にあつらへけるを《たのんだので》、磯良いとも《たいへん》喜《うれ》しく、「此の事安くおぼし給へ《ご安心なさいませ》」とて、私《ひそ》かにおのが衣服《いふく》調度《てうど》を金に貿《か》[一五]へ、猶香央《なほかさだ》の母が許《もと》へも偽《いつは》りて金を乞《こ》ひ、正太郎に与へける。〔正太郎は〕此の金を得て密《ひそ》かに家を脱《のが》れ出で、袖なるものを倶《ぐ》して《伴って》、京《みやこ》の方へ逃げのぼりける。〔磯良は〕かくまで《これほど》たばから[一六]れしかば《だまされたから》、今はひたすらに《一途に》うらみ歎《なげ》きて、遂に重《おも》き病《やまひ》に臥《ふ》しにけり。井沢・香央の人々、彼《かれ》[一七]を悪《にく》み此《これ》を哀《かな》しみて、専《もは》ら医の験《しるし》をもとむれども《医療で回復を望んだが》、粥《もの》[一八]さへ日々にすたりて《日毎にとれなくなって》、よろづにたのみなくぞ見えにけり《万事につけてもはや最後であると》。

愛人袖の急死

ここに播磨[一九]の国印南郡荒井《いなみのこほりあらゐ》の里に、彦六《ひころく》といふ男あり。渠《かれ》は袖と[二〇]ちかき従弟《いとこ》の因《ちなみ》あれば、先づこれを訪《とふら》うて、しばらく足[二一]を休めける《逗留した》。彦六、正太郎にむかひて、「京《みやこ》なりとて人ごとにたのもしくもあらじ《どの人だって頼もしいというわけでもあるまい》。ここに駐《とどま》られよ。一飯《ばん》[二二]をわけて、〔暮し〕ともに過活《わたらひ》のはかりごとあら《生計の道を考えよう》

一一 港町の遊女。尾道《おのみち》などの瀬戸内海主要港には遊女がいた。とくに播磨《はりま》の室津《むろのつ》のは、「室君」と言って有名。
一二 私がこのように押し込められているので、女（袖）は、きっと何事にも不自由していることであろう。
一三 旅費。
一四 よく工面してくれて、の意。「此の事」は袖の旅費と衣服代の調達。
一五 換える意で、金ととりかえる、つまり売ること。
一六「たばかる」には、思いめぐらす、相談する、以外にも、だまし欺く意がある。『太平記』巻十に「敵ヲタバカランタメニ手負《ておひ》タル真似ヲシテ」とある。
一七 正太郎を憎み、磯良に同情して。
一八「粥」は普通は、かゆと読む。ここは、食べもの、の意。
一九 現在の兵庫県高砂《たかさご》市荒井町。袖の出身地。
二〇 従兄弟《いとこ》という近い関係。
二一「足を休める」は本来は、休息する、の意で、『古今集』巻十三に「夢路にはあしも休めず通へどもうつつに一目見しごとはあらず」とある。
二二 一つ椀《わん》の飯を分けあって。

ん」と、たのみある詞《ことば》[一]に心おちゐて《心が落ち着いて》、ここに住むべきに定めける。彦六我が住むとなりなる《自分の家の隣の》破屋《あれや》をかりて〔二人を〕住ましめ、友得たりとて怡《よろこ》びけり。しかるに、袖、風のここちといひしが《風邪気味だと》、何となく悩《なや》み出でて《病みだして》、鬼化《もののけ》[二]のやうに狂《くる》はしげなれば、ここに来りて幾日もあらず、此の禍《わざはひ》に係《かか》る悲しさに、〔正太郎は〕みづからも食《もの》さへわすれて抱《いだ》き扶《たす》くれども《介抱したけれど》、只音《ね》をのみ泣きて《声をあげて泣くばかりで》、胸窮《せま》り堪へがたげに《苦しく辛抱できなさそうで》、さむれば《正気づけば》常にかはるともなし。窮鬼《いきすだま》[三]といふものにや。〔正太郎は〕古郷《ふるさと》に捨てし人《ひと》のもしや《磯良がたたるのかと》と独りむね苦《くる》し。彦六これを諫《いさ》めて、「いかでさる事のあらん《どうしてそんなことがあろうか》。疫《えき》[四]といふものの悩ましきは《苦しさは》あまた見来りぬ。熱《あつ》き心《熱気が》少しさめたらんには《少しさめた時には》、夢わすれたるやうなるべし《さっぱり忘れたようになるでしょう》」と、やすげにいふぞたのみなる《気安く言うのが頼りであった》。〔けれども〕看《み》る看る《みるみるうちに》露ばかりのしるしもなく、七日にして空《むな》しくなりぬ《死んでしまった》。天《そら》を仰《あふ》ぎ、地を敲《たた》きて哭《な》き悲しみ、〔彦六は〕ともにもと《共に死のうと》物狂はしきを、さまざまといひ和《なぐさ》めて、「かくては」[五]とて遂に曠野《あらの》[六]の烟《けぶり》となしはてぬ。骨をひろひ壠《つか》[七]を築きて塔婆《たふば》[八]を営《いとな》み、僧を迎《むか》へて菩提《ぼだい》[九]のことねんごろに弔《とぶら》[一〇]ひける。

一 頼りになることば。

二 つきものでもしたように気違いじみてきたので。「もののけ」は、人にとりついて苦しめる生霊《いきりょう》、死霊《しりょう》などのこと。『源氏物語』葵《あおい》の巻にも「物のけ、いきすだまなどいふもの多く出で来て」とある。

三 生霊。現実に生きている人の怨霊《おんりょう》がたたりをなすこと。『今昔物語集』その他にこの例が多い。

四 流行病のこと。ただし『和名抄《わみょうしょう》』は「疫」を「衣《え》夜美《やみ》」と読ませている。

＊ このように夫の愛人「袖」を先にとり殺したのは当然のことで、次にその当の夫へ恨みを報いるというのが貞婦「磯良」の怨霊であった。また厳密にいえば、彼女の「生霊」が働いたのは、夫の愛人を殺した時期までである。

五 このままにしても置けないと。

六 火葬にする。人気のない原で屍体《したい》を焼くから、このように言う。

七 墓。

八 「卒塔婆《そとば》」の略。供養のために墓の上にたてるもの。

九 死後の冥福《めいふく》をまごころこめて祈った。「菩提」は極楽に往生して仏果を得ること。

一〇 底本「吊ひ」とあるが、「弔ひ」に直した。

墓参で逢った女

正太郎今は俯《ふ》して黄泉《よみぢ》[一一]をしたへども、招魂《せうこん》[一二]の法をもとむる方なく《求める方法もなく》〔天を〕仰ぎて、古郷《ふるさと》をおもへば、かへりて《かえって》地下《ちか》[一三]よりも遠きここちせられ、前に渡なく《前へも進めず》、後に途をうしなひ《後へ帰ることもできず》、昼はしみらに[一四]《一日ずっと》打臥《ふ》して、夕々《よひよひ》ごとには壠《つか》のもとに詣《まう》でて見れば、小草はやくも繁《しげ》りて、虫のこゑすずろに《わけもなく》悲し。此の秋のわびしきは我が身ひとつぞ[一五]と思ひつづくる《思いなやんでいると》に、天雲《あまぐも》[一六]のよそにも同じなげきありて、ならびたる新壠《あらづか》あり。ここに詣《まう》づる女の、世にも悲しげなる形《さま》して、花をたむけ水を灌《そそ》[一七]ぎたるを見て、「あな哀《あは》れ。わかき御許《おもと》のかく気疎《けうと》きあら野《人気のない荒野へ》にさまよひ給ふよ」といふに、女かへり見て、「我が身夕々《よひよひ》ごとに詣で侍るには《〔お墓に〕お参りしますと》、殿《あなた様は》はかならず前《さき》に詣で給ふ。さりがたき御方《別れがたい大事なお方と》に別れ給ふにてやまさ[一八]ん《ありましょう》。御心のうちはかりまゐらせて《お察し申し上げて》悲し」と潸然《さめざめ》[一九]となく。正太郎いふ、「さる事に侍り《その通りです》。十日ばかりさきにかなしき婦《つま》《いとしい妻》を亡《うしな》ひたるが、世に残りて憑《たのみ》[二〇]なく侍れば《はりあいもありませんから》、ここに詣づることをこそ心放《やり》にものし侍るなれ《心の慰めにしているのです》。御許《おもと》にもさこそましますなるべし《あなた様もそうでいらっしゃいましょう》」。女いふ、「かく詣でつかう《このようにお参りしてお》

一一 あの世。冥途《めいど》。愛人袖の逝《い》ったあの世を、正太郎が恋い慕ったのである。

一二 中国古代の俗信で、死者の霊をこの世に呼び戻す方法。家に死人があれば、その衣を持って屋上に立ち、北面して三度その名を呼べば、霊魂を呼び還すと言う。『徒然草《つれづれぐさ》』二百十段には、「ある真言書の中に、喚子鳥《よぶこどり》鳴く時、招魂の法をばおこなふ次第あり。これは鵺《ぬえ》なり」とある。

一三 よみじ。冥途。死んだ愛人のいる世界をさしている。

一四 ひまもなく。「茂」「繁」の意の「しみ」に、接尾語「ら」が付いたもの。『万葉集』巻十三に「茜《あかね》さす昼はしみらにぬば玉の……」とある。

一五 わが身の上にのみあつまった。『古今集』巻四、大江千里の「月みれば千々に物こそ悲しけれわが身一つの秋にはあらねど」による。

一六 「よそ」にかかる枕詞。

一七 「灌《かん》」は水をそそぎかけること。

一八 「あり」「居り」の尊敬語である補助動詞「ます」の未然形に、推量の助動詞「む」のついたもの。

一九 「潸《さん》」は涙の流れるさま。

二〇 「憑《ひょう》」は、もたれる、よりかかるの意。

まつるは《りますのは》、憑《たの》[一]みつる君の御跡《あと》[二]にて、いついつの日《しかじかの日に》ここに葬《はふむ》り奉る。家に残ります女君《奥方が》のあまりに《たいへん》歎《なげ》かせ給ひて、此の頃はむつかしき病《重い病気におかかり》にそませ給ふなれば《になったので》、かくかはりまゐらせて、香花をはこび侍る《香やお花をお供えしているの》なり《です》」といふ。正太郎云ふ、「刀自《とじ》[三]の君の病み給ふもいとことわりな《たいへんもっともなこと》るものを《ですよ》。そも古人《ふる》は《故人は》何人《びと》にて、家は何地《いづち》に住ませ給ふや」。女いふ、「憑《たの》みつる君は、此の国にては由縁《ゆゑ》ある御方なりしが《名家の人でしたが》、人の讒《さかしら》[四]にあひて領所《しるところ》[五]をも失《うしな》ひ、今は此の野の隈《くま》[六]に侘《わび》しくて住ませ給ふ《寂しく住んでいらっしゃいます》。女君は国のとなりまでも《隣国まで評判の》聞え給ふ美人《かほよびと》[七]なるが、此の君によりてぞ《この女主人の美しさの故に》家所《しよ》領《りやう》をも亡《な》くし給ひぬれ」とかたる。此の物がたりに心のうつるとは[八]なくて、「さて[九]しもその君の《その奥方の》はかなくて住ませ給ふは《心細くお住みでいらっしゃる所は》、ここちかき《ここの近くでし》にや《ようか》。訪《とふら》ひまゐらせて、同じ悲しみをもかたり和《なぐさ》まん。倶《ぐ》し給へ《お連れ下さい》」といふ。「家は殿の来《きた》らせ給ふ《いつも来られる》道のすこし引入りたる《横道へ入った》方なり《〔奥方は〕》。便《たより》[一〇]なくませば時々《をりをりと》訪はせ給へ。待ち侘《わ》[一一]び給はんものを」と、前《さき》に立ちてあゆむ。

一 頼りとしていた主君。つまり御主人さま。

二 御墓であって。「御跡」は、ここは御墓、の意。底本は「御迹」とある。

三 普通「戸主《とじ》」と書く。一家の主婦。つまり、とぬし、の意で、「刀自」は戸主《とじ》の音訳という。

四 讒言《ざんげん》。「利口そうにふるまう」意から、ここはさし出口をきく、讒言する、の意味。

五 領地。領土。

六 この野原の隅、すなわち、ここは播磨の国印南《いなみ》郡荒井の里付近の野原。

七 美しい女性。秋成の『春雨物語』宮木が塚にも「鈴虫、松虫とて二人のかほよ人あり」とある。

八 心がひかれるともなくひかれて、の意。聞いたばかりの美人に心がひかれること。なお、この女の話の哀れさにひかれたという解もなりたつ。

九 「さて」を強めた語。さて、それにしても、という程度の意味。

一〇 心細く不安でいらっしゃいますから。「便《たより》」はよりどころ。

一一 この女の帰りを女君が待っているという解釈が普通であるが、正太郎の訪問を、女君が待っているとした方が物語上はおもしろいとする見解（野田寿雄氏『評注雨月物語全釈』）もある。

磯良の亡霊の出現

[一三]二丁あまりを来てほそき径《みち》あり。ここよりも一丁ばかりをあゆみて、をぐらき《うすぐらい》林の《林の》裏《うち》にちひさき草屋《かやのや》[一三]あり。竹の扉《とぼそ》[一四]のわびしきに、七《陰暦》日あまりの月の《七日過ぎの上弦の月が》あかくさし入りて《明るくさし込んできて》、ほどなき《せまい》庭の荒《あ》れたるさへ見ゆ。ほそき燈火《ともしび》の光り窓《まど》の紙をもりて《障子越しにもれ出て》うらさびし。「ここに待たせ給へ」とて内に入りぬ。苔《こけ》むしたる古井のもとに《そばに》立ちて見入るに、唐紙《からかみ》すこし明《あ》きたる間《ひま》より、火影《ほかげ》[一五]吹きあふちて《風に吹きあおられて》、黒棚[一六]のきらめきたるもゆかしく《奥ゆかしく思われた》覚ゆ。女出《い》で来《きた》りて、「御訪《とぶら》ひのよし申しつるに、『入《(奥方)》らせ給へ。物隔《へだ》[一七]てててかたりまゐらせん』と、端《はし》[一八]の方へ膝《ゐざ》行り出で給ふ。彼所《かしこ》[一九]に入らせ給へ」とて、前栽《せんざい》[二〇]をめぐりて奥の方へともなひ行く。二間《ふたま》[二一]の客殿[二二]を人の入るばかり明けて、低《ひく》き屏風《びやうぶ》を立て、古き衾《ふすま》[二三]の端《はし》出でて、主《あるじ》はここにありと見えたり。正太郎かなたに向ひて、「は[二四]かなくて、病にさへそませ給ふよし《おかかりになったとのこと》。おのれもいとほしき[二五]妻を亡《うしな》ひて侍れば、おなじ悲しみをも問ひかはしまゐらせん《かたり合いましょうと思って》とて、推《お》して《しいて》詣で侍りぬ」といふ。あるじの女、屏風すこし引きあけて、「めづ《まあ》ら《不》

一三 二丁は二町のこと。一町は六十間、約一〇九メートルであるから、約二一八メートルの距離。
一三 茅葺《かやぶ》き屋根の家。
一四 竹で編んだ粗末な戸。

一五 灯《ひ》の光。
一六 黒漆《くろうるし》で塗った違い棚。
一七 几帳《きちょう》などを間に置いて物越しに。
一八 縁に近い方の部屋の端。
一九 あちらの部屋へ、つまり、奥にある表座敷をさしている。
二〇 前庭の植込み。寝殿造りの場合、正殿の前庭をいうが、ここは庭の植込みのこと。
二一 間口二間の表座敷。柱と柱との間を一間《ひとま》に数える。
二二 身分の高い人の屋敷で、客と面会するところとして作られた建物のこと。
二三 寝具。長方形の袷《あわせ》で、寝る時に体にかける。綿を入れるのが普通。
二四 御主人になくなられた御不幸の上に。
二五 愛していた妻。

しくもあひ見奉るものかな《思議にも久しぶりでお会いしましたね》。[一]つらき報《むく》いの程しらせまゐらせん」といふに、驚きて見れば、古郷《ふるさと》に残せし磯良《いそら》なり。顔の色いと青ざめて、たゆき《だるそうな》眼《まなこ》すざましく《目つきもすごく》、我を指《さ》したる手の青く[二]ほそりたる《やせ細っている》恐しさに、「[三]あなや」と叫んで[四]たふれ死す《気絶した》。

陰陽師の助言

時うつりて生き出づ《息をふき返したため》。眼をほそくひらき見るに、家と見しはもとありし荒野《あらの》の[五]三昧堂《さんまい》にて、黒き仏のみぞ立たせまします。[六]里遠き犬の声を力に、家に走りかへりて、彦六にしかじか《こうこうだっ》のよし《たと》をかたりければ、「なで《なあに》ふ狐に欺《あざむ》かれしなるべし。心の臆《おく》れたるときは《おじけづいている》

正太郎磯良の亡霊に会う

一　つらい仕打ちに対しての報いを。

二　長い病気でひどく痩せ細っているのをうまく形容している。

三　「あな」は感動詞。「や」は感動の助詞。キャッ、とか、あれえ、といった悲鳴。

四　底本「たをれ死す」とある。

五　こもって念仏三昧をする堂を言うが、ここは墓地にある葬式用のお堂。

六　遠くの村里で吠《ほ》えている犬の声、の意。なお、「里はなれて鳴く犬の声」とする解釈もあるが、ここは『拾遺愚草員外《しゅういぐそういんがい》』に「里とほき八声《やこゑ》の鳥の初声に花の香送る春の山かぜ」とあるごとく、遠くの村に、の意にとった方がよい。

七　人を迷わせるという神。狐《きつね》・狸《たぬき》の類をさす場合も

ある。
八 普通「魘《えん》」は「おそわれる」ほうの意味に用いる。
九 そこもと。二人称の代名詞。「そっか」とも読む。
一〇「患《かん》」はうれえる、思いなやむ、の意。
一一 兵庫県加古川《かこがわ》市加古川町北在家《きたざいけ》。
一二 もと朝廷で、陰陽寮《おんみようのつかさ》に属する六官を言い、その人たちの如く、卜筮《ぼくぜい》・修祓《しゅうふつ》・加持《かじ》・祈禱《きとう》などを業とする者を言う。
一三 身にけがれがあったり、神事の前などに、川や海で体を洗い清めることをいう。ここは、身をきよめるぐらいの意。
一四 まじないのお守り札。
一五 くわしく。つまびらか。
一六 占《うらな》ってほしいと依頼した。
一七『崇神紀』に「災害《わざはひ》」とあり、『康熙字典』に「灾、説文《せつもん》同レ災《ジ》」とある。ここは正太郎への「たたり」のこと。
一八 今夜か明朝にまでせまっている。
一九 前の七日と合わせ、四十九日間は中陰と呼び、死者の霊魂がこの世に迷っていると言う。
二〇 身心を清浄にして慎むこと。
二一 十中八、九まで死と決ったのを、逃れて生きることができようか、多分できるであろう。
二二 僅かな時間でも破ったならば、まぬがれることはできない。

かならず迷はし七神の魘《おそ》八ふものぞ。足下《そこ》九のごとく虚《たよ》弱人《わきうど》のかく患《うれひ》一〇に沈みしは、神仏に祈りて心を収《をさ》《しずめなさい》めつべし。刀田《とだ》一一の里にたふとき陰陽師《おんやうじ》一二のいます。身禊《みそぎ》一三して厭符《えんふ》一四をも戴《いただ》き給へ」と、いざなひて《さそって》陰陽師の許《もと》にゆき、はじめより詳《つばら》一五にかたりて此の占《うら》一六をもとむ。陰陽師占《うら》べ考《かうが》へていふ。「災《わざはひ》一七すでに窮《せま》りて易からず。《容易ではない》〔それは〕さきに女の命をうばひ、怨《うら》み猶尽《つき》ず。足下《そこ》の命も旦夕《あさゆふ》一八にせまる。此の鬼世をさりぬるは七日前《さき》なれば、今日より四十二日一九が間、戸を閉《た》ておもき《厳重な》物斎《ものいみ》二〇すべし。我《わ》が禁《いま》しめを守らば九死を出《いで》て全《まつた》からんか。二一一時《いちじ》二二を過《あやま》るともまぬ

がるべからず」と、かたくをしへて、筆をとり、正太郎が背《せ》より手足におよぶまで、[一]篆籒《てんりう》のごとき文字を書く。猶《なほ》、[二]朱符《しゆふ》あまた紙にしるして与《あた》へ、「[三]此の呪《じゆ》を戸毎《とごと》に貼《お》して神仏を念ずべし。あやまちし《いましめにそむいて》て《油断し》身を亡《ほろ》ぶることなかれ」と教ふるに、恐れみ《おそれたり》、かつ《一方では》、よろこびて家にかへり、朱符《しゆふ》を門に貼《お》し、窓に貼《お》して、おもき物斎《ものいみ》にこもりける。

其の夜、[四]三更《さんかう》の比《ころ》おそろしきこゑして「あなにくや。ここにたふとき[五]符文《ふもん》を設《まう》けつるよ」とつぶやきて復《ふたた》び声なし。おそろしさのあまりに長き夜をかこつ《〔秋の〕夜長をなげいた》。程なく《まもなく》夜明けぬるに生き出でて《生き返った思いで》、急ぎ彦六が方の壁を敲《たた》きて[六]夜《よべ》の事をかたる。彦六もはじめて陰陽師が詞《ことば》を奇《き》なりとして《不思議であると思って》、おのれも其の夜は寝《いね》ずして三更の比を待ちくれける《待ち暮した》。松ふく風物を[七]僵《たふ》すがごとく、雨さへふりて常《ただ》ならぬ夜のさまに、壁《かべ》を隔《へだ》てて声をかけあひ、既に[八]四更《しかう》にいたる。[九]下屋《しもや》の窓《まど》の紙にさと赤き光《ひかり》さして、「あな悪《にく》や、ここにも《〔符文が〕》貼《お》しつるよ《はってある》」といふ声、深き夜にはいとど凄《すざま》しく、[一〇]髪《かみ》も生毛《うぶげ》もことごとく聳立《そばた》ちて《そそけ立って》、しばらくは死《気を》

一 篆書・籒文共に中国古代の書体である。「籒」は籀の別字で「籀文」のこと。普通は「篆籀《てんちう》」と書き、大篆《てん》、小篆《てん》のことをいう。
二 朱で紙に書いた守り札をたくさん与え、の意。
三 まじないのしてあるお札。お札を入り口の戸全部に貼りつけて、の意。『牡丹燈記』には「法師朱符二道ヲ以テ之ニ授ク。其ノ一ハ門ニ置キ、一ハ榻《たふ》(こしかけ)ニ懸ケシム」とある。
四 子《ね》の刻。零時から午前二時まで。
五 守り札に記されている語句。
六 きのうの夜のこと。宵辺《よいべ》の転か。
七 「僵す」は「倒す」と同じ。
八 丑《うし》の刻。午前二時から午前四時まで。
九 母屋に付属して下ざまの者の住む家。ここは正太郎の住居。
* 秋成の後年の歌に、「窮鬼」の題で「ねたしとて夜毎いひよるいきす霊《たま》しもとうちしく明《あけ》ちかきまで」というのがあり、生霊《いきりよう》が明け方まで毎夜言い寄ってきたことを伝えている。
一〇 「髪も生毛も聳立つ」というのは、よく言う「身の毛もよだつ」と同じ。たいへん恐ろしいことの形

容。

一一 千年をすごすよりも長いように思われた。

＊ 夜ごと夜ごと亡霊に襲われ責められた正太郎は、全く身心共に衰弱の極みに達し、その恐ろしさの言いようもなかったことを、作者は巧みに表現している。

一二 正太郎をのろう鬼（磯良）が世を去ってから四十九日目に当る満願の日。

一三 寅の刻。午前四時から午前六時。

一四 兄貴。兄上。「子《こ》の上《かみ》」の意で、ここは年長者をさしている。

一五 「怕《は》」はおそれる、の意。

一六 今となっては何事があろうか、何もあるまい。

一七 そこに何がいるか分らず、素手《すで》ではこわいから、斧を引っさげて出たのである。

一八 大通り。家の前の広い道のこと。

一九 月は空の中ほどにかかっているが。

二〇 光がおぼろにかすんで。

正太郎の最期

に入りたり《失ってしまった》。明くれば夜のさまをかたり、暮るれば明くるを慕《した》ひて《待ち望んで》、此の月日頃、[一一]千歳《ちとせ》を過ぐるよりも久し。かの鬼も夜ごとに家を繞《めぐ》り、或は屋の棟《むね》に叫びて、忿《いか》れる声夜ましにすざまし《夜ごとに凄くなった》。かくして[一二]四十二日といふ其の夜にいたりぬ。

今は一夜にみたしぬれば《一夜で満願になるから》、殊《こと》に慎《つつし》みて、やや《ようやく》[一三]五更の天《そら》もしらしらと明けわたりぬ。長き夢《ゆめ》のさめたる如く、やがて《すぐに》彦六をよぶに、壁《かべ》によりて「いかに《どうした》」と答ふ。「おもき物いみも既に満てぬ《終った》。絶えて《ずうっと》[一四]兄長《このかみ》の面《おもて》を見ず。なつかしさに、かつ此の月頃の憂《う》さ、[一五]怕《おそろ》しさを心のかぎりいひ和《なぐ》さまん。眠《ねぶり》さまし給へ。我も外《と》の方に出でん」といふ。彦六用意なき男なれば《不注意な男であるから》、[一六]「今は何かあらん。いざこなたへわたり給へ《さあこちらの家へ移って来なさい》」と、戸を明くる《戸を開きかけて》事半《なかば》ならず《半分もあけぬうち》、となりの軒に「あなや」と叫ぶ声、耳をつらぬきて《するどく聞えてきて》、思はず尻居《しりゐ》に座す《しりもちをついた》。

こは正太郎が身のうへにこそと《〔何かあった〕と》、[一七]斧《をの》引提《さげ》て[一八]大路《おほぢ》に出づれば、明けたるといひし夜はいまだくらく、[一九]月は中天《なかぞら》ながら[二〇]影朧々《ろうろう》として風冷《ひや》やかに、さて正太郎が〔家の〕戸は明けはなして其の人は見えず、内にや逃げ入りつらんと走り入りて見れども、いづく《どこに》に竄《かく》[一]るべき住居にもあらねば、大路にや倒れけんともとむれども《探したけれども》、其のわたりには〔それらしい〕物もなし《もない》。いかになりつるやと《どうなったのであろうかと》、あるひは異《あや》しみ、或は恐る恐る《恐れながらも》、ともし火を挑《かか》[二]げてここかしこを見廻《めぐ》るに、明けたる戸《と》[三]腋《わき》の壁《かべ》に腥々《なまなま》しき血灌《そそ》ぎ流れて地につたふ。されど屍《しかばね》も骨も見えず。月あかりに見れば[四]軒の端《つま》にものあり。ともし火を捧《ささ》げて照し見るに、[五]男の髪の髻《もとどり》ばかりかかりて、外には露ばかりのもの《何一つなかった》もなし。浅ましくもおそろしさは筆につくすべうもあらず《書きようもなかったという》なん。夜も明けて、ちかき野山を探しもとむれども、つひに其の跡さへなくてやみぬ《その痕跡さえも見つけられないで終った》。此の事井沢が家へもいひおくりぬれば、涙ながらに香央《かさだ》にも告《つげ》しらせぬ。されば《だから》陰陽師が占《うら》のいちじるき《あらたかなこと》、御釜《みかま》の凶祥《あしきさが》もはたたがはざりける《果して真実であったことこそは》ぞ、いともたふとかりけるとかたり伝へけり。〔世人は〕[六]

雨月物語 三之巻終

一 かくれることができるような。
二 火をかきたてて明るくして。
三 戸のそば。
四 軒先。
五 「髻」は「たぶさ」。この部分の典拠として『日本霊異記』中の三十三「女人悪鬼見点攸食噉縁《にょにんあっきにしめられてくらわるるえにし》」であるというのと、『今昔物語集』『伊勢物語』などに見える業平の鬼一口の話によるという説や、『新御伽婢子《おとぎぼうこ》』(天和二年)の「化女髻《けじょのもとどり》」とする説など多くあるが、いずれが正しいかは断定しえない。管見するところでは、『今昔物語集』巻二十七「参官朝庁弁《かんのあさまつりごとにまいりしべん》為鬼被噉《おにのためにくらわれたること》語第九」にある「……見レバ、弁ノ座ニ赤ク血肉《ちじし》ナル頭《かしら》ノ、髪所々付タル有リ。……畳《たたみ》ニ血多ク泛《こぼれ》タリ、他《ほか》ノ物ハ露見エズ、奇異《あさまし》キ事无限《かぎりな》シ」がもっとも近い。
＊『今昔物語集』の文を参照したかどうかは明確ではないものの、「男の髪の髻《もとどり》ばかりかかりて、外には露ばかりのものもなし」という表現は、見事に凝縮されたラスト・シーンであるといえよう。
六 「かたり伝へけり」で結ぶ形式は、『今昔物語集』にも「語リ伝ヘタルトカヤ」「語リ伝ヘタルトヤ」など多く記されていて、古来、物語の結びとしての、一つの定型であった。秋成は、同じ『雨月物語』の「浅茅が宿」で「商人の聞伝へてかたりけるなりき」と記し、「蛇性の婬」では、「豊雄は命恙《つつが》なしとなんかたりつたへける」と結んでいる。

雨月物語《うげつものがたり》　巻之四

蛇《じや》性《せい》の婬《いん》

主人公豊雄の生い立ち

[七]いつの時代《ときよ》なりけん（代であったか）、[八]紀の国三輪が崎に、[九]大宅《おほや》の竹助といふ人在りけり。此の人海の幸《さち》ありて（漁業で繁栄して）、海郎《あま》どもあまた養《やしな》ひ（漁夫たちを大勢）、[一〇]鰭《はた》の広《ひろ》物狭《さ》き物を尽して（とれる限り）[一一]すなどり、家豊かに暮しける。男子《をのこご》二人、女子《むすめ》一人をもてり。[一二]太郎は質朴《すなほ》にてよく生産《なりはひ》を治《をさ》む。二郎の女子は（二番目の子である娘は）大和の人の[一三]嫁《つまどひ》に迎へられて彼所《かしこ》にゆく。三郎の豊雄《とよを》なるものあり。生長《ひととな》り優《やさ》しく、常に都風《みやび》たる事をのみ好みて、[一四]過活心《わたらひ》なかりけり。父是《これ》を憂《うれ》ひつつ思ふは、[一五]家財《たから》をわかちたりとも即《やが》て人の物となさん（他人にとられてしまおう）。さりと（といって）

＊わが国では中世以来、「蛇」は邪淫の動物として見られてきた。その「蛇性の婬」をテーマにした本編は、『西湖佳話』巻十五「雷峰怪蹟」や、『警《けい》世通言《せいつうげん》』第二十八「白娘子永鎮雷峰塔《はくじようしとこしえにらいほうとうにしずむ》」を素材としている。さらに中国の白蛇伝や、日本の道成寺説話《どうじようじ》なども加味して、『源氏物語』の文章などの影響をこうむって成り立ったものである。

七　冒頭の文は、『源氏物語』の始め「いづれの御時《おほんとき》にか女御更衣《にようごかうい》あまた……」の文が意識されている。

八　和歌山県新宮市三輪崎。

九　御宅《みやけ》などと同じく、朝廷直轄領《ちよつかつりよう》に置かれた官吏を尊敬して呼んだ名称という。ここは村長の家の姓として用いている。

一〇　大きいのや小さいのやさまざまの魚。祈年祭《きねんさい》の祝詞《のりと》にある表現。

一一　魚や貝などを獲ること。

一二　長男。二郎は二番目の子。三郎は三番目の子。

一三　妻として求められる意。

一四　自力で生活を立ててゆく気持。

一五　財産。財宝。

て他の家を嗣《つ》がしめんも、はたうたてき事聞くらんが（結局 いやなことを聞かされるのが 煩わしい）病《やま》しき。只なすままに（したいように）生《おほ》し立てて（成長させて）、博士《はかせ》にもなれかし（学者になるのもよいし）、法師にもなれかし（〔出家して〕僧になるのもよい）、命の極《かぎり》は太郎が羈物《ほだしもの》[一]にてあらせんとて（としておこうと思って）、強《し》ひて掟《おきて》をもせざりけり（いましめもしなかった）。此の豊雄《とよを》、新宮[二]の神奴《かんづこ》[三]安倍《あべ》[四]の弓麿《ゆみまろ》を師として行き通ひける。

九月下旬《ながつきすゑつかた》、けふはことになごりなく和《なぎ》たる海の（特に余波一つさえ立たず）、暴《には》かに（突然）東南《たつみ》[五]の雲を生《おこ》して、小雨《こさめ》そぼふり来る。師が許《もと》にて傘《おほがさ》かりて帰るに、飛鳥《あすか》[六]の神秀倉《かんほぐら》[七]見やらるる辺《ほとり》より、雨もやや頻《しき》りなれば、其所《そこ》なる海郎《あま》が屋に立ちよる。あるじの老《おきな》はひ出でて、「こは大人《うし》[八]の弟子《おとご》の君にてます（ご次男様ですか）。かく賤《あや》しき所に（こんな粗末な所に）入らせ給ふぞいと恐《かしこ》まりたる事（大変恐れ多いことです）、是敷きて奉らん」とて、円座《わらうだ》[九]の汚《きたな》げなるを清めてまゐらす（ほこりを払ってさし出した）。「霎時《しばし》[一〇]息《や》むるほどは何か厭《いと》ふべき（何の不都合もなかろう）。なあわただしくせそ（ばたばたしないでくれ）」とて休《やす》らひぬ。外《と》の方に麗《うるは》しき声して、「此の軒しばし恵《めぐ》ませ給へ」（この軒下をちょっとお貸し下さいませ）といひつつ入り来るを、奇《あや》しと見るに（いぶかって見ると）、年は廿《はたち》にたらぬ女の、顔容髪《かほかたちかみ》[一一]のかかりいと艶《にほ》ひやかに（大そううつくしく）、遠山ずり[一二]の色よき衣《きぬ》着て、了鬟《わらは》[一三]の十四五ばかりの清げなるに、包《つつ》み

一 厄介者。一緒に行動する人にとって迷惑になる人物をいう。
二 和歌山県新宮市にある熊野速玉《はやたま》神社。熊野三山の一つ。
三 神司《かんづかさ》。神官。
四 新宮の神官に安倍姓はなく、秋成の創作であろう。表記は「阿部」「安部」と二通りあるが、同一姓氏。

真女児との邂逅

＊ 秋成は豊雄と真女児の出会いを「九月下旬《ながつきすゑつかた》」としたが、典拠の「白娘子永鎮雷峰塔」（以下「白娘子」と省略）も「忽《たちま》チ九月下旬ニ遇《あ》フ」とある。

五 十二支で表した方角で、辰《たつ》と巳《み》との間の方角。東南に当る。
六 阿須賀《あすが》神社。新宮市上熊野に所在する。速玉神社の東一キロ半の地にある。この「阿須賀」を往時は「飛鳥」と称したのであろう。
七 宝物を納めておく倉。宝物殿。
八 旦那さまの下のお坊っちゃま。「大人」は、八五頁注二三参照。
九 藁《わら》・菅《すげ》・藺《い》などを円型に編んだ敷物。えんざ。
一〇 しばらくの短い間。「霎《そら》」は小雨、の意味がある。「息《や》むる」は休む、の意。しばらく休む間くらいは、の意味。
一一 女の髪の毛が肩に垂れかかっている様子。
一二 藍色《あいいろ》で遠い山の様子を染め出した着物。

し物もたせ、しとどに（ぐっしょりと）濡《ぬ》れてわびしげなるが、（〔女〕）豊雄を見て、面《おもて》さと（さっと）打ち赤めて（と赤くして）恥かしげなる形《さま》の貴《あて》やかなるに（上品で美しいので）、不慮《すずろ》[一四]に心動《うご》きて、且《かつ》思ふは、此の辺《あたり》にかうよろしき人の（これほど美しい人が）住むらんを今まで聞えぬ事はあらじを（聞かないことはあるまいに）、此《こ》は都人《みやこびと》の三つ山[一五]詣《まうで》せし次《つい》でに、海愛《め》づらしく（海を見て楽しもうと）ここに遊ぶらん。さりとて（しかしながら）男だつ[一六]者《もの》もつれざるぞいとはしたなる（たいへん軽々しい）事《わざ》かなと思ひつつ、すこし身退《しりぞ》きて、「ここに入らせ給へ。雨もやがてぞ[一七]休《や》みなん」といふ。女、「しばし（ちょっと）宥《ゆる》させ給へ（ごめん下さい）」とて、ほどなき（狭い）住ひなれば、つ（〔はからずも〕）い並ぶやうに居るを（並んで坐るようにしているのを）、見るに近《ちか》まさり[一八]して、此の世の人とも思はれぬばかり美しきに、心も空にかへる思ひ（ぼうっとしてしまって）して、女にむかひ、「貴《あて》なるわたりの御方とは見奉るが（都のあたりの身分の高いお方とお見うけしますが）、三山詣《まうで》やし給ふらん、峯《みね》[一九]の温泉《ゆ》にや出で立ち給ふらん、かうすざましき（これほど殺風景な）荒磯《ありそ》を何の見所ありて狩りくらし給ふ（一日中見物なさっているのですか）。ここなん（ここそ）いにしへの人の、

[二〇]くるしくもふりくる雨か三輪が崎
佐野のわたりに家もあらなくに

一三 年の若い侍女。「了」は「丫《あ》」で、総角《あげまき》のこと。上代の幼童の髪の結い方で、転じて、その年頃の童男や童女の意味になった。

一四 これといった特別の理由もなくしきりに。「不慮《ふりよ》」とよめば、思いがけずも、の意味。

一五 熊野三山、の意で、和歌山県熊野地方にある本宮、新宮、那智《なち》の三山。本宮は本宮町の熊野坐《くまのにます》神社、新宮は新宮市の熊野速玉《はやたま》神社、那智は那智勝浦町の熊野那智神社のこと。

一六 下男らしい者。「だつ」は「……めく」の意をもつ接尾語で、名詞を動詞化する。

一七 やがて止むことでしょうよ。「ぞ……なん」と係結びを使用している。

一八 近くで見れば見るほど美しく見えて。「近まさり」は『源語梯《げんごてい》』に「近ク見聞クホドイヨイヨ心ダテノヨキナリ」とある。

一九 湯の峰温泉。和歌山県東牟婁《むろ》郡本宮町湯峰《ゆのみね》。熊野本宮の西南に当る山のなかの出で湯。

二〇 〈ちょうど都合悪くも、今降り出してきた雨だなあ。この三輪が崎の佐野のあたりは、雨やどりする家もないのに〉。『万葉集』巻三の長忌寸奥麻呂《ながのいみきおきまろ》の歌。秋成の『金砂《こがねいさご》』には、この歌の注として、「紀の温泉に出駕《しゅつが》の御供なるべし。いづれの御時にや、里遠き浜づたひに、むら雨の降来たらん、苦しくもこそ」とある。

とよめるは《と歌った場所で》、まことけふのあはれなりける《本当に今日のようなしみじみとした風情ですね》。此の家賤《あや》[一]しけれど、おのれが親の目かくる《私の親が面倒をみている》男なり。心ゆりて《お心やすく》雨休《や》め給へ《雨宿りなさい》。そも《さて》いづ地《ち》《どこを》旅の御宿《やどり》とはし給ふ。御見送りせん《するのも》も却《かへ》りて無礼《なめげ》[二]なれば、此の傘《かさ》もて出で給へ」といふ。女、「いと喜《うれ》しき御心を聞え給ふ《仰せられました》。其の御思《み》[三]ひに乾《ほ》してまゐりなん。都のものにてもあらず、此の近き所に年来《としごろ》[四]住みこし侍《はべ》るが、けふなんよき日とて《今日こそいい日であると》那智《なち》[五]に詣で侍るを、暴《には》かなる雨の恐《おそろ》しさに、やどらせ給ふ《〔あなたが〕》ともしらで、わりなくも立ちよりて侍る《わきまえなくも立ち寄りました》。ここより《〔私の住居は〕》遠からねば、此の小休《をやみ》[六]に出で侍らん」といふを、強《あなが》[七]ちに「此の傘《かさ》もていき給へ。何《いつ》[八]の便《たより》にも求《もと》めなん。雨は更に《一向に》休《や》みたりともなきを《止んでおりませんものを》。さて御住ひはいづ方《べ》ぞ。是より使奉らん《当方から頂戴の使を出しましょう》」といへば、「新宮の辺《ほとり》にて『県《あがた》[九]の真女児《まなご》が家は』と尋ね給はれ。日も暮れなん。御恵《めぐ》みのほど《御厚意の傘を》を指《さ》し戴《いただ》きて帰りなん」とて、傘とりて出づるを、見送りつも《見送りながらも》、あるじが簑笠《みのかさ》かりて家に帰りしかど、猶《なほ》俤《おもかげ》の露《つゆ》忘れがたく、しばしまどろむ暁《あかつき》[一〇]の夢《ゆめ》に、かの真女児《まなご》が家に尋ねいきて見れ

一 むさくるしいながら。「賤し」は、いやしい、貧しい、の意。

二 『源語梯《げんごてい》』に「無礼ノ字ヲナメケトヨメリ」とある。

三 あなた様の暖かいお心持ちに甘えて、私の濡れた着物を干して参りましょう。「思ひ」の「ひ」に「火」をかけている。「火」は「乾《ひ》」とも縁語。

四 長年の間。

五 和歌山県東牟婁郡那智勝浦町の熊野那智神社。熊野三山の一。ただし、神仏混淆《こんこう》の時代だから今の青岸《せいがん》渡寺《とじ》（古く如意輪堂）と熊野那智神社を含めた「那智」と解する説もある。

六 雨がちょっとやんだ時。

七 無理やりに。

八 何かのついでにいただきましょう。

九 県は姓で、真女児が名前。後出に真女子の場合もある。「あがた」も三音で「まなご」も三字にして釣り合いをとっている。また、紀州の真女児村から採ったとか、道成寺伝説の清姫が、真砂《まなご》の庄司の娘であるから、この「真砂」より得たなどいろいろの説があるが、『道成寺根元記』に「とつと大むかしの事とかやきのくにむろのこほりにまなごのいつうとかや申《まうす》やぶいしやあり」とあるように、紀伊国牟婁郡真女児という地名が大きな意義をもっていよう。さらに『世間母親容気《かたぎ》』巻之三には「むかしむかし此所に、まなごの庄司といふ者ありと扇取《あふぎとり》ては、日高川をもわたり」とあり、こ

こでは「まなごの庄司」と直接的に表現されている。これから秋成はヒントを得て、真女児としたものであろうか。さらに『万葉集』によく見られる「愛子《まなご》」すなわちいとしごの意味もかかわっていると考えられる。
一〇 俗に「朝夢は正夢」というが、後に豊雄が訪ねた真女児の住居は、この夢と全く同じであった。
一一 寝殿造りの邸宅における屏障具《へいしょうぐ》の一。格子の裏に板を張った雨戸の一種。室内で使うものは立蔀《たてじとみ》といって、へだてやしきりをする道具。
一二 唐菓子《からくだもの》で、米や小麦の粉に、あまずらを加えて固め、胡麻油で揚げたもの。
一三 「管待《かんたい》」の本来の意味は、世話をすること。
一四 枕を共にして寝物語する。男女共寝することを意味する。
一五 昼過ぎまで探しあぐんでいたところ。
一六 お嬢さんの家はどこですか。「娘子」は相手の少女をさす。真女児の家はどこか、との解釈もある。
一七 どんどん歩きながら、進んで行くと。
＊ ここで、秋成は真女児の家を「門高く造りなし、家も大きなり」と表現しているが、「白娘子」では「一所ノ楼房《ろうぼう》、門前ノ両扉《とびら》ノ大ナル門ヲ見ル。中間ノ四扇《とびら》ノ看街《かんがい》」と記されている。秋成の簡略化した翻案姿勢を見る。
一八 貸して下さった傘の持主の方。
一九 御案内しました。

豊雄真女児を訪問

ば、門も家もいと大きに造りなし《たいへん大きく作ってあり》、[一一]蔀《しとみ》おろし簾《すだれ》垂れこめて《深くたらし》、ゆかしげに《奥ゆかしく》住みなしたり《暮していた》。真女子《まなご》出迎《むか》ひて、「御情《なさけ》わすれがたく待ち恋ひ奉る。此方《こなた》に入らせ給へ」とて、奥の方にいざなひ《案内し》、酒[一二]菓子《くだもの》種々《さまざま》と[一三]管待《もてな》しつつ、喜《うれ》しき酔《ゑひ》ごこちに、つひに[一四]枕をともにしてかたるとおもへば、夜明けて夢さめぬ。現《うつつ》ならましかばと《本当であったならばと》思ふ心のいそがしき《心の動きにせかされて》に、朝食《あさげ》も打ち忘れてうかれ出でぬ。

新宮の郷《さと》に来て、「県《あがた》の真女子《まなご》が家は」と尋ぬるに、更《さら》に《一向に》しりたる人なし。[一五]午時《ひる》かたぶくまで尋ね労《わづら》ひたるに、かの了鬟《わらは》東の方よりあゆみ来る。豊雄見るより《豊雄はこの少女を見るや否や》大いに喜《よろこ》び、「[一六]娘子《をとめ》の家はいづくぞ。傘《かさ》もとむとて《返して貰おうと》尋ね来る」といふ。了鬟打ちゑみて、「よくも来ませり《よくまあいらっしゃいました》。こなたに歩《あゆ》み給へ」とて、前《さき》に立ちて[一七]ゆくゆく、幾ほどもなく《いくらも行かないうちに》、「ここぞ」と聞ゆる所を《ここですよと少女が言った所を》見るに、門高く造《つく》りなし、家も大きなり。蔀《しとみ》おろし簾《すだれ》たれこめしまで、夢の裏《うち》に見しと露違《たが》はぬを、奇《あや》し《不思議だ》と思ふ思ふ《と思いながら》門に入る。了鬟走り入りて、「[一八]おほがさの主《ぬし》詣で給ふを[一九]誘《いざな》ひ奉る」といへば、「[一]いづ方《べ》にますぞ。こち迎へませ《こちらへお入り頂きなさい》」といひつつ立ち出づるは真女子《まなご》なり。豊雄、「ここに《この土地の》安倍《あべ》の大人《うし》とまうすは《という方は「私の」》、年[二]来《ごろ》物学ぶ師にてます《お師匠様なのです》。彼所《かしこ》に詣づる《参上する》便《たより》に《ついでに》、傘とりて帰るとて推《お》[三]して参りぬ。御住居見おきて侍れば《見ておきましたから》、又こそ《またの機会に》詣で来《こ》ん」といふを、真女子強《あなが》[四]ちにとどめて、「[五]まろや、努《ゆめ》出し奉るな《決してお出しするな》」といへば、了鬟《わらは》[六]立ちふたがりて、「おほがさ強《し》ひて恵ませ給ふならずや《お貸し下さったではありませんか》。其《そ》がむくいに《そのお返しに》強ひてとどめまゐらす《むりにもお止めいたしますよ》」とて、腰《こし》を押《お》して南面《みなみおもて》[七]の所に迎へける。板敷の間に床畳《とこだたみ》[八]を設《まう》けて、几帳《きちやう》[九]、御厨子《みづし》[一〇]の餝《かざり》、壁代《かべしろ》[一一]の絵なども、皆古代のよき物にて、倫《なみ》の人の住居ならず《一般の人の家ではない》。真女子立ち出でて、「故《ゆゑ》ありて人なき《人手不足の》家とはなりぬれば、実《まめ》[一二]やかなる御饗《みあへ》もえし奉らず《ご馳走もできません》。只薄酒一杯《うすきさけひとつぎ》すすめ奉らん」とて、高坏平坏《たかつきひらつき》[一三]の清らなるに、海の物山の物盛《も》りならべて、瓶子《へいじ》[一四]土器《かはらけ》[一五]擎《ささ》[一六]げて、まろや酌《しやく》まゐる。豊雄また夢《夢を》心して《見ている気がして》、さむるやと思へど、正《まさ》に現《うつつ》なるを却《かへ》りて奇《あや》しみゐたる。客《まらうど》も主《あるじ》もともに酔《ゑひ》ごこちなるとき、真女子杯《さかづき》をあげて、豊雄

一 どこにいらっしゃるのか。「ます」は在る、居るの尊敬語であり、「います」と同じ。
二 長い間。長年。
三 失礼ですが参上しました。「推して」は強《し》いて。
四 むりに。強いて。
五 女主人の名前が「まなご」であるから、その侍女の名前も、同じ三字で、かつ、同じ頭文字の「ま」を利用して、「まろや」としたものであろう。葦《あし》や茅《かや》で屋根を葺《ふ》いた粗末な小屋が「丸屋《まろや》」である。召使い女の名前にふさわしい。
六 立ちふさがって。「ふたがる」はふさがること。
七 南向きの一番よい客座敷。
八 敷物としておく畳。当時は板敷の間に客のある時に敷いた。
九 台に二本の柱を立て、横木を渡して帳《とばり》をかけたもの。
一〇 調度、食物などをのせるための両開きの戸が付いた棚の装飾品。
一一 壁の代りに上長押《かみなげし》からたらした綾や絹でできたとばり。
一二 鄭重《ていちょう》な。十分な。
一三 どちらも食物を盛る器で、高い脚がついたものが高坏で腰高とも言い、脚のないのが平坏である。底本は「杯」とあるが「坏」に改めた。
一四 酒を入れて盃に注ぐ道具。とっく

り。
一五 酒を飲む素焼きの盃。
一六 ささげる。「擎《けい》」は「捧」と同じ。
一七「花美はし」の意から桜にかかる枕詞。
一八 間をくぐる。「たちぐく」は「立潜《ぐ》く」で、『万葉集』巻八に「足引の木の間たちぐくほととぎす」とある。
一九『伊勢物語』八十九段にある「人しれず我恋ひ死なばあぢきなくいづれの神に無き名おふせむ」によっている。私が恋いこがれて死んだなら、どこかの神様に、祟《たた》りをしたという無実の罪を負わせることになりましょう、の意。
二〇 うわついたことば。
二一 国守。「ずりょう」とも言う。
二二 下級の小役人。
二三 任期の終らない今春。「ぬ」は打消し。
二四 行先を定めない修行。諸国行脚《あんぎゃ》。
二五 これから後の半生の生命を捧げもって。
二六 妻としてお仕えしたい。「ばや」は願望。
二七 永久に続く夫婦の約束の契り。『新拾遺集』巻七に「君が世はのどかに澄める池水に千歳をちぎる秋の月かげ」とある。
二八「飛び立つ」にかかる序詞。

にむかひ、一七花精妙《はなぐはし》桜が枝の水にうつろひなす《映っているような》面《おもて》に《顔に》、春吹く風をあやなし《春風をあしらうような風情で》、梢《こずゑ》一八たちぐく鶯《うぐひす》の艶《にほ》ひある声して《美しい声をして》いひ出づるは、「面《おも》なき《恥ずかしい》ことのいはで病みなんも《ことをうちあけず思い患うのも》、一九いづれの神になき名負《おふ》すらんかし。二〇努徒《ゆめあだ》なる言《こと》にな聞き給ひそ。〔私は〕故《もと》は都の生《うま》れなるが、父にも母にもはやう離《わか》れまゐらせて、乳母《めのと》の許《もと》に成長《ひととな》りしを、此の国の二一受領《じゅりやう》の二二下司《したづかさ》、県《あがた》の何《なに》某《がし》に〔妻に〕迎へられて伴《ともな》ひ下《くだ》りしは、はやく三とせになりぬ《もはや三年も前のことです》。夫《つま》は二三任《にん》はてぬ此の春、かりそめの病に死《し》し給ひしかば、便なき身とはなり侍る《頼る者とてない身となりました》。都の乳母《めのと》も尼《あま》になりて、二四行方《ゆくへ》なき修行《しゅぎやう》に出でしと聞《き》けば、彼方《かなた》も又しらぬ国とはなりぬるを《知らない他国となってしまいましたのを》あはれみ給へ。きのふの雨のやどりの御恵み《お情け》に《に》、信《まこと》ある御方にこそとおもふ物から、二五今より後の齢《よはひ》をもて二六御宮仕《づか》へし奉らばやと願ふを、汚き物に捨て給はずば《けがらわしいとお捨てにならなければ》、此の一杯《ひとつぎ》に二七千とせの契りをはじめなん」といふ。豊雄、もとよりかかるをこそと《こうなることを願い》、乱《みだ》れ心なる思ひ妻なれば《心も乱れていた恋しい女だから》、二八塒《ねぐら》の鳥の飛び立つばかりには思へど、おのが世ならぬ身を《親がかりである自分の身分を》顧《かへり》みれば、親兄弟《はらから》のゆるしなき事をと、かつ喜《うれ》しみ《喜んだり》、且《かつ》恐れみて《恐れたりして》、頓《とみ》に答ふべき詞なきを《すぐには返事もできないのを》、真女児《まなご》わびしがりて、「女の浅き心より《あさはかな心から》、[一]鳴呼《をこ》なる事をいひ出でて、帰るべき道なきこそ《〔いまさら〕あと戻りもできないのが》面《おも》なけれ《お恥ずかしい》。から浅ましき身を海にも没《い》らで、人の《あなたの》御心を煩《わづら》はし奉るは罪深きこと。今の詞は徒《あだ》ならねども《嘘ではないが》、只酔《ゑひ》ごこちの[二]狂言《まがごと》におぼしとりて《お考え下さって》、[三]ここの海にすて給へかし《海へ捨ててすっかりお忘れ下さい》」といふ。

豊雄、「はじめより都人の貴《あて》なる御方とは《身分高いお方と》見奉るこそ賢かりき《〔我ながら〕賢明でした》。[四]鯨《くぢら》よる浜に生《お》ひ立ちし身の《私にとって》、かく喜《うれ》しきこといつかは聞ゆべき《いつ承ることができましょうか》。即《やが》ての御答へもせぬは《即答ができませんのは》、親兄に仕《つか》ふる身の《身なので》、おのが物とては《私の持物といったら》爪髪《つめかみ》の外なし。何を[五]禄《ろく》に迎へまゐらせん便もなければ《結納に贈ってお迎えする手段もありませんから》、身の徳なきをくゆる《私に財産がないのを後悔する》ばかりなり。何事をもおぼし耐へ給はば《どんなことでも耐えて下さいますなら》、いかにも《どうしてでも》いかにも[六]後見《うしろみ》し奉らん。[七]孔子《くじ》さへ倒るる恋の山には、[八]孝をも身をも忘れて」といへば、「いと喜《うれ》しき御心を聞きまゐらするうへは、貧しくとも[九]時々《をりをり》ここに住ませ給へ《お通い下さい》。ここに前《さき》の夫《つま》の[一〇]二《ふた》つなき宝にめで給ふ《秘蔵なさった》[一一]帯《おび》あり。これ常に帯《は》かせ給へ《腰におびて下さい》」とあたふるを見れば、金銀《きがねしろがね》を餝《かざ》りたる太刀

一 おろかなこと。「貧福論」にも「分限に過ぎたる財《たから》を得たるは鳴呼《をこ》の事《わざ》なり」とある。

二 冗談。本来は「禍言《まがごと》」で、あやまった説のことをいう。

三 この目の前の海に。即ち熊野灘《なだ》に。

四 鯨の近づく荒れ果てた寂しい浜辺。新宮の前の熊野灘は、風波が高く、航海の難所であり、捕鯨もできた。ことわざの「虎伏す野辺鯨寄る浦」は、地の果てを意味する。

五 当座の贈り物であるが、ここは結婚の「結納」の意。底本は「録」であるが意によって「禄」とした。

六 面倒を見、お世話してさしあげましょう。

七 孔子のような聖人でさえも恋には過ち倒れる、の意味。『源氏物語』胡蝶《こちよう》の巻に「恋の山にはくじ（孔子）のたふれまねびつべき気色《けしき》に憂へたるも」とあり、近世の『繁野話《しげしげやわ》』にも「恋の山には孔子倒るべく」とあり、一般的な比喩《ひゆ》と言えよう。

八 あなたへの恋のため、私は親への孝行や、兄の厄介者であるという自分の身分も忘れて。

九 私の夫として、時々ここへ来て下さい、の意で、男が妻のもとへ通う古代の結婚形式によって、この婚姻が成立したことを意味している。

一〇 二つとない、この上ない宝として。

一一 腰に帯びるもの。ここは、太刀、の意。

一二 めでたいことの始めに、贈り物をことわるのは。
一三 まだ親から認められていない外泊は、の意で、古くは自宅以外で泊ることを「旅寝」といった。
一四 親が責めとがめるでしょう。
一五 「がてに」は動詞について「……しがたく」の意を表す。動詞「かつ」の連用形「かて」に否定の助動詞「ず」の古い連用形「に」が接続したもので、後に濁音化した。『万葉集』巻十一に「夕されば君来まさむと待ちし夜のなごりぞ今も寝ねがてにする」とある。

豊雄兄にとがめられる

＊ これまでの快調な導入部から、ここで物語は一転する。「蛇性の婬」は可憐《かれん》な男女の出会いから始まっている。すなわち、高貴な美貌の女性と学問好きの初心《うぶ》な青年という似合いの二人を登場させ、一気に彼らが結ばれるまでを導入部で描き、明るい恋を実らせた。しかし、ここから暗転して、複雑怪奇な話へと展開していく。

一六 網を引く漁夫を呼び集めて準備させようと。『万葉集』巻三に「大宮の内まで聞ゆ網引すと網子ととのふる海人の呼び声」とある。「網子」は網引き作業をする者をいう。
一七 金を出して。「財」は価のある物。金銀の類。

の、あやしきまで鍛《きた》うたる《おそろしいほど見事に》古代の物なりける。[一二]物のはじめに辞《いな》みなんは祥《さが》あしければ《縁起が悪いからと思って》とて、とりて納む《受けとって納めた》。「今夜《こよひ》はここに明《あ》かさせ給へ」とて、あながちに《むりやりに》とどむれど、「まだ赦《ゆる》しなき[一三]旅寝は、[一四]親の罪《つみ》し給はん。明《あす》の夜よく偽《いつは》りて詣でなん《参りましょう》」とて出でぬ。其の夜も[一五]寝《い》ねがてに《寝られないまま》明けゆく。

太郎《兄太郎は》は[一六]網子《あご》とと のほるとて、晨《つとめ》て起き出で《早く起き出し》て、豊雄が閨房《ねや》の戸《と》の間《ひま》をふと見入れたるに、消え残りたる灯火《ともしび》の影《かげ》に、輝々《きらきら》しき太刀《たち》を枕に《枕もとに》置きて臥したり。「あやし《どうもおかしい》。いづちより求めぬらん《どこで手に入れたのだろう》」とおぼつかなくて《気がかりになって》、戸をあららかに《戸をあらあらしく》明くる音に〔豊雄は〕目さめぬ。太郎があるを見て、「召《め》し給ふか《何かご用ですか》」といへば、「輝々《きらきら》しき物を枕に置きしは何ぞ。価貴《あたひたか》き物は海人《あま》の家にふさはしからず。父の見給はば《父がごらんになったら》いかに罪《つみ》し給はん」といふ。豊雄、「[一七]財《たから》を費《つひ》やして買《か》ひたるにもあらず。きのふ人の得《くれ》させし《たのを》をここに置きしなり」。太郎、「いかでさる《どうしてそのような》宝《たから》をくるる人《お前にくれる人が》此の辺《あたり》にあるべき《あろうか》。あなむつかしの《まあ大変こむずかしい》唐言《からこと》書きたる物《漢字で書いた書物を買いためることさえ》を買ひたむるさへ、

[一]世の費《つひえ》なりと思へど、父の黙りておはすれば、今までもいはざるなり。其の太刀《たち》帯びて[二]大宮《おほみや》の[三]祭を邌《ね》るやらん。いかに物に狂ふぞ《なんとまあ気でも狂ったのか》」といふ声の高きに、父聞きつけて、「[四]徒者《いたづらもの》が何事をか仕出でつる《何事をしでかしたのか》。ここにつれ来《こ》よ、太郎」と呼ぶに、「いづちにて求めぬらん。[五]軍将等《いくさぎみたち》の佩《は》き給ふべき輝々《きらきら》しき物を買ひたるはよからぬ事。御目《ま》のあたりに召して問ひあきらめ給へ《尋ねてはっきりさせて下さい》。おのれ《自分は》は[六]網子《あご》どもの怠《おこた》るらん《〔監督に行きます〕》」と云ひ捨てて出でぬ。

母、豊雄を召《め》して《呼んで》、「[七]さる物何の[八]料《れう》に買ひつるぞ。米も銭も太郎が物なり。吾主《わぬし》が物とて何をか持ちたる《お前のものとして何があるのか》。日来《ひごろ》は為《な》すままにおきつるを《したい放題にさせましたが》、かくて太郎に悪《にく》まれなば、[九]天地《あめつち》の中に何国《いづく》に住むらん《暮せますか》。[一〇]賢《かしこ》き事をも学びたる者が、など是ほどの事[一一]わいためぬぞ《どうしてこれくらいの事をわきまえないのか》」といふ。豊雄、「実《まこと》に《本当に》買ひたる物にあらず。さる《ある》由縁《ゆゑ》有りて人の得させしを《事情から人がくれたものなのを》、兄の見咎《とが》めてかくの給ふなり《あのようにおっしゃるのです》」。父、「何の誉《ほまれ》ありて《手柄があって》さる宝《たから》をば人のくれたるぞ。更におぼつかなき事《なんとも心もとないことだ》、只今所縁《いはれ》かたり出でよ」と罵《ののし》る。豊

一　大変な無駄。冗費。
二　新宮の熊野速玉神社の大祭で、旧暦九月十五日に行われた。
三　「祭を邌《ね》るにやあらん」とする方が文章としては正しい。「邌る」は行列を作って歩くこと。ねり歩く。
四　役に立たない者。役立たず。
五　戦《いくさ》の将軍。「いくさの君」と同じ。『雨月物語』「白峯」にも「幼主海に入らせたまへば、軍将《いくさぎみ》たちものこりなく亡びしまで」とある。
六　漁師たちがなまけるでしょう。
七　そのような物。つまり「輝々しき物」と表現している立派な太刀のこと。
八　何のために。「料」は意志を持ってする動作の目的を表している。秋成の『癇癖談《くせものがたり》』下（二〇七頁四〜五行）にも「なにのれうにとて、かくおそろしげなる物を、もとめたまふと問ふに」とある。
九　広い世の中に。
一〇　賢明な事。ここは「学問」をさす。
一一「わいため」は「わきたむ」の未然形「わきため」の音便。「わきたむ」は、弁別する、知りわける、の意。「わいだめ」ともいう。『俳諧御傘《はいかいごさん》』に「はじめは誹諧《はいかい》と連歌《れんが》のわいだめなし」とある。

雄、「此の事只今は面俯《おもてぶせ》[一二]なり。人伝《ひとづて》に申し出で侍らん《別の人を通して申し上げます》」といへば、「親兄にいはぬ事を誰にかいふぞ」と声あらゝかなるを、太郎の嫁《よめ》[一三]の刀自《とじ》傍《かたへ》にありて、「此の事愚《おろか》なりとも聞き侍らん《ふつつかながら私が聞きましょう》。入らせ給へ」と宥《なだ》むる《とりなして》に、つい[一四]立ちていりぬ《〔別室へ〕》。

豊雄の弁解

豊雄、刀自《とじ》にむかひて、「兄の見咎《とが》め給はずとも、密《みそ》かに姉君《お姉さんに》をかたらひてんと思ひ設けつるに《相談して味方になって頂こうと思案しているうち》、速く《早速》責《さいな》まるる事よ《叱られましたわい》。かうかうの人[一五]の女《め》のはかなくてあるが《未亡人で寂しく暮している女が》、『後見《うしろみ》[一六]してよ』とて賜《たま》へるなり。己《おの》が世《自立》しらぬ身の《していない身の上で》、御赦《ゆる》しさへなき事は重き[一七]勘当なるべければ《勘当という重い罰を受けて当然で》、今さら悔《く》ゆるばかりなるを、姉君よく憐《あはれ》み給へ」といふ。刀自《とじ》打ち笑《ゑ》みて、「男子《をのこご》のひとり寝《ね》し給ふが、兼て[一八]いとほしかりつるに、いとよき事ぞ。愚也《おろかなり》ともよくいひとり侍らん《〔私が夫に〕うまく言い伝えましょう》」とて、其の夜太郎に、「かうかうの事なるは幸《さいはひ》におぼさずや《よい話ではありませんか》。父君の前をもよきにいひなし給へ《よろしくいいつくろって下さい》」といふ。太郎眉《まゆ》[一九]を顰《ひそ》めて、「あやし《いぶかしい》。此の国の守の下司《したづかさ》に県《あがた》の何某《なにがし》と云ふ人を聞かず。我が家保正《をさ》[二〇]なれば、さる人の亡《なくな》り給ひしを聞《知ら》

一二 恥ずかしくて、顔があげられないこと。『英草紙《はなぶさそうし》』巻五に「此国に住まんも面《おもて》ぶせなり」とある。

一三 嫁である女性が。刀自は家の主婦の敬称。ここは太郎の嫁をさす。『雨夜物語たみことば』に、「家の内第一の女をさして、戸主《とじ》といへり」とある。九二頁注三参照。

一四 (豊雄は) つと立って。「つい立ちて」は「つき立ちて」の音便。

一五 人の妻。

一六 面倒を見て下さい。一〇六頁注六参照。

一七 この場合の「勘当」は、父親の怒りによって実家から絶縁されて追放されること。

一八 前々からお気の毒に思っておりましたのに。この「いとほし」は、かわいそうだ、気の毒だ、の意味。

一九 心の中の心配事や、人のいやな行為に対して、顔をしかめること。

二〇 里の長である村長。「保正《ほせい》」は民の組合の長のこと。

一 「長嘘」を「ためいき」と訓《よ》む例は、秋成に多い。「嘘《きよ》」は嘆息の意味である。
二 大臣の敬称。大臣さま。
三 神様に対するお願い事がおかないになって。「みつ」は満つ。満願のこと。
四 熊野権現。熊野速玉神社のこと。
五 神の所有物。すなわち、大臣の献納した宝物。
六 突然、失《な》くなったと言って。
七 熊野速玉神社の神職の長官。
八 国司の次官。君は敬称。「助」は介が正しい。
九 文室氏は、天武天皇皇子長皇子《ながのみこ》の子孫であるが、この広之は架空の名前であろう。万葉歌人に文室益人《ふんやのますと》、他に文室宮田麻呂《みやたまろ》などが古代に実在した。
一〇 「あるなるは」の約。
一一 一筋の毛も抜かない男が。つまり、少しの悪事もしない男が、の意。『警世通言』の「白娘子」に「許宣《きよせん》ハ日常ハ一毛ヲ抜カズ」とある。
一二 祖先や子孫のために。大宅家安泰のためには。
＊ 新宮の浮島の森に「大蛇に呑まれた娘」の伝説が残っている。現地では上田秋成がヒントを得たとしているが、直接的な関係はない。しかし、「蛇性の婬」の舞台である新宮に伝わる話なので、参考になろう。源平時代、新宮藺《い》の沢においのという美しい娘がいた。ある日、木こりの父が仕事をしている浮島の森へ昼の弁当を届けた帰り、苔《こけ》むした

豊雄国司に召捕らる

えぬ事《ないことはないものを》あらじを。まづ太刀ここにとりて来よ」といふに、刀自《すぐに》やがて携《たづさ》へ来るを、よくよく見をはりて、一長嘘《ためいき》をつぎつつ《つきながら》もいふは、「ここに恐しき事あり。近来《ちかごろ》都の二大臣殿《おほいどの》の三御願《ごぐわん》の事みたしめ給ひて、四権現《ごんげん》におほくの宝《たから》を奉り給ふ。さるに《ところが》此の五神宝《かんだから》ども、御宝蔵《みたからぐら》の中にて六頓《とみ》に失《う》せしとて、七大宮司《だいぐじ》より国の守《かみ》に訴《うつた》へ出で給ふ。守此の賊《ぬすびと》を探《さぐ》り捕《とら》ふために、八助の君九文室《ふんや》の広之《ひろゆき》、大宮司の館《たち》に来て、今専《もつぱ》らに此の事をはかり給ふよし《事件を追及なさっているということを》を聞きぬ。此の太刀いかさまにも《どうみても》下司《したづかさ》などの帯《は》くべき物にあらず《身につけられる品ではない》。猶《なほ》父に見せ奉らん」とて、〔父の〕御前に持ちいきて、「かうかうの恐しき事の一〇あなるは《ありましたが》、いかが《どう》計《はか》らひ申さん《処理しましょうか》」といふ。父面《おもて》を青くして、「こ《これ》は浅ましき事の出できつるかな《大変なことがおこってしまったものだな》。日来《ひごろ》は一一一毛《いちもう》をもぬかざるが《悪い事は少しもしない男が》、何の報《むくい》にてかう良《よ》からぬ心や出できぬらん《こんな悪心をおこしたのであろうか》。他《ほか》よりあらはれなば《ほかから露見したならば》此の家をも絶《たや》されん。一二祖《みおや》の為子孫《のち》の為には、不孝の子一人《親不孝な子一人ぐらいを》惜しからじ。明《あす》は訴《うつた》へ出でよ」といふ。太郎、夜の明くるを待ちて、大宮司の館《みたち》に来《きた》り、しかじかのよし《これこれの次第でありま》

石に坐って弁当を開き、すすきの茎を折って箸の代りにした。森の中は涼しく快かったので眠くなった。ふと物音に気づくと、目の前に大蛇が鎌首をもたげていた。逃げるひまもなく大きな口にくわえられて身動きできなかった。父を呼び続けるおいのの抵抗も空しく、大蛇は茂みへ姿を消した。駆けつけた父親は、池に漂うなまぐささにすべてが分った。妻を連れて森に引き返し、蛇の穴と呼ばれている沢の片隅に両手をついて「娘をもう一度見せて下さい」と哀願すると、一陣の強風が起って、にわかに暴風雨となり、哀れな娘を口にくわえた大蛇が、現れたかと思うと、すぐに蛇の穴に消えた。これ以来、熊野の人々はすすきの茎を箸にしなかった。「おいの見たけりゃ蘭の沢へござれ、おいの蘭の沢の蛇の穴に」という俗謡が、今も、この哀れな物語を伝えている。

一三 書物。典籍。
一四 国司のいる役所。
一五 にらんで。「にらまふ」はハ行下二段活用動詞。
一六 地上で犯した罪を言うが、ここは国法を犯した罪、という程度。
一七 太刀以外のさまざまの。
一八 姓氏のこと。株根《かぶね》の転とか、屍《かばね》から出たなど諸説がある。
一九 「刑」を「つみ」と訓《よ》むのは「つみする」の意味からである。

を《すと》申し出でて、此の太刀を見せ奉るに、大宮司驚《おどろ》きて、「是なん大《おほ》臣殿《いどの》の献物《たてまつりもの》なり」といふに、助聞き給ひて《次官文室広之が聞かれて》、「猶失せし物問《問いただ》ひあき《そう》らめん。召し捕れ」とて、武士ら十人ばかり、太郎を前《さき》にたててゆく。豊雄、かかる事をもしらで一三書《ふみ》見ゐたるを、武士ら押しかかり《おさえつけて》て捕《とら》ふ。「こは《これは》何の罪《つみ》ぞ」といふをも聞き入れず縛《から》めぬ《捕縛した》。父母、太郎夫婦も、今は「浅まし《情けない》」と歎《なげ》きまどふばかりなり。「一四公庁《おほやけ》より召し給ふ。疾《と》くあゆめ」とて、中にとりこめて《〔武士たちの〕中に取り囲んで》館に追ひもてゆく《追いたてて行った》。助、豊雄を一五にらまへて、「儞神宝《なんぢかんだから》を盗みとりしは例《ためし》なき一六国津罪《くにつつみ》なり。猶《なほ》一七種々《くさぐさ》の財《たから》はいづ地に隠《かく》したる。明らかに《はっきりと》まうせ」といふ。豊雄漸此《やや》の事を覚《さと》り《っと訳が分り》、涙を流して、「おのれ《私は》更に《まったく》盗《ぬすみ》をなさず。かうかうの事にて、県《あがた》の何某《なにがし》の女《め》が、前《さき》の夫《つま》の帯びたるなり《さしていた太刀であると》とて得させしなり《私にくれたものです》。今にもかの女召して、おのれが罪なき事を覚《さと》らせ給へ《納得して下さいませ》」。助いよよ怒《いか》りて、「我が下司《したづかさ》に県《あがた》の一八姓《かばね》を名のる者ある事なし《有ったことがない》。かく偽《いつは》るは一九刑《つみ》ますます大なり」。豊雄、「かく捕はれていつまで偽《いつは》るべき。あはれ《どうか》、かの女《め》召して問はせ給へ」。助、武士らに向ひて、「県《あがた》の真女子《まなご》が家はいづくなるぞ。[一]渠《かれ》を押して捕へ来れ」といふ。

武士らかしこまりて、又豊雄を押したてて《ひったてて》彼所《かしこ》に行きて見るに、厳《いかめ》しく造《つく》りなせし門の柱も朽《く》ちくさり、軒の瓦《かはら》も大かたは砕《くだ》けおちて、[二]草《くさ》しのぶ生《お》ひさがり、人住むとは見えず。豊雄是を見て、只あきれにあきれゐたる《あきれているばかりであった》。武士らかけ廻《めぐ》りて、ちかきとなりを《近所の人々を》召《め》しあつむ。[三]木伐《きき》る老《をぢ》、[四]米かつ男ら、恐れ惑《まど》ひて[五]跪《うすずま》る。武士他《かれ》らにむかひて、「此《こ》の家何者《なにもの》が住みしぞ。県《あがた》の何某《なにがし》が女《め》のここにあるはまことか」といふに、[六]鍛冶《かぢ》の翁《おきな》はひ出でて、「さる人の名はかけても《全然》うけ給はらず《聞いておりません》。此の家三とせばかり前《さき》までは、[七]村主《すぐり》の何某といふ人の、賑《にぎ》はしくて《裕福に》住み侍るが、[八]筑紫《つくし》に商物《あき》積《つ》みてくだりし、《[が]》其の船行方《ゆくへ》なくなりて後は、家に残る人も散々《ちりぢり》になりぬるより、絶えて《ずうっと》人の住むことなきを、此の男のきのふここに入りて、[九]漸《やや》して帰りしを『奇《あや》し』とて、此の[一〇]漆師《ぬし》の老《をぢ》がまうされし」といふに、「さもあれ《ともかくも》、よく見極《よく見届けた》

一 この「渠《かれ》」を豊雄とする説も一部にあるが、やはりここは、一般に言う「真女児」ととるべきである。また、この「押して」は、押し伏せる、すなわち押え込んで、の意であろう。『春雨物語』の「捨石丸」にも「人数におして捕ふべし」とある。

奇怪な真女児の家

二 のきしのぶの異名。シダ類ウラボシ科の常緑多年草で、しばしば屋根の軒端に生える。「草しのぶ生ひさがり」で、ひどく荒廃した屋敷を表現している。

三 木こりをしている年寄り。「老」を「をぢ」と振り仮名をつけたのは、老人の男であったからであろう。

四 米をつく男。「かつ」は「搗《か》つ」で、臼《うす》でつくこと。

五 うずくまる。七七頁注三参照。

六 鍛冶《かじ》屋の老人。

七 「村主《すぐり》」は古代の姓の一つ。渡来人の称する姓《かばね》で、原義は「村主《むらぬし》」の意である。この紀伊の国では、伊都《いと》郡に村主郷があり、山田村の豪族として、村主氏があった。

八 九州。

九 しばらくして。

一〇 「ぬし」は「塗師《ぬりし》」の略。塗細工をする老職人。

めて《うえで》殿に申さん」とて、門押しひらきて入る。

家は外《と》[一一]よりも荒れまさりけり。なほ奥の方に進みゆく。前栽《せんざい》[一二]広く造りなしたり。池は[一三]水あせて水草《みくさ》[一四]も皆枯れ、野ら[一五]藪生《やぶお》ひかたぶきたる《生い繁って傾いている》中に、大きなる松の吹き倒れたるぞ物すざまし《ものすごかった》。客殿《きやくでん》[一六]の格子戸《かうしど》をひらけば、腥《なまぐさ》き風のさと吹きおくりきたる《さっと吹いてきたのに》に恐れまどひて、人々後《あと》にしりぞく。豊雄只《ただ》[一七]声を呑みて歎《なげ》きゐる。武士の中に巨勢《こせ》[一八]の熊檮《くまがし》なる者、胆《きも》ふとき男にて、「人々我が後《あと》に従《つ》きて来れ」とて、板敷《いたじき》をあららかに《あらあらしく》踏みて進《すす》みゆく。塵《ちり》は一寸[一九]ばかり積《つも》りたり。鼠《ねずみ》の糞《くそ》ひりちらしたる中に、古き帳《ちやう》[二〇]を立てて、花の如くなる女ひとりぞ座《を》る。熊檮《くまがし》、女にむかひて、「国の守《かみ》の召《め》しつるぞ《お召しだぞ》。急ぎまゐれ」といへど、答《こた》へもせで《せずにいたのを》あるを、近く進みて捕《とら》ふとせしに《捕えようとすると》、忽《たちま》ち地も裂《さ》くるばかりの霹靂鳴《はたたがみな》[二一]り響《ひび》くに、許多《あまた》の人迯《に》ぐる間《ひま》もなくてそこに倒る。然《さ》て見るに《それから見やると》、女はいづち行きけん見えずなりにけり。

此《こ》の床《とこ》の上《うへ》に輝々《きらきら》しき物あり。人々恐る恐るいきて見るに、狛錦《こまにしき》[二二]、

一一 外よりも内部のほうが。
一二 草木を植えこんだ庭園。
一三 池が浅く干上がって。「あせる」は川や池などの底が浅くなること。
一四 水中に生える草の称。みずくさ。
一五 雑然と茂って野生の藪のようになった草木。
一六 正殿。表座敷。一〇四頁にある豊雄が初めて真女児を訪問して、通された「南面《みなみおもて》の所」をさしている。
一七 声もあげずに。この「呑む」は押えること。
＊ この辺り「白娘子」には「一陣ノ風ヲ起シ、一道ノ腥気《せいき》ヲ捲《ま》キ出シ来ル、……衆人スベテ一驚ヲ喫了、倒レテ幾歩ヲ退ク……許宣《きよせん》看了シテ則チ声ヲ得ズ一ニ呆的《はうてき》ニ似ル」とある。
一八 強そうな男の名前として創ったものであろう。巨勢氏は上代の有力な族の姓であって、中古まで栄えた。『日本霊異記《りようゐき》』下巻の第三十四に「巨勢呰女《こせのあさめ》は、紀伊の国名草の郡埴生《はにふ》の里の女なり」とある。
一九 一寸は現今の三センチメートルほど。
二〇 ここは、几帳のこと。一〇四頁注九参照。室内に垂れさげる布帛。たれぎぬ。
＊ あれはてて塵が一寸も積っている所に「花のような女」が一人いたという表現には、もはや怪奇の世界ではなく、一種の唯美的な世界がみられる。
二一 烈しい雷。はたたく神、の意。『繁野話《しげしげやわ》』巻三に「一陣の霹靂《はたたがみ》雲間に震《ふ》るふ」とある。
二二 高麗《こうらい》（朝鮮古代の一国）から渡来した錦。

呉《くれ》[一]の綾《あや》、倭文《しづり》[二]、縑《かとり》[三]、楯《たて》[四]、槍《ほこ》[五]、靫《ゆき》[六]、鍫《くは》[七]の類《たぐひ》、此《これら》失せつる《紛失した》神宝《かんだから》なりき。助《すけ》も武士らこれをとりもたせて、怪《あや》しかりつる事どもを詳《つばら》に訴《うつた》ふ。大宮司も妖怪《もののけ》のなせる事をさとりて《やったことだと知って》、豊雄を責《さいな》む事をゆるくす《追及を手加減した》。されど当罪《おもてつみ》[八]免《まぬが》れず、守《かみ》の舘《みたち》に《［身柄を］》わたされて牢裏《らうり》[九]に繫《つな》がる。大宅《おほや》の父子《おやこ》[一〇]多くの物を賄《まひ》して罪を贖《か》ふによりて《あがなったので》、百日がほどに赦《ゆる》さるる事を得たり。《（豊雄）こんなことがあって》「かくて世にたち接《まじ》はらんも面俯《おもてぶせ》[一一]なり。姉の大和《やまと》におはすを訪《とぶら》ひて、しばし彼所《かしこ》に住《す》まん」といふ。《（親たち）本当に》「げにから憂《う》きめ見つる後は重《おも》き病をも得るものなり《重病にもかかったりするものだ》。ゆきて月ごろ《数か月を》を過《すご》せ」とて、人を添へて出でたたす。

大和まで豊雄を追う真女児

二郎[一二]の姉が家は石榴市《つばいち》[一三]といふ所に、田辺《たなべ》[一四]の金忠《かねただ》といふ商人《あきびと》なりける。豊雄が訪《とむら》ひ来るを喜《よろこ》び、かつ月ごろの事どもをいとほしがりて《気の毒がって》、「いついつまでも《いつまでも長く》ここに住め」とて、念頃《ねんごろ》[一五]に労《いたは》りけり。年かはりて二月《きさらぎ》になりぬ。此の石榴市《つばいち》といふは、泊瀬《はつせ》[一六]の寺ちかき所なりき。仏の御中《数ある仏様の中でも》には泊瀬《はつせ》なんあらたなる事を《霊験があらたかなのを》、唐土《もろこし》[一七]までも聞えたるとて、都

一 呉《ご》（中国）から渡来した綾織物。
二 倭文《しず》織《おり》の略。麻・楮《こうぞ》などの糸を染めて、赤・青の縞《しま》模様を織り出した古代の布地。
三 固織《かたおり》の約。こまかく固く織った絹布。
四 槍《やり》や刀をふせぐ板状の武具のこと。
五 鉾《ほこ》。諸刃《もろは》の剣に長い柄をつけた武器で、鎌倉時代の初めまで、槍よりも実用にされたという。
六 矢を入れて背中にせおう道具。
七 鍬《くわ》と同字。往時は、農具にすぎない鍬も貴重品であった。
八 さしあたって当面する罪。盗品を持っていた罪。
九 牢獄の中。同じ『雨月物語』の「菊花の約」にも「牢裏に繫がるる人」とある。
一〇 多くの贈り物をして。「賄《わい》」は、まいないすること。
一一 恥ずかしい。顔向けできない。一〇九頁注一二参照。
一二 二番目の子。九九頁注一二参照。
一三 奈良県桜井市三輪町の中にあった。「椿市」とも書き、上代は歌垣、中古以降は門前市として栄えた。
一四 上古以来の大族で、田部の伴造《とものみやつこ》であった氏であり、大和の人物の姓としては、きわめて妥当である。
一五 親切に。
一六 長谷寺《はせでら》。奈良県桜井市初瀬町にある。十一面観世

より辺鄙《ゐなか》より詣《まう》づる人の、春はことに多かりけり。詣づる人は必ずここに宿れば《この石榴市に》、軒[一八]を並《なら》べて旅人をとどめける。

田辺が家は御明燈心《みあかしとうしん》[一九]の類《たぐひ》を商ひぬれば、所せく《いっぱいに》人の入りたちける中に、都の人の忍びの詣《まうで》と見えて、いとよろしき女一人《大変きれいな女が一人と》、了鬟《わらは》一人、薫物《たき》[二〇]もとむとてここに立ちよる。此の了鬟《わらは》豊雄を見て、「吾《わ》が君の《御主人様》ここにいますは《がここにいらっしゃるわ》」といふに、驚きて見れば、かの真女子《まなご》まろやなり。「あな恐し」とて内に隠るる。金忠夫婦「こは何ぞ」といへば、「かの鬼《おに》[二一]ここに逐《お》ひ来る。あれに近寄《ちかよ》り給ふな」と隠れ惑《まど》ふを、人々「そはいづくに《それはどこに》」と立ち騒ぐ。真女子入り来りて、「人々あやしみ給ひそ《皆さんあやしみなさいますな》。吾が夫《せ》[二二]の君な恐れ給ひそ《恐れなさいますな》。おのが心より《私のいたらなさから》罪《つみ》に堕《おと》し奉る事の悲しさに、御有家《ありか》[二三]もとめて、事の由縁《ゆゑ》をかたり《理由を》、御心放《みこころやり》せさせ奉らんとて《御安心させましょうと》、御住家尋ねまゐらせしに、かひありてあひ見奉る事の喜《うれ》しさよ《その甲斐あってお会いできましたことの》。あるじの君《この家の》よく聞きわけて給へ。我もし怪《あや》しき物ならば、此の人繁《しげ》きわたりさへあるに《はげしい往来がある上に》、かうのどかなる《このようにのんびりした》昼《ひる》[二四]をいかにせん。衣《きぬ》[二五]

音を安置しており、「長谷観音」の呼称で有名。

一七 中国。漢土。春秋戦国時代に今の浙江省《せっこう》に勢力のあった「越《えつ》」を訓読みして「こし」と呼んでいたのが、「諸越《もろこし》」となり、次第に中国全体の呼称となったものである。

一八 ひさしを並べて、宿屋や店がずらりと建っているさま。

一九 灯明や燈心《とうしん》。「燈心」は灯油に浸して火をともすもの。

二〇 種々の香を合わせて作った煉香《ねりこう》。

二一 ばけもの。人にたたる妖怪。『雨月物語』「青頭巾」にも「山の鬼こそ来りたれ」とあり、一般の善い魂を持つ生物に対して、悪い魂を持って人間界から逸脱したものをさしている。

二二 普通「兄《せ》の君」で、兄や夫を親しんで呼ぶ敬称。ここは夫のこと。

二三 いらっしゃる所。お住い。

二四 昼間にどうして姿を現しえましょうか、の意。

二五 『警世通言』の「白娘子」には「イカデ是レ鬼怪ナラン、衣裳ニ縫有リ、日ニ対シテ影有リ」とあり、妖怪ではないという証拠をあげている。つまり、妖怪は、どれほどうまく人間に化けても、着物には縫目がなく、太陽に当れば影がうつらないという俗信があった。

に縫目《ぬひめ》あり、日にむかへば影《かげ》あり。此の正《まさ》しきことわり《正しい道理を》を思《おぼ》[一]しわけて、御疑ひを解《と》かせ給へ」。

豊雄漸《やや》人ごこちして、「儞正《なんぢまさ》しく人ならぬは《本当に人ではないわ》。我捕《とら》はれて、武士らと《役人たちと》ともにいきて見れば、きのふにも似ず浅《ひど》ましく荒《あ》れ果《は》てて、まことに鬼の住むべき宿に一人居《を》るを《いたお前を》、人々ら捕へんとすれば、忽《たちま》ち[二]青天[三]霹靂《はたたがみ》を震《ふる》うて、跡なく《〔お前が〕跡形なく》かき消えぬるをまのあたり《目の前に》見つるに、又逐《お》ひ来て何をかなす《何をしようというのだ》。すみやかに去れ」といふ。真女子《まなご》涙を流して、「まことにさこそおぼさんは《そうお考えになりますのは》ことわりなれど《ごもっともですが》、[四]妾《せふ》が言《こと》をもしばし聞かせ給へ。君公庁《おほやけ》に召され給ふと聞きしより、かねて《常日ごろ》憐《あはれ》をかけつる《目をかけていた》隣《となり》の翁《おきな》をかたらひ《味方につけ》、頓《とみ》に野らなる宿《急に荒れはてた家》のさまをこしらへし。我を[五]捕《と》らんずときに[六]鳴神響《なるかみひび》かせしは、まろやが計較《たばか》りつるなり《計略にかけたのです》。其の後船もとめて[七]難波《なには》の方に遁《のが》れしかど、御消息《せうそこ》しらまほしく《知りたく存じまして》、ここの御仏に《ここ長谷の観音様に》たのみを懸けつるに《願をかけましたところ》、[八]二本《ふたもと》の杉のしるしありて、[九]喜《うれ》しき瀬《せ》にながれあふことは、ひとへに《本当に》大悲《だいひ》の御徳からうむりたてまつりしぞかし《〔長谷観音の〕慈悲のおかげを受けたものでございます》。

一 納得して下さって。

真女児の弁明

＊ ここで豊雄が「人ごこちして」というのは、また真女児とよりを戻して結婚へと進む伏線になっている。豊雄は契り合った思い出の邸へ役人たちと行き、荒廃した家で雷とともに消えてしまった真女児を見て妖怪と知った。大和の姉のところまで彼女が追って来たので、恐ろしさに隠れた。しかし、「昼間に妖怪が出ますか……」と言われほっと人心地がつき、真女児への以前の愛情がよみがえるのである。

二 快晴の空。

三 烈しい雷。一一三頁注二一参照。

四 私の言うことも。「妾」は、婦人の自分に対する謙称で、わらわ、私、の意。

五 捕えようとした時に。「捕らんとす」が促《つま》った形。

六 雷を鳴らしたのは。

七 大阪の古称。

八 『古今集』巻十九に「はつせ川ふる川のべにふたもとある杉としを経てまたもあひみむ二本ある杉」とある如く、初瀬川の川辺に生えている杉のように、あなたと再会したいと願っていた効果があって、の意。

九 嬉《うれ》しくも再会の時にめぐり会えましたことは。「ながれあふ」は「瀬」の縁語。

種々《くさぐさ》の神宝《かんだから》は何とて女の盗み出すべき《盗み出せましょうか》。前《さき》の夫《つま》の良《よ》からぬ心にてこそあれ。よく《よく》よくおぼしわけて《御理解下さいまして》、[一〇]思ふ心の露ばかりをもうけさせ給へ」とて、さめざめと泣く。

豊雄と真女児の婚儀

豊雄或《ある》は疑ひ、或は憐れみて、かさねていふべき詞もなし《ふたたび言い返す言葉もなかった》。金忠夫婦、真女子《まなご》がことわりの明らかなるに、此の[一一]女《をんな》しきふるまひを見て、努《ゆめ》疑ふ心もなく、「豊雄のもの語りにては《豊雄が話をするのを聞いていると》、世に恐しき事よと思ひしに、さる[一二]例《ためし》あるべき世にもあらずかし。はるばると尋ねまどひ給ふ御心《こころ》ねのいとほしきに《いじらしさに》、豊雄肯《うけが》はずとも《承知しなくても》、我々とどめまゐらせん」とて、[一三]一間《ひとま》なる所に迎《むか》へける。ここに一日二日を過すままに《過すうちに》、金忠夫婦が心をとりて《夫婦の気に入るようにして》、ひたすら[一四]歎《なげ》きたのみける。其の志の篤《あつ》きに愛《め》でて、豊雄をすすめてつひに[一五]婚儀《ことぶき》をとりむすぶ。豊雄も日々に心とけて、もとより容姿《かたち》のよろしきを《美しいのを》愛《め》でよろこび、千とせをかけて《行く末までも変るまいと誓》契るには《い合うにつけて》、[一六]葛城《かづらき》や高間《たかま》の山に夜々《よひよひ》ごとにたつ雲も、[一七]初瀬の寺の暁の鐘に[一八]雨収《をさ》まりて、只あひあふ事の《再会の時の》遅《おそ》きをなん恨みける。

一〇 私があなたを思い慕っている気持を、ほんの露ほどの少しだけでも、お受け下さいませ、の意。
一一 『源氏物語』帚木《ははきぎ》に「なよびかにをんなしと見れば」とある。「女しき」は形容詞「をんなし」の連体形で、女らしいしとやかなこと。
一二 妖怪が人をたぶらかすなどという、そんな例がありうるような世の中でもありませんよ。「かし」は念を押す意の終助詞。
一三 奥の一室へ迎え入れた。「一間」は一部屋。「間」は家のしきりをなしている室のこと。
一四 なげいて、かつ、頼りとした。
一五 婚儀を「ことぶき」というのは、結婚の儀式であり、「ことぶき」がめでたい儀式をいうことから、秋成がこう訓《よ》んだのであろう。
一六 葛城は奈良県の西南部の連山。高間山は、その最高峰である。『新古今集』巻十一に「よそにのみ見てややみなむ葛城や高間の山の峰の白雲」とある。現在は「かつらぎ」であるが、古くは「かづらき」といった。
一七 『新古今集』巻十二に「年も経ぬ祈る契りは初瀬山尾上の鐘のよその夕暮」とある。
一八 「たつ雲」を受け、豊雄と真女児の交歓が行われたことを表現している。雨雲のように夜々湧き立ち、夜通し降った雨がやむように暁には静まって、の意。「雲雨《うんう》」で男女の契りをさしている。

姉夫婦との吉野行

三月《やよひ》にもなりぬ。金忠、豊雄夫婦にむかひて、「都わたりには《都の辺りとは》似るべうもあらねど《似ようもありませんが》、さすがに《と言っても》紀《き》路《ぢ》にはまさりぬらんかし《紀州路よりはすぐれておりましょう》。[一]名細《なぐはし》の吉《よし》野《の》は、春はいとよき所なり。[二]三《み》船《ふね》の山、菜《な》摘《つみ》川、[三]常に見るとも飽《あ》かぬを、此の頃はいかにおもしろからん。いざ給へ《さあお支度をして》、出で立ちなん《出かけましょう》」といふ。真女児《まなご》うち笑《ゑ》みて、[四]「よき人のよしと見給ひし所は《吉野は》、都の人も見ぬを恨《うら》みに聞え侍るを《残念だと申しておりますが》、我が身稚《をさな》きより、人おほき所、或《ある》は[五]道の長手《ながて》をあゆみては、必ず気《け》のぼりて《のぼせてしまって》くるしき病《やまひ》あれば、従駕《みとも》にえ出で立ち侍らぬぞ《お供できませんのは》いと[六]憂《うれ》たけれ。[七]山土産《やまづと》必ず待ちこひ奉る《きっとお待ちしております》」といふを、「そはあゆみなんこそ病も苦しからめ《それは歩いていくなら持病が起り苦しいことでしょうよ》。車こそ[八]もたらね《持っていないが》、いかにもいかにも《なんとしてでも》土は踏ませまゐらせじ。留《とど》まり給はんは《お残りになっては》、豊雄のいかばかり心もとなかりつらん《気にかけることでしょうか》」とて、夫婦すすめたつに《しきりにすすめるので》、豊雄も「からたのもしくの給ふを《おっしゃっているのに》、道に倒《たふ》るるとも[九]いかでかは《行かねばいけない》」と聞ゆるに《言ったので》、不慮《すずろ》ながら出でたちぬ《いやいや出かけた》。人々花やぎて出でぬれど《一行ははなやかに着飾って出発したが》、真女子が麗《あて》なるには似るべうもあらずぞ《くらべものにもならないように》見えける。

一 吉野にかかる枕詞。「名がうるわしい」の意がある。

二 「三船の山」、「菜摘川」は、ともに奈良県吉野郡吉野町にある歌枕。秋成の『金砂』一に、『万葉集』巻九の「滝のうへの三船の山ゆ秋津辺に来鳴きわたるは誰よぶこ鳥」をあげて、「三舟山、並河の大和志に、夏見の里の上に舟やかたの状《かたち》せし山也と云ふ、いきて見しに、さるかたちの山あり」と、説明している。また『金砂』三には、『万葉集』巻三の「よし野なる夏見の河の川よどに鴨《かも》ぞ鳴くなる山陰にして」をあげて、「ここに行きて見しに、いにしへの淀瀬にや、河洲に継橋《つぎはし》わたして、人のいきかひも見ゆ、この歌は実に絵に声ありと思《おぼ》ゆ」とある。

三 『万葉集』巻九の「山高み白木綿《ゆふ》花に落ち激《たぎ》つ夏身の河門《かはと》見れど飽かぬかも」に拠《よ》るか。

* この、人多い所や長い道は苦しいというところは、次に真女児が蛇になる伏線である。

四 吉野のこと。『万葉集』巻一に「よき人のよしとよく見てよしと言ひし吉野よく見よよき人よく見つ」とある。

五 長い道のり。

六 大変つらいです。「憂《うれ》たし」は、つらい、残念、の意の形容詞。

七 山のお土産。

八 「ね」は打消の助動詞「ず」の已然形。

九 次に「行かざらん」が省略された形。「どうして行

一〇何某《なにがし》の院《ゐん》は、かねて心よく聞えかはしければ《親しい間柄であったので》、ここに訪《とむら》ふ。主《あるじ》の僧迎へて、「此の春は遅く詣《まう》で給ふことよ。花もなかばは散り過ぎて、一一鶯《うぐひす》の声もやや流るめれど、猶よき方にしるべし侍らん《まだいくらかよい所へご案内しましょう》」とて、一二夕食《ゆふげ》いと清くして《精進料理をととのえて》食はせける。一三明けゆく空いたう霞《かす》みたるも、晴れ《晴れる》ゆくままに《にしたがって》見わたせば、一四此の院は高き所にて、ここかしこ《あちらこちらに》僧坊《そうばう》どもあらはに《はっきりと》見おろさるる。山の鳥どももそこはかとなく《どこととなくあちこちで》囀《さへづ》りあひて、木草の花色々に咲きまじりたる、同じ山里ながら《〔一段と高いことは〕》目さむるここちせらる。「一五初詣《うひまうで》には一六滝ある方こそ見所《みどころ》はおほかめれ《多いことだろうよ》」とて、彼方《かなた》にしるべの人《道案内の人を》乞《こ》ひて《頼んで》出でたつ。〔道は〕谷を繞《めぐ》りて下りゆく。いにしへ一七行幸《いでまし》の宮ありし所は、一八石《いは》ばしる《はげしく》滝つせのむせび流るるに、ちひさき一九鮎《あゆ》どもの水に《川を》逆《さか》ふなど《遡る様子など》、目もあやに《目もさめるほど》おもしろし。二〇檜破子《ひわりご》打ち散《ちら》して喰《く》ひつつあそぶ《楽しんだ》。

二一岩がねづたひに《岩の道をつたって》来る人あり。髪は二二績麻《うみそ》をわがねたる《束ねた》如くなれど、手足いと健《すこ》やかなる翁《おきな》なり。此の滝の下《もと》にあゆみ来る。人々を見て

かないことがありましょうか。行きましょうよ」の意。
一〇 金峰《きんぶ》山寺《せんじ》の中の一坊をさす。
一一 晩春になって、鶯の声がすでにやや乱れていることを言う。
一二 大変きれいに作って食わせた、の意味で、ここは吉野山の僧院であるから、こぎれいな精進料理ととってよい。
一三 ここは『源氏物語』若紫の「明け行く空は、いといたう霞みて、山の鳥どももそこはかとなく囀《さへづ》りあひたり。名も知らぬ木草の花ども、いろいろに散りまじり……」に拠っている。
一四 『源氏物語』若紫に「すこし立ちいでつつ見渡し給へば、たかきところにて、ここかしこ、僧坊ども、あらはに見おろさるる」とある。僧坊は僧侶の住居。
＊『雨月物語』には、「蛇性の婬」の、この場面以外にも『源氏物語』の影響がかなり多くみられる。
一五 初めての参詣。ここは最初の吉野山行を言う。
一六 吉野川の宮滝。
一七 吉野離宮。今の吉野町宮滝のあたりにあったと言われる離宮で、上代しばしば天皇の行幸があった。
一八 滝にかかる枕詞。
一九 若鮎。吉野川の鮎は古来有名。
二〇 薄い檜《ひのき》の板で作った弁当箱。折箱。
二一 「岩がね」は岩の根もと、の意。
二二 長くより合せた麻糸。

真女児の正体

あやしげにまもりたるに《疑わしそうに見守っていたが》、真女子もまろやも此の人を背《そがひ》[一]に見ぬふりなるを、翁渠《かれ》二人をよくまもりて《じっと見つめて》、「あやし。此の邪神《あしきかみ》[二]、など《どうして》人をまどはす。翁がまのあたり《目の前で》をかくても有るや《こんなことをしているのか》」とつぶやくを聞きて、此の二人忽《たちま》[三]ち躍《をど》りたちて、滝に飛び入ると見しが《見えたが》、水は大虚《おほぞら》[四]に湧《わ》きあがりて〔二人の姿が〕見えずなるほどに《うちに》、雲摺墨《するすみ》[五]をうちこぼしたる如く、雨篠《しの》[六]を乱してふり来る。翁、人々の慌忙《あわ》て惑ふをまつろへて《押え静めて》、人里にくだる。賤《あや》しき軒《あばら家の》にかがまりて《軒下にかがみこんで》、生けるここちもせぬを、翁豊雄にむかひ、「熟《つらつら》[七]そこの面《おもて》を見るに、此の隠神《かくれがみ》[八]のために悩《なや》まされ給ふ

翁に正体を見破られ真女児ら滝に飛び入る

＊「手足いと健やかなる翁」とあるところ、「白娘子」には「一個ノ先生ヲ見ル、道袍《だうはう》ヲ穿着《せんちゃく》シ、頭ニ逍遙巾《せうえうきん》ヲ戴キ、腰ニ黄糸縧《くわうしたう》ヲ繫ギ、脚ニ熟麻鞋《じゅくまあい》ヲ着ス」とある。

一 背中を向けて。

二 「邪神」で悪しき神と読ませた。つまり妖怪のこと。

三 「白娘子」には「一翻《いっぽん》シテ両個スベテ水底ニ翻下ス」とある。

四 「大虚」を大空と読ませるのは、『日本書紀』にも見え、秋成の『春雨物語』「血かたびら」にも、「一日、太虚《おほぞら》に雲なく」とある。

五 墨。墨汁。

六 篠竹を束ねてつきおろすようなはげしい雨足に、風が加わって荒れるさま。

七 よくよくあなたの。「そこ」は「足下」と書き、貴君、の意。七九頁注一一参照。

八 目に見えない神。ここは正体をあらわさないで人をたぶらかす邪神、すなわち真女児のこと。

＊後世になって、吉野郡吉野山に「龍王権現」が建

立された。その御神体は蛇である。ともかく吉野山の谷間には、古来蛇が多く出現しており、そこへ真女児を登場させたのは、きわめて自然である。

九「み」は本来は連続した二つの動詞の連用形について、接続詞的な「……したり……したり」の意をもつ。

一〇 蛇の異体同字。

一一 中世以来、日本では蛇は多淫なもの、としている。「婬」は「みだら」とよむのが普通。

一二『五雑俎』巻九に「龍ノ性最モ淫ナリ、故ニ牛ト交レバ則チ麟《りん》ヲ生ミ、豕《ゐのこ》ト交レバ即チ象ヲ生ミ、馬ト交レバ即チ龍馬ヲ生ム」とある。

一三 みだらな行いをしかけた。「奸《かん》」は「姦」の異体同字。『集韻』に「姦、或いは奸に作る」とある。

＊蛇が人と交わるという話は、日本でも古来からあった。上代では『日本書紀』にある三輪山伝説や、『常陸《ひたち》国風土記』などに見られるし、中古以降では、『日本霊異記《りょういき》』や『今昔物語集』などにかなりみられる。それらは女性を犯す話が多いが、男性と交わりを持った場合もある。しかし「蛇性の婬」のように、女性に化ける例はほとんどない。ただ、近世になると『拾遺お伽婢子《とぎぼうこ》』の巻一の三「毒蛇人に化して契る」などには、蛇が美人に化けて武士と交わるという話もみられる。

一四 俗人から遠くかけ離れたありがたい神さま。

が、吾救《われすく》はずば最後は《最後は》つひに命をも失《うしな》ひつべし。後よく《今後は》慎《つつし》み給へ」といふ。豊雄地に額着《ぬかづ》きて、此の事の始《はじめ》よりかたり出でて、「猶《なほ》

命得させ給へ《命をお助け下さい》」とて、恐れみ敬《うやま》[九]ひて願ふ。翁「さればこそ《思った通りだ》。此の邪《あしき》神《かみ》は年経《へ》たる蚳《をろち》[一〇]なり。かれが性《さが》は婬《みだり》[一一]なる物にて、『牛[一二]と孳《つる》みては麟《りん》を生み、馬とあひては龍馬《りょうめ》を生む』といへり。此の魅《まど》《この蛇が》はせつるも、はたそこの《やはりあなたの》秀麗《かほよき》に奸《たは》[一三]けたると見えたり。かくまで執《しふ》ねき《執念深いので》を、よく慎《つつし》み給はずば、おそらくは命を失ひ給ふべし《失われるに違いない》」といふに、人々いよよ恐れ惑ひつつ、翁を崇《あが》まへて「遠津神《とほつがみ》[一四]にこそ」と拝みあへり。翁打

ち笑《ゑ》みて、「おのれは神にもあらず。[一]大倭《やまと》の神社に仕へまつる[二]当麻《たぎま》の酒人《きびと》といふ翁なり。道の程見たてて《道中を見送ってあげましょう》まゐらせん。いざ給へ《さあいらっしゃい》」とて出でたてば、人々後《あと》につきて帰り来る。

明《あけ》の日《翌日》[三]大倭《やまと》の郷《さと》にいきて、翁が恵《めぐ》みを謝《かへ》し、且《かつ》[四]美濃《みの》絹《ぎぬ》三疋《むら》、[五]筑紫《つくし》綿《わた》二屯《ふたつみ》を遺《おく》り来り、「猶此《これからも》の[六]妖災《もののけ》の身禊《そぎ》し給へ」とつつしみて願ふ。翁これを納めて、[七]祝部《はふり》らにわかちあたへ、自《みづか》らは一疋《むら》一屯《つみ》をもとど《手元に》めずして《残して置かず》、豊雄にむかひ、「[八]畜儞《かれなんぢ》が秀麗《かほよき》に奸《たは》けて儞《お前に》を纏《まと》ふ《纏いつく》。儞又畜《かれ》が仮《かり》の化《かたち》に魅《まど》はされて[九]丈夫心《ますらを》なし。今より[一〇]雄気《をとこさび》してよく心を静まり《お静めに》まさば《なれば》、此《これ》らの邪神《あしきかみ》を逐《やら》はんに《追い払うのに》翁が力をもかり給はじ《お借りになることもあるまい》。ゆめゆめ《よくよく》心を静まりませ」とて、実《まめ》やかに《親切に》[一一]覚《さと》しぬ。豊雄夢のさめたるここちに、[一二]礼言《ゐやこと》尽きずして帰り来る。金忠にむかひて、「此の年月畜《かれ》に魅《まど》はされしは、己《おの》が心の正しからぬなりし。親兄の孝《つかへ》をもなさで、君が家の[一三]羈《ほだし》ならんは由縁《よし》なし。御恵《めぐ》みいとかたじけなけれど、又《また》も参りな《参りまし》ん《よう》」とて、紀の国に帰りける。

一 大和《おおやまと》神社。奈良県天理市新泉《にいずみ》にある。
二 当麻氏は用明天皇から出て、大和国北葛城郡当麻村に住んだ氏であるが、ここは創造上の人物であろう。八岐大蛇《やまたのおろち》退治の話に、荒神を鎮めるのに酒を提供する古代の素朴な民間信仰のことを、秋成もよく知っていて、この蛇を鎮めようとする人物に、「当麻の酒人」なる名前をつけたものであろう。
三 現在の天理市にある大和神社のある里のこと。
四 美濃の国から産する上質の絹。「疋《むら》」は布帛の長さの単位で、二反で一疋という。一反は鯨尺で長さ二丈六尺（九メートル二八センチ）。現在は「ひき」。
五 九州で産出する綿。「屯」は綿を量る単位で、一屯は二斤《きん》（一二〇〇グラム）のこと。
六 妖怪を退散させるためのお祓《はら》い。身禊は禊祓《みそぎはらえ》のことであろう。
七 神官。八六頁注六参照。
八 真女児らが、「畜類」と判明したから、「畜」を「かれ」と読んでいる。作者の工夫がある。
九 男らしい強い意志。
一〇 雄々しく、しっかりした気持で。
一一 説きさとした。「覚《かく》」には、さとすの意味がある。
一二 お礼をいくら言っても尽きないほどで。丁寧にお礼して、の意。
一三 厄介者になっているのはよくないことです。
一四 独身の男。
一五 さまざまの土地が考えられているが、現在の和歌

豊雄故郷で結婚

父母、太郎夫婦、此《こ》の恐しかりつる事を聞きて、いよよ豊雄が過《あやま》ちならぬを憐《あは》れみ、かつは《一方では》妖怪《もののけ》の執《しふ》ねき《執念深いのを》を恐れける。「かくて《このように》鰥《やむを》[一四]にてあらするにこそ《あったからこうなったのだ》。妻《つま》むかへさせん」とてはかりける。芝《しば》[一五]の里に芝の庄司なるものあり。女子《むすめ》一人もてりし《もっていたのを》を、大内《おほうち》[一六]の采女《うねめ》[一七]にまゐらせてありしが、此の度いとま申し給はり《お暇を申し出お許しをいただき》、此の豊雄を聟《むこ》[一八]がねにとて、媒氏《なかだち》[一九]をもて大宅《おほや》が許《もと》へいひ納《い》るる《申し込んだ》。よき事なりて《うまく話が運んで》、即《やが》[二〇]て因《ちなみ》[二一]をなしける。かくて都へも迎《むか》ひの人を登《のぼ》せしかば、此の采女富子《とみこ》なるもの、よろこびて帰り来る。年来《としごろ》[二二]の大宮仕《づかへ》[二三]に馴れこしかば《なれてきているから》、万《よろづ》の行儀《ふるまひ》よりして、姿《かたち》なども花やぎ勝りけり《はなやかで美しかった》。豊雄ここに迎へられて《〔婿として〕》見るに、此の富子《とみこ》がかたちいとよく、万心《よろづ》に足らひぬるに《すべてに満足したので》、かの蛇《をろち》が懸想《けさう》せしことも[二四]おろおろおもひ出づるなるべし《ちらちらと思い出す程度であった》。はじめの夜は《初夜は》事なければ《何事もなかったから》書かず《記さない》。

真女児富子に化す

二日の夜、よきほどの《いい気分に》酔《ゑひ》ごこちにて《酔って》、「年来《としごろ》の大内《うち》住《ずみ》[二五]に、辺鄙《ゐなか》の人ははたうるさくまさん《きっとうるさくお思いでしょう》。かの御わたりにては《宮中では》、何の中将[二六]、宰相《さいしやう》[二七]の

山県西牟婁《むろ》郡中辺路《なかへじ》町栗栖《くりす》川付近とする鶴月洋氏の説に従いたい。古代、熊野道の宿駅であったという。

一六 朝廷。

一七 天皇の食事や身辺の雑用に奉仕する下級女官。地方官の子女から選ばれた。

一八 むこにしようと思っている人。「がね」は、するためのもの、の意を表す接尾語。

一九 仲人。

二〇 すぐに。

二一 婚約。

二二 長年の。

二三 朝廷でのつとめ。

二四 もはやかすかに思い出す程度であった、の意味。直訳の「ぼつぼつ思い出して」をとり、蛇の出現の伏線とする解釈もある。

* 「はじめの夜は事なければ書かず」としるし、平安朝の物語に見られる筆法をかり、秋成は自己の古典趣味を出した。すなわち、この篇を、なるべく物語風に創作しようとした意図が見られる。

二五 内裏《だいり》生活で。宮廷の生活で。

二六 近衛《このえ》府の次官で、左近衛《さこんえ》の中将、右近衛の中将を称する。

二七 参議の唐名。大臣、大・中納言につぐ官職で、三位・四位の中から選ばれ、国政を審議した。

君などいふ《という方》に、添《そ》ひぶし給ふらん《共寝をなさったでしょう》。一今更にくくこそおぼゆれ《今さらながら憎く思われますよ》」など戯《たはむ》るるに、富子《とみこ》即《やが》て面《おもて》をあげて、「古き契《ちぎ》りを忘れ給ひて、かくことなる事なき人を《このような取柄のない女を》二時めかし給ふこそ《御寵愛なさいますなんて》、こなたよりまして《私よりもっとあなたが》悪《にく》くあれ」といふは、姿《かたち》こそかはれ、正《まさ》しく真女子《まなご》が声なり。聞くにあさましう《聞いて驚きあきれて》、三身の毛《け》もたちて《よだって》恐しく、只あきれまどふを、女打ちゑみて、「吾が君な四怪《あや》しみ給ひそ。海に誓《ちか》ひ山に盟《ちか》ひし事を速《はや》くわすれ給ふとも、さるべき《そのような》縁《えにし》のあれば又もあひ見奉るもの《このようにまたお逢いするのに》を、五他人《あだしびと》のいふことをまことしく《真実のように》おぼして《お思いになって》、強《あなが》ちに遠ざけ給は《お遠ざけになる》んには《ならば》、恨《うら》み報《むく》

新妻富子蛇に化身

一 男が女の過去に対して嫉妬《しっと》したところ。

＊ この富子が「真女児」であるところに、怪談としての構成にすごみがみられる。つまり、前に新宮から逃れ、次に大和でも真女児に恐ろしい思いをさせられ、ほっとする間もなくまたしても真女児が豊雄に激しく迫る。

二 『源氏物語』夕顔に「己がいとめでたしと見奉るをば、尋ね思ほさで、かくことなる事なき人を率《ゐ》ておはして時めかし給ふこそ、いとめざましくつらけれ」とある。

三 恐怖にかられた形容。九六頁注一〇参照。

四 あやしみなさいますな。「な……そ」は禁止を表す。

五 ほかの人。他人。ここでは当麻《たぎま》の酒人《きびと》や豊雄の父母や兄夫婦たちで、真女児と豊雄との深い仲を、裂こうと努力する人々をさしている。

いなん。紀路《きぢ》の六山々さばかり《どれほど》高くとも、君が血《ち》七をもて峯より谷に灌《そそ》ぐださん。あたら御身を《せっかくのお体を》いたづらになし果て給ひそ《無駄死になさいますな》」とい八ふに、〔豊雄は〕只わななきにわななかれて《ふるえるばかりで》、今や《今にも》、とらるべきここちに死に入りける《とり殺されそうな気持で気絶してしまった》。屏風《びやうぶ》のうしろより、「吾が君いかにむつかり九給ふ。かう《かくも》めでたき御契りなるは《でありますのに》」とて出づるは、まろやなり。〔豊雄は〕見るに、又胆《きも》を飛ばし、眼《まなこ》を閉《と》ぢて伏向《うつぶさ》に臥《ふ》す。一〇和《なご》めつ驚《おど》しつ、〔二人が〕かはるがはる物うちいへど、只死に入りたるやうにて《死んだようになったままで》夜明けぬ。

かくて閨房《ねや》一一を免《のが》れ出でて、庄司にむかひ、「かうかうの恐しき事

六 紀州路（和歌山県）の山々。『新続古今集』巻一に「春寒みなほ吹上《ふきあげ》のはまかぜにかすみも果てぬ紀路の遠山」とある。

七 あなたを殺して、その血を山の頂上から谷間へそそぎ落してみせましょう、というのであって、八つ裂きにせんばかりに、真女児が豊雄を脅迫しているところ。「白娘子」には「若《もし》外心ヲ生ゼバ、爾《なんぢ》ヲシテ満城皆血水為《た》ラシメン」とある。

八 「そ」は禁止を表す。

九 御主人様、どうしてそのようにご機嫌《きげん》を悪くなさるのですか。「吾が君」を真女児とする説もある。「むつかる」は腹を立てて不機嫌になること。

一〇 なだめたり、おどかしたりして。

一一 婦人の居間の意味である「閨」を、寝室の意のように用いている。また「免」には、本来、のがれる、ぬけだすの意味がある。

調伏の法師絶命

あなり《ありました》。これいかにして放《さ》[一]けなん。よく計《はか》り給へ」といふも《と言いながらも》、背《うしろ》にや聞くらんと《聞いているだろうかと》、声を小《さき》やかにしてかたる。庄司も妻も、面《おもて》を青《あを》くして歎《なげ》きまどひ、「こはいかにすべき《これはどうしたらいいだろうか》。ここに都の鞍馬《くらま》[二]寺の僧の、年々《毎年》熊野《くまの》[三]に詣《まう》づるが、きのふより此《こ》の向岳《むかつを》[四]の蘭若《てら》に宿りたり。いと《たいへん》験《げん》なる《効験あらたかな僧で》法師にて、凡《およ》そ疫病《えやみ》[五]妖《もののけ》[六]灾蝗《いなむし》[七]などをもよく祈るよしにて《よくきく祈禱をしてくれるので》、此の郷《さと》の人は貴《たふと》みあへり《皆尊敬しています》。此の法師請《むか》へてん《招きましょう》」とて、あわただしく呼びつげるに、漸《やや》して来りぬ。しかじかのよし《かくかくの事情を》を語《かた》れば、此の法師鼻を高くして、「これらの蠱物《まじもの》[八]らを捉《と》らんは何の難《かた》き事にもあらじ。必ず静まりおはせ《安心していらっしゃい》」とやすげに《気やすく》いふに、人々心落ちゐぬ《心が落ち着いた》。法師まづ[九]雄黄《ゆうわう》をもとめて薬の水を調《調合し》じ、小瓶《こがめ》に湛《たた》へて、かの閨房《ねや》にむかふ。人々驚隠《おぢかく》[一〇]るるを、法師嘲《あざ》[一一]みわらひて《あざけり笑って》、「老いたるも童《わらは》も必ずそこにおはせ《いらっしゃい》。此の蛇《をろち》只今捉《と》りて見せ奉らん」とてすすみゆく。閨房の戸[一二]あくるを遅《おそ》しと、かの蛇頭《をろちかしら》をさし出して法師にむかふ。此の頭《かしら》何《どれ》ばかりの物ぞ《ほどの物であろうか》。此の戸口に充《み》ち満《み》ちて、雪を積《つ》みたるよりも白く輝々《きらきら》

一 離れて避けることができましょうか。
二 京都市左京区鞍馬《くらま》にある天台宗の寺。
三 熊野三山。
四 向いの山の寺。「蘭若」は梵語《ぼんご》「阿蘭若《あらんや》」の略で、「閑静処《かんせいしょ》」と訳して、寺院を言う。
五 流行病。
六 妖怪。人にとりついて祟るもののけ。
七 稲の害虫。
八 人を惑わすつき物。「蠱《こ》」は、惑わす、たぶらかす、の意。
九 砒素《ひそ》の硫化物。悪鬼の邪気・毒虫・毒蛇などの害を防いで殺すものとされていた。
一〇 恐れかくれたのを。
一一 底本は「嘲《あざみ》わらひて」とある。
一二 あけるのを今や遅しと待ちかまえて。あけるやいなや、の意。
一三 約一メートル。「尺」を「たけ」と読む例は、近世小説に多い。
一四 呑もうとする勢いを見せた。「らん」は、推量の助動詞で、……するであろう、……しそうである、と現在の事態を想像していう語。
* ここで初めて巨大な蛇《おろち》が出現した。この物語では長い間「真女児」という美女に化して行動していたものが、ついに、その正体を現し、クライマッ

しく、眼《まなこ》は鏡の如く、角《つの》は枯木の如《ごと》、三尺《みたけ》[一三]余りの口を開《ひら》き、紅《くれなゐ》の舌を吐《は》いて、只一呑《のみ》に飲《の》[一四]むらん勢《いきほひ》をなす。「あなや」と叫《さけ》びて、手にする小瓶《こがめ》をもそこに打ちすてて、たつ足もなく、展転《こいまろ》[一五]びはひ倒《たふ》れて、からうじてのがれ来り、人々にむかひ、「あな恐し。祟《たた》[一六]ります御神にてましますものを、など法師らが祈り奉らん。此の手足なくば、はた命失ひてん」といふいふ絶《た》え入りぬ。人々扶《たす》け起《おこ》すれど、すべて面《おもて》も肌《はだへ》も黒く赤く染めなしたるが如《ごと》に、熱《あつ》き事焚火《たきび》に手さすらんにひとし。毒気《あしきいき》にあたりたると見えて、後《のち》は只眼《め》のみはたらきて物いひたげなれど、声さへなさでぞある。水灌《そそ》ぎなどすれど、つひに死にける。

　これを見る人、いよよ魂も身に添はぬ思ひして泣《な》き惑《まど》ふ。豊雄すこし心を収《をさ》[一七]めて、「かく験《げん》なる法師だも祈り得ず、執《しふ》ねく我を纏《まと》ふものから、天地《あめつち》のあひだにあらんかぎりは探し得られなん。おのが命ひとつに、人々を苦しむるは実《まめ》[一八]ならず。今は人をもかたらはじ。

クスを迎えると同時に、物語は急速に結末へと近づいていく。この辺り「白娘子」には「血紅ノ大口ヲ開キテ、雪白ノ歯ヲ露出シ、来ツテ先生ヲ咬《か》ム。……雄黄罐児《ゆわうくわんじ》ヲ又打破ラレタリ」とある。

一五 ころげまわり。『万葉集』巻三に「展転《こいまろび》ひづち泣けどもせむすべも無し」とあり、秋成の『金砂』十には、『万葉集』巻五「……心ゆも思はぬ間にうち靡《なび》きこやしぬれ……」の「こやしぬれ」を注して、「こやせるは臥也。展転をこいまろぶと云《いふ》、俗にこけると云」と説明している。

一六 祟りをなさる神さまであらせられるのに。「ものを」で感動を表す。

＊ このように恐ろしい大蛇を、僧侶が救済する話として、管見するところでは次の如きものがあった。承久三年の常陸《ひたち》国板敷山御坊正行寺の『大蛇御済度縁起』で、祖師が日暮れに板敷山を通ったところ、大蛇が出て道をさえぎった。「恨みがあるのか、仏法を聞きたいのか」と、祖師が尋ねると、その夜、大蛇が女に化けて尋ねてきて、涙を流し、「前生は農夫の妻だが、嫉妬の念が深くて蛇道に落ちた」と語ったので、祖師がこの大蛇を往生させたという話である。これは「蛇性の婬」とは直接関係はないと思われるが、大蛇が「女」に化けて出現した例として注目してもよい。

一七 心を落ちつけて。

一八 「まめ」は、誠実であること。

やすくおぼせ《心安くお思いください》」とて、閨房《ねや》にゆくを、庄司の人々、「こは物に狂ひ《これは気が狂われた》給ふか《のか》」といへど、更に聞かず顔に《一向に聞えないふりで》かしこにゆく《そちらへ行った》。戸を静かに明くれば、物の《化物の》騒《さわ》がしき音《おと》もなくて、[一]此の二人ぞむかひゐたる。富子《とみこ》、豊雄にむかひて、「君何[二]の讐《あた》に我を捉《とら》へんとて人をかたらひ給ふ《人にお頼みなされたのですか》。此の後も仇《あた》をもて報《むく》い給はば、君が御身のみにあらじ、此の郷《さと》の人人をもすべて苦しきめ見せなん。ひたすら[三]吾が貞操《みさを》をうれしとおぼして、徒々《あだあだ》しき御心を《不実なお心を》[四]なおぼしそ《お起しなさいますな》」と、いとけさうして《たいへん色気をみせて》いふぞうたてかりき《情けなかった》。豊雄いふは、「世の諺《ことわざ》にも聞ゆる《こう言われている》ことあり。『[五]人かならず《少しも》虎《とら》を害する心なけれども、虎反《かへ》りて人を傷《やぶ》る意《こころ》あり』とや。儞《なんぢ》、人ならぬ心より、我を纏《まと》うて《私にまつわりついて》幾度かからきめを見するさへあるに《幾度かひどい目に合わせるだけでなく》、[六]かりそめ言《ごと》をだにも此の恐しき報いをなんいふは《仕返しのことを言うのは》、[七]いとむくつけなり《大変恐ろしいことだ》。されど吾を慕《した》ふ心は、はた世人にもかはらざれば《少しもこの世の人と変りがないから》、ここにありて《〔お前が〕この家にいて》人人の歎《なげ》き給はんがいたはし《お気の毒だ》。[八]此の富子《とみこ》が命ひとつたすけよかし《富子の命だけ助けてくれよ》。然《さ》て《それから》我をいづくにも連《つ》れゆけ」といへば、いと喜《うれ》しげに[九]点頭《うなづ》きをる。

一 富子（真女児）とまろやの二人。
二 「讐《しう》」は仇《あだ》、うらみのこと。どんな遺恨があって、の意。
三 私があなた一人を一途に思い慕って操を守っているのを。
四 「な……そ」で禁止を表す。
五 「白娘子《はくじようし》」に「人ニ虎ヲ害スル心ナクトモ、虎ニ人ヲ傷《そこな》フ意有リ」とある。「反りて」は、反対に、の意。
六 私のちょっとした言葉にさえも。私の言うふとした言葉にまでも。
七 「むくつけ」には無気味な様子、という意味がある。
八 お前が今のり移っている富子の命だけを、の意。
九 「点頭」を「うなづく」と読むのは、中国白話小説の語句を日本語読みにしたもの。『英草紙《はなぶさそうし》』巻五にも「国守打点頭《うなづ》かせ給ひ」とある。
一〇 武道の心得もあるのに。八七頁注一三参照。
一一 和歌山県御坊《ごぼう》市湯川町小松原。『和漢三才図会』

真女児の最期

〔豊雄は〕又、立ち出でて庄司にむかひ、「かう浅ましきもの《こんな情けない魔物が》の添ひてあれば、ここにありて人々を苦しめ奉らんは、いと心なきことなり《心苦しいことです》。只今暇《いとま》給はらば、娘子《をとめ》の《富子の》命も恙《つつが》なく《無事で》おはすべし」といふを、庄司更《さら》に肯《う》けず《承知せず》、「我弓[一〇]の本末《もとすゑ》をもしりながら、かくいひがひなからんは《このように頼まれ甲斐がなくては》、大宅《おほや》の人々のおぼす心《お気持に対しても》もはづかし。猶計較《もっとはか》りなん《考えましょう》。小松原[一一]の道成寺《だうじやうじ》[一二]に、法海和尚《ほふかいをしやう》[一三]とて貴《たふと》き祈《いのり》の師おはす。今は老《お》[一四]いて室《むろ》の外《と》にも出でずと聞けど、我が為には《私のためでしたらなんとしてでもお見捨てなさるまい》いかにもいかにも捨て給はじ」とて、馬にていそぎ出でたちぬ。道遥《はる》かなれば《遠いので》、夜なかばかりに蘭若《てら》[一五]に到《いた》る。老《らう》和尚眠蔵《めんざう》[一六]をゐざり出でて、此の物がたりを聞きて、「そは浅ましく《それは情けなくお思》おぼすべし《いでしょう》。今[一七]は老朽《おい》ちて験《げん》あるべく《効験があるようにも思われませんが》もおぼえ侍らねど、君が家の灾《わざはひ》を黙《もだ》して《黙っていられましょうや》やあらん。まづおはせ《まあお行きなさい》。法師も即《やが》て詣《まう》でなん」とて、芥子《けし》[一八]の香《か》にしみたる袈裟《けさ》とり出でて、庄司にあたへ、「畜《かれ》をやすく《やすやすと》すかしよせて《だまして近づけ》、これをもて頭《かしら》に打ち帔《かづ》[一九]け、力を出して押しふせ給へ。手弱《たよわ》く《力が弱いと》あらばおそらくは逃《に》げさらん。よく念じてよくなし給へ」と、

などに「日高郡小松原に在り」などとされているものの、実際の道成寺は小松原より、一キロほど離れている。

一二 天台宗の寺。正しくは天音山道成寺で、大宝元年（七〇一）に文武天皇の勅願によって建立されたといわれている。また、安珍清姫《あんちんきよひめ》の伝説で名高い。宝暦十二年（一七六二）に境内に三重塔を再建しているので、この頃から、関西地方ではつとに著名な寺となっていよう。

一三「白娘子」及び「雷峰怪蹟《らいほうかいせき》」に出てくる法海禅師の名を採ったものか。なお、室町時代に「無象禅照《むしようぜんしよう》」という僧侶がおり、死後に「法海禅師《ほうかいぜんじ》」の号が贈られたことが、『延宝伝燈録《えんぽうでんとうろく》』や『扶桑禅林僧宝伝《ふそうぜんりん》』に見えている。さらに、『源氏物語』若紫の巻の、北山の聖《ひじり》の面影が宿されてもいる。

一四『源氏物語』若紫に「老いかがまりて、室の外にもまかでず」とある。

一五 梵語「阿蘭若《あらんや》」の略で、寺院のこと。

一六 寺の寝室。とくに禅家にいう。

一七『源氏物語』若紫に「いまは、この世の事を思ひ給へねば、験方《げんがた》のおこなひも、捨て忘れて侍るを」とある。

一八 加持《かじ》や祈禱の際に、護摩壇《ごまだん》に芥子《けし》がたかれたが、その時の香は、息災、降伏《ごうぶく》などの功徳があるものとされている。

一九 打ちかぶせて。

実《まめ》やかに《親切に》教ふ。庄司[一]よろこぼひつつ《よろこびながら》、馬を飛《と》ばしてかへりぬ。

〔庄司は〕豊雄を密《ひそ》かに招《まね》きて、「此の事よくしてよ《このことをうまくやって下さい》」とて袈裟《けさ》をあたふ。豊雄これを懐《ふところ》に隠《かく》して閨房《ねや》にいき、「庄司今はいとまたびぬ《暇を下さいました》。いざ《さあい》たまへ《らっしゃい》、出で立ちなん《出発しましょう》」といふ。いと喜《うれ》しげにてあるを、此の袈裟とり出でてはやく打ち帔《かづ》け、力をきはめて《力いっぱい》押しふせぬれば、「あな《ああ》苦し《苦しい》。[二]儞《なんぢ》何とてかく情なきぞ《どうしてこれほど無情なのか》。しばし《ちょっと》こ放《ゆる》せよかし《ゆるめて下さい》」といへど、猶力にまかせて《ますます力をこめて》押しふせぬ。法海和尚の[三]輿《こし》やがて入り来る。庄司の人々に扶《たす》けられてここにいたり給ひ、口のうち《口のなかで》つぶつぶと《ぶつぶつと》〔呪文を〕念じ給ひつつ、豊雄を退《しりぞ》けて、かの袈裟《けさ》とりて見給へば、富子は現《うつつ》なく《正気を失い》伏したる上に《伏せっている》、[四]白き蛇《をろち》の三尺《みたけ》あまりなる、[五]蟠《わだかま》りて動《うご》きだもせずて《身動きもしないでいた》ぞある。老和尚これを捉《とら》へて、[六]徒弟《とてい》が捧《ささ》げたる[七]鉄鉢《てつばち》に納《い》れ給ふ。猶、念《ねん》じ給へば、屛風《びやうぶ》の背《うしろ》より、尺《たけ》ばかりの《一尺ほどの》小蛇《こへび》はひ出づるを、是をも捉《と》りて鉢《はち》に納《い》れ給ひ、かの袈裟《けさ》をもてよく封じ給ひ《お封じこめになり》、そがままに《そのまま》輿《こし》に乗《の》らせ給へば、人々掌《て》をあはせ、涙を流して敬《うやま》ひ奉る。

一「よろこぼふ」は動詞「よろこぶ」に継続を表す接尾語「ふ」の付いたもの。

二「儞」は「汝」に同じ。「白娘子」には「好シ一些《いちさ》児《じ》ノ人情ナシ、略放一放セヨ」とある。

三 屋形の乗物で、二本の柄で肩にかき上げたり、腰まで持ち上げて運ぶもの。貴人や高僧の外出に使用する。

四「白娘子」に「原形ニ復了シテ、三尺ノ長キ一条ノ白蛇ニ変了ス」とある。

五 とぐろをまく。

六 弟子。

七 鉄製の鉢。僧侶が托鉢《たくはつ》に用いた器。てっぱつとも。

＊ ここの「屛風の背より」もう一匹の蛇が出て来たところなど無気味さをよく表している。また、大小二匹の蛇の構想は、原拠の「白娘子」にはない。『妙満寺和解略縁起《わげりやくえんぎ》』に、「其後彼寺の老僧夢みらく、二蛇来て曰、我は是前に命を亡《うしなひ》し安珍なり　一蛇は其時の婦人也　共に悪道に堕《おち》て苦報脱《まぬがれ》かたし　願くは寿量品《じゆりやうぼん》を書写して　我等が苦《く》患《げん》をすくひたまへと乞《こふ》とみえて夢覚ぬ」とあり、道成寺の安珍・清姫が二匹の蛇になっている。こ

蘭若《てら》に帰り給ひて、堂の前を深く掘《ほ》らせて、鉢のままに埋《う》めさせ、[八]永劫《やうごふ》があひだ世に出づることを[九]戒《いまし》め給ふ。今猶、[一〇]蛇《をろち》が塚《つか》ありとかや。庄司が女子《むすめ》はつひに病にそみて《病気になって》むなしくなりぬ《死んでしまった》。豊雄は命恙《つつが》なしとなんかたりつたへける。

雨月物語　四之巻終

れはすでに『今昔物語集』や、『元亨釈書《げんこうしゃくしょ》』にも載っているが、こういうことも「真女児・まろや」の構想に役立っているかもしれない。

＊「堂の前を深く掘らせて」は、「白娘子」に「拿《とら》ヘテ雷峯寺前ニ到ル、鉢盂《はつう》ヲ将《もち》テ地下ニ放在シ、人ヲシテ磚《せん》ヲ搬《はこ》ビ、石ヲ運バシメテ砌《せい》一塔ヲ成ス」とある。秋成も、ある程度原典に即して表現しているといえる。

八　永久に。「やう」は永の呉《ご》音、「劫」は仏語で、きわめて長い時間のことをいう。

九　厳重に禁じられた。

一〇　現在も、道成寺境内の本堂前に鐘巻のあとの「蛇《じゃ》榁《むろ》」の石碑がある。清姫の蛇塚は境外の田のなかにあり、昔は、この辺りが入江であって、僧安珍をなやました清姫が入水《じゅすい》した地点という。

＊原話は許宣が出家をしたいと申し出たのに対し、秋成は「豊雄は命恙なしとなんかたりつたへける」と作品を結んでいて、豊雄をあくまでも被害者の立場に置いている。

雨月物語《うげつものがたり》　巻之五

青《あを》頭《づ》巾《きん》

青頭巾の旅の僧

むかし快庵禅師《くわいあんぜんじ》[一]といふ大徳（徳の高い）の聖《ひじり》おはしましけり（僧がいらっしゃいました）。総角《わかき》[二]より教外《けうぐわい》[三]の旨《むね》をあきらめ給ひて（明らかになさって）、常に身を雲水[四]にまかせたまふ（諸国を遍歴修行しておられた）。美濃《みの》[五]の国の龍《りよう》泰寺《たいじ》に一夏《いちげ》[六]を満たしめ（修行をすまされ）、此の秋は奥羽《あうう》のかたに住むとて、旅立ち給ふ。ゆきゆきて（はるか旅を重ね）下野《しもつけ》[七]の国に入り給ふ。富田《とみだ》[八]といふ里にて日入りはてぬれば、大きなる家の賑《にぎ》はしげなる（裕福そうなのに）に立ちよりて一宿《ひとよ》をもとめ給ふに、田畑《たはた》よりかへる男等《ら》、黄昏《たそがれ》にこの僧の立てるを見て、大きに怕《おそ》[九]れたるさまして、「山の鬼こそ来りたれ（山の鬼がやってきたぞ）。人みな出でよ（みんな出てこい）」と呼び（大声で）

＊ 快庵禅師が下野《しもつけ》で鬼と見誤られ恐れられる様を描いて一篇の冒頭とした「青頭巾」は、かつて『剪燈《せんとう》余話』の「武平霊怪録《ぶへいれいかいろく》」などの翻案と言われているがあまり密接な関係はない。部分的に『艶道通《えんどうつ》鑑《がん》』や『五《ご》雑俎《ざつそ》』『水滸伝《すいこでん》』などの和漢書が引用され、さらに『大中寺《だいちゅうじ》縁起』や、江戸期に見られる人肉を好む僧の話などが参照されていようか。

一 栃木県下都賀《しもつが》郡大平《おおひら》町西山田にある大中寺の開祖。室町時代の人。名は妙慶（明慶とも）、快庵はその字《あざな》。薩摩《さつま》の出身で、十五歳で剃髪《ていはつ》した。初め京都で学び、後、美濃の龍泰寺で修行し、さらに越後に顕聖寺《けんせいじ》を建ててから、この小山氏の大中寺の開山となった。底本「まりけり」とある。

二 「総角」は、幼児の結髪の方法で、「あげまき」と読む。転じてこは幼年の意。『日域洞上諸祖伝』に「総角ニ出家シ早ク教外ノ旨ヲ求メント欲シ、東西ニ遊歴ス」とある。

三 禅学の本旨。「教外」は普通「きょうげ」とよむ。

四 「行雲《こううん》流水」から出た仏教語で、諸国を修行する托鉢《たくはつ》僧の意と、行脚・遍歴そのものの意に用いる。

五 岐阜県関市下有知にある曹洞宗《そうとうしゅう》の寺。

六 「夏《げ》」は「夏安居《げあんご》」の略。陰暦四月十六日から七月十五日までの夏九十日間外出せずに修行すること。

七 今の栃木県。

八 栃木県下都賀郡大平町富田《とみだ》。

九 「怕《は》」は恐れる、の意。

ののしる《わめき叫んだ》。家の内にも騒ぎたち、女童《わらべ》は泣きさけび展転《こいまろ》[一]びて隈《くま》ぐま《物陰に》に竄《かく》る。あるじ山枴《あふご》[二]をとりて走り出で、外《と》の方を見るに、年紀《としのころ》[三]五旬《いそぢ》[四]にちかき老僧の、頭《かしら》に紺染《あをぞめ》[五]の巾《きん》を帓《かつ》き、身に墨衣《すみごろも》の破《や》れたるを穿《き》て、裹《つつ》[六]みたる物を背《せ》におひたるが《背負っている人が》、杖《つゑ》をもてさしまねき、「檀越《だんをつ》[七]なに事にてかばかり備へ給ふや《これほど用心しておられるのか》。遍参《へんさん》[八]の僧今夜ばかりの宿をかり奉らんとて《諸国行脚の僧が一夜だけの宿をお借りしようと思って》ここに人を待ちしに、おもひきや[九]、かく異《あや》しめられんとは。瘦《やせ》法師の強盗《がうだう》などなすべきにもあらぬを《するはずもないのに》。なあやしみ給ひそ《あやしみなさいますな》」といふ。[一〇]荘主《あるじ》枴《あふご》を捨て、手を拍《う》つて笑ひ、「渠等《かれら》が愚《おろか》なる眼より客僧[一一]を驚《おど》しまゐらせぬ。一宿《ひとよ》を供養して罪を贖《あがな》ひたてまつらん《一晩おもてなしして罪ほろぼしいたしましょう》」と、礼《ゐや》ひて《丁重に》奥の方に迎へ、こころよく食をもすすめて饗《もてな》しけり。

荘主《あるじ》かたりていふ。「さきに下等《しづら》[一二]が御僧を見て、『鬼来りし』とおそれしも、さるいはれの侍るなり《それ相応の理由があるのです》。ここに希有《けう》の物がたりの侍る《ふしぎな話があります》。妖言《およづれごと》[一三]ながら人にもつたへ給へかし。此の里の上の山に一宇《一棟の》の蘭若《てら》[一四]の侍る。故《もと》は小山《をやま》[一五]氏の菩提院《ぼだいゐん》[一六]にて、代々《よよ》大徳《だいとこ》の住み給ふなり。今の

一 ころげまわって。一二七頁注一五参照。
二 草刈、柴刈などに用いる先のとがった荷ない棒。
三 「紀」は「年」に同じ。
四 五十路《いそじ》。五十歳。
五 青く染めた頭巾。題名「青頭巾」はここから出た。
六 「裹《か》」はつつむ、の意。包むと同じ。
七 「だんおち」または「だんおつ」が正しい読み方。施主または寺の檀那（経済的援助をする人）の意味。
八 「遍参」は遍歴参詣の略。
九 このように疑われるとは思いましょうか、思いもしませんでした、の意味で、倒置法。
一〇 田舎の豪農の戸主、の意。
一一 お客様をお驚かせしました。「客僧」は、旅の僧。
一二 身分の賤しい者たち。
一三 あやしい話。人を惑わすような言葉。『日本書紀』に「人有りて宮の東の岳《をか》に登りて妖言《およつれこと》して自ら刎《は》ねて死ぬ」とある。
一四 寺院。一二六頁注四参照。
一五 東国の名門藤原秀郷《ふじわらのひでさと》の子孫である大田行政《おおたゆきまさ》の子政光が、都賀《つが》郡小山庄《おやまのしょう》を領し、小山氏の祖となった。
一六 祖先の墓や位牌《いはい》のある寺。檀那寺。
一七 弟子の行為を正す師範職で、ここは住職をさす。
一八 『書言故事大全』に「兄弟ノ子ハ猶《なお》子ノゴトキ」とある。甥《おい》または姪《めい》。転じて養子をいう場合もある。
一九 学問にも篤《あつ》く、修行もよくしている、の意味。

[一七]阿闍梨《あじやり》は何某《なにがし》殿の[一八]猶子《いうじ》にて《甥で》、ことに[一九]篤学修行《とくがくしゆぎやう》の聞え《評判が高く》めでたく、此の国の人は[二〇]香燭《かうしよく》をはこびて帰依《きえ》したてまつる《深く心服しておりました》。我が荘《いへ》にもしばしば詣《おい》で給うて《でになって》、いともうらなく《心からうちとけて》仕《つか》へしが、去年《こぞ》の春にてありける、[二一]越《こし》の国へ[二二]水丁《くわんぢやう》の[二三]戒師《かいし》にむかへられ給ひて《迎えられなさいまして》、百日あまり逗《とど》まり給ふが、他《かの》国より十二三歳なる童児《わらは》を倶《ぐ》して《伴って》かへり給ひ、[二四]起臥《おきふし》の扶《たすけ》とせらる。かの童児《わらは》が容《かたち》の秀麗《みやびやか》なるをふかく愛《め》でさせたまうて《ご寵愛なされて》、年来《としごろ》の事ども《長年続けた》も《勤行も》、いつとなく怠《おこた》りがちに見え給ふ。さるに《ところが》[二五]茲年《ことし》四月《うづき》の比《ころ》、かの童《わら》児《は》かりそめの病に臥しけるが《ちょっとした病気で床につきましたが》、日を経ておもくなやみけるを、痛《いた》みかなしませ給うて《いたわしくお思いになって》、[二六]国府《こうふ》の典薬《てんやく》のおもだたしき《医官の重だった人まで》をまで迎へ給へども、其《そ》のしるしもなく《効果もなく》、終《つひ》にむなしくなりぬ《とうとう死んでしまいました》。ふところの[二七]璧《たま》をうばはれ、[二八]插頭《かざし》の花を嵐にさそはれしおもひ《散らされたような無念さで》、泣くに涙なく、叫ぶに声なく、あまりに《ひどく》、歎《なげ》かせたまふままに《お嘆きなさいまして》、火に焼《や》き、土に葬《はうむ》る事をもせで《さえせずに》、[二九]臉《かほ》に臉《かほ》をもたせ、手に手をとりくみて、日を経《へ》給ふが、終《つひ》に[三〇]心神《こころ》みだれ《気が狂って》、生きてありし日に違《たが》はず[三一]戯《たはぶ》れつつも、其の肉《にく》の腐《くさ》り爛《ただ》るるを

二〇 香華《こうげ》・蠟燭《ろうそく》、の意から、お布施《ふせ》のこと。
二一 北陸方面をさす。広く能登・加賀・若狭《わかさ》・越前・越中・越後《えちご》・佐渡の国々をさす。
二二 灌頂《かんじょう》。密教で伝法・授戒に、香水を頭に灌《そそ》ぐ儀式。
二三 戒を授ける法師。
二四 起き臥しの際の手伝い。つまり身の回りの世話をさせる意。当時の僧家の常として、住職は、美少年に雑用をさせるのみならず、同性愛の対象として寵愛《ちょうあい》したのである。
二五 「茲《じ》」には「年」の意味があり、普通は「今茲」で「ことし」とよむ。
二六 国司の役所。
二七 このあたりからは、正徳五年の増穂残口《ますほざんこう》の『艶道通鑑《えんどうつがん》』巻四大江定基の段にある「……懐《ふところ》の玉をうばはれ。手に持花《もちし》を風に誘はれし思ひ。泣《なく》に涙なく。さけぶに声出ず。その悲しさたとふるに物なし。あまりわかれの切なるによりて。火に焼。土に埋るわざをもせず。顔に皃《かほ》をもたせ。手に手を取組て。……」の文章を踏まえている。
二八 冠や髪にさして飾りとする花。
二九 頰。
三〇 「心神《しんしん》」はこころ、精神のこと。都賀庭鐘《つがていしょう》の『繁野話《しげしげやわ》』巻五に「智短く、心神顚倒《しんじんてんだう》」とあり、「白峯」(一五頁一〇行)にも「神澄み」とある。
三一 みだらな振舞をしながら。生前と同じように少年をかわいがる状態を表現した。

吝《をし》みて、肉を吸《す》ひ骨を嘗《な》めて、はた《とうとう》喫《くら》ひつくしぬ《食べてしまいました》。寺中の人々、『院主《ゐんじゅ》[一]こそ鬼になり給ひつれ《鬼になってしまわれたよ》』と、連忙《あわただ》[二]しく逃《に》げさりぬるのちは、夜々《よなよな》里に下りて人を驚殺《おど》[三]し、或は墓《はか》をあばきて腥々《なまなま》[四]しき屍《かばね》を喫《くら》ふありさま、実《まこと》に鬼といふものは、昔物がたりには聞きもしつれど《聞いてはいるものの》、現《うつつ》にかくなり給ふを見て侍れ《現実に鬼になられたのを見ましたわい》。されどいかがしてこれを征《せい》[五]し得ん。只《ただ》戸《いへ》ごとに暮《くれ》をかぎりて堅《かた》く関《とざ》してあれば、近曽《このごろ》[六]は国中《くになか》へも聞えて、人の往来《いきき》さへなくなり侍るなり。さるゆゑのあり《そのような事情があっ》てこそ《たからこそ》、客僧《あなた様》をも《を》過《あやま》りつるな《見あやまった》り《のです》」とかたる。

快庵の感想

快庵《くわいあん》この物がたりを聞かせ給《お聞きになっ》

夜ごとに里にくだる鬼僧

一 住職。寺院の主。

二 驚きあわてて。『小説字彙《じい》』には「連忙。アワテル、又アタフタ也」とある。

三 ひどく驚かして。「殺《さつ》」は意味を強める場合に用いる。

四 まだ新しい死体。

* 僧侶が人肉を食べるという話は、江戸期の物語にはかなり見える。寛延二年板の『新著聞集』には「僧尸《し》肉《にく》を噉《くら》ふ」というのがあり、元禄年間に増《ぞう》上寺《じょうじ》の僧が、亡者の頭を剃《そ》る折、あやまって一寸ばかり切り口の中へ入れて隠したところ、その人肉の味を覚えてしまい、以後、墓所に忍び込んでは死人の肉を食う話である。明和三年の『怪談実録』一巻にある「人の肉を食《くら》ひし僧」も、亡者の剃髪《ていはつ》の時に耳をそぎ落して口に入れてから人肉の味を覚え、その亡者を掘り出して食っていて、人が追うと、大木に登って逃げてしまったという話で、両者とも人肉の味を覚えたところが一致している。

五 止めさせることができましょうか。「征」は、討ち正す意。

六 近頃。「曾」は、前に、の意味を持っている。

七 考えも及ばないこと。

うて、「世には七不可思議の事もあるものかな。凡《およ》そ人とうまれて、八仏菩薩《ぶつぼさつ》の教への広大なるをもしらず、愚《おろか》なるまま、九慳《かだま》しきままに世を終るものは、其の愛欲邪念《あいよくじやねん》の一〇業障《ごふしやう》に攬《ひ》かれて《ひきずられて》、或は一一故《もと》の形《かたち》をあらはして一二恚《いかり》を報《むく》い、或は鬼となり一三蟒《みづち》となりて祟《たたり》をなすためし、往古《いにしへ》より今にいたるまで算《かぞ》ふるに尽しがたし《数えきれないほどである》。又人活《い》きながらにして鬼に化《け》するもあり。一四楚王《そわう》の宮人は蛇《をろち》となり、王含《わうがん》が母は夜叉《やしや》となり、呉生《ごせい》が妻は蛾《が》となる。又いにしへ、一五ある僧卑《あや》しき家に旅寝《たびね》せしに、其の夜雨風はげしく、燈《ともし》さへなきわびしさに《心淋しさに》、一六いも寝られぬを《眠りにつけなかったが》、

八 仏と菩薩。『日本霊異記《りよういき》』に「仏菩薩を造る者は」とある。
九 ねじけた心のまま。
一〇 深い罪。
一一 生れる前の自分の姿。前世では人間は動物であったとする仏教思想によるもの。
一二 恨みをはらし。「恚《い》」には恨みや、怒りの意味がある。
一三 蛇に似ていて、角と四脚とがある想像上の動物。
一四『五雑俎』巻五に「化シテ狼《おほかみ》ト為ル者ハ、太原王《わう》含《がん》ノ母ナリ。化シテ夜叉《やしや》ト為ル者ハ呉生妾劉《ごせいせふりう》氏ナリ。化シテ蛾《が》ト為ル者ハ楚荘《そしやう》王宮人ナリ。化シテ蛇ト為ル者ハ李勢《りせい》宮人ナリ」とあるが、ここの文は、人と事実を一つずつ組みかえて書いたものである。なお「宮人」は宮廷に仕える女官のこと。特に寵愛《ちようあい》を受けた女性をいう。
一五 これからの話は『五雑俎』巻五に「游僧《いうそう》有リ、山寺ノ中ニ至ル。数人ト宿ス。夜深ク羊ノ声ヲ聞ク、ヤヤシテ便《すなは》チ室ニ入ル。睡レル者ニ就テ連《しき》リニ之ヲ齅《か》グ、僧覚リ禅杖ヲ以テ痛ク之ヲ撃ツ。地ニ踣《たふ》ルハ乃《すなは》チ一裸体ノ婦人也。将《まさ》ニ以テ官ニ送ラントス。其ノ家人奔《はし》リ至ツテ羅拝《らはい》シテ命ヲ乞フ。遂ニ之ヲ舎《ゆる》ス。他日僧出テ土官方《まさ》ニ人ヲ執《とら》ヘテ生キテ之ヲ瘞《うづ》ムヲ見ル。其ノ従者ニ問フ。曰ク鬼ニ変ズル人ヲ捉《とら》ヘ得シ也」と、あるのに拠っている。
一六「い」は寝る、安眠する、の意味の名詞。

夜ふけて[一]羊《ひつじ》の鳴くこゑの聞えけるが、頃刻《しばらく》して僧のねぶりをうかがひてしきりに齅《か》[二]ぐものあり。僧異《あや》しと見て、枕におきたる[三]禅杖《ぜんぢやう》をもてつよく撃《う》ちければ、大きに叫《さけ》んでそこにたふる。この音に主《あるじ》の[四]媼《うば》なるもの《老女が》、燈《あかし》を照《て》らし来るに見れば、若き女の打ちたふれてぞありける。媼《うば》泣く泣く命を乞ふ。[五]いかがせん。捨て《捨てておいて》て其の家を出でしが、其ののち又たよりに《ついでがあって》つきて其の里を過ぎしに、[六]田中に人多く集《つど》ひてものを見る。僧も立ちよりて、『何なるぞ《何ですか》』と尋ねしに、里人いふ、『鬼《おに》に化《け》したる女を捉《とら》へて、今土に[七]瘞《うづ》むなり』とかたりしとなり。

されどこれらは《こういう話は》皆女子《をんなご》にて、[八]男たるもののかかるためしを聞かず。凡そ女の[九]性《さが》の慳《かだま》しきには、さる浅ましき鬼《もの》にも化するなり。又男子《なんし》にも、[一〇]隋《ずい》の煬帝《やうだい》の臣家《しんか》に[一一]麻叔謀《ましゆくぼう》といふもの、小児の肉を嗜好《この》みて、潜《ひそ》かに民の小児を偸《ぬす》み、これを蒸《む》して喫《くら》ひしもあなれど《あるようだが》、是《これ》は浅ましき[一二]夷心《えびすごころ》にて、主《あるじ》のかたり給ふとは異《こと》なり《違っている》。さるにても《それにしても》かの僧の鬼になりつるこそ、[一三]過去の因縁《いんえん》にてぞあらめ。そも《そもそも》平生《つね》の[一四]行徳《ぎやうとく》のかし

一 ここは若い女が化けているのであろう。一三七頁注一五参照。
二 底本は「齅ぐ」となっているが、正字に直した。
三 坐禅の時に、睡眠をいましめるためのむち。竹・葦《あし》または木で作る。
四 「媼《おうな》」で、年老いた女、の意。
五 どうしようか、どうにもならないので、の意。
六 田圃《たんぼ》の中に。
七 地中に埋めること。「瘞《えい》」は土中に埋めかくす意がある。
八 男が生きながら人を食う鬼に化した例を聞かないと、秋成は、男性を一段高くみている。
九 女の性質は、心がねじけているから、このようなあさましい鬼にもなるというのであり、女性を一段低くみている。
一〇 隋の二世皇帝。南北両朝を統一し、大運河を造営した。
一一 『五雑俎』巻五や『隋煬帝艶史《ようだいえんし》』にも見える。「隋ノ麻叔謀朱粲《しゅさん》カツテ小児ヲ蒸シ以ツテ膳トスル」（『五雑俎』）。
一二 野蛮人の心、猛悪な心、の意。
一三 過去世からきた因縁、いわゆる前世の因果というものであろう。
一四 仏道修行して功徳をつむのにすぐれていたということは。

こかりしは、仏につかふる事に志誠《まごころ》を尽《つく》せしなれば、其の童児《わらは》をやしなはざらましかば《身辺において世話しなかったならば》、あはれよき法師なるべきものを《あっぱれ立派な僧侶でいるはずだったのに》。一たび愛欲《あいよく》[一五]の迷路《めいろ》に入りて、無明《むみやう》[一六]の業火《ごふくわ》の熾《さかん》なる《もえさかって》より鬼と化したるも、ひとへに直《なほ》[一七]くたくましき性《さが》のなす所なるぞかし。『心放《ゆる》[一八]せば妖魔《えうま》となり、収《をさ》むる則《とき》は仏果《ぶつくわ》を得る』とは、此の法師がためし《実例》なりける。老衲《らうなふ》[一九]もしこの鬼を教化《けうけ》[二〇]して本源《もと》の心にかへらしめなば《本来の心にもどしたならば》、こよひの饗《あるじ》[二一]の報《むく》いともなりなんかし《お返しにもなることでしょう》」と、たふときこころざしを発《おこ》し給ふ。荘主《あるじ》頭《かうべ》を畳《たたみ》に摺《す》りて、「御僧この事をなし給はば、此《こ》の国の人は浄土《極楽浄土に》にうまれ出でたるがごとし」と、涙を流してよろこびけり。山里のやどり、貝鐘《かひがね》[二二]も聞えず。廿日あまりの月も出でて、古戸の間《すき》に洩《も》りたるに、夜の深きをもしりて、「いざ休ませ給へ《さあおやすみなさいませ》」とて、おのれ《家の主人》も臥所《ふしど》[二三]に入りぬ。

禅師廃寺に泊る

山院人とどまらねば《山院には誰もいないから》、楼門《ろうもん》[二四]は荊棘《うばら》[二五]おひかかり、経閣《きやうかく》[二六]もむなしく苔《こけ》蒸《む》しぬ。蜘網《くもあみ》をむすびて諸仏《仏像》を繋《つな》ぎ、燕子《つばくら》の糞《くそ》護摩《ごま》[二七]の牀《ゆか》をうづみ、

一五　愛欲の迷い道。この高僧が、男色関係という色情のとりこになったことをさしている。
一六　永く身を苦しめる煩悩の火。
一七　一本気で強気な性質。「直く」は古代人にあこがれた秋成が、常に理想とした性格である。
一八　心を欲望のままに放任すれば、あやしい魔物になり、心を正しいほうへ集中したならば仏になれる。秋成晩年の作品『春雨物語』の「樊噲《はんかい》」にも、「心をさむれば誰も仏心なり。放てば妖魔とは、此《この》はん噲《くわい》の事なりけり」とある。
一九　老僧。「衲」は、人の捨ててかえりみない布帛で作った法衣。僧が自分を卑下して言う語。
二〇　衆生を教訓し善に導くこと。
二一　もてなし。「饗《きよう》」は、本来、郷人が集まって酒を飲むことをいうが、酒食をととのえて人をもてなす意味もある。ここから秋成が独自に「あるじ」と訓《よ》んだものであろう。
二二　寺で吹きならす貝や鐘。『雨月物語』「白峯」にも「貝鐘の音も聞えぬ荒磯」とある。二二頁注五参照。
二三　ねどこ。ここは寝室の意。
二四　二階建のやぐらになった寺の門。
二五　とげのある木のことで、いばら、つるくさ類をいう。
二六　経典を納める建物。経蔵。
二七　密教で護摩木を焚き不動尊へ祈禱する、護摩壇。

一方丈《はうぢやう》二廊房《らうばう》すべて物すざましく荒れはてぬ。日《太陽が》の影申《さる》三にかたぶく《西へ傾いた》比《ころ》、快庵禅師寺に入りて錫《しやく》四を鳴らし給ひ、「遍参《へんさん》五の僧、今夜《こよひ》ばかりの《一夜だけの》宿をかし給へ」と、あまたたび《何度も何度も》叫《よ》べどもさらに《一向に》応《こたへ》なし。眠蔵《めんざう》六より痩《や》七せ槁《か》れたる僧の漸々《よわよわ》とあゆみ出で、咳《から》八びたる声して、「御僧は何地《いづち》へ通るとてここに来るや。此の寺はさる《或る》由縁《ゆゑ》ありてかく荒《あ》れはて、人も住まぬ野らとなりしかば《野原となってしまったから》、一粒《りふ》の斎糧《ときりやう》九もなく、一宿《ひとよ》をかすべきは《工夫》かりごと《もつかない》もなし。はやく里に出でよ」といふ。禅師いふ、「これは《私は》美濃の国を出でて、一〇みちの奥《く》へいぬる旅《行こうとする旅〔僧〕ですが》なるが、この麓《ふもと》の里を過ぐるに、山の霊《かたち》一一、水の流れのおもしろさに、おもはずもここにまうづ。日も斜《なな》めなれば、里にくだらんもはるけし《遠すぎます》。ひたすら《ぜひとも》一宿《ひとよ》をかし給へ」。あるじの僧云ふ、「かく野らなる所は、よからぬ事も《よくないことも》あなり《あります》一二。強《し》ひてとどめがたし、強《し》ひてゆけとにもあらず《というわけでもない》、僧のこころにまかせよ《貴僧の好きなようになさい》」とて、復《ふた》び物をもいはず。こなたよりも《こちらからも》一言《こと》を問はで、あるじのかたはらに座をしむる。看《み》一三る看《み》る日は入り果てて、宵闇《よひやみ》一四の夜の

一 寺の長老のいる室。
二 「廊」は長廊下、「房」は僧の居室。
三 時刻ならば午後四時から午後六時の間だが、ここは、申《さる》の方角ととり、西南から西よりの方をさすととる。
四 錫杖。杖の一種。上に数個の輪が掛けてあり、振ると鳴る。
五 諸国遍歴の僧。
六 寝室。一二九頁注一六参照。
七 痩せこけた。「槁《こう》」は立ち枯れた木。
八 しわがれた声。「からぶ」はひからびる、の意。
九 食糧。僧の食事を斎という。
一〇 東北。陸奥。
一一 『大中寺縁起』にも、快庵の弟子正悦《しようえつ》が、山のかたちをめずらしいと思って寺を建てたことが見える。また、実際にはこの正悦が、苦労して寺を建て、そこへ「勧請《かんじよう》開山」として快庵を呼んで第一代和尚《おしよう》としたもので、正悦が二代目住職となった。大中寺の「開山堂」には、二人の像がある。
一二 「あるなり」の略。
一三 みるみるうちに、日は西に沈んでしまって。
一四 陰暦十六日以後二十日頃までは、月の出が遅いため宵が暗い。ここは二十日過ぎの夕闇。
一五 大中寺の境内には、今も細い谷川が音をたてて流れている。

いとくらきに、燈《ひ》を点《あ》げざれば《燈火をつけないから》まのあたりさへわかぬに《目の前さえも分らないのに》、只[一五]澗水《たに》の音ぞちかく聞ゆ。あるじの僧も又眠蔵《めんざう》に入りて《もどって》音なし。

夜更けて月の夜にあらたまりぬ《変った》。影《月光が》玲瓏《れいろう》として《美しく輝いて》いたらぬ《届かぬ》隈《くま》もなし《所もない》。子《ね》ひとつ《十二時ぐらい》ともおもふ《と思う》比《ころ》、あるじの僧眠蔵を出でて、あわただしく物《何か》を《を》[一六]討《たづ》ぬ。たづね得ずして大いに叫び、「[一七]禿驢《とくろ》《くそばうず》いづくに隠れけん。こ《ここ》こもとにこそありつれ《にたしかにいたのに》」と、禅師が前を幾たび走り過ぐれども、更《一向》に《に》禅師を見る事なし。堂の方に駈《かけ》りゆくかと見れば、庭をめぐりて躍《をど》りくるひ、遂《つひ》に疲《つか》れふして起き来らず。夜明けて朝日のさし出でぬれば、酒の醒《さ》めたる《酔いが》ごとくにして、禅師がもとの所に在《いま》すを見て、只《ただ》あきれたる形《さま》に、ものさへいはで、柱《はしら》にもたれ、[一八]長嘘《ためいき》をつぎて《ついて》黙《もだ》しゐたりける《だまっていた》。禅師ちかくすすみよりて、「院主《ゐんじゅ》何をか歎《なげ》き給ふ。もし飢《う》ゑ給ふとならば、[一九]野僧《やそう》が肉《にく》に腹をみたしめ給へ」。あるじの僧いふ、「師は夜もすがら《一夜中ずっと》そこに居させたまふや《いらっしゃったのですか》」。禅師いふ、「ここにありてねふる事なし《ねむらなかった》」。あるじの僧いふ、「我あさましくも人の

一六　さがす。「討《とう》」には、尋ねる、の意がある。

一七　禿頭。はげあたまめ、と快庵を罵った言葉。底本は「禿驢」となっている。本文の右側に「とくろ」左側に「くそばうず」と読み仮名をつけるのは、中国小説の訳本を模倣《もほう》している。宝暦八年刊の『酔菩提《すいぼだい》』巻二には「此禿驢（右側トクロ・左側ケヅリマバシ）ノ念経何ノ利益《りやく》カアル」とある。

一八　溜息《ためいき》。「白峯」二二頁一二行には「長嘘《ながきいき》」とある。

一九　僧侶の謙称。拙僧。

＊　信仰の力で、人食い鬼や化物から逃れることができた話としては、享保十七年刊の『太平百物語』巻一の「経文の功力《くりき》にて化物の難逃れし事」とか、明和五年刊の『怪談とのゐ袋』巻二の「くろぬき山化生《けしやう》の事」などがある。前者は、人食い親子の魔手を一夜中読経《どきよう》をすることによって逃れた僧の話であり、後者は、お堂に坐禅していた僧のところへ、手足のない、目一つの怪物が戸を開いて入ってくるが、心頭を動かさず結跏趺坐《けつかふざ》して助かったという話である。また、宝暦十二年刊の『諸国古寺譚《たん》』巻四にも、醍醐《だいご》寺の開山である聖宝《しようぼう》僧正が、東大寺の東の坊《ぼう》（僧の住む家）に鬼がいるので、人々が恐れて近づかないから、その坊の望み見える所に住んだ。その夜のうちに鬼が形を現してやって来た。僧正は少しも恐れず、かえって鬼が僧正を恐れて、よそへ去ったという話が見られる。

禅師鬼僧に青頭巾を与う

肉を好めども、いまだ[一]仏身《ぶつしん》の肉味《にくみ》をしらず。師はまことに仏なり。[二]鬼畜《きちく》のくらき《暗く愚かな》眼《まなこ》をもて、[三]活仏《くわつぶつ》の[四]来迎《らいがう》を見んとするとも、見ゆべからぬ《見ることができない》理《ことわり》なるかな《道理であるよ》。あなたふと《ああ尊いことです》」と頭《かうべ》を低《た》れて黙《もだ》しける。

禅師いふ、「里人のかたるを聞けば、汝一旦《なんぢひとたび》の愛欲に心神《こころ》みだれしより、忽《たちま》ち[五]鬼畜に堕罪《だざい》したるは《罪におちたのは》、あさましとも哀《かな》しとも、ためし《ほかに例を》さへ希なる《あまり聞かない》[六]悪因《あくいん》なり。夜々《よひよひ》里に出でて《毎夜人里におりて》人を害《わざはひ》するゆゑに、ちかき里人は安き心なし。我これを聞きて捨つるに忍びず《捨てておくことができず》、[七]特《わざわざ》来《きた》りて教化《けうけ》し、本源《もと》の心にかへらしめんとなるを《立ち帰らせようとするのだが》、汝我がをしへを聞くや否《いな》や」。あるじの僧いふ、「師はまことに仏なり。かく浅ましき[八]悪業《あくごふ》を頓《とみ》にわするべきことわりを《早く忘れることができる道理を》教へ給へ」。禅師いふ、「汝聞くとならば《聞こうとするのなら》ここに来《きた》れ」とて、[九]簀子《すのこ》の前のたひらなる[一〇]石の上に座せしめて、みづから帔《かづ》き給ふ紺染《あをぞめ》の巾《きん》を脱《ぬ》ぎて僧が頭《かうべ》に帔《かづ》かしめ、[一一]証道《しようだう》の歌の二句を授《さづ》け給ふ。

「[一二]江《かう》月《げつ》照《てらシ》松《しよう》風《ふう》吹《ふク》　永《えい》夜《や》清《せい》宵《せう》何《なんノ》所《しよ》為《ゐソ》

一 解脱し悟道に入った聖僧の肉。僧侶の人肉。
二 餓鬼・畜生のこと。
三 生き仏。
四 臨終の時に仏菩薩が来現して浄土へ迎えること。ここでは快庵を生き仏と見たから、仏が眼前に出現するの意。
五 鬼畜生に。人間ではない畜生の世界に。
六 悪い因縁。
七 底本は「侍」となっている。「菊花の約」(三九頁一一行)同様に「特」の誤刻とみる。
八 なさけない悪業。「悪業」は、悪い結果を生ずる悪い行いのこと。
九 簀子縁の略で、角材を並べて作ったお堂の外側の濡縁《ぬれえん》のこと。
一〇『大平山歴祖年譜』には「禅那石　在開山塔之前也」とあるが、現在は見当らず、住職の話によれば、大平山頂上に畳一帖ほどの岩があり、それを坐禅石といっているという。「大平山」は、大中寺の山号。
一一 禅の本旨を、百六十六句の詩の体で述べたもののうちの二句を、宿題としてお与えになった。「証道の歌」は、唐の僧玄覚の作。
一二 証道歌の第百三・四句。入江には清らかな月の光がさし、松吹く風はさわやかな声を立てている。この永い夜の清らかな宵の景色は、何のためにあるのか、汝ここを去らずして、[一三]徐《しづ》かに此の句の意《こころ》をもとむべし《探究しなさい》。[一四]意解《と》けぬる則《とき》は、おのづから本来の仏心に会ふなるは《めぐりあえるであろう》」と、[一五]念頃《ねんごろ》に教へて山を下り給ふ。此ののちは里人[一六]おもき災《わざはひ》をのがれしといへども、猶《なほ》僧が生死をしらざれば《知らなかったから》、疑ひ恐れて、人々山にのぼる事をいましめけり《禁じていた》。

鬼僧の成仏

一とせ速《はや》くたちて、[一七]むかふ年の冬十月《かみなつき》の初旬《はじめ》、[一八]快庵大徳、[一九]奥路《あうろ》のかへるさ[二〇]に《帰り道に》又[二一]ここを過ぎ給ふが、かの一宿《ひとよ》のあるじが荘《いへ》に立ちよりて、僧が消息《せうそこ》を尋ね給ふ。荘主《あるじ》よろこび迎へて、「御僧の大徳《広大な徳》によりて、鬼ふたたび山をくだらねば《山を下りませんから》、人皆[二二]浄土にうまれ出でたるごとし。されど山にゆく事はおそろしがりて、一人としてのぼるものなし。さるから《そうだから》消息《せうそこ》をしり侍《はべ》らねど、など《どうして》今まで[二三]活《い》きては侍《はべ》らじ。今《こ》夜《よひ》の御泊《とま》りに、かの《あの僧の》[二四]菩提《ぼだい》をとぶらひ給へ。誰も《皆で》[二五]随縁《ずいえん》したてまつらん」といふ。禅師いふ、「[二六]他善果《かれぜんくわ》に基《もとづ》きて[二七]遷化《せんげ》せしとならば《死んだのであれば》、[二八]道に先達《せんだち》の師ともいふべし。又活きてあるときは、我がために《私にとっては》一個《ひとり》の徒《と》弟《てい》なり。いづれ《いずれにせよ》消息《せうそこ》を見ずばあらじ《様子を見なくてはなるまい》」とて、復《ふた》び山にのぼり給ふに、

の意。
一三「徐」にはゆっくりと静かに、の意味がある。
一四 意味が分った時は。「解《と》ける」には疑問がはっきりする、の意味がある。「則《とき》」はすなわちの義から、ここでは、その時すぐに、の意味。
一五 懇切、丁寧に。
一六 ひどい災難。「蛇性の婬」にも「君が家の災《わざはひ》」とある。
一七 翌年。あくる年。
一八 快庵禅師のこと。「大徳」は高僧を敬って言った。
一九 陸奥へ修行に行った旅の。
二〇「さ」は、動詞の終止形について、……する時の意を示す。
二一 この大中寺のある下野の「富田の里」。
二二 極楽世界。つまり人を食う鬼がいない安楽な世をさしている。
二三 生きておりましょうや、無事に生きておりますまい、の意。「など……侍らん」が普通であるのに、「など……侍らじ」と破格の用い方をしている。
二四 冥福。極楽往生を祈ること。
二五 仏縁にあやかる。ここはともに回向《えかう》すること。
二六 善行の報いに得られる善い果報。
二七 教化を他土に遷《うつ》す義で、僧侶の死を言う。底本は「迂化」とある。
二八 道における先輩の師。

いかさま《なるほど》にも人のいきき絶《た》えたると見えて、去年《こぞ》ふみわけし道ぞとも思はれず。寺に入りて見れば、荻《をぎ》尾花のたけ《高さが》人よりもたかく生《お》ひ茂《しげ》り、露は時雨《しぐれ》めき《のように》て降りこぼれたるに、三《み》つの径《みち》[一]さへわからざる中に、堂閣《だうかく》[二]の戸右左《みぎひだり》に頽《たふ》れ、方丈《はうぢやう》[三]庫裏《くり》[四]に縁《めぐ》りたる廊《らう》も、朽目《くちめ》[五]に雨をふくみて苔《こけ》むしぬ。さて、かの僧を座《を》らしめたる簀子《すのこ》[六]のほとりをもとむるに、影のやうなる人の《やせ細って影のような人が》、僧俗《僧か俗人か分らないほどに》[七]ともわからぬまでに髭髪《ひげかみ》もみだれしに、葎《むぐら》むすぼほれ《からみついて》、尾花おしなみたる《一面に倒れている》[八]なかに、蚊の鳴くばかりのほそき音《こゑ》して、物とも聞えぬ《何を言っているのかも分らないほど》やうに、まれまれ[九]唱《とな》ふるを聞けば、

江《かう》月《げつ》照《てらシ》松《しよう》風《ふう》吹《ふク》　永《えい》夜《や》清《せい》宵《せう》何《なんノ》所《しよ》為《ゐゾ》

禅師見給ひて、やがて《すぐに》禅杖《ぜんぢやう》を拿《と》[一〇]りなほし、「作麼生《そもさん》[一一]何所為《なんのしよゐ》ぞ」と、一喝《いつかつ》[一二]して他《かれ》が頭《かうべ》を撃《う》ち給へば、忽《たちま》ち氷の朝日にあふがごとくきえうせて、かの青頭巾[一三]と骨のみぞ草葉にとどまりける。現《げ》にも久しき念《本当に長い思いが》のここに消《せう》じつきたる《消えつきてしまったのであろう》にやあらん。たふときことわり[一四]《尊い仏教の道理があるのであろう》あるにこそ。されば禅師の大徳、雲[一五]の裏《うら》海の外にも聞えて、「初祖《しよそ》[一六]の肉《にく》いまだ乾《かわ》

一『河海抄《かかいしよう》』に「三径は門にゆくみち、井へゆくみち、厠にゆくみち也」とある。
二 本堂や諸堂の戸。
三 住職の居室。一四〇頁注一参照。
四 寺の台所。
五 板のくさった箇所。
六 簀子縁の略。一四二頁注九参照。
七 僧は剃髪しているが、俗人は髪をのばしている。
八「おしなむ」は他動詞であるが、ここは自動詞に用いた。
九「まれまれ」は極めてまれに、の意。
一〇「拿《だ》」は「拏《だ》」の異体同字で、とらえる、とる、の意。
一一 禅宗の用語で、いかに、の意。
一二「喝」は禅語の末に発声する語で、真理を悟らせる語。
一三『都鳥妻恋笛《みやこどりつまこいふえ》』五之巻の一に「只一連の白骨と成、残る物は頭巾《ときん》すずかけ衣《いしやう》斗《ばかり》。執心こりかたまつて、其念にてそれ迄具足《まそぐそく》してありし形、執着の念消えると共に、仮の五体も消え失せり」とある。
一四 下に「こそ」の結びの「あらめ」が略されている。
一五 雲のかなた。遠国のこと。
一六 禅宗の開祖達磨《だるま》大師が、まだ死なないでいるごとく、その法は生々しく今日に生きている、という意味。

かず」とぞ称歎しけるとなり《ほめたたえたということである》。かくて里人あつまりて、寺内を清め、修理《しゅり》をもよほし《行い》、禅師を推《お》したふとみて《推戴して》ここに住ましめけるより《この寺の住職になってもらったので》、故《もと》[一七]の密宗《みつしゅう》[一八]をあらためて、曹洞《さうとう》[一九]の霊場を《尊い寺を》ひらき給ふ。今なほ御《み》[二〇]寺はたふとく栄《さか》えてありけるとなり《栄えているということである》。

一七 これまでの。

一八 真言《しんごん》宗。わが国では空海が大同元年に、大日経などの秘密教によって開いたので、密教（密宗）と呼ばれた。

一九 曹洞宗。日本へは道元《どうげん》禅師によって伝わった。

二〇 大平山大中寺。

＊ この栃木県大平山大中寺には、昭和の今日でも、夜になると、木を叩く怪音が聞え人魂《ひとだま》が見えることがあるといい、昭和四十九年九月に当時のNETテレビのカメラマンが、この怪火と青頭巾の鬼の顔の撮影に成功して放映、大変評判になった。そこで、また同年十二月にも再放映したという。どこまでその事実を信用していいか疑問が残るが、この大中寺という土地は、何か〝霊〟的なものが集まりやすい所であるとだけは言えそうである。

貧《ひん》福《ふく》論《ろん》

吝嗇家岡左内

陸奥《むつ》[一]の国蒲生氏郷《がまふうぢさと》[二]の家に《家中に》、岡左内[三]といふ武士《もののふ》あり。禄《ろく》おもく、誉《ほまれ》たかく、丈夫《ますらを》の名を関の東《関東地方で》に震《ふる》ふ《有名であった》。此の士いと偏固《かたは》なる事あり《片寄った癖があった》。富貴をねがふ心、常《普通の》の武扁《ぶへん》にひとしからず《武士とは違っていた》。倹約《けんやく》を宗《むね》として《主として》家の掟《おきて》をせしほどに《家憲としたので》、年を畳《つ》みて《年月を経て》富み昌《さか》えけり。かつ軍《いくさ》を調練《たなら》す間《いとま》には、茶《さ》[四]味翫香《みぐわんかう》を娯《たの》しまず、庁上《ひとま》[五]なる所に許多《あまた》の金《こがね》を布《し》き班《なら》べて、心を和《なぐさ》むる事、世の人の月花にあそぶに勝《まさ》れり。人みな左内が行跡《ふるまひ》をあやしみて、吝嗇野情《りんしよくやじやう》の人なりとて《卑しい心の人として》、爪《つま》はじきをして悪《にく》みけり。

家に久しき男《をのこ》に《家に長く仕える》、黄金《わうごん》一枚かくし持ちたるものあるを聞きつけて、ちかく召《め》していふ、「崑山《こんざん》[六]の璧《たま》も、みだれたる世には瓦礫《ぐわれき》にひとし。かかる世にうまれて《このような乱世に》弓矢とらん軀《み》には《武士である》、棠谿墨陽《たうけいぼくやう》[七]の剣《つるぎ》、さてはあり《その上に持ってい》

＊ 貯金癖で有名な岡左内を、いかにも守銭奴らしく描いて物語の導入部とした「貧福論」は、すでに『世間妾形気《せけんてかけかたぎ》』にも見られた左内の話を発展させ、元文四年序の『常山紀談《じやうざんきだん》』に載っている話などが、何らかのルートをへて秋成に参照され、さらに『史記』の「貨殖列伝」や、魯褒《ろほう》の『銭神論』などが引用されて成立している。

一 現在の福島県岩代地方。

二 近江《おうみ》国蒲生《がもう》郡日野城主蒲生賢秀《かたひで》の子。豊臣秀吉の重臣で奥州会津《あいづ》の城主。後、毒殺されたと言う。キリスト教の信者でもあった。

三 近江国日野の出身で、日野六万石時代からの蒲生家に仕え、主家断絶の後に、上杉家に仕えた。越後守という。猪苗代《いなわしろ》城城代一万石の大名であり、現地では今も、キリシタン大名として知られている。また、近江商人の流れをくむ勤勉精励なタイプで、利殖家としても有名であった。

四 茶の湯と香道。

五 一室。「庁」は表座敷の意だが、ここは部屋。

六 中国の崑崙山《こんろんざん》から出る名玉。

七 ともに中国古代の名剣の産地。転じて名剣の意。

八 金銭の力は。魯褒の『銭神論』に「諺《ことわざ》ニ曰ク、銭有ラバ鬼ヲモ使フベシ、況《いは》ンヤ人ニ於テヲヤ」とある。

九 馬鹿なこと、の意味であるが、ここは感嘆詞の嗚《あ》

たきもの《たいものは》財宝《たから》なり。されど良《よ》き剣《つるぎ》なりとて、千人の敵《あた》には逆《むか》ふべか《はむかえ》らず《ない》。[八]金の徳は天《あめ》が下の人をも従へつべし《従えられよう》。武士たるもの漫《みだり》に《〔金を〕》あつ《おろそ》かふべからず《かに扱ってはならない》。かならず貯《たくは》へ蔵《をさ》むべきなり。儞賤《なんぢいや》しき身の分限《ぶげん》《身分》に過ぎたる《不相応の》財《たから》を得たるは、嗚呼《をこ》[九]の事《わざ》なり。賞《しやう》[一〇]なくばあらじ《恩賞を与えねばなるまい》」とて、十両の金を給ひ、刀をも《帯刀も》赦《ゆる》して召しつかひけり。人これを伝へ聞きて、「左内が金をあつむるは、長啄《ちやうたく》[一一]にして飽《あ》かざる類《たぐひ》にはあらず。只当《現》世の《代の》一奇士《いちきし》[一二]なり」とぞいひはやしける。

黄金の精霊の出現

其《そ》の夜左内が枕上《まくらがみ》[一三]に、人の来《きた》る音しけるに、目さめて見れば、燈《とう》[一四]台《だい》の下《もと》にちひさげなる[一五]翁《おきな》の笑《ゑ》みをふくみて座《を》れり。左内枕をあげて[一六]、「ここに来るは《ここへ来たのは》誰《た》そ《だれか》。我に粮《かて》[一七]からんとならば力量の男どもこそ参りつらめ《力持ちの男たちがやって来そうなものだが》。儞《お前のような》がやうの耄《ほ》[一八]げたる形《さま》してねふり《眠り》を魘《おそ》[一九]ひつるは、狐狸《きつねたぬき》などのたはむるるにや。何のおぼえたる術《わざ》かある《何か身についた芸があるのか》。秋の夜の目さましに《ねむけざましに》、[二〇]そと見せよ《そっと見せよ》」とて、すこしも騒ぎたる容色《いろめ》[二一]なし。

翁いふ。「かく参りたるは魑魅《ちみ》[二二]にあらず人にあらず。君《あなたが大切になさ》がかしづ

呼《あ》に近く、感心なことだ、とほめている。

一〇『常山紀談』にも「岡野が馬取の下部《しもべ》の大判金一枚持ちたりと聞き及び、呼出して、汝が志こそゆかしけれ、人は貴賤によらず貧しくては、義理のなすべき事も心ばかりにて叶ひ難し、よく心がけたり、と云ひて、黄金百両与へけり」とあり、『雨月物語』のこの話も、根拠があって記したものであろう。

一一「啄《たく》」は正しくは「喙《かい》」で「ちょうかい」と読む。貪欲《どんよく》なこと。「長頸烏喙《ちょうけいうかい》」の略。

一二 一人の奇人。風変りですぐれた意気地の持ち主。

一三 枕元に。

一四 油火を点ずる高足の台。

一五 小さな老人が。

＊ これから始まる「ちひさげなる翁」と「左内」との貧福に関する問答が、この一篇の中心で、上田秋成の富貴観、金銭観がよく分るところである。

一六 枕から頭を持ち上げて。

一七 食糧を借りようとするならば。「粮《かて》」は貯蔵米。

一八 もうろくした。衰えた。「耄」は『源語梯《げんごてい》』に「ホウケタリナリ」とある。

一九「魘《おそ》はる」の字義は、夢でうなされること。ここは、睡眠中に驚き恐れる、の意味。

二〇 ちょっと見せよ、と解する説もある。

二一 顔色。

二二 山林の霊気からうまれる怪物。

き給ふ《っている》[一]黄金《わうごん》の精霊《せいれい》なり。年来《としごろ》篤《あつ》くもてなし給ふうれしさに、[二]夜話《よがたり》せんとて推《お》してまゐりたる《敢えて参上しました》なり。君が今日家の子《家来》を賞じ給ふに感《め》で《感心し》て、翁が思ふこころばへをもかたり《私の日頃の心構えをお話しして》和《なぐさ》まんとて《お慰みにもと》、仮に[三]化《かたち》を見《あら》はし侍るが、わざと《わざわざ》十にひとつも益《やう》なき閑談《むだこと》ながら、[四]いはざるは腹みつれば、まうでて《やってきて》眠《ねぶり》をさまたげ侍る。さても富みて驕《おご》らぬ[五]と《と》は大聖《おほきひじり》の道なり。さるを《であるのに》世の悪《さがなき》ことばに、『[六]富めるものはかならず慳《かだま》し。富めるものはおほく愚《おろか》なり』といふは、晋《しん》の石崇《せきそう》[七]・唐《たう》の[八]王元宝《わうげんぼう》がごとき、[九]豺狼蛇蝎《さいらうじやかつ》の徒《ともがら》のみをいへるなりけり。

往古《いにしへ》に富める

岡左内と黄金の精霊

一　金貨《こがね》の霊。お金の精霊。
＊　中国の『述異記《じゅついき》』には、山川の気が凝集して魑魅《ちみ》魍魎《もうりょう》が姿を現し、一〇メートル以上もある巨人として出てくる話がある。
二　一晩お話をしましょうと。
三　形を変えて。「ばける」の意味から、「化」で「かたち」と読んだのであろう。
四　『大鏡』に「おぼしき事いはぬは、げに腹ふくるる心地しける」とあり、古くからある諺《ことわざ》。思っていることを言わずにいるのは、腹の中に物がつかえているようで不快である、の意。
五　『論語』の学而篇《がくじ》に「子貢《しこう》問ヒテ曰ク、貧ウシテ諂《へつら》フ無ク、富ミテ驕ル無キハ如何《いかん》。子曰ク、可ナリ」とある。
六　『五雑俎《ござつそ》』の巻五に「富メル者ハ多ク慳《かだま》シ。慳シカラザルハ富ム能ハズ。富ムハ多ク愚カナリ。愚カニ非ザルハ富ム能ハズ」とある。「慳し」は心がねじけていること。
七　『晋書《しんじょ》』に「南皮ノ人、字《あざな》ハ季倫《きりん》」とあり富人。「せきすう」ともいう。
八　『天宝逸事』に「都中巨豪」とあり、非常な金持であった。
九　やまいぬ、おおかみ、へび、さそり、のことで、貪欲《どんよく》無慈悲で人がきらう者。

一〇 中国周《しゆう》代の太公望呂尚《りよしよう》。
一一 斉《せい》の桓公《かんこう》の臣。
一二『史記』にある「九合諸侯一匡《きやう》天下」の訳であるが、「九合」は糾合のことで、諸侯を一つにまとめて、の意。ただし、古注系統の説では、「九」を数字として読んでいて、秋成のごとく、九度の会合と解釈している。
一三 陪臣。大名ではなく臣下のこと。秋成は「奴《やつこ》」とよみ、家来の意味を強調している。
一四 楚《そ》の人。越《えつ》王勾践《こうせん》の臣。
一五 孔子の門人。衛《えい》の人。
一六 周の人。後世蓄財の術の祖と言われる。
一七 司馬遷《しばせん》の著。『史記』の第百二十九巻、貨殖列伝。
一八「陋《ろう》」には、下品、いやしいの意がある。
一九『孟子』の「梁恵王篇上《りようけいおう》」にある言葉。「恒産無クシテ恒心有ル者ハ、惟《ただ》士ノミ能《よ》クスルコトヲ為ス。民ノゴトキハ則《すなは》チ、恒産無ケレバ因《よ》ツテ恒心無シ」。普通の人は定まった生業や財産がなければしっかりした心がない。
二〇『神代紀《しんだいき》』に「百姓・オホミタカラ」とあり、「穀《たなつもの》」は五穀の総称。

人は、天の時《天の与える好機》をはかり《会を見計らい》、地の利を察《あき》らめて《見究めて》、おのづから《自然と》なる富貴《ふうき》を得《う》るなり。[一〇]呂望斉《りよばうせい》に封《ほう》ぜられて民に産業《なりはひ》を教ふれば、海方《うなべ》の人利に走りてここに《利益にひかれて斉の国に》来朝《きむか》ふ。[一一]管仲《くわんちゆう》[一二]九《ここの》たび諸侯《しよこう》をあはせて、身は[一三]倍臣《やつこ》ながら富貴は列国《れつこく》の君に勝れり。[一四]范蠡《はんれい》、[一五]子貢《しこう》、[一六]白圭《はつけい》が徒《ともがら》、財《たから》を鬻《ひさ》ぎ《売り》利を逐《お》うて、巨万《ここだく》の金《こがね》を畳《つ》みなす。これらの人を〔司馬遷が〕つらねて[一七]貨殖《くわしよく》伝《でん》を書《しる》し侍るを、其のいふ所[一八]陋《いやし》とて、のちの《後世の》博士《はかせ》筆を競《きそ》うて謗《そし》るは、ふかく頴《さと》らざる《理解しない》人の語《ことば》なり。[一九]恒《つね》の産《なりはひ》なきは恒の心なし。[二〇]百姓《おたから》は勤《つと》めて穀《たなつもの》を出だし、工匠《たくみら》等修《つと》

めてこれを助け、商賈《あきびと》務《つと》めて此《これ》を通《かよ》はし《流通させ》、おのれおのれ《めいめいが》が産《なり》を治《をさ》め家を富《と》まして、祖《みおや》を祭《まつ》り子孫《のち》を謀《はか》る外、[一]人たるもの何をか為《な》さん。諺《ことわざ》にもいへり、『[二]千金の子は市《いち》に死せず』、『富貴《ふうき》の人は[三]王者とたのしみを同じうす』となん。まことに[四]淵《ふち》深ければ魚よくあそび、山長ければ獣《けもの》よくそだつは[五]天《あめ》の随《まにまに》なることわりなり《自然の理にかなっている》。只、『貧しうし《清貧の生活を》てたのしむ《楽しむ》』てふ《という》ことばありて、字を学び《学者や》韻《ゐん》を探る人《文人の》の惑《まどひ》をとる端《考え違いをする端緒となって》となりて、弓矢とるますら雄《を》《武士》も富貴は国の基《もとゐ》なるをわすれ、あやし《奇怪な》き計策《たばかり》をのみ調練《たなら》ひて、ものを戕《やぶ》り人を傷《そこな》ひ、おのが徳をうしなひて子孫を絶《た》つは、財《たから》を薄《かろ》んじて名《名誉を》をおもしとする惑《まどひ》なり。顧《おも》ふに[六]名とたからともとむるに心ふたつある事なし《ほしがる心は同じである》。[七]文字てふものに繫《つな》がれて、金の徳を薄《かろ》んじては、みづから清潔《せいけつ》と唱《とな》へ、[八]鋤《すき》を揮《ふる》うて棄《〔世を〕》てたる人を賢《かしこ》しといふ《そういう人は》。さる人はかしこくとも、[九]さる事《わざ》は賢《かしこ》からじ。金《こがね》は[一〇]七《なな》のたからの最《つかさ》《第一である》なり。土に[一一]瘞《うも》れては霊泉《れいせん》を湛《たた》へ、不浄《ふじやう》を除き、妙なる音《こゑ》を蔵《かく》せり。かく[一二]清《いさぎよ》きものの、いかなれば《どうしてまあ》[一三]愚昧貪酷《ぐまいどんこう》の人にのみ

一　人として、何をすることがありましょうか、何もない、の意。

二　金持の子は公衆の面前で刑死することはない、の意。『史記』貨殖列伝に「諺《ことわざ》ニ曰ク、千金ノ子ハ市ニテ死セズ」とある。

三　『史記』貨殖列伝に「千金ノ家ハ一都ノ君ニ比シ、巨万ノ者ハ乃《すなは》チ王者ト楽シミヲ同ジウス」とある。

四　『史記』貨殖列伝の「淵深ウシテ魚之《これ》ニ生ジ、山深ウシテ獣之《これ》ニ往ク」に拠っている。

五　「随《まにまに》」は、成り行きにまかせるさま。

六　名誉を求めても富貴を求めても、どちらを求めるにしても、の意味。

七　学問から得た知識や文字にとらわれてしまって。

八　自給自足の生活をして、富貴の事をかえりみない人。

九　そういう行為自体は賢明なことではない。

一〇　仏説で、金・銀・瑠璃《るり》・玻璃《はり》・硨磲《しゃこ》・珊瑚《さんご》・瑪瑙《めのう》を七宝という。

一一　土に埋れては、そこに霊妙な泉をわかせ、あたりの不浄を払って妙音を発する。「瘞《えい》」はうずむ、の意味を持つ。

一二　きよらかなもの。清潔なもの。

左内の貧福論

集《つど》ふべきやうなし《集まるはずがない》。今夜《こよひ》此の憤《いきどほ》りを吐《は》きて、年来《としごろ》のこころやりをなし《うさばらし》侍る事の喜《うれ》しさよ」といふ。

左内興じて席《むしろ》をすすみ《膝をすすめ》、「さてしも《さてさて》かたらせ給ふに、富貴[一四]の道のたかき事、己《おの》がつねにおもふ所露たがはず《少しも違っておりません》ぞ侍る。ここに愚《おろか》なる問《とひ》事《質問がありますが》の侍るが、ねがふは《どうか》詳《つばら》[一五]にしめさせ給へ。今ことわらせ給ふは《わけをお話しになったのは》、専《もは》ら金の徳を薄《かろ》しめ、富貴の大業《たいげふ》なる事をしらざるを罪とし給ふなるが、かの紙魚《しぎょ》[一六]がいふ所もゆゑなきにあらず。今の世に富めるものは、十が八つまではおほかた貪酷残忍《どんこうざんにん》[一七]の人多し。おのれは俸禄に飽きたりながら《主人から米や金を十分に受けながら》、兄弟一属《はらからやから》[一八]をはじめ、祖《みおや》より久しくつかふるもの《先祖から代々仕えている者が》の貧《まづ》しきをすくふ事《わざ》をもせず、となりに栖《す》みつる人のいきほひをうしなひ《勢力をうしない》、他《ひと》の援《たすけ》さへなく世にくだりしもの《落ちぶれてしまった人の》の田畑《たばた》をも、価《あたひ》[一九]を賤《やす》くしてあながちに《むりやりに》己《おの》がものとし《自分のものとし》、今おのれは村長《むらをさ》[二〇]とうやまはれても、むかしかりたる人のものをかへさず、礼ある人《礼儀正しい人が》の席《むしろ》を譲《ゆづ》れば、其の人を奴《やつこ》[二一]のごとく見おとし《見くだし》、たまたま旧《ふる》[二二]き友の寒暑《かんしょ》を訪《とむら》ひ来れば、物からんため《物を借りようとする》

一三 愚かで物の道理を知らず、欲深く慈悲心のない人。

一四 金持になろうとすることは、高尚で立派なことである。「富貴」は、豊かな財産を持ち高い位につくことをいう。

一五 くわしくお教え下さい。「しめす」は「示す」で、教えさとす、の意。

一六 書物を食う虫。ここは学者を罵《ののし》って言う。

一七 貪欲《どんよく》で、残酷、無慈悲な人。

一八 兄弟たちと親族たち。

一九 安く買い叩いて。

＊ 落ちぶれた隣人の田畑を安く買い込んで、大地主になっていく男の話は、幕府の土地政策として、「質地《しっち》制限令」が享保《きょうほう》六年（一七二一）に制定されたものの、享保八年に破棄されて田畑の質流譲渡をみとめ、土地の永代売買禁止を事実上解除し、以後、多くの農民が土地を手離していく、秋成の生きた頃の世相を、如実に反映している。

二〇 村長。村の長《おさ》、の意。

二一 下男。しもべ。

二二 旧友が時候見舞いに訪ねてくること。

かと《ためかと》疑ひて、宿にあらぬよしを《家にいないということを》応《こた》へさせつる類《たぐひ》、あまた見来《きた》りぬ。

又君に忠なるかぎりをつくし、父母《ふぼ》に[一]孝廉《かうれん》の聞えあり、貴《たふと》きをたふとみ《身分の高い人を敬い》、賤《いや》しき《貧乏人》を扶《たす》くる意《こころ》ありながら、[二]三冬《さんとう》のさむきにも[三]一裘《きう》に起《お》き臥《ふ》し、[四]三伏《ぷく》のあつきにも《酷暑の頃にも》[五]一葛《かつ》を濯《すす》ぐいとまなく、年ゆたかなれども、朝《あした》に[六]晡《くれ》に一椀《わん》の粥《かゆ》にはらをみたしめ、さる人はもとより《そんな人は言うまでもなく》[七]朋友《ともがき》の訪《とむら》ふ事もなく、かへりて《かえって》兄弟一属《はらからやから》にも[八]通《みち》を塞《き》られ、まじはりを絶《た》たれて、其の怨《うら》みをうつたふる方さへなく、[九]汲々《きふきふ》として一生を終《を》ふるもあり。さらばその人は作業《なりはひ》にうときゆゑかと《無関心なためかと》見れば、[一〇]夙《つと》に起《お》きおそくふして[一一]性力《ちから》を凝《こら》し、西にひがしに走りまどふ[一二]蹺蹊《ありさま》さらに《少しも》閑《いとま》なく、その人愚《おろか》にもあらで、才をもちふるに《才知を働かせても》的《あた》るはまれなり《うまくいくことは珍しい》。これらは[一三]顔《がん》子《し》が一瓢《へう》の味《あぢは》ひをもしらず。かく果《は》つるを《終るのを》、[一四]仏家《ぶつか》には[一五]前業《ぜんごふ》をもて説《と》きしめし、[一六]儒門《じゆもん》には[一七]天命と教ふ。もし未来あるときは《来世があるならば》、現世《げんせ》の[一八]陰徳[一九]善功も来世《らいせ》のたのみありとして《を期待することができると》、人しばらくここにいきどほりを休《やす》めん。されば富貴のみちは、仏家にのみ《仏教の方だけが》その理《ことわり》をつくして《筋を通していて》、[二〇]儒門の

一 孝行廉直の評判。
二 冬の三カ月。孟冬《もうとう》（陰暦十月）・仲冬《ちゆうとう》（十一月）・季冬《きとう》（十二月）の称。
三 一枚の皮衣。
四 夏至の後を、初伏・中伏・末伏にわけた呼び方。
五 葛《くず》で織った薄い帷子《かたびら》一枚を着たきりで。
六 暮。夕方。
七 友人が訪問することもなく。「朋友」をともがきとよませるのは古語。
八 往来訪問を止められ。
九 あくせくとして。
一〇 早く。
一一 精神やエネルギーを集中して。
一二 ありさま。底本にある〓を「蹊」と見、「蹺蹊《けうけい》」と読み、「むずかしそうな様子」の意味にとっている説が多い。安永九年刊の『唐錦《からにしき》』巻之二にも「如何《いか》様《さま》蹺《やう》蹊《す》あるべし」とある。また、足をあげて、よろよろする、の意味の「蹺蹬《けうとう》」と読む説もある。
一三 孔子の高弟顔回のこと。『論語』雍也《ようや》篇に「子曰ク、賢ナル哉回也《かなかいや》、一簞《いつたん》ヲ食シ、一瓢《いつぺう》ヲ飲ミ、陋巷《ろうかう》ニ在《あ》リ、人其憂《そのうれひ》ニ堪ヘズ、回也《かいや》其《その》楽ヲ改メズ、賢ナル哉回也」とある。
一四 僧。転じて仏教。
一五 前世からの因縁。
一六 儒者たち。儒教。

一七 天のさずけた運命。
一八 人に知れない善行。
一九 よい結果をうる功徳《くどく》。
二〇 善人が現世で不運であることに対する腹立ち。
二一 でたらめだというのでしょうか。

黄金の精霊の貧福論

二二 あなたも。相手の精霊をさして言う。
二三 仏の御教え。
二四 前世。仏教の世界観で、過去の世界での行為。
二五 善功を修めたか修めなかったかの善悪によるというが。
二六 「希望的な」教え、という解釈もある。
二七 あわれみいつくしむ心。仏のように情け深い心。
二八 よい報い。
二九 とんでもない道理に外れたこと。
三〇 「なりくだる」は、「なりさがる」と同じで、前世の善心から堕落したことをいう。
三一 仏さま。一三七頁注八参照。
三二 名誉と評判や、利益を欲ばること。
三三 かかわりなさろうか、なさるはずがない。
三四 無知文盲の女ども。「尼」は、本来、出家して仏門に入った女性をいうが、ここは近世以降に関東などで女をいやしめて呼んだことばと同じ使い方をしている。「媽《かか》」も、近世になって既婚の女性をさして言った下層階級のことば。

教《をしへ》は二一荒唐《くわうたう》《とりじめなし》なりとやせん。二二霊《かみ》も仏の教にこそ憑《よ》らせ給ふらめ。否《いな》ならば詳《つばら》にのべさせ給へ《くわしくお話し下さい》」。

翁いふ、「君が問ひ給ふは、往古《いにしへ》より論じ尽さざることわりなり。かの二三仏の御法《みのり》を聞けば、富と貧しきは二四前生《さきのよ》の二五脩否《よきあしき》によるとや、此《こ》は二六あらましなる《おおよその》教へぞかし。前生にありしときおのれをよく脩《をさ》め、二七慈悲《じひ》の心専《もは》らに、他人《ことひと》にもなさけふかく接《まじ》はりし人の、その二八善報《ぜんぽう》によりて、今、此の生《しやう》に富貴の家にうまれきたり。おのがたからをたのみて《財力にものをいわせて》他人《ことひと》にいきほひをふるひ、あらぬ二九狂言《まがごと》をいひののしり、あさましき夷《えびす》ごころをも見するは《粗野で野蛮な心を示すのは》、前生《さきのよ》の善心かくまで《こうまで》三〇なりくだる事は《堕落したことは》、いかなるむくいのなせるにや。三一仏菩薩《ぶつぼさつ》は三二名聞利要《みやうもんりえう》を嫌《い》み給ふとこそ《おきらいになると》聞きつる物を、など《どうして》貧福の事に三三係《かか》づらひ給ふべき。さるを《それなのに》富貴は前《さき》生《のよ》のおこなひの善《よ》かりし所《結果》、貧賤《ひんせん》は悪《あ》しかりしむくいとのみ説《と》きなすは、三四尼媽《あまかか》を蕩《とら》かすなま仏法ぞかし《だますいい加減な仏道であるよ》。貧福をいはず、ひたすら善を積《つ》まん人は、その身に来《きた》らずとも、子孫《しそん》はかならず幸福《さいはひ》を得べし。

『宗廟《そうべう》[一]これを饗《う》けて子孫これを保つ』とは、此のことわりの細妙《くはしき》[二]なり。おのれ善をなして、おのれその報いの来《きた》るを待つは、直《なほ》[三]きこころにもあらずかし。又、悪業慳貪《あくごふけんどん》[四]の人の富み昌《さか》ふるのみかは《栄えるばかりでなく》、寿《いのち》めでたく《長生きして》その終《をはり》をよくするは《全うすることについては》、我に異《こと》なることわり《違った論理》あり。霎時《しばらく》[五]聞かせたまへ《お聞き下さい》。

我今仮《かり》に化《かたち》をあらはして話《かた》るといへども、神にあらず仏にあらず、もと非情[六]の物なれば、人と異なる慮《こころ》あり。いにしへに富める人は、天《あめ》[七]の時に合《かな》ひ、地《くに》[八]の利をあきらめて《明らかにして》、産[九]を治めて富貴となる。これ天の随《まにまに》なる計策《たばかり》なれば、たからの《金銀や財宝が》ここにあつまるも、天のまにまに《自然の法則にしたが》なることわりなり《った道理というものだ》。又、卑吝貪酷《ひりんどんこう》[一〇]の人は、金銀を見ては父母のごとくしたしみ、食《くら》ふべきをも喫《くら》はず、穿《き》[一一]べきをも着《き》ず、得がたきいのちさへ《〔金が〕》惜《を》しとおもはで《〔金を〕》、起《お》きておもひ臥《ふ》してわすれねば、ここにあつまる事、まのあたりなることわりなり《目の前に見るような分り切った道理である》。我もと《元来》神にあらず仏にあらず、只《ただ》これ非情なり。非情のものとして、人の善悪を糺し、それ《その道》

一『中庸』に「子曰ク、舜《しゅん》ハ其大孝ナリ。徳ハ聖人為《な》リ。尊ハ天子為リ。富ハ四海ノ内ニ有リ。宗廟之《これ》ヲ饗《う》ケ、子孫之ヲ保ツ」とある。舜の孝道は、よく祖先の霊を祀《まつ》ったので、宗廟《そうびょう》の先祖の霊もこの心を喜び、子孫もまた、その徳をうけて諸侯として優遇された、の意。
二 具体的にくわしく説明している。
三 素直で純粋な心。この「直きこころ」には秋成の古学思想が少しうかがわれる。
四 物を惜しみ貪《むさぼ》ること。
五「霎時《しょうじ》」を「しばらく」と訓《よ》むのは、すこしの間、という意味があるからである。
六 非情な金銭の精霊だ、との意。「非情」は喜怒哀楽の情のない木石のごとき冷たいもの、の意味。黄金の精は金属なのでこう言った。
七 大自然の好運に会い。『孟子』に「天ノ時ハ地ノ利ニシカズ」とある。
八 土地の利害関係をよく察して。
九 その土地での産業に精を出して。
一〇「卑吝」は品性が卑しく、物おしみすることで、「貪酷」は欲深で残忍なこと。
一一「穿《き》るべき」とあるのが正しい。
＊ 享保四年の『町人嚢《ふくろ》』も「万《よろづ》の物にすぐれて貴きものは金銀也。又万の物にすぐれていやしき物は金銀也」と、金銭のもつ善悪の両面を、指摘して

にしたがふ《理に》べきいはれなし。[一二]善を撫《な》で[一三]悪を罪《つみ》するは、天なり、神なり、仏なり。《〔この〕》[一四]三つのものは道なり。我がともがらのおよぶべきにあらず《関知するところではない》。只、《〔金をほしがる〕人々が〔私に〕》かれらがつかへ傅《かしづ》く事のうやうやしきに《丁重に奉仕するから》《〔金は〕》あつまるとしるべし。[一五]これ金《かね》に霊《れい》あれども、人とこころの異《こと》なる所なり。また富みて[一六]善根《ぜんこん》を種《う》うるにも、ゆゑなきに《理由もないのに》恵《めぐ》みほどこし、その人の不義《不正直を》をもて[一七]察《あき》らめず借《か》しあたへたらん人は《貸してしまったりする人は》、善根なりとも財《たから》は[一八]つひに散《さん》ずべし。[一九]これらは金の用を《用途を》知りて、金の徳をしらず、《〔金を〕》かろくあつかふが故《ゆゑ》なり。

又身のおこなひもよろしく、人にも志誠《まごころ》ありながら、世に窮《せば》めら《おち》れて《ぶれて》くるしむ人は、[二〇]天蒼氏《てんさうし》の[二一]賜《たまもの》すくなくうまれ出でたるなれば、精《せい》神《しん》を労《らう》しても、いのちのうちに《生きているうちに》富貴を得る事なし。さればこそいにしへの賢《かしこ》き人は、《〔富貴を〕》もとめて益《やう》あれば《有益ならば》もとめ、益なくば《無益であれば》もとめず、己《おの》がこのむまにまに世を山林にのがれて《俗世を逃れて山にこもり》、しづかに一生を終る。心の《その胸》うち《中は》いかばかり《どれほど》清《すず》しからん《さっぱりしていることか》とはうらやみぬるぞ《と羨んだことだ》。かくいへど、富貴

いる。

一二 善をすすめる。

一三 悪いことを罰する。

一四 儒（天）・神・仏の三教は、いずれも人間の従うべき道である。

一五 金銭にいくら霊魂があっても、人間の心とは違っている。

一六 慈善行為をほどこすにしても。「善根」はよい結果を得る行い。

一七 見きわめず。「察《さつ》」には「つまびらかにする」の意義がある。

一八 しまいには無くなってしまうに違いない。

一九 「これら」は善根である人をさす。

二〇 造化の神。『繁野話《しげしげやわ》』に「千石の粟《あは》は天蒼氏《てんさうし》の賜ふ常の産なり」とある。「天」に宇宙の主宰者、の意味がある。また「蒼」には青いという意味があり、「蒼天《そうてん》」で、青空を言い天のことをさしているが、これと同じ使い方であろう。

二一 お恵み。おくりもの。

＊ 世を山林にのがれて、静かに一生を終った人は、中国の竹林の七賢人をはじめとして、古来、中国日本ともに多い。江戸初期では、石川丈山の洛北詩仙堂への隠栖《いんせい》が有名。

のみちは術《わざ》《技術で》にして、巧《たくみ》[一]なるものはよく湊《あつ》め、不肖《ふせう》《愚かな人は》のものは瓦《かはら》の解《と》くるより易《やす》し。且《かつ》我《われわれ金の仲間は》がともがらは、人の生産《なりはひ》《職業につきまとって》につきめぐりて、たのみとする主《ぬし》もさだまらず。ここにあつまるかとすれば、その主《ぬし》のおこなひによりて、たちまちにかしこに走《はし》る。水のひくき方にかたふく《向って流れる》がごとし《ようなものだ》。夜に昼にゆきく《往き来して》と休《や》むときなし。ただ《むなしく》閑人《むだびと》[二]の生産《なりはひ》もなくてあらば、泰山《たいざん》[三]もやがて喫《く》ひつくすべし。江海《がうかい》[四]もつひに飲《の》みほすべし。いくたびもいふ《何度も言うけれど》、不徳《ふとく》の人のたからを積《つ》むは、これとあらそふ[五]ことわり、君子[六]は論ずる事なかれ《君子が富貴を論じても仕方がない》。ときを得たらん人の《時勢にのった人が》、倹約《けんやく》を守りつひえ《冗費を》を省《はぶ》きてよく務《つと》めんには《〔仕事に〕励むならば》、おのづから家富み人服すべし《従うであろう》。我は仏家の前業《ぜんごふ》[七]もしらず、儒門《じゆもん》[八]の天命にも拘《かかは》らず、異《こと》《別の》なる境《さかひ》《境地で》にあそぶなり《自由に振舞うのだ》」といふ。

左内、いよいよ興に乗じて、「霊《れい》の議論きはめて妙なり《まことにみごとです》。旧《ひき》しき疑念《うたがひ》も今夜《こよひ》に消《せう》じつくしぬ。試《こころ》みにふたたび問《と》はん。今、豊臣《とよとみ》の威《ゐ》風《ふう》[九]四海を靡《なみ》し、五畿[一〇]七道漸《やや》しづかなるに似たれども、亡国《亡んだ国の忠臣が》の義士彼《をち》

一『史記』貨殖列伝に「能《よ》キ者ハ輻湊《ふくそう》シ、不肖《ふせう》ノ者ハ瓦解《ぐわかい》ス」とある。「湊む」は、あつめるの意。「瓦の解くる」は、解け崩れることがひどい、の意。一部分が崩れると、全体がだめになることをいう。

二 仕事のないひまな人が働かずにいれば。

三 泰山ほど積み上げた富も食い尽してしまうだろう。「泰山」は、中国五岳の一。山東省にある名山。

四 大河や海のような多くの富も飲み干すように消滅してしまうだろう。

五『史記』貨殖列伝に「最下者ハコレト争フ」とある。「これ」は、宝すなわち財宝を意味している。

六 富を得ることとは、その人に徳があるかないか関《かかわ》りのないことである、と解釈する説もある。

七 仏教で言う前世の因縁。

八 儒教で説く天命。

＊ 秋成は晩年になると、『胆大小心録《たんだいしょうしんろく》』で、金の性は悪で、銭の性は善であるとし、金銭観が金と銭で全く違い、「銭さへあれば金はいらぬもの」と断定し、魯褒《ろほう》の『銭神論』を「貧乏ひがみのすね言ぢや」とけなしている。

＊ 豊臣秀吉が天下を平定したものの、徳川政権への過渡期にすぎないことを暗示している。

九 天下を従えて。「四海」は四方の海の内のこと。

一〇 日本全国。山城・大和《やまと》・河内《かわち》・和泉《いずみ》・摂津の近畿五カ国と、東海・東山・北陸・山陽・山陰・南海・西海の七道。

一一 手に持って田を耕す農具。ここは、単に農具。
一二 敵を突くための柄の長い武器。
一三 安心して眠れない。
一四 平定して。
一五 一八頁注七参照。
一六 武田信玄。戦国時代に甲斐《かい》、信濃《しなの》を平定した大名。
一七 百発百中でないということはなく。
一八 甲斐・信濃・上野《こうずけ》。現在の山梨県、長野県、群馬県のこと。
一九 臨終の時のことば。
二〇 織田信長。天下をほぼ平定した。
二一 『市井雑談集《しせいぞうだんしゅう》』に「信長は果報いみじき者也」、『甲陽軍鑑《こうようぐんかん》』には「信長・家康は果報のつよき者」と、信玄の末期の言葉として記されている。
二二 元亀《げんき》三年（一五七二）に、上洛しようと三河野田城まで進軍して、病気になり没した。『甲陽軍鑑』には「膈《かく》と云ふ煩《わづらひ》」とある。
二三 上杉謙信。戦国時代に越後、上野を平定した。
二四 天下に対抗できるほどの人物はない。
二五 「みまかる」は死ぬ。現世から去ること。
二六 才能と徳。
二七 委託された。「寄《よ》す」の未然形「寄さ」に尊敬の助動詞「す」がついたもの。もともとは「よさす」だが、後世には「よざす」ともよんだ。
二八 家臣の明智光秀に討たれたことを言う。「任ずるもの」は、重く用いた家臣。「殞《いん》」は死ぬ意。

精霊の諸侯論

此《こち》に潜《ひそ》み竄《かく》れ、或は大国の主《ぬし》に身を托《よ》せて世の変《動乱を》をうかがひ、かねて志《こころざし》を遂《と》げんと策《はか》る。民も又戦国の民なれば、耒《すき》[一一]を釈《す》てて矛《ほこ》[一二]に易《か》へ、農事《なりはひ》をことゝせず《仕事としない》。士《武士たる者は》たるもの枕を高くして[一三]眠《ねむ》るべからず。今の躰《さま》にては長く不朽《ふきう》の政《まつりごと》にもあらじ《とも思えません》。誰か一統《とう》[一四]して民をやすきに居《を》らしめんや。〔精霊は〕又誰にか合《くみ》し給はんや《味方なさいますか》」。

翁《おきな》云ふ、「これ又人道[一五]なれば《人間界のことだから》、我がしるべき所にあらず《私が関知することではない》。只《ただ》、富貴をもて《の点から》論ぜば、信玄《しんげん》[一六]がごとく智謀《はかりごと》は百《もも》[一七]が百的《あた》らずといふ事なくて、〔しかも〕一生の威《生涯の威令は》を三国[一八]に震《ふる》ふのみ、しかも名将の聞えは《という評判は》世挙《こぞ》りて賞ずる所なり。その末期《まつご》[一九]の言《ことば》に、『当時《いまや》信長《のぶなが》[二〇]は果報《くわほう》[二一]いみじき《非常に好運な》大将なり。我平生《つね》に他《かれ》を侮《あなど》りて征伐《せいばつ》を怠《おこた》り、此の疾《やまひ》[二二]に係《かか》る。我が子孫も即《やが》て他《かれ》に亡《ほろぼ》されん』といひしとなり《言ったとのことだ》。謙信《けんしん》[二三]は勇将なり。信玄《しんげん》死しては天《あめ》[二四]が下に対《つい》なし。不幸《から》にして遽《はや》く死《みまか》りぬ[二五]。信長の器量《きりやう》[二六]人にすぐれたれども、信玄の智に及《し》かず《及ばず》、謙信の勇に劣《おと》れり。しかれども富貴を得て、天が下《天下の政権が》の事一回《ひとたび》は此の人に依《よざ》す[二七]。任ずるもの[二八]を辱《はづか》しめて命を殞《おと》すにて見れば、文武を兼《か》ねしといふにもあらず《完璧な英雄というわけでもない》。秀吉[一]《ひでよし》の志《こころざし》大《おほ》いなるも、はじめより天地[二]《あめつち》に満《み》つるにもあらず。柴田[三]と丹羽が富貴をうらやみて、羽柴《はしば》と云ふ氏《うぢ》を設《まう》けしにてしるべし。今龍《りよう》と化《け》して太虚《みそら》に昇《のぼ》り、池中[四]《ちちゆう》をわすれたるならずや《忘れてしまったのではないか》。秀吉龍と化したれども《〔元来は〕》、蛟蜃[五]《かうしん》の類《たぐひ》也。『蛟蜃[六]の龍と化したるは、寿《いのち》わづかに三歳《みとせ》を過ぎず《三年にすぎない》』と。これもはた後なからんか《秀吉もまた子孫が繁栄できないであろう》。それ驕[七]《おご》りをもて治めたる世は、往古《いにしへ》より久しきを見ず《長く続いたことはない》。人の守るべきは倹約《けんやく》なれども、過ぐるものは《その度がすぎると》卑吝[八]《ひりん》に陥《お》つる。されば《だから》倹約と卑吝の境《さかひ》よくわきまへて務《つと》むべき物にこそ《ものである》。今、豊臣《とよとみ》の政《まつりごと》久しからずとも、万民[九]和《にぎ》はしく《平和に繁栄し》、戸々《ここ》に千秋楽[一〇]を唱《うた》はん事ちかきにあり《近い将来にある》。君が《あなたの》望《のぞ》みにまかすべし《ご希望に従いお答えしましょうと》」とて、八字[一一]の句を諷《うた》ふ。そのことばにいはく、

堯[一二]《げう》　蓂《めい》　日《ひニ》　杲《あきらかニ》　　百《ひやく》　姓《せい》　帰《よル》レ家《いへニ》

数[一三]《す》言《げん》興《きよう》尽きて、遠寺《ゑんじ》の鐘《かね》五《ご》更[一四]《かう》を告《つ》ぐる。「夜既《すで》に曙《あ》けぬ。別れを給ふべし。こよひの長談《ながものがたり》、まことに君が眠《ねむ》りをさまたぐ」と、起《た》

一　豊臣秀吉。信長の後を継いで天下を統一した。
二　天下を征覇するほどのものではなかった。
三　柴田勝家と丹羽長秀のこと。ともに織田の老臣。
四　もといたところ。昔の身分や境遇。
五　「蛟」は龍の属、「蜃」は蛟《みずち》の属。ともに想像上の動物。ここは、本当の龍ではないが、機を得れば龍になることもできる「蛟蜃」のようなものである、の意。
六　『五雑俎』に「龍ノ蛟蜃ニ由ツテ化スル者ハ、寿三歳ニ過ギズ」とある。
七　天下人となり、驕慢《きようまん》の心をもって。
八　品性が卑しくけちなこと。一五四頁注一〇参照。
九　『艶道通鑑《えんどうつがん》』の序に「万民和《やはら》きて戸々に千秋楽を唱へ」とある。
一〇　雅楽《ががく》の曲名。祝意を表する時に奏する。
一一　八字の漢字からなる句。
一二　堯《ぎよう》帝の代に、「蓂莢《めいえき》」という瑞草が生えて日々太平に治まり、万民はそれぞれ早く業を終えて家に帰る、の意で、人心の家康に帰することを言っている。
＊　最後に「百姓家に帰す」として徳川家康を意味する言葉をもってきて、たたえているところなどは、江戸幕府の絶対権力のもとに生きた、近世中期の小説家の体質がよく出ている。
一三　さまざまな話に興じたのが終って。
一四　午前四時頃。

ちてゆくやうなりしが、かき消《け》して見えずなりにけり。

左内つらつら《つくづくと》夜もすがら《夜中じゅうのことを》の事をおもひて、かの句を案《あん》ずるに、百《ひやく》姓《せい》家に帰《き》すの句、[一五]粗其《ほぼ》の意《こころ》を得て、ふかくここに[一六]信を発《おこ》す。まことに[一七]瑞草《ずいさう》の瑞《〔言葉〕》あるかな。

一五　おおむねその意を察して。
一六　精霊の言ったことを信ずるに至った。
一七　堯帝の代のような聖代にあうべきめでたいしるし、の意。「瑞草（めでたい草）」は「瑞（しるし）」を出すための序として、八字の句の冒頭の「堯蓂」からのつながりで出した語。

雨月物語　五之巻大尾

安永五歳丙申孟夏吉旦

書肆

京都 寺町通五条上ル町 梅村判兵衛

大坂 高麗橋筋壱町目 野村長兵衛

癇癖談《くせものがたり》

御《評判の》うはさのくせものがたり拝借申候而《お借りしまして》、寛々《ゆるゆる》拝見いたし候《ゆっくり読みました》。[一]天王《てんわう》寺《じ》の法師がくすしの条《四天王寺の僧である医師の個所》、[二]物産《ぶっさん》老人の[三]類尽《るいづく》し、[四]屈江書家《くつかうしょか》のくだり《個所は》、其《そ》の人々を見るやうにて、あかず《熱心に》くりかへし見申候。誠に人には一くせとて、才《さい》有る人は才を相手とし《才能をたよりにし》、わるがうものは《わるふざけをする人は》わるがうものはわるがうを言ひたふさんとするが《どこまでも言い通そうとするのが》くせにて、いづれ其の才其のくせを持ちぐさりには《持ちぐされには》はしがたくて、夫《それ》を捨てて仕舞ふごもく場《ごみ捨て場》を拵《こし》らゆる物なれば、此の本の作も《この物語のおもむきも》、定めて《きっと》其のごもく場なるべし。其の種《たね》につかはれたる人も、定めて才子か、わるがう者なるべし。是《これ》を面白と見る人も、亦痴《またち》人《じん》にはあらざるべし《馬鹿者ではありますまい》。われらも其の中間《なかま》入《いり》にと一本を写して《写本を別にこしらえて》、原本を御返上申上候《原本をお返し致します》。[五]法論味噌《ほろみそ》[六]一曲《ひとまげ》、[七]薪《たきぎ》より貰《もら》ひ候。其の御口へ御あがり《〔悪口雑言の〕その口で召し上がれ》可被下候《くださるべくさうらふ》。[八]かしこ。

上田翁の
御もとへ申参る

[九]竹《ちく》窓《さう》

＊上田秋成の友人森川《もりかわ》竹窓が「くせものがたり」を読み、面白かったので別に一本を写して原本を返した時の手紙。江戸期の文人の間では、蔵書、著書を貸したり借りたりするのが習慣であった。

一 四天王寺で当時有名であった僧。「くすし」は薬師で、医者のこと。一八三頁九行の「仏のをしへにかしこき法師」をさすのであろう。

二 有名な物産家（産物の研究家）であった木村兼葭《けんか》堂《どう》のこと。

三 何でも分類してしまうこと。一九六頁の章に書かれている。

四 現在の大阪市堀江にいた書家、牟岐《むぎ》隴陽《ろうよう》と推定されている。または、一九七頁の自撰集を出した翁のことか。堀江を衒学《げんがく》めかして屈江と表記した漢学趣味。

五 日に干して細かく刻んだ焼味噌に、胡麻《ごま》、麻の実、胡桃《くるみ》、山椒《さんしょう》などを切り混ぜたもの。大和《やまと》の名産として『五畿内産物図会《ごきないさんぶつずえ》』に記される。ほろん味噌とも。

六 曲物《まげもの》一つ。「曲」は、檜《ひのき》・杉などの薄板を曲げて作った円形の容器。

七 京都府綴喜《つづき》郡田辺町字《あざ》薪。また、同地にある一休寺のこととも考えられる。

八 手紙の終りに書く語。普通は婦人が使用する。

九 森川竹窓。字《あざな》は離吉《りきち》、名は世黄《せこう》。大阪の書家・篆《てん》刻家《こくか》で、天保元年（一八三〇）没した。

一〇 底本は「この物ものがたりは」とある。

一一「くつわ」は、忘八《くつわ》で、遊女屋およびその主人を

序

一〇この物がたりは、一一朱雀《しゆじやく》のくつわが、一二ぬりをけ（漆塗りの桶）の中に、へしこめて（押し込めてあったものである）ありしなり。作者はたれともしるさざれど（誰だとも記してないが）、つたへていふは、一三在郷の中将とかや。さだめて（きっと）、一四田舎道場（遠国の寺の）の一五新発意《しんぼち》どのが、一六やつし腹して（しゃれ気を出して）、一七才まぐる（小賢しくも）ものか（書いたか）。文辞《ことば》の京《みやこ》めかせる（都風にしたのと）と、一八故事を雅俗《がぞく》に摘《つ》みきたれるとを、これやそれ（あれやこれやと）と闇のつぶて（めくらめっぽうに）の、一九当粋《あてずい》（あてずっぽうな）なかしら書（頭注をつけ）して、おのが洒落社中《しやれなかま》にひけらかさむ（みせびらかそうとする）とす。されば（さてそこで）、吾妻《あづま》に二〇京伝あり、ここに都の二一やぼ伝《でん》が、まはらぬ筆は二二かすが野の、若紫のすりこ木ぢやまで（と言ったところさ）。

言う。朱雀大路は現在の千本通で、島原へ行く道。

一二 ここは朱雀院の塗籠《ぬりごめ》（納戸《なんど》のような部屋）にあったといわれる『塗籠本伊勢物語』の伝説を踏まえて、この『痼癖談』が塗桶から発見された趣向にした。

一三『伊勢物語』の主人公、在原業平《ありわらのなりひら》の別称「在五中将」をもじったもの。在原氏の第五子の業平は、右近《うこん》衛《えの》中将であった。「在郷」は、いなか。

一四「道場」は説教をする場で、ここは寺院のこと。大阪では遠国を田舎《いなか》、近い所を在所と言った。

一五 新米の坊主。出家して間もないもの。

一六「やつす」は、しゃれること。

一七 さきまくるの音便。一説に、才捲《ま》くるからとも。

一八 由緒ある昔のことを、雅言や俗言で表現したもの。なお、雅俗両方で採集したとも解せる。

一九 粋《すい》を当てこんだの意の「当粋」に当推量《あてずいりよう》を懸けた。

二〇 山東《さんとう》京伝。黄表紙・洒落本《しやれぼん》・読本《よみほん》の代表的作者。本名岩瀬伝蔵、文化十三年（一八一六）五十六歳で没。

二一「やぼ天」のもじりで、やぼな男の意。「やぼ伝」の伝に、京伝の伝を踏まえている。作者自身の謙称。

二二『伊勢物語』初段の「春日野の若紫のすり衣《ごろも》しのぶのみだれかぎり知られず」の「すり衣」を「すりこ木」ともじり、山東京伝や在原業平などの文才には到底及ばないと卑下したもの。不具を暗示する「すりこ木」で「まはらぬ筆」の、まわるに懸けている。

＊ この序で上田秋成は自作を卑下しながらも、京伝など江戸文壇の人々に対抗的姿勢をとっている。

作者らしい気むずかしい老人が、書を積んだ机を背にして、火鉢をかかえているところ。底本は序章中（二丁ウ）にある。

癇癖談 上

はじめに（序章）

一ひとごとにひとつのくせとは《人間一人一人に一つずつのくせがある》、むかしむかしの諺《ことわざ》ぞかし。今の世の人は、二心辞《しんじ》のくせの外にも《心のくせ言葉のくせのほかに》、たつに癖、居るにくせ《立居振舞にもいろいろくせがある》、それにも、これにも、癖なき〔人〕はあらぬを、みづからは三癇症《かんしやう》とのがるるを《言訳しているけれど》、他人からは、わるぐせとも、気まま病ともなづけたり《という病気とも言われる》。さて、そのそしれる人も《悪口を言う人の方も》、また、此《こ》の癖のなきはあらねば《無い人はいないから》、人のくせが世のすがたとなりて《世間一般の状態》、〔身分の〕たかきもいやしきも、みやこもゐなかも、あまねくいひはやす《すべてそうはやしたてる》、四癇癖談《かんぺきだん》を、癖《くせ》ものがたりとも、よめばよめかし《読むなら読むがよい》。きのふもむかし、さきの間も《ちょっと前も昔》、むかし、をとつひ、跡の月《先月も》、去年の大むかし、十《と》とせ廿《はた》とせの五とつとのむかし《ずっと》までを、かたりつづけて、六冊子《さつし》めくものとはなりにけり《本らしいものとなったのである》。

*『癇癖談』は平安時代の『伊勢物語』を滑稽化し、その影響のもとに成り立っている。それは作品の内容・構成ともに見られるが、とくに『伊勢物語』の冒頭「むかし男ありけり」の文を、その書き出しに用いているところなど顕著である。巻末付録参照。

一 天台座主《ざす》であった慈鎮（慈円）が、歌を詠《よ》むことを人に非難された時、直ちに「人ごとにひとつの癖はある物をわれには許せしきしまの道」と詠んだという。

二 「辞」は言葉で、言語・文章をさす。心で考えることと、話すことや書くこと。

三 癇の強い性分だからと。

四 「かんぺきだん」と読むのを、「くせものがたり」と読まれてもかまわない、と作者は言っている。

五 時間や場所がはるかにはなれている様子をいう。浄瑠璃『傾城反魂香《けいせいはんごんこう》』に「とつと前から藤袴《ふぢばかま》と契約ありと申せば」とある。

六 「さくし」の慣用音で、ここは書物をさしている。「めく」は……らしくなる、の意を添える接尾語。

*〔大意〕人には何でも癖があるもので、古今の人人のくせを気ままに語って『癇癖談《くせものがたり》』という本にしたというもの。なお、この章のみは、初めに「〇むかし、をとこ……」の如く、〇印がないので、上巻の冒頭に位置しているものの、『癇癖談』全体の序文と考えられる。

[一]むかし、をとこありけり。ならぬ狂言をかりにも、でかしたがりけり。それをたとへていはば、[二]儒者たちの、経済りきみ、[三]国学家の、上古こがれ、[四]えせ歌よみの、万葉ぐるひ、俗あたまの、[五]座禅観法《ざぜんくわんぽふ》、二代金持の、縁者のぞみ、[六]世になし人の、先祖よばはり、小借家住ひの、茶の湯ぶるまひ、また、医者の、[七]漢魏《かんぎ》見識《けんしき》もおなじ事ながら、[八]仲景《ちゅうけい》、[九]孫思邈《そんしばく》、[一〇]東垣《とうゑん》、[一一]丹渓《たんけい》も、[一二]瘧《おこり》をまじなふ[一三]八はらひのそろばん、[一四]爺《ぢい》も猿が餅に、なほすが正銘、それをおきては、[一五]引経運気論《いんきやううんきろん》も、[一六]病因随症《びやういんずいしやう》も、[一七]筆端弁正《ふでさきくちさき》は、木太刀の芝居事、いづれ其のしるしを見ずには、信じられぬ事どもなりけり。むかし人は、[一八]かくいちびりたる、われがしこをなん、りきみあひける。

できもしないことをなんとか　やりたがった　漢学者の身のほど知らぬ経済学好き　国学者は　古代古代と恋い慕い　自称歌人は　万葉集をおしいただき　極めつきの俗人が　成上がり二世は　良縁を高のぞみし　落ちぶれ者は　何かといえば先祖の系図　借家ずまいしても　茶の湯の亭主面　そろばん占い同様役に立たぬ　即座に早く［病を］治してこそ本物だ　その効験を見なくては　木刀を振り回す剣劇と同じこと　このように先走った　自分だけの賢がりを　張り合ったものだ

[一九]国学者とは、神道者に、三筋毛の、多いまでの、学業なり。

一『伊勢物語』各段は、この文で始まる場合が多い。
＊「ならぬ狂言をでかしたがる」男のモデルとして、当時の浪花《なにわ》の畸人《きじん》、桂井蒼八《かつらいそうはち》が考えられている。
二 これは、『草茅危言《そうぼうきげん》』の著者中井竹山《なかいちくざん》であろう。
三 本居宣長《もとおりのりなが》あたりを意識している。解説参照。

背伸びする人々

＊ 秋成は、当時の儒者中井竹山が経済学を論じたり、国学者本居宣長が古学思想を持ったりしたのを、快く思わなかった。能力のないくせに何でもできる格好をする当時の人々を、「むかし」という形で諷刺《ふうし》して『癇癖談』を書いた。
四「似非《えせ》」で、本物でない意。
五 静座して悟りの道に入る座禅と、心に真理を観じ念ずる観法。ともに仏教の実践修行。
六「世になし」は、今の世の中で認められないこと。
七 漢・魏《ぎ》時代の医書の知識をひけらかすこと。「見識」は、物事を見て得た見解。
八 後漢《ごかん》の張機の字《あざな》。張伯祖《はくそ》の弟子で、長沙《ちょうさ》大守になった。『傷寒論《しょうかんろん》』十巻、『金匱玉函要略《きんきぎょくかんようりゃく》』三巻を著す。
九 隋《ずい》・唐時代の医書『千金方《せんきんほう》』の著者。
一〇 中国金代の医者、李杲《りこう》が東垣老人と称した。神医といわれ、『内外傷弁感論《ないがいしょうべんかんろん》』などの著がある。
一一 元の医者、朱震亭《しゅしんてい》の号。羅知悌《らちてい》に学び、『格知余論《かくちよろん》』などの著がある。
一二 間歇熱《かんけつ》の一つで、マラリアのこと。わが国の内地のいわゆる「おこり」は、三日熱。

流行のはかなさ

むかし、物ふかくもおもひわたらぬ人の《物事を深く考えることのできない人が》、世の事こころえがほに《物知りぶってしたり顔で》、いへりけるは、「おほかたの《たいていの》、世に、もてはやされぬ事は、そのわざ《やり方が》のよからぬがゆゑなり」とあながちにおしきはめて《強引にきめつけて》、いはれたりけり。

世にはやる《流行する》といふ事どもを見聞くに、道々しきにも《学問の方面でも》、芸能にも、よきことのみ《ちゃんとした本物だけが》おこなはるるにはあらで、おほかたがなしやすく、まなびやすき事の、まづはやるなりけり。さりとて《かといって》、また、あしきことのみ《感心しないやり方だけが》、おこなはるるといふにはあらず。人のうたてがる事《人のいやがることが》、はた《果して》よしといふにもあらず。いたりてのわざは《最高の極意は》、まねやすからず、おこなひがたしとは、むかしむかしの人の《ずっと昔の人が》いひしぞかし《言ったことである》。儒者《じゅしゃ》といへども、むかしありしは、ひたすら二〇実躰《じってい》にて、たのもしかりしを《たよりになったが》、今はさる師は《そのような学者は》、世にまれにて、詩文はなばなしく作りもて《作り出し》、手など《文字などを》風流《みやび》にかきすさび《風流に書き興じ》、酒をかしく《酒を愉快に》酌《く》みあそぶもとへは《人の所へは》、人あまた集まれり《門人が大勢集まっている》。

一三 医者がとかく独善的で、蜂《はち》を追い払うように他人の意見を退ける意の「蜂払い」と、瘧治療のまじないに、そろばん占《うらな》いをすることとを懸詞にした。そろばん占いに限らず、占いは天地万物を八という数に要約する。例えば生年月日の数を合計して人の運勢を見る時など、合計数から八を引いて（八を払う）残り数を八卦《はっけ》に当てはめる。病気を治すためにそろばん占いをしたことは、落語の「お神酒《みき》徳利」などに見られる。

一四 餅をもらった猿《さる》が即座に食い尽すように、回復の遅い老人でもすぐに、の意。「猿が餅買うよう」「猿が餅食うよう」という諺《ことわざ》がある。

一五 経書の文を引用した運命論。

一六 中国の医書。

一七 筆先や口先だけの医術は。

一八 『伊勢物語』初段の結び「むかし人は、かくいちはやきみやびをなむしける」をもじっている。「いちびる」は、できもしないのにりきんでするこ と。

一九 「猿は人間に毛が三筋足らぬ」という諺を踏まえて、神道者より三本毛が多い程度のつまらぬ者だと、国学者を馬鹿にした。

＊〔大意〕さまざまな人が、身分不相応に背伸びして見栄《みえ》を張るとか、金持ぶるとか、つまらぬことをしているという批判。なかでも医師に対する非難が多いのは、当時、秋成は医師であったから。

二〇 誠実で正直なこと。実直に同じ。

ほとけの道にも《仏教の方面でも》、世にありがたき人は《世にも稀な徳の高い僧は》、山にこもりて《山奥に遁世して》あらはれず、亭主ぶりよく《客扱いがうまく》、うときを《御無沙汰を》訪《とぶ》らふ言葉《詫びる》にも、〔来た人に〕うれしとおもはせ、物きよく《小ぎれいに》調じてくはせ《調理して食べさせ》、今の世の《当世流行風の》茶の湯もて、よびよばれ《呼んだり呼ばれたり》、よろづにあいぎやうづきたらむには《万事に愛想がよいような人のところへは》、〔信者たちは〕まづまうづるなり。翁《おきな》[一]うばらとても、さるかたに《そういうところに》、一たびまゐりては《一度通いはじめると》、若き人の、遊所《いろざと》[二]にかよひそめしにひとしく、あはれ《どうあっても》一日もおこたらじ、とおもひしめるぞかし《思い込むものであるよ》。説経者《せつきやうしや》[三]といふも、尊き経文《きやうもん》のこころを《意味を》、一すぢに《単調に》説ききこゆるには《説いて言うのでは》、心《心が》もうつうつとして《ふさいで楽しくなく》、ねぶり《眠り》を誘ふのみなりとて、声高くもひき《声を高くしたり低くし》

一 老人・老女の意。「姥等《うばら》」は乞食女をいうが、ここは「翁うばら」とあるので老女のこと。
二 色里で、遊女のいるところ。
三 説経師のこと。お経を分り易く説き聞かせる僧侶。

＊〔插絵〕社交家の所へ、大勢の人が集まっているさま。酒をくんだり、書をかいたりしている人々が烏帽子《えぼし》をかむっているのは、『伊勢物語』を意識して、滑稽《こっけい》化したものであろう。

くも（たりして）、あるひは、ころもの袖になみだを打ちはらひ、または、まなこ（目を大きく開き）をいからしなどして、歌舞妓（歌舞伎役者の）もののこなし（しぐさ）をまねつつ、唐《から》のやまとのものがたり（中国や日本の物語などや）をも、詩歌のふかきこころをも、おのがよくも心得ぬあまりに（自分がよく分らないものだから）、得手勝手なるかたに（自分勝手な方向に）四説きこかし（解説してのけ）、また、此のごろなりし（あった）世説《よがたり》（時事的な珍しい話題まで）の中にめざまし草なるをまで、とりまじへて、ひたすら（一途に）、興あらむとするなり（面白くしようとするのである）。

五今の世の茶の湯の語、最妙なり、六筆端をもつて、解しがたし。

七こなしは、歌舞妓《かぶき》役者の所作《しよさ》、八おもひ入《いれ》をいふ、昔は、仕うちといひ

＊〔挿絵〕声を高くし、或いは涙を流したりして熱演している説経者と、それを有難そうに拝む老女と、涙を押しぬぐう老人たち。

四　「こかす」は「さんざんにする」の意の接尾語。

五　「煎茶《せんちゃ》」と書かずに「今の世の茶の湯」と記したところが面白い。いかに流行しているかを、それとなく述べている。いわゆる点茶の茶道ともとれるが、ここは葉茶を湯で煎じてのむ煎茶道のことであろう。煎茶をよくする僧は、当時詩を作ることに巧みであった大典という僧をモデルにしたと考えられている。

六　文章では解説しにくい。

＊売茶《ばいさ》翁が出て江戸中期から盛んになった煎茶道は、寛政期も非常に流行した。秋成自身、寛政四年（一七九二）頃『清風瑣言《せいふうさげん》』を著し、「喫茶家清泉に遠きは一大厄なり」などと彼の煎茶観を述べている。晩年まで煎茶の道は秋成にとって、心の澄む唯一の楽しみであった。その清潔な煎茶までが、世渡りの道具になってしまったのを、非常に憤《いきどお》ったのである。茶の湯流行にかこつけて、世間の流行全般を憤ったことを、自画自賛している。

七　「こなし」の語を解説しながら、強欲な芝居の興行主を「誰のしうち」といって皮肉ったもの。

八　無言の内に感情を表現するしぐさ。

しが、今は芝居主を、さして、誰《た》がしうちといへり。

観音めぐり[一]、やうやうおとろへぬめり《衰えたようである》。大師めぐり[二]なん、難波人《なにはびと》[三]は、いとまうに《たいへん盛んに》たちさわぎける。神にも《神詣でにしても》、御蔭《おかげ》[四]まゐりなどは、遠き田舎のはてまでも、ゆすりうごきて《騒ぎにまきこんで》、昼ともよるとも、くふともく[五]はぬとも、をとこも女も、おい《老人》もわかき《若者》も、わらべも、田かへす《たがやす》しも、垣守るいぬも、もののうつつなく《ものにつかれたように正体なく》、うつしまうづる《まねて参詣しているが》[六]が、道に《旅行中》やみたふれ《病気で倒れ》[七]、はかなく、あはれなることを見きくなり。または《その他にも》、人妻、かしづき娘[八]など、はてはて《あげくのはては》、よからぬ風説[九]どもも、出《い》で来《き》てぞ、やうやう物ごりして《懲りてしまって》[一〇]、さることありしとも《そんなこともあったかとも》、おもひ出でぬばかりの《思い出さぬほどに》、世とさめはてぬるは《参詣熱がさめてしまったのは》、いとあさまし《本当に情けないことだ》。

観音めぐりは、近松が[一一]、おはつ徳兵衛[一二]に見え、大師めぐりは、お染久松《そめひさまつ》[一三]に、取組みたるをもつて、其の年世の、はるかなるを見るべし。

また、稲荷《いなり》[一四]のおさがり[一五]とて、をりをりうつしまうづる事あり。ここにあつまる人は、おのがもとありしよからぬ仕業《しわざ》どもをも《前々から重ねてきた》、今の

一 各地で西国三十三か所観世音霊場めぐりをまねて、観世音を祀《まつ》った寺を巡拝すること。
二 大師めぐりというものは、まあ。釈尊・仏・菩薩または高僧を尊称して大師という。伝教大師、弘法大師などを祀ってある寺社を巡拝すること。
三 大阪の人。
四 江戸時代、主人や父兄に内緒で、伊勢参宮すること。沿道の人々のお蔭によって旅したので、こう言う。
五 食事をとるのもとらないのも。
六 「うつす」は人のやり方をそっくりまねること。「うつし」を「現し」ととり、現実に詣でる、の意と、「写し」ととり、人の真似をして参詣する、の意とあるが、ここは後者の方がよい。
七 「たふれ」は、底本は「たをれ」とある。下二段動詞「たふる」の連用形。
八 大事に育てている娘。未婚の箱入り娘。
九 旅行中浮気をしたとか、疵《きず》ものになったとかいう悪いうわさ。
一〇 「物に懲りて」の意であろう。
一一 『曾根崎心中《そねざきしんじゅう》』や、『新版歌祭文《しんぱんうたざいもん》』などの作品に組みこんでいるから、冒頭の「むかし……」が、どれほど昔かを知れ。それほど昔のことを言っているのではない、と『癇癖談』が現世批判であることを暗示している。
一二 近松門左衛門作の『曾根崎心中』の主人公たち。

こころぎたなきことをも、[一六]あからさまに《はっきりと》いひあらはされて、猶《なほ》おろかなる事のみを、いのりものすれど《神だのみして祈っているが》、大かたは《たいていは》、こころあくまでの《満足するまでの》しるしも見ず《効果もあがらず》、おもきやまひも、およばぬねがひも、はたかひなく《やはりききめがない》てやみぬる《まま》ぞいとあぢきなき《たいへんつまらない》。老いたるきつね狸《たぬき》など、さすがに、愚痴かたくな《おろかでへんくつな》の、人のこころはうごかすれど、よき人、なほき人《素直な人》にむかひては、何のしるしを見することなく、これもまた《狐や狸も》、はてはいづちいにけむ《行く末はどうなったことであろうか》。その[一七]神垣《かみがき》といふも後に見れば、のき朽ち、[一八]御はしは草むして《草がはえて》もとの藪ばらとおひなりぬ《になってしまった》。かつ、其の[一九]神おろしせしものの、身のをはりも《その最期も》、おほかたよからずなりはつるを《落ちぶれてしまったのを》、まのあたり見しぞかし。

また、[二〇]医師《くすし》もむかしもてはやされし《ほめそやされた立派な医者は》たぐひの人は、世にあらで《この世にはいず》、うちむかふに《ちょっと見たところ》、賑はしく《にぎやかで》、ものよく[二一]いひとりて《言葉がたくみで》、病める人、看病の人のこころをも、うちたのませ《たのみになると思わせ》、人のいへの、よろこびかなしみ、人よりさきに使して、物を贈りつつ、酒さかな調じて《を用意して》、をりをり呼

一三 近松半二作の『新版歌祭文』その他の浄瑠璃に見られる主人公たち。

一四 大阪の博労町稲荷《ばくろうちょういなり》をいう。

一五 普通は「お供えものの下げられたもの」のことをいうが、ここは「おうつり」で、霊が人にのりうつったことを意味する。「きつねつき」などの類。

一六 文政六年に、『痼癖談』を注釈した学者小林《おばやし》歌城の注に、「あからさまはかりそめといふほどの意にてもののあらはなる意に使ふは俗なり」とあり、ここを「めのまへ」と改めているように、「はっきり」という意の卑俗な用い方をしている。

一七 社の垣根をいうが、ここでは神社全体をさしていっている。

一八 御階《はし》。階の敬称であり、ここはただ階段の意味。

一九 「神降」で、神霊を招請することをいうが、ここは、霊が乗り移ったと言って、さまざまな加持《かじ》祈禱をして謝礼を得る者。「神子《みこ》は合掌目をふさぎ。数珠を繰り引く梓《あづさ》弓。神おろしして寄らせにける」(近松門左衛門『卯月紅葉《うづきのもみじ》』)。

二〇 一六二頁注一参照。

二一 「いひとる(言ひ取る)」は言葉に移して言うこと。

一 客を呼んで、濃茶《こいちゃ》、薄茶などを点《た》ててもてなすこと。
二 家のこと。ここは医者の家。
三 薬の材料。
四 上方《かみがた》の色里で、お客が遊女をあげて遊ぶ店。揚屋《あげや》より格式が低かった。
五 遊里で、客が遊女屋から高級遊女を呼んで遊興する店。
六 愛想がよいこと。人づきあいがよいこと。
七 褒美《ほうび》として賜るもの。

＊ 安永三年（一七七四）刊の『笑談医者気質《じょうだんいしゃかたぎ》』などにも、幇間《ほうかん》めいた医者への諷刺《ふうし》がみられる。同書巻之一に「今医家繁昌《はんじゃう》して家内数十人ゆたかに暮しながら、富《とみ》ある者にこびへつらひ貧しき者をうるさがり、薬礼のよしあしに気をくばらるる医師あらば大ゐなる商人医者《あきんどいしゃ》ならん」とある。また天明七年（一七八七）刊の、秋成自身の『書初機嫌海《かきぞめきげんかい》』にも同様に、「薬の功験《かうげん》はさしおき、心やすうてよいの、話がおかしいのと、皆あちのなぐさみになるからのはやり医しゃ、大病になりてのしんせつと云は出入婆《かゝ》なみの夜とぎの事……」など、と、強く当代の医者気質を諷刺している。

びむかへ、一茶の湯などして、呼びよばれする門《かど》二には、人の出いりおほく、家居ひろく住みなし、蔵たかくつくり、薬種《やくしゅ》三は、ときをはかりてかひいれ、其の益を見る。さばかりならぬも、嫁とりのなかだち、茶器のとりうり、茶屋四あげや五の、ふみかよはする中やどなどするは、愛敬《あいぎやう》六を専らとすれば、おのづから、にぎはしきぞかし。また、国のかみより、禄《ろく》七たまはりし面目あるも、おのが術のほまれかと見れば、さるかたなるは、いとも稀《まれ》にて、おほかたは、銀主《ぎんしゅ》ひきつけのはたらきなるがおほし。

またをとこ女の髪の風、櫛《くし》の

広々とした住居に住み
値段の安い時を
見計らって買い込み
それほどでない人も
結婚の仲介や
茶道具の売り買いや
恋文をとりかわす
とりもちなどをする
のは
繁盛しているものだ
国守から
褒美をもらった名誉もよく見ると
その人の技術でそれを得たのかと思
うと
そういう場合
は
大名
へ金を貸す商人を紹介
した結果のことが多い

＊〔挿絵〕はやっている医者の所へ、礼物《れいもつ》を持ってきた患者。入ったところの部屋に薬棚らしいものが置かれていて、その繁栄ぶりがうかがわれる。

八「鶸《ひわ》茶」で、染色の名の一つ、茶が勝った鶸色、の意。黄味の勝った茶色。昨日まで黄ばんだ茶色が流行していたのが、今日では栗皮色（濃い茶色）がはやっている、の意。

九 関東地方。普通「東」と書き、上方地方から、江戸をさしていうことが多い。

一〇「ねむりめ（睡眼）」はねむたそうな目を言うが、ここはそのような色合いのこと。

一一 青と黄の間の色。

一二 瑠璃色のような紺。

一三 花色（うすいあい色）に少し紅色が加わった染め色。

一四 羽織の長さや、着物の仕立て方、家紋の大きさ。

一五 糸を張った楽器をいい、琴《こと》・瑟《おおごと》の類をいうが、ここは「三味線」のこと。

一六 糸に合わせて（楽器の旋律に合わせて）歌うこと。

一七「ざれる」が音転して、「じゃれる」になり、「たわむれる」の意となり、「ざればむ」でざれたさまをする意。

かざり、ころもの色あひこそ、きのふのひ[八]は茶は、けふの栗皮《くりかは》いろ、みやこのは、[九]吾妻《あづま》にうつり、吾妻のは、浪華《なには》にうつし来るも、あらいそがしの、世にもあるかな。人のこころばかりたのまれぬものはあらじかし。白茶《しらちや》、あさぎ、鼠《ねずみ》などの、[一〇]ねむりめなるをさへ、花やかなりと見し世も、まのあたりなりしを、いつしか、[一一]もえぎ、[一二]瑠璃《るり》紺《こん》、[一三]紅《べに》かけ花いろの、ふかきにうつろひゆけり。ふるき翁たちの、ひたすら、むかしをしのぶげにて、[一四]羽織《はおり》のたけ、小袖の仕たて、紋のおほきさ、いささかも、今にうつらじとするも、それはた、おのがわかきむかしのうきたるはやりごととは、おもひしらぬぞかし。今のみじか羽織は、むかしのみじかきにあらず、寸尺おなじくて、着る人のこころたがへばなり。また、新曲などとて、[一五]糸にあはするも、よき人のこころづくしせしは、あな屈したりや、などいひて人興ぜず。[一六]唱歌つづかず。あまりなるまで、[一七]ざればみて、なにのこころもなきが、遠きゐなかのはてはてまで、うたひはやせるなりけり。

京都の流行が　関東の流行が　大阪に移ってくるさまは　人の心ほどあてにならないものは　ないことだ　みずいろ　眠ったようにくすんだ色をさえ　つい最近だったと思ったのに　濃い色に移り変ってきた　昔かたぎの老人たちが　慕うようすで　当世風に移るまいと　それもやはり　自分が　青年であった昔の　うわついた流行に固執していることを　さとっていないのである　寸法は同じだけれども　着ている人の心理はまるで違っているのだ　三味線に合わせ　て歌うが　立派な人が苦労して作曲したものは　ああ気がめいってしまった　歌おうとしない　あまりというほどひどく　いい加減で　何の意味もない　曲の方を

何事にもあれ、しばしはやり《一時の流行で》もてさわぐ事の、浅はかならぬはあ《あさはかでないものはない》らじものを《ものだなあ》。

すべて此の世は金次第

むかし、一やんごとなき家にはあらぬ人の、世の中の事、はかばかしくもまなび《しっかり学び》しらぬが《もせずわかってもいない者が》、ただ金銀おほく持ちたりければ、御前さら《とりまきの》ずの、二御髭《おひげ》の塵《ちり》助《すけ》等はもとより《ちやほやする連中で》さるものにて、〔大金持と〕しるしらぬ人までも、うらやみ、たふとがりけるほどに、いつし《いつのま》かと《にか》、おもひほ《思いあがって》

＊〔大意〕世にもてはやされないのは、その人の技芸がすぐれていないからだという人がいる。しかし、実際には、万事つきあいよく、愛想をふりまく人の所へ、人が集まっている。どんなことでも、流行などは、所詮《しょせん》はかないものである、と作者は言っている。

一 立派な家柄ではない人。「やんごとなし」は、きわめて貴い、の意で、ここは、そういう家の人ではない、ということ。

二 「御髭の塵助」は、御髭の塵を払う、つまり利益を与えてくれそうな人の御機嫌《ごきげん》うかがいをする男。御機嫌とりたちは、いうまでもなく、金持にべったりくっついていて、の意。

＊〔挿絵〕金持ということだけで、大名あたりからも丁寧に応対されている町人の姿。多分、大金を献金しているのであろう。

こりつつ、恩見せぬ世の人までに《恩を与えない無関係な人までをも》、無礼《なめ》になめちらしけり《[三]甘く見てしまった》。国の守といふ御《み》あたりよりも、あまりに《あまりにも》[四]まばゆきまで《見ていられないほど》、あしらひもてはやさせたまふは《応対してちやほやなされますのは》、[五]みちのくの小田のやまより、さそく《臨機応変に》[六]出金の花をさかすにぞ《金力をふるうことによって》、[七]利足《りそく》の外に扶持《ふち》かたをたまはり《俸給としての金まで貰い》、[八]何格何の席などと、武功の家がらのひざをのりこえて《〔人の〕坐る席をも》、いとをこがましく《たいへん出しゃばって》、いみじきふるまひ《分をわきまえぬ》などもありて、腹ふくらしけり《肥えふとったことだ》。

[九]万葉集に、大きみの、御代さかえんと、あづまなる、みちのく山に、
こがね花さく。

遊女の見た当世風

むかし、なまさかしき《こざかしい》をとこありけり。ある遊所《いろざと》の[一〇]娼婦《おやま》に酌《しゃく》とらせてあそびけり。いたうゑひのすすめるままに《ひどく酒の酔いがすすむままに》、れいのわるじやれ《いつもの下手なしゃれを》いひけり。「うちのむすこは、いとよいをとこなり。さだめて、[一一]いろをきかすらむ《遊女に巧みに振舞うだろう》。おほかたの《たいていの》おやま《遊女》は、うちのむすことむつまじき

三「なむ」は、甘くみる、なめる、の意。「無礼《なめ》」と「なめちらし」の語呂合せ。

四「まばゆき」は、次の「金の花」に対応して使ったもの。

五『和名抄』に「小田郡小田郷」とあり、現在の宮城県遠田《とおだ》郡涌谷《わくや》町で、黄金山《こがねやま》神社が近くにある。聖武天皇の時、この黄金山で金を得たので、その山神を祭ったという。『春雨物語』にも、「小田の長者といふ人」とある。

六「金の花」は黄金のこと。「有朋堂文庫」本は「出金《しゅっきん》」とよむが、『日本永代蔵』一の四に「手金《てがね》の光」とあり、秋成も「出金《でがね》の光」のつもりで記したか。すぐ出てきて金の力をふるうこと。「出金《できん》」ととれば出費のこと。ここは、貧乏な大名に金を貸したことであろう。

七 国の守に貸した金の利息。

八 何々という家の格や、どこどこの席次など。

九「金の花」の注として、『万葉集』巻十八の大伴家持《おおとものやかもち》の歌、「みちのく山にこがね花さく」を持ってきた。

*〔大意〕たいした家柄でもないのに、金持ということだけでもてはやされるから、いい気になって威張る人が多いことを、批判している章。

一〇 遊女のこと。

一一「色を利かす」のことで、粋《いき》な遊び方をするのだろう、の意。大阪の方言。「はばを利かす」と同じ使い方。

もの。娘などは《町娘などは》、かへりて《〔息子と〕かえって》、中あしく《仲が悪く》こころあはぬものにて《心がしっくり合わないもので》、よき絹など、をしみて着せじとするを《〔娼婦の抱え主が〕物惜しみして着せまいとするのを》、むすこは、けつくあるが中によきをえり出して《かえってたくさんある中からよいのを選び出して》、はれの夜のめいぼくを《〔着せ〕はれの席での面目とばかり》、おこさするほどに《〔名誉心を〕さかんに起させるので》、おやまのかたより、いつしか《〔息子を〕》おもひつくものなり《慕い始めるものである》。博奕《ばくち》など、達者に打ちぬらむ《〔息子は〕》。人形はつかふや《浄瑠璃ができるであろう》。一塩政《しほまさ》などよくうつしぬらむ《上手にまねているだろう》」といふ。

二今の政太夫を、塩政といへり、三なには塩町に住むゆゑなり、四周公旦を、魯《ろ》公《こう》と称し、五呂望《りょぼう》を、斉公《せいこう》といふよりきたる。

おやま打ちゑみて、「粋とおぼして黒がりたまへど《粋と思われて玄人っぽくふるまわれるけれども》、いとまへかたなり《たいへんふるいですよ》。こちの《あんたの》むすこさんにかぎらず、なべて《すべて》、今のむすこさんたちは、色事こころにいれたまはず《色の道に熱心でありません》。おほかたは《たいてい》、茶の湯、俳諧《はいかい》、学文《学問》とやらいふ事にこりたまひて、人形浄瑠璃六ものまね《役者の声色》など、古風なあそびしたまへるはあらず」となんこたへけるとなり。

七前かたとは、以前の意より転じて、ふるいとも訓釈す。

八世の中のうつりかはるこそあやしうはかなきものなれ。儒者は、

一 三世竹本政太夫。文化八年（一八一一）没した。

二 中国の魯公・斉公のごとく、浄瑠璃語りの政太夫も、その居住地から「塩政」と呼ばれていた。歴史上の人物を引き合いに出し誇張したおかしさをねらった。

三 大阪の上塩町《うえしおまち》の略。今の東区谷町一丁目東の筋。他に南区内にも塩町がある。

四 中国周の武王から魯に封《ほう》ぜられた周公旦は、魯公と呼ばれた。

五 太公望呂尚《りょしょう》のこと。呂尚も武王から斉に封ぜられ、斉公と呼ばれた。

＊ このあたりの娼妓《しょうぎ》と親の問答は、寛政七年（一七九五）の『当世癡人伝《とうせいちじんでん》』巻四の文とよく似通っていることが指摘されている。当時の青年たちは、心学や学問に熱心であった。

六 『守貞漫稿《もりさだまんこう》』に「江戸にて声色と云、京阪に物まねと云、俳優の声を擬するの小口技《こくちわざ》なり」とある。

七 「前方《まえかた》」の語を、「以前」の語から発生した「古い」の意を持つ語と見る、国語学的悪ふざけ。

八 『徒然草《つれづれぐさ》』十九段の「折節のうつりかはるこそ、ものごとにあはれなれ」の文を真似《まね》ている。

九 古筆切れで、鎌倉時代以前、特に平安時代の書家の筆跡。

一〇 五十で引退してしまう役者や、四十過ぎても活躍する娼妓は間違いだ。名優は最後まで演技し、芸者は醜くなる前に引退すべきだ、の意。中村幸彦氏は『浪花《なにわ》見聞雑話』に出ている「首のぶ」が、四十になって

も老いぬ芸子である、と考証している。

一一 通と粋とは本来違うのに、現代では通と粋とを同様に使っている、という指摘。その相違をいうのに、中国古典を持ち出して、作者が興じているところ。

一二 中国戦国時代の荀況の撰した『荀子』には、「粋ニシテ能《よ》ク雑ヲ容ル、ソレ是《これ》ヲ之《これ》兼術ト謂《い》フ」とある。荀子は、君子というものは賢・知・博・粋を広く兼ねているというが、わが国の儒者は「粋」をもって「通」とするのみである、ということ。

一三 漢字の成立などに関する六種の別で、象形《しようけい》・指事・会意《かいい》・諧声《かいせい》・転注・仮借《かしやく》のこと。六書が解説している「転訛《てんか》」というものがここでも起っている。

一四 中村粂太郎のこと。宝暦明和期の若女形《わかおやま》の名優で、五十歳で引退した。

一五 中村文七のことで、明和安永期の名優。五十二歳で一世一代の狂言をして引退した。

一六 鯉長・由男はほぼ五十歳で引退した。

一七 嵐雛助《あらしひなすけ》。天明寛政期の立役《たちやく》の名優。寛政元年（一七八九）四十九歳で一世一代を演じたが、また人々の要求によって舞台に復帰した。『㥯憖話録《こんがい》』に「抵子《みんし》サンとさそい合て鯉長《りてう》おゐで、いやはやも」とある。

一八「言を食む」は、前言をひるがえすこと。

＊〔大意〕自分の子供がプレイボーイであると男が自慢すると、今の青年は色事に関心なく、学問・俳諧に夢中ですよと娼婦に言われる。この章は世の中の移り変りを具体的に述べている。

詩文の風流こそ日々にさかんなれ、（詩歌文章を作る優雅な道が日毎に盛んであるものの）むかしありし師のごとく、ここ《まじめ》ろおかるるはなく、（に心を留める人はなくて）おほかたは、通《つう》をもはらに、（もっぱらとして）秀句《すく》口あひなど、（警句や語呂合せなど）拍子よくいひ興じ、酒をかしくくみあそび、さらぬはまた、（そうでないのはまた）古本古[九]（古写本）筆のうりかひに利を射る。（金儲けをはかる）また、[一〇]歌舞妓役者は、五十にして天命を知り舞台をひくを見識とし、おやま芸子は、（遊女や芸者は）四十を猶《なほ》おいたりともせず花やかがるなん、（はでになろうとしている）世のするゑ、（「こんなふうでは」）又いかならむ、（これから先どうなることやら）いとおぼつかなし、（たいへん心配だ）とこころあるひとのなげかれし。

[一一]通は達人なり、人情によく通ずるをいふ、粋《すい》といふに混ずるは非なり、[一二]荀子に、粋能容雑《すいよくいルざつヲ》と見えたり、然れども、今の世粋をもつて通とす、[一三]六書《りくしよ》に所謂転訛《いはゆるてんくわ》。

論語に、五十而《ニシテ》知《ル》二天命《ヲ》一、といへり、[一四]鯉長《りちやう》[一五]由男《よしを》その[一六]人なり、[一七]眠獅《みんし》は、[一八]言を食《は》みて、却《かへり》て世に幸《さいはひ》す、といふべし。

女にもてるのも金

むかし、いろこのむをとこありけり。いかにもして、おやま《遊女》におもはれんと、こころをつくしけれど《いろいろと気を配ったものの》、ややもすれば《ともすると》、茶屋あげやの亭主子息《むすこ》[一]、役者牽頭持《たいこもち》[二]などに、ぬかれけり《うまくやられてしまった》。かれいかばかりの情して《あの男はどれほど深い心情を示して》、われにまさりぬらむと《自分よりもてたのだろうかと》、年ごろ《ながねん》こころをつけて見れば、さる事にこそ《それもそうである》。金をつかふ事われにはまさりけるほどに、かかりける《こういうことだ》、となんいひける。うべことわりにこそ《本当にもっとも千万なことである》、ありけれ。

三 ぬかれけりとは、金城《きんじゃう》を抜く、といふぬくに同じ。

学者貧乏

むかし、おきなありけり。常《口癖》

一 『当世凝人伝《とうせいちじんでん》』には、「そちの息子《むすこ》は　コレハ妓ノオヤカタヲ云ナリ」とあって、話す相手によって意味が変ってくる。

二 客席のとりもちをする、幇間《ほうかん》のこと。

三 してやられたことを、難攻不落の城が落城したという形容の「ぬかれけり」という言葉で、大げさに表現したもの。

＊〔大意〕色好みな男が、芸人にくらべると、女にもてないので、なぜかと気をつけると、芸人など玄人《くろうと》の男性は、はるかに自分より女に金を使っていた、というもの。

＊〔插絵〕色好みの男が遊女にもてようと頑張っているさま。男が身を乗り出しているのに対して、二人の女が逃げ腰に見えるのがおもしろい。

のことに《のように》いへりけるは、「[四]書《ふみ》をよむは、貧をまねくためなり」とあながちに《一途に》いはれけり。螢の火《ほ》かげ、雪のひかり、隣の壁のこぼれ《壁の穴をもれる灯》をたのむたぐひ、おほかりけり。みやこに、浪華《なには》に、書籍《ふみ》あまた買ひつみて、もたり《持っている》といふ人も、こがね千ひら《千枚も》をつひやせし人は、いと稀《まれ》なりとや。茶器など、もてあそぶ人は、手にするゑて見るばかりの《〔小さな〕》物にも、それらの《黄金千枚の》あたひなるは、いくらも買入れてもちたるをや。

[五]螢をあつめて書をよみしは、[六]車弧《しやいん》なり、雪の光をたのむは、[七]孫康《そんかう》、となりの家の灯をひきしは、[八]匡衡《きやうかう》、いづれも貧人なり。

此のためし今の世のみにあらず、[九]源氏ものがたりにいへる、家より外に《借りものの》もとめたる[一〇]装束《しやうぞく》どもの打ちあはず《身につかず》かたくなしき《見苦しい》姿などをも、はぢなく《恥ずかし気もなく》、おももち《顔つき》声《こわ》づかひ、うべうべしく《もっともらしく》もてなしつつ、座につきならびたる《並んだ》作法よりはじめて、見もしらぬさまども《見たこともないありさまであった》なりし、とかきしは、おほやけに《朝廷に》つかうまつる《お仕えする》儒者たちの、まづしきさまを見るに浅ましとていへるなり。

四 読書するのは貧乏になることだ、の意で、他人が金儲《もう》けに熱中しているとき、実利追求とは全く関係がない読書家や、研究を続ける学者は、当然富裕にはならない。学問すればするほど貧乏にならざるをえないことを、作者自身の体験を踏まえ熱心な口調で記したもの。

五 「螢雪の功」で有名な人々は、いずれも貧乏であった。

六 晋の学者。家が貧しいので、夏は螢を袋に入れ、その光で読書した。「車弧」は、車胤が正しい。

七 晋の学者。家が貧しいので、冬の夜に雪の光で勉強し、御史大夫《ぎよしたいふ》になった。「螢雪《けいせつ》の功」で有名。

八 漢代の学者。家が貧しいので、隣家の壁に穴をあけ、光をひいて読書し、大儒になった。

九 『源氏物語』少女《おとめ》の巻で、夕霧が元服して六位となり、大学の学生《がくしよう》になった時の字《あざな》をつける儀式を描いた個所に「……家より外にもとめたる装束どものうちあはずかたくなしき姿などをもはぢなく、面もち、声づかひ、むべむべしくもてなしつつ、座につき並びたる作法よりはじめ、見もしらぬさまどもなり」とある。学問と富貴とが無縁なのは、平安朝の昔からあったという証拠に、『源氏物語』を引いた。

一〇 王朝時代の公卿、貴人の服装。

一源氏は、をとめの巻なり、貧しきあまり、人のものをかり着したれば、ここかしこたけあはず、見苦しきを、われは何ともなげに、作法ぶりて、居ならびたるが、をかしとなり。

二我朝《わがてう》学官の窮するよしは、三善清行《みよしきよつら》の、意見封事《いけんほうじ》の第四条に見えたり。

又「田舎よりのぼる書生は《〔京に〕上ってくる学生は》、国をいづるより《出発した時から》、人の世話にはなりうち《なりっぱなし》、写本はぬすむもの、書物は三かり取りにかへさぬもの《借りたまま返さないもの》、とまづおぼえて来るなりけり」とある師のかたられし。

猫も杓子も茶道の世の中

むかし、一天下こぞりて《世の中がいっせいに》茶の湯なる時代《茶道に熱中した》ありけり。其の世の《その頃の》人は、四郷党《きやうたう》お茶なきにはかたらず、室《部屋も》お茶にあらざればいらず《入らない》、五割截《きりめ》お茶にあらざればくらはず、六道具書付《かきつけ》なきはかはず。すかさぬは、お茶と称し、ぬかれば《うまくいかないと》、お茶がないとそしる《お茶がないと非難する》。よい女房は、七書院もの、いけぬ《わるい》妾《めかけ》は八さびもの、九利休ばし、利休一〇下駄《げた》、大工一一中瀬《なかせ》、八百屋《やほや》魚屋

一 『源氏物語』少女《おとめ》の巻には、借り着した大学の博士《はかせ》たちの姿が見苦しいのに、本人は恥じないでいるのが滑稽《こっけい》だ、という記述がある。一七九頁注九参照。

二 わが国の学者も平安時代から貧乏であった、その証拠として、当時の学者三善清行の『意見封事』第四条に「大学の生徒の食料を加へ給はんことを請ふ事」がある。

三 他人の本をそのまま自分のものにしてしまうこと。

＊〔大意〕学者というものが貧乏にならざるをえないことを述べている。

四 仲間同士も茶の湯の催しでなければ語り合わない。「郷党」は、普通郷里の仲間の意だが、ここは単に仲間の意味に使っている。

五 物事の区切り目が「お茶」でなければ（作法にかなっていなければ）出されたものも食べない。『論語』郷党篇の「割正《きりめ》シカラザレバ食ハズ」（動物の肉には部分部分によって正しい切り方がある。その切り方が違っているものは食べない）から出た。

六 銘《めい》や鑑定書のない茶道具は買わない。次頁注一六参照。

七 書院造りの座敷もので、来客用・儀式用、という意。よい妻だということを茶道具にたとえてほめた。

八 茶道で、新しい道具に対して、古い時代ものの道具をいう。わるい妾《めかけ》だということを、だめな茶道具にたとえて批評した。
九 両端の細い会席箸《かいせきばし》。削りたての杉の香りをよしとした。
一〇 利休ごのみの下駄。木地《きじ》のままで薄い二枚歯を入れた日和《ひより》下駄。
一一 仲仕。荷物を運ぶ人夫。「中背」とも書く。
一二 点茶の一様式。花・月・松などの札を引いてその順に座を立ってお茶をたてるのをいう。
一三 足を摺《す》るようにして静かに歩くこと。
＊〔挿絵〕家相を気にして、あれこれと庭石などを移動させて家の改築をしているさま。
一四「ちやる」は、おどける、の意。
一五 この章は、日常生活における孔子の言語・衣服・飲食の状態を詳述した『論語』郷党篇全体を把握して書いた、ということ。
一六 鑑定書付きの茶器を書付物という。千利休の開いた利休流茶道が、江戸初期に表・裏・武者小路の三千家に分かれた。その家元が鑑定して銘をつけたりした書付物が、尊重されている世相を批判し嘲笑《ちょうしょう》した注。
＊〔大意〕世の中すべてが茶道に熱中したので、心ある人が「ちやつた世の中」だと皮肉ったということ。

も、草鞋《わらぢ》とき《〔を〕ぬぐ》すつる《やいなや》より、一二花月《はなつき》のふだとりて、一三すりあしの立ちふるまひ、是《これ》を、一四ちやつた《茶化した》世のなかとなん、こころある人は、いひける。

一五此の一段は、論語の、郷党篇《きやうたうへん》をもつて、書けりと見ゆ。
一六千家の鑒《かん》を得、くだらぬ銘などせらるる、これを書付物、といへり。

時勢にあうあわぬは運次第

むかし、人のいへの相《さう》を見て、あしきはよきにつくりあらためて《悪い家相の部分はよい相になるよう改築して》、幸福えさする師《先生》ありけり。さてそれがなす事どもを、後によくよくかへり見れば、おほかたは《たいていは》、時いたりぬる人《時勢に合っている人》のうへにこそ、幸福は得るなりけれ。やうやう《次第に》、ひだりまへなる人の《うまくいかなくなった人が》、何事にこころまどひしては《ああしたらこうしたらと心が迷っては》、竈《かまど》[一]をつきかへ、厠《かはや》[二]をうつしなどすれど、ただただ、ひた《一途に》おとろへにおとろへゆくには《衰えてゆくばかりの人には》、さらに《一向に》そのしるしもかひなきのみならず《御利益もないだけではなく》、工手間《くでま》[三]、釘、縄《なは》のつひえのみして《むだな出費ばかりで》、いよいよ、のこりすくなの財宝をもうしなひつつ、こころうき世《冷たくつらい世間を》に立ちさまよふ《うろうろする》。いとうたてし《なんとも情けないことだ》。

夷狄《いてき》[四]の左《ひだりス》レ衽《じんヲ》といふより、転じて、何事にも、よからぬ事を、左まへとはいへり。

えせ医者とえせ法師

むかし、くすりあきなふ人の、医者かねたるが《医者と兼業の者が》世におほくありけり。それらのひとも、傷寒論《しやうかんろん》[五]、金匱《きんき》[六]、素難《そなん》[七]、千金方《せんきんはう》[八]のたふときこと《道理を》

* 古代、わが国では陰陽寮《おんみようのつかさ》に属した陰陽師が、占《せん》筮《ぜい》や地相を見た。陰陽《おんよう》五行説に基づいて吉凶を占《うらな》ったという。近世では、神道家や占師《うらないし》などが地相その他を占った。

一 竈を築き変えること。幸運をまねくとされた。かまどは、土泥できずく。

二 よいとされる方角に便所の位置を移すこと。

三 大工・職人の賃銀。手間賃。

四 未開国の人が、衣服を左前に着るところから、悪いことは皆「左前」という。秋成はこのことで本居宣長と論争している。『呵刈葭《あしかりよし》』で述べているように、秋成は「左衽《まえ》・右衽」のどちらが正しいかは分らないという立場をとり、宣長は中国人が「右まえ」を誇っているから言ったまでだという立場をとっている。

* 〔大意〕いくら占ったところで、幸運な者は幸運で、不運な者は不運であると、家相見にたよって開運を願う人を批判している。

五 医学書。後漢《ごかん》の張仲景《ちようちゆうけい》著。熱病の治療法を説いたもので、古来漢方医の基本書。一六六頁注八参照。
六 医学書『金匱玉函要略』のことで、二十四巻から成り、後漢の張仲景の撰したもの。
七 医学書で、『黄帝素問《こうていそもん》』二十四巻と、『難経本義《なんけいほんぎ》』二巻のこと。
八 医学書。『千金要方』とも。隋《ずい》唐時代の孫思邈《そんしばく》の著した医薬学・鍼灸《はりきゅう》の古典で、三十巻から成る。
九 明《みん》代の医学書。
一〇 明の呉有性の撰した医学書。口から鼻に入る温疫《おんえき》（流行性の熱病）を治療する祖とされていた。
一一『衆方規矩』も『手引草』も、ともに医学の入門書。
一二 銅貨を数える語。
一三「立髪《たてがみ》」のことで、髪を伸びるままにまかせ、後ろに撫《な》でつけたもので、浪人、医者、粋人《すいじん》などがこの髪型にした。
一四 医者や儒者は、髷《まげ》を小さく結い総髪《そうはつ》にした。
一五 一六二頁注一参照。
一六 来世はもちろん、現世をも広く救おうという。
一七 病気をなおしてもらった御恩への御礼。
一八 底本「もてまゐるれば」とある。
一九 ここでは、唐山を「から」と読み、一八四頁一行では「もろこし」と読ませている。どちらも、中国のこと。

わりをあきらめ《はっきり知り》、また、[九]医通《いつう》、[一〇]温疫論《をんえきろん》など、後の世にても《後世のものでも》、いとかしこき書にも《たいへんすぐれた書物に》、わたりて《広く目を通し》、ひとり《ただ》[一一]衆方規矩《しゅうはうきく》、手引草《てびきぐさ》のみにもあらざりけらし《などの入門書ばかり読んだわけではない》。さりけれど、薬のあたひにおきては《薬代を請求する場合には》、何十銭[一二]何銅などと、あからさまなりけるにぞ《はっきりと金額を言うので》、世の人いとこころやすがりて《たいへん気やすく思って》、はじめには、まづ、この人にとおもひつきにけり。かかりければ《そんなふうだったから》、世の医士たちのためあしくて《医者たちの不利益になって》、ひそかにねたむときもありけるとや。やうやうおこなはるるにつきては《「しかし」しだいにはやってくるにつれて》、[一三]髪をたて、[一四]かしらまろげなどして《頭をまるく総髪にして》、医者のつらにかずまへられけるほどに《仲間として数えられるようになってゆくうちに》、大かたは《たいていは》はやらずなりにけり。

また、[一五]仏のをしへにかしこき法師おはしけり。[一六]現世《げんせ》をもひろくすくはんの、大願をおこしたまひて、人のやまひを療《いや》したまひけり。やまひおこたりぬれば《少しなおると》、[一七]恩謝《おんしゃ》にとて、金銀をささげもてまゐれる[一八]は《ささげ持って来た者からは》、いささかも納めたまはず、ただ、絹、わた、調度のたぐひをば《道具類は》、いなみたまはずとなん《お断りにならなかったという》。さるは《それで》、ここにまゐれる人は、[一九]唐山《から》のやまとの《中国や日本の》、世にめづらしきかぎりのものを、買ひもとめてたてまつりけるとなり。唐山《もろこし》にては[一]束帛《そくはく》といひ、吾が国にては、神には[二]幣《へい》といひ、君には貢《みつぎ》といひてたてまつるも、おほかた[三]帛錦《はくきん》のたぐひなりけり。[四]礼聘《れいへい》に、束帛《ハ》以《テ》㆓二丈《ヲ》㆒為《ス》㆑端《ト》、と見えたり、すなはち、礼物の事なり。

さて人の世に、[五]賄賂《まひなひ》といひ、俗にはこれを、[六]鼻ぐすりとも、[七]袖のしたともいふは金銀のみにもあらざりけり。それを《〔法師が〕物品を》さめたまふは、[八]異《こと》なる事なきに、仏のをしへには、さらぬことわりありや《そうではないという道理があるのか》、いとい《たいへん》ぶかしと《不審であると》人いひけり。

美人局《つつもたせ》に会った男

むかし、色ごのみのかしこきをとこありけり。かねはつかはねど、おやま《遊女の方から》はわれに身をうつことと《自分に夢中になると》、つねにほこりていひけり。さはい《そうは言》へど《っても》、相応に《それ相応に》かねもつかひけり。まはりごころ《疑い深い心が》、人にすぐれて、い《たい》とすずどく《へんするどかったから》ありければ、逢ふごとの《彼と逢うたびに》娼婦《おやま》は、もてわづらひにけり《あつかいに困った》。たまたま、〔遊女が〕[九]よるべにとおもひたのみては《たよりになる人だと信頼して》、身もくづるる《夢中になって深く》ばかりに、

一 束《たば》になった帛（絹）で、絹十端《たん》を一たばとし、お礼として用いた。

二 神に祈るためささげる物。麻・木綿・絹または紙などでつくる。

三 絹と錦《にしき》。

四 注一参照。「礼聘」は礼を尽して人を招待すること。書名ともとれるが、どのような本かは不明。

五 自分の利益になるように、権力者などに贈物をすること。賄賂《わいろ》。

六 子供が鼻を鳴らして泣くのを、なだめるために与える菓子類から転じて「小額の賄賂」の意。

七 袖の下からひそかに物品を贈る意味から、賄賂のこと。

八 金銭を受け取るのとなんら変りはないのに。

＊〔大意〕薬剤師兼医者が、値段を明示したので、最初のうちははやったものの、のちすたれた。僧侶が金ではなく物品を礼に受け取って栄えているが、金でも物でも賄賂に変りはなかろう。前者は物事をはっきりさせすぎて世に容《い》れられず、後者はごまかして世に栄えている、と作者は批判している。

九 ここは、遊女がこの男を「よるべ」と思ったのであろう。

＊この色男の失敗譚《たん》の一章は、『伊勢物語』にある、京から東《あずま》下りする有名な第九段、および第六段芥川《あくたがわ》のところの文を借用している。

一〇「あばれ摺れ」の約とも、「悪婆摺れ」の略とも、「お場摺れ」の転ともいい、すれっからしのこと。ここは、原注からすれば「誠意がない」の意か。江戸時代には、男にも女にも言った。

＊〔挿絵〕色男ぶって女を連れていた男が、強盗に襲われている図。雲に隠れかかっている月と、吠《ほ》えている犬がおもしろい。

一一 誠意がなくて淡過《あわ》ぎるのが「あばずれ」である、というふざけた表現。「あばずれ」の「あば」と「淡《あは》」と「淡《あは》しき」の「あは」との語呂合せ。人間のつき合いの深浅を表すのに、「水くさい」という言葉があるが、それほどよそよそしくはない、と「あばずれ」を位置づけた。

一二 実意のある男の意味から、「色の道にも熱心な男」に転じた。従ってここは、風流な色好みの男、の意。『伊勢物語』二段にも、「まめ男」という表現がある。

一三『伊勢物語』六段に、「ゆくさきおほく、夜もふけにければ、鬼あるところとも知《し》らで……」とある。『伊勢物語』の「鬼」は、人に祟《たた》りをする悪霊の意に用いているが、ここでは、後出の物盗《と》りが隠れていたことに転用している。

心づくしすれど、とにかくに《〔この男は〕》、一〇あばずれにて、たのもしげなく《たよりにならないで》、うたてうとむべきふしも《〔女から〕面白くないといやがられることも》、おほかりけり《多かった》。

一一 あばずれとは淡々《あはあは》しきに過ぎたるといふなり、水くさきといふより、いささか深し。

月のあかき夜《明るい夜》、一二このまめをとこと、ただ二人《色好みの男と〔女と〕二人きりで》、影くらき軒づたひして、金五郎八郎兵衛などつれぶしに《一緒に歌いながら》、声をかしくながしあるきけり。一三鬼あるところともしらで、とほく来にけり。そこなる《そこらへんの》辻《つじ》のかくれより、顔よくおしつつみたる《顔をすっぽりと隠した》をとこの、せたかくおそろしげなるが、ふと出で来て、このまめをとこにつよくあたりけり《突き当った》。

一 「金五郎」「八郎兵衛」は、当時の流行歌であった。
二 廓《くるわ》でうかれ歩く客が口ずさむ唄《うた》。
三 「ながしあるく」の古言は、「によぼふ」である、と言語遊戯を試みた注。
四 によぶ(呻吟《しんぎん》する)の延音で、うなること。
五 俗にいう角《つの》をもった怪物の「鬼」ではなく、こわい者という程度に「鬼」という言葉を使った。
六 『伊勢物語』六段に、「あなやといひけれど……」とある。秋成は『雨月物語』「吉備津の釜」にも「あなや」の表現を用いている。
＊ 盗まれるあたりの描写には、天明五年(一七八五)の黄表紙、山東京伝作『江戸生艶気樺焼《えどうまれうわきのかばやき》』に似通ったところが見られる。『江戸生艶気樺焼』には、「南無阿弥陀仏といふを相図《あひづ》に、稲村の蔭より、黒装束の泥棒現はれ出て、二人をば真裸《まつぱだか》にして、剝《は》ぎとる」とある。
七 『伊勢物語』四十段に「男、血の涙をながせども」とある。
八 値段は黄金二十両ほどを。ここは『伊勢物語』九段の、「その山は、ここにたとへば、比叡《ひえ》の山を二十《はたち》ばかり重ねあげたらむほどして」を意識している。
九 「まどひ」が「惑《まど》ふ」ではなく、「償《まど》ひ」である、とする知識遊戯。「まどひ」は『伊勢物語』初段、九段、十段などにたびたび使われている。それをふまえた注か。
一〇 ここは『伊勢物語』六段の、「それをかく鬼とは
[一]金屋金五郎、古手や八郎兵衛、ぞめき[二]うたのふしなるものなり、[三]ながしあるくとは、吟行なり、古言にこれを、[四]によぼふといふ、[五]鬼とは、おそろしき物といふに、ここは用ゐたり。

いとすさまじければ《たいへんひどく当られたから》、立ちわづらひけるひまに《立ちすくんでいるあいだに》、女のさせる髪のかざりどもを、いちはやくぬきとりていにけり《去った》。(女)[六]「あなや《きゃっ》」といひ《叫んだ》けれど《のだが》、人気《ひとげ》どほき所なれば、いづちに《どこへか》かにげうせにける。男あしずりして泣けども《じだんだ踏んでくやしがったが》甲斐なし。さるは《だがそれは》おもひかけぬ事にしあれば、いかにせん《どうにもならなかった》。そのあした《翌朝》、[七]血のなみだをながしつつ《くやしがりながら》、ありしにかはらぬを《女がさしていた通りの髪飾りなどを》、とりそろへて、まどひにけり《弁償をした》。その価《あたひ》[八]は、こがね二十両ばかりをかさねあげて《にのぼる金を積み上げて》やりけり。

[九]まどひにけりは、心まどひの義にあらず、まどうてかへすの、まどひなり。

さて、後よく聞けば、彼《か》の夜の盗人は、おやまのせうと《兄》といひて、実には《ほんとうは》、ふかくいひかはしたるをとこになんありける。[一〇]それを鬼と

もいふなりけり。いかにすりおろされじ（金を使わされまいとしても）一一とするとも、おやまばかり（娼婦ほど）
かしこきものはあらずなん。

一二 せうとは、兄の事なり、すべて、おやまの兄分、兄判《あにはん》などいふもの、大かたあやしきなり。

一三 すりおろすとは、玉石を、磨《す》りなすよりきたる。

むかし、糸竹《いとたけ》一四のあそびに、こころをいれたるをとこありけり。かなたこなたのはれの座（晴れがましい席）にもまゐりて、打ちきく人のこころをうごかするあまりに、さし櫛につもるちりをもたたすばかり（髪にさした櫛の上の塵まで動くほどであった）。またさらへ一五講などいひて、いみじきはれわざ有りけり（たいそう晴れがましい催しが）。桟架《さじき》たかくかけ上げ、毛氈《もうせん》まばゆきまで、燈灯《ともしび》のひかりにかがやきあひて、いと目さむる遊びなりけり。

一六 さし櫛の塵をたたすは、梁塵《りやうぢん》一七の故事をとれるなり。

いふなりけり」の文をもじって使った。

一一「すりおろす」は、だまして金銀を出させることで、安永から天保（一七七二〜一八四四）へかけて花街で流行した言葉。

一二「兄」とはいうものの、娼妓の兄はあやしい仲の者が多い、ということ。「兄判」は、兄の名義で保証人の印を押した男、の意。

一三 玉石をすり減らすことから、だまして金を使わせる意味の「すりおろす」になった、という語源解説。

＊〔大意〕女にもてたと自慢している好色男が、遊女と連れ立ってくると、覆面の男に襲われ女の髪飾りなど二十両分も強奪されたので、弁償してやる。この強盗、実は女の情夫であったという。色道では、いい顔をしてふるまってはならないという教訓。

音楽好きのなれのはて

一四 音曲。とくに三味線と尺八。ただし『英草紙《はなぶさぞうし》』巻五には「哥咏糸竹《うたよみしちく》に妙《たえ》なりしかば」とある。「しちく」とも読む。底本は振り仮名なし。

一五 師が日を決めて、教えた芸を弟子に演じさせる会。おさらい会。

一六 梁塵の故事から梁《うつばり》の上の塵《ちり》を、女の櫛《くし》の上の塵にひっかけて表現したのである。

一七 漢の頃、魯《ろ》の音楽の名人虞《ぐ》公が歌うと、梁の上の塵まで動いたという故事。後白河法皇の撰した今様《いまよう》の撰集『梁塵秘抄』の書名も、この故事によっている。

[一]さらへ講は、加茂の[二]臨時祭《りんじのまつり》の、[三]試楽より、転じ来る也。

これには、人のむすめのまゆごもりなるをも《箱入り娘をさえも》、出《いだ》したつることにて、髪のかざりきぬの色あひ、取りあはし《うまくとり合せをし》、見めよくして《見た目にもきれいにして》、なに《どれ》もあらはなりけり《も皆くっきりと目立っている》。いろこのむをとこら、わかき[四]くすし《医師》など、いたうやつしめかして《たいへんなおめかしをして》立ちならび、糸に竹に、声をかしくかきあはせたる《合わせて歌うのが》なん、いとをかしきものから《たいへんおもしろいものの》、はてはては《しまいには》、よからぬ《かんばしくない》[五]口説《くぜつ》ども出《い》で来《き》にけり。

[六]たらちねの母のかふ子のまゆごもり、とよめるは、かひこのまゆにこもりゐるを、以て、まだ嫁《よめ》らぬむすめをたとへ云ふなり。[七]蔡邕女戒《さいようにょかい》に云ふ、少女に琴箏《きんさう》を弾習《ひきなら》はす事は、嫁して舅姑《きうこ》の意をなぐさむるためなり、といへり。[八]糸は琴三味線、竹は尺八《しやくはち》。[九]口説は、[一〇]風説といふにおなじ。

さて、かの上手の名あるをとこのつひのよるべは《最後の身の落ちつき先は》、なにがしの、[一一]自賄《じまひ》芸子などが[一二]かくしづま《情夫》となりて、いふかひなく《ふがいなく》、路次《ろじ》のおく住《奥のすま》

一　普通のおさらいである「復習講《さらえこう》」を、賀茂神社の「試楽」から出た、ともったいぶった。

二　賀茂神社で陰暦十一月下旬の酉《とり》の日に行う祭。四月の例祭に対して言う。

三　賀茂神社で行う舞楽を試み奏すること。

四　医師のこと。底本「くずし」とある。一六二頁注一参照。

五　「口説」は、いい争いをいうが、ここは、評判の意味。『伊勢物語』九十六段に、「口舌《くぜち》出できにけり」とある。

六　古歌をもってきて、未婚の娘を「まゆごもり」であるとして、得意がっている。『拾遺集』恋四、柿本人麻呂の歌に、「たらちねのおやのかふこのまゆごもりいぶせくもあるかいもにあはずて」とある。

七　少女に琴・箏《しょう》を習得させることとの意義として、音楽に秀でて琴に巧みであった、中国の蔡邕《さいよう》の『女誡』を引用した。ただし、蔡邕の『女誡』にこの文はなく、『女訓』に「舅姑若《きゅうこも》シ鼓琴ヲ命ゼバ必ズ正座シテ琴ヲ操リ」とある。蔡邕は後漢《ごかん》の人で上役に憎まれて獄死した。詩賦《しふ》、碑銘が多い。

八　「糸竹」の説明をするのに、「糸」は琴・三味線とし、笙・笛・尺八などをさす「竹」を尺八と限定した、いかにも江戸時代的な解説がおもしろい。

九　評判の意味の「風説」をいうのに、『伊勢物語』の「口舌《くぜち》」を使った機智を誇示した。

一〇　世間の噂《うわさ》。評判。

一一 芸者置屋の丸抱えでなく、個人営業者として独立している芸者。「自賄」は、普通「自前」と書く。底本は「自賭」とある。
一二 この「つま」は、女から男を呼ぶ称。
＊〔挿絵〕芸道の上手・名人も、年老いては没落してしまい、他人の門口を通り過ぎていくときに、後指《うしろゆび》をさされているところ。
一三「太平」は、平和な状態をいう。

一四 本文中の「あな太平や」の語句の注として、「太平楽」の語を引き合いに出した。雅楽《ががく》のなかでも「太平楽」がもっとも悠長なので、転じて勝手気ままなふるまいのことを言うようになった。

一五「贅言の目」は、よけいな言葉の中心の意か。「贅言」は、戯れ言葉の意。そこまではまだ考えていないということ。
＊〔大意〕音曲《おんぎよく》に熱心な男が、晴れの席では目ざましかったものの、老いてからは、芸者の情夫になって、人から後指をさされる身分となってしまう。はなやかな芸能人の身の果てのはかなさを諷刺《ふうし》している。

居《いで》に、ふきはきの朝ゆふのいとまには《家の掃除に朝も夕方も働く合い間には》、銭湯髪ゆひどこに来て《銭湯や髪結床など人の集まる所で》はかなきおのがむかしがたり《〔身の〕》などしつつ、あな《なんと》一三太平やなど《気楽な話だなどと》、後ゆびさささるるをもえしらでなんある《背後から指をさされてそしられるのも知らないでいるのは》、いと浅まし。

一四太平楽は、道調の曲、また武昌楽《ぶしやうがく》ともいへり、これを、一五贅言《ぜいげん》の目となれる事、いまだ考へず。

浮気な夫の留守まもる女の道楽

むかし、人のつまありけり。其のをとこ《連れ合いの男は》外ごころ《他の女を思う心》おほき癖《くせ》ありて、夜ごとにいづち《どこ》ともしらず、うかれありきけり。さりけれど《しかしながら》、此のをんな、いささかもうらみたるけしきなく、[一]小袖帯劔《さしもの》まで、とひも《探し出し》とめつつ《てきて》、出したてて《送り出して》やりけり。男、ふとこころづきて《気がついて》、もし、二《〔妻が〕浮》ごころありてや《気をしているのではないか》、とうたがひつきぬるより、れいの《いつもの》こころよしが《愛人のところへ》かたへ行くふりして、せんざい《前の庭にある》の厠《かはや》のうちにかくれて、うかがふほどに、此のをんな、かかりけりともしらで《そんなことを男がしているとは知らず》、いとうれしげに、をとこの出でしままに、はした《下女》女《め》をよびて、耳に口つけて物いひければ、うけたまはり《承知して》ていでゆきぬ。

[二]こころよしとはおもひものの事鈍太郎《どんだらう》といふ優曲《いうきよく》に、[三]下京《しもぎやう》のこころよし、といへり。

さればこそ《予想したとおり》、ふたごころあるなれ《浮気心があるのだな》。猶《なほ》見あらはさばや《よくよく見届けよう》、とよくし《しっかり》のびて《隠れて》あるほどに、しばしして、はした女《め》のしり《後》につきて、男のいりきたるを見れば、つねにまゐれる、八百屋のおきなりけり。なにやらむ物うち入れたる籠《かご》わきはさみて《脇にかかえて》、つと《さっさと》入り来る。あな《ああ》あさ《浅まし》

＊この章は、『伊勢物語』二十三段「河内《かわち》通い」を滑稽《こっけい》にもじったものである。なお、この原話は『大和《やまと》物語』百四十九段にも出ている。

一 着物や刀まで。「帯劔」は外出時に差す小脇差。普通は「指物」「差物」と書く。

二 「愛人」の意味に、「こころよし」という語を使っている例は、狂言の「鈍太郎」（一名「手車《てぐるま》」）にあり、「下京のこころよし」という詞章で出ている。「優曲」は「遊曲」の意か。

三 現在の京都市下京区にあたり、商家が多く、庶民的な区域である。しかし、「鈍太郎」には、「下京の本妻、上京の妾《めかけ》」として登場するので、秋成の記憶違いか。

＊鈍太郎が西国《さいごく》から三年ぶりに、下京の本妻のもとへ戻ると、妻は若い衆のいたずらと思い、棒使いを男にしたと言う。上京の妾をたずねると、ここも長刀《なぎなた》使いを情夫にしたと言う。無常を感じた鈍太郎は髪を切り後世《ごせ》を願う。後悔した妻が上京へ、妾が下京へ行く途中に出会い、そこへ念仏を唱えながら鈍太郎がやってきて、一月の半ばずつを妻・妾のもとで暮すことにし、二人の手車に乗って帰って行く、というのが狂言の梗概《こうがい》である。

＊〔挿絵〕外出したふりをして亭主が見ていると、間男《まおとこ》と思いきや、八百屋の老人が煮焚《にた》きを始め、留守をまもる妻は、御馳走を食べるのに懸命である図。

四 底本「すゞはな」とある。『枕草子』に「きたなげなるもの、すすばなしありく児」とある。

五 『伊勢物語』二十三段に、「心うがりて」とあるのを、ここで使っている。注七参照。

六 鍋を置いてある所もたくさんで、の意で品数も分量も多く料理を作っていることをいう。

七 『伊勢物語』二十三段に「いまはうちとけて、てづから飯匙《いいがひ》とりて、笥子《けこ》のうつはものにもりけるを見て、心うがりていかずなりにけり」とある。「飯ヒ」は、飯を器に盛るのに使う杓子《しゃくし》。しゃもじのこと。『伊勢物語』の話では、本妻はあくまで貞淑な女として書かれている。河内の国高安に住む愛人の方が、身だしなみを忘れて自分で飯を盛ったりするのですっかり嫌気《いやけ》がさし、二度と河内へ通わなくなる。その妻と愛人を一人の女に作りかえた。

八 「たてこされ」を出す序詞。『伊勢物語』二十三段に「風吹けば沖つしら浪たつた山よはにや君がひとりこゆらむ」とあるのに拠《よ》っている。「おきつしら波」は、沖に立つ白波のこと。

まし《いことだ》。年は六十にこえ、歯落ち、かしらはげ、四すすばなたれたる《水ばなを垂らしている》を《のを〔見て〕》、これに見か《こんな爺い》へられぬる事の《に妻の心が移ったのか》、いと口をしく《とたいへん残念で》、さあれば《さてこれから》、いか《どうす》にすらむと《るのであろうかと》なほたへしのびつつ見るに、五あなこころう《ああ情けないことだ》、恋するにはあらで、「そこをたけ《そこで火を燃やせ》、かしこに炭つげ《あそこに炭を足せ》」とののしりつつ《と大声で言いつけながら》、俎板《まないた》のおとにぎはしく《上でとんとん音をたて》、六鍋どころあまた《たくさんある鍋から》、めうめうと《もうもうと》湯烟たちて、うまく《うまそうな》さき匂ひの、ここにまで《庭先の厠の所まで》薫りて、あるじの女、うちほこりつつ《得意そうに》、七手づから《自分の手で》、飯ヒ《いひがひ》とりて《杓子を持ち》、もりくらふありさま《器に盛って夢中で食べる様子が》、あまりにうちとけて《くつろいでいて》、いとあさましく、つといでんにさへ《急に姿をあらわすことさえ》、あぢきなく《なさけなく》、風ふけば、八おき

つしら波、一たてこされてはならぬ《自分以上に遊ばれては困る》、とこころづきしより《気がついてから》、其の後は、夜ごとに、いでありかずなりにけり。

二たてこされの、たては、俠者《けふしゃ》を、たて衆といふより転じて、たてのぼしなどいふと、ひとつ意なり。

むかし、人のおもひもの《妾》なるをんなありけり。たちぬふわざよりして《裁縫の技術はもちろんのこと》、手などしをらしくかきすさみ《文字なども 三優美な筆蹟でなぐさみ書き》、和歌は、四二条家のながれをまなび、五糸をかしくかきならし《絃楽器も趣き深く演奏できるし》、茶かきたて《茶も上手にたて》、香炷《かうた》きくゆらしなど《香道もたしなんだり》、なにわざにも、なみなみならざりけり《普通以上にうまかった》。そのたのみつる人は《主人として頼みにした人は》、よのつねの人にて《ごく普通の人であって》、道々のあはれをも《諸芸道のおもむきも》知らず、ただ朝ゆふ、酒くみあそび、めぐりなど《さいころばくちなどを》、手まさぐりして《手先でもてあそんで》、露もののこころなき人なりければ《少しも風流の分らない人であったから》、よろづおとしめられて《万事に〔女から〕見下げられて》、まめまめしく《心から誠実に》いひかたらふべくもあらず《話し合いようもなくて》、いとたのもしげなく《〔女は〕全くたよりにならないと》、年月《長い間》おもひくらしけり。このあるじのやどの《本妻という》

一 人に御馳走してむちゃくちゃに金を使われてはたいへんだ、の意。「たてこす」には、本来、「上を行く」の意味がある。

二 「たて」は、俠客《きょうかく》を「伊達衆《たてしゅう》」とか、「たてのぼし」というのと同じ接頭語である、という国語学的注。「俠者」は底本には「狭者」とある。

＊〔大意〕浮気男の妻が従順なので、もしや情夫でもいるのかと、出かけたふりをして厠から見ていると、八百屋の老人が来て下女とともに妻は御馳走を作り、食べるのに夢中であった。これに男は味けなく思い、夜遊びをしなくなった。色気より食い気の妻に、夫が浮気を止めてしまった話。

風流女の流転の生

三 「しをらしく」、底本は「しほらしく」。

四 藤原為氏《ためうじ》を祖とする二条家系統の和歌の流派。堂上方《どうじょうがた》の歌風、つまり本格的な歌を詠《よ》むことができた、の意。

五 三味線や琴。次の「をかしく」、底本は「おかしく」。

＊〔挿絵〕本妻にいじめられた妾が髪を切ってしまって、雨が降っているのに障子を明け、紙燭《ししょく》をともして手紙をしたためているところ。これから家を出ようと覚悟した様子がよく表れている。

六「せちみ」は「節忌（せちいみ）」の略。斎日に肉食をせず、精進潔斎をすること。

七 博打《ばくち》をさす「めぐり」が、すでに「はくえう」として『大和《やまと》物語』に出ている、という指摘。

八「ちょぼ」で、樗・蒲ともに植物。その実の形が同じで、色が違うから、古くは「さい」に使用した。「樗蒲遊び」で、さいころ遊びのこと。

九 五十四段に「右京の大夫《かみ》宗于《むねゆき》の君三郎にあたりける人、博奕《ばくやう》をして、親にも兄弟《はらから》にも憎まれければ」とある。

一〇「博奕《ばくよう》」でばくちのこと。


妻は《のは》、心さがなくて《意地の悪い性質で》、ときどきねたましきこと《嫉妬がましい恨み言を》いひおこせ《言って来て》、事《こと》につきては《によっては》、おそろしきこころ《本性など》ばへども見せつ《をあらわして》つ、つらさのみ《つらいことばかり》

おもひしらせければ《を〔女に〕思い知らせたから〔女は〕》、わが身のうへ、今ははかなくのみおもひなされて、ほとけの道かりそめならず《仏に仕える身になろうと本気に》思ひしみて《思い込んで》、経よみ、花つみ《花を供え》、六せちみなどして《精進潔斎などをして》、おこなひけるほどに《仏道を修行していたが》、これもまた、主《あるじ》のこころにかなはぬよしにて、あいなく《しきりに》ののしられ、さては《とうとう》、道にいる《出家する》べき時こそきたるなれとて、つひに髪をきりて、ここを《妾宅から》のがれ出でにけり。

七めぐりは、八樗蒲《ちょぼ》遊びなり、九大和ものがたりに、一〇はくえうをして、とい

ふたぐひなり。

一 せちみは今の精進の事也、節忌と書けり。

さるこころは《その心のうちは》、世をはなれたるいほずみして《粗末な小屋に住んで》、二 松のあらし、筧《かけひ》のみづのおとに、こころをすませつつ、おもひのままに念仏して、後《死後》の世たのもしからむ《極楽へ行けますようにと》をと、三 ふるき物がたりざまに《古代物語〔の主人公〕のように》、身をばやつせし《尼になったのに》に、ことたがひて《こと志と違って》、師とたのみたる尼の、こころかたましく《心がねじけていて》、今よ《最初か》りかくたふとげにては《らこんなに信心深い尼姿では》、修行にあらず《ならない》とて、もて来し《〔女が〕》、袈裟《けさ》ころも小袖まで、おほかた《ほとんど》にうばひとりて、あらあらしく《粗末で》身にそはぬ《〔女の〕体にあわない》、麻《あさ》木綿《もめん》の、糊《のり》さへいとこはごはしきに《ごつごつしているのに》、取りかへられ、四 菜つみ、水くみ、五 たくはつなどは、修行のならひなるを、物くるる《物を寄進する》檀家《だんか》へは、さ《もの》もしげなる《ほしそうに》六 重のうちたえず、持ちはこばせ《重箱を絶え間なく〔寺から檀家へ〕持たせてやり》、男僧のなつふゆのもの《衣服》の、解きあらひのちん仕事《内職》、よる昼いとまあらず、人のかげぐち、見きくままにいひちらし、嫁とりのなかだち、七 産家の夜とぎ《夜中の付添い》、不義《ふし》むすめのあづかりもの《だらな娘をしばらくあずかるなど》など、うき世の事にのみかかづらひつつ《かかわりあいながら》、朝

一 「せちみ」の語義と、表記についての注。「節忌」と書くせちみは、現今の精進《しようじん》のことで、その「精進」の語を使わなかった、ということ。

二 庵《いおり》に住むこと。出家することや、世捨人になることをいう。

三 『源氏物語』の宇治十帖の浮舟とか、『平家物語』の建礼門院のような物語の主人公などであろう。

四 「法華八講《ほつけはつこう》」の薪の行道の時に唱える歌を、ここに使っている。

五 托鉢《たくはつ》。修行僧がお経をとなえて、施米《せまい》などを鉢に受けて廻ること。

六 「重」は重箱のこと。「うち」は、内で、重箱に入れた食物のこと。

七 子供が生れる家で、夜寝ずに産婦を慰める付添をする習慣があった。『柳樽《やなぎだる》』四篇に「産の伽《とぎ》口がうごくで持てたもの」とある。

八 読経《どきよう》。声を出してお経をよむこと。

九 底本は「歩行ほどに」とあり、「歩行《あり》くほどに」とよむこともできる。

一〇 仏道を信仰する心。菩提《ぼだい》心。

一一 夢のように昔のこととなって、の意。『新古今集』巻一に藤原定家作「春の夜の夢のうき橋とだえしてみねにわかるる横雲のそら」の歌がある。

一二 架蔵《かぞう》写本には「秋さびしきに堪へかねて」とある。

ゆふの誦経《じゆきやう》[八]のほかは、なにを仏のみちにいりしともなく《なんのために仏門に入ったのだかもわからず》、いとあさましき世界にまよひきてはまた、爰《ここ》をものがれ出でばやのこころしきりなるにぞ《脱出したい思いがしきりにおこったので》、なかなかに《かえってまあ》ありし世の《俗世間が》、恋しくもなりぬる事よ。つひに、此の庵室をもうとんじいでて後は《庵室の尼の生活がいやになって出てからは》、そことたのむべきかげもなく《こここそとたよれるところもなく》、さまよひ歩き行く[九]ほどに、はじめの道心[一〇]も、いづちに《どこへやら》かさめはてて、手かきうたよみしむかしは《書をかき》、夢のうきはしかけたえて[一一]《夢からさめたように遠く》、春《〔歌では〕》さむいと《春は寒いし》、秋何とやらいふに[一二]《秋はなんとかというのに》、たへかねて、つひに、おそろしきもいり婆[一三]に、かどはかされ《奉公人や遊女を周旋する老女に誘拐され》、あるいろざと《遊里》へ、夜ばかり、人目をしのぶ尼出のくがい[一四]《尼出身の遊女となり》、四尺ぼうし[一五]の浅黄《あさぎ》ざくら、この春ばかりのすみぞめか[一六]、はては《いつとなく最後は》、何がしの院の、把針者《はしんしや》[一七]とは《というのは》、たしかそれぢや《あの人であるよ》、と《と》見し人《彼女を見た》のかたられし。

深草の野べのさくらし心あらば此のはるばかり墨染にさけ。[一八]

把針者《はしんしや》は、僧坊に入りて、たちぬふわざをするもの也、後世梵妻《ぼんさい》を兼ぬる也。

一三 口入婆《くちいればば》ともいう。

一四「くがい」は、苦界のことで、遊女町をいい、ここは遊女をさす。小林《おばやし》歌城は「上方ニテハ娼妓ニ何ヨリ出身ト云《いふ》事ヲ毎《つね》ニ云《いふ》　妾出腰元出大名奉公出ノトサマサマアリ　突出シノトキニ此ヨシ茶ヤ茶ヤニ小札ニ書テ配ル事ナリ」と述べている。

一五 浅黄色の四尺帽子をかぶって。浅黄桜をかけている。四尺帽子は、布製の長い帽子のことで、尼などが外出する時にかぶった。「浅黄桜」は浅黄桜を模様化したもの。

一六 尼僧の墨染の衣。美しい桜（美女）が、この春のみは、墨染の色で咲き出したものであろうか、の意。「住み初め」と「墨染」とをかけている。

一七 寺で針を把《と》って物を縫う仕事に従事し、後には僧侶の妻の「梵妻」ともなる女を、「把針者」と漢語で表現した。

一八 本文中の「この春ばかりのすみぞめか」の解釈として、『古今集』巻十六の上野岑雄《かむずけのみねお》の歌を引用したもの。「堀河の太政大臣を葬った今年ばかりは喪服の色の黒い色で咲いてほしい」の意。

＊〔大意〕諸芸に通じた妾が、平凡な旦那を持ち、その妻が意地悪だったから尼になった。ところが、師の尼僧の心がねじけ、俗界に密着している生活ぶりに幻滅を感じて、口入れ婆にだまされ、遊女になったという、忍耐力のないはかない女の一生の物語。

物知りの知ったかぶり

一　一六二頁二行の「物産老人」のこと。秋成の友人木村兼葭堂《けんかどう》のことであろう。ただし、中村幸彦氏は「師」とあるからそうではなく、本草《ほんぞう》家の戸田旭山《とだきょくざん》、津島彭水《つしまほうすい》、小野蘭山《おのらんざん》、渡部主税《わたなべちから》あたりがモデルかとしている。

二　「祇園町」は、京都市東山区にあった遊里。そこで抱え主を仮親《かりおや》として勤めに出る芸妓。いわゆる養女に近い。「分」という字は、……に当るもの、……相当、とかいう意。

＊〔大意〕何でもよく分類できる人ですら、物によっては「なになにのたぐいである」としか答えられないことがある。つまり、物知りと自他ともに認める人でも分らないことはあるものだ、と作者は皮肉っぽく言っている。学者をひやかすのに、祇園町《ぎおんまち》のような下世話《げせわ》な譬《たと》えを持ってきたところがおもしろい。

むかし、鳥獣草木のたぐひの、世に見知らぬをば、あまねくよく《そのすべてをよく区》見わかつ《別できる》師[一]ありけり。こは《これは》、もろこしにては《中国では》、なにといふを、此《こ》の国にては、しかよぶ物なりなど《こう呼ぶのであるなどと》、いともくはしかりけり。されど、まれまれには《ごくまれには》、わきまへがたき物もあるにや《見分けられないものがあるのであろうか》、こは何の類なりとも、こたへらるるを、或る人、これをききて、「何の類の、類の字は、祇園《ぎをん》町[二]の、むすめぶんの、分の字にひとしく、いとまぎらはし《たいへんあいまいである》」となんいひける。

癇癖談上　畢

痼癖談 下

力のない者は無理するな

むかし、市《いち》[三]のなかに（町の中に）すみて歌よくよむ翁《おきな》[四]ありけり。世のほまれたかきままに、いつしか思ひあがりて（いつのまにか増長してしまって）、えりあつめおぼしたたれける（自分の和歌の撰集を作ろうと思い立たれた）。まづ住よし[五]の神にまうでて、「此の事冥加《みやうが》あらせ（成就するよう）たまへ（お守り下さい）」といのり（お祈りを）ものせられけるに（されたところ）、其の夜の夢に、内殿《ないでん》の御戸（奥の本殿の戸が）ひらくと見しが、うちより（〔神の〕）妙《たへ》なる（霊妙な）御声して、「なんぢ、月あきらかなり」とをしへさせたまふ、とおぼえて、目さめぬ。こは（これは）、むかしの、京極中納言《きやうごくちゆうなごん》[六]の君のためしにかなひし（場合とぴったりである）ことの、ありがたくて、やがて（すぐに）えらびものせられけり（〔自分で〕撰んで歌集をお作りになった）。

京極中納言定家卿[七]の、和歌の冥加を、住よしの神に、いのりたまひしに、汝月明か也、と御告ありしとなり、此の卿の日記を、明月記[八]と題

三 ここは、大阪のことであろう。

四 安永四年（一七七五）に、『蔵山《ぞうざん》集』を出した大阪の歌人、竹里《ちくり》加《か》藤《とう》景範《かげのり》のことと、中村幸彦氏は考えている。

五 住吉大社。大阪市住吉区にある。海上の守護神で、歌枕としても歌道の守護神としても有名であった。

六 藤原定家。俊成の子で鎌倉初期の歌人。京極中納言とも小倉黄門《おぐらこうもん》とも称した。『新古今集』『新勅撰集』を撰した。

七 住吉大社に参詣して祈ると、「なんぢ、月あきらかなり」とのお告げがあったというのは、藤原定家の故事である。『明月記』と題した定家の日記は、このいわれからだ、という知識披露《ひろう》。

八 定家の漢文体日記。私生活の記録や、随想・和歌に関する記事が多い。ただしこの逸話は、現存の『明月記』にはなく、『毎月抄《まいげつしょう》』『正徹《しょうてつ》物語』に記されている。

したまひしは、此の由なり。

さて、世におしひろめたりけるに《世間に向って発表したところが》、ここかしこより《あちらこちらから》、よからぬ風《かんばしくない》説どもきこえけるを《評判が聞えてきたのだが》、それがかたなる人は《翁の側の人は》、れいの《おきまりの》偏執《へんしふ》の世のさが《片意地な世の常》ぞとて《だと》、おもひやみけるを《肩入れをやめてしまったのを》、翁なほき人にて《翁は一本気な人であったから》、神の御ンつげのありがたきを、おもひたのめりしに《信じてそのとおりにしたのに》、いかでかかりけむ《どうしてこんな結果になったか》、猶おもひあやまれるふしも《〔自分が〕勘ちがいしている点が》、あるにやと《あるのかと》、ふたたびまうでて、なげきたてまつり《嘆願申しあげたところ》

しに、またさきのごとく、うちより高らかに、「なんぢつけ[一]明らかなり、とこそつげつるを」《告げたのであるぞ》ときこえたまへ《とおっしゃったという》りとなん《ことだった》。神の

＊「なほき人」について、秋成は後年の『春雨物語』「血かたびら」にも、「朕《われ》はふみよむ事うとければ、ただ直きをつとめん」とか、「御心の直くましませば」などと、平城《へいぜい》天皇の性格を描写しており、きわめて素直な性質のことをさして表現している。

＊〔插絵〕歌集を自撰した翁が、住吉大社からお告げを聞くところ。

一　書きつけ。勘定書のことであろう。「つけ」を月と聞きちがえたのである。「つけにする」で、自費出版のため、金のかかることを暗示しているか。小林《おばやし》歌城は、「ものの出来そこなひをツケタといふ方言」であるとしている。つまり「つけ」に、しそこなうの意があり、「なんぢ、しそこない明らかである」と告げられたことになる。さらに、洒落本《しゃれほん》や滑稽本《こっけいぼん》には「つけにする」という語が用いられており、これは、馬鹿にするの意で、これをとれば「お前が愚か者であるのは明らかだ」の意になる。

妙《たへ》なる御声をだに、聞きたがふ事もありけり。

[二]つけと、つきと、かきくけこの同音なれば、聞きまがへるも、ことわりなり。

また、漢文（漢詩）からうたにあそぶ人も（親しむ人も）、おのれ打ちほこりて（学識を自慢して）、木にゑらせつつ（版木に彫らせ印刷して）、世に見てくれをなす人（さあ読めといい格好をする人が）、その世にはいとおほかりけり。我なからむ世に（自分が死んでから後に）、人のしたひて物すべかりける事なるを（編集し出版すべきものであるのに）、さる世は（そういう時が）、おぼつかなかりけん（くるのが期待できないのであろうか）、みづからものせらるる（自分からそのように企てる）事にぞありける。こは（これは）腹ぢからなき人の（本当の実力がない人の）、我がしこ（利口ぶったふるまいである）になんありける。又、これを、名利《みやうり》の功能書をちらす（名声や利益の宣伝物をまき散らすことだ）なり、とある人はいはれき。

博奕うちなみに見られた俳諧師

むかし、俳諧《はいかい》の[三]すきびと（好きな人）ありけり。芭蕉翁の、[四]奥のほそみちのあとなつかしく、[五]はるばるのみちのくにくだりけり。[六]ある国のかみの（国守大名の）御城下にて、日くれなんとす（日が暮れようとした）。一夜あかすべき家もとむれどあらず。

二 「つけ」の「け」と、「つき」の「き」とでは、同じカ行の音であるから聞き違えても当然だ、という国語学的解説。

＊〔大意〕歌集は、死後にその人を慕う者たちが作るべきなのに、現代では自ら撰集を作る。これは実力のない人のひとりよがりである。自己顕示欲を満たすために、自費出版をするようではだめだ、と作者は言っている。自費出版して失敗した事実はあったのであろうが、住吉大社の神託云々《うんぬん》は、秋成の創作であろう。『癇癖談』という作品の、虚構性と諷刺《ふうし》性を示す一篇である。

三 中村幸彦氏は、この話のモデルは『浪速人傑談《なにわじんけつだん》』に見える「佐々木泉明《ささきせんめい》」という大阪の俳人で、明和六年（一七六九）の春に、奥の細道の旅に出たとされている。

四 松尾芭蕉が元禄二年（一六八九）に曾良《そら》を伴い、松島・象潟《きさがた》を見ようと旅行して書いた紀行文。

五 はるかに遠くの東北地方へ。「みちのく」は奥羽地方のこと。また普通なら「はるばる」だけなのに、ここは「の」を加えて意味を強めている。

六 松島の手前にある、伊達《だて》藩の城下である仙台あたりか。

おもひつかれたるに《思い悩んでくたびれたので》、そこに門だちしたる翁のあるに《そこの門前に立っていた老人に》、たちよりてねんごろに《ていねいに》宿をもとむれば、おきなうち見て、「法師は達磨宗《だるましゅう》一なるか」と問ふ。「いな、さる《そういう》修行にあらず、ばせを《松尾芭蕉》の翁のながれをまなぶものなるが、松がうらしま二、象《きさ》三がたのながめせんとて、はるばると来たれるなり」といふ。おきな、声あららかにて《声もあらあらしく》、「何がしどの御下《おんか》には《御城下に》四、はいかいしと博奕《ばくち》うちの、やどするものはなきぞ」

といひけるとなり。いかなれば《どうしてまあ》、おなじつらにうとまれけむ《同列にみられてきらわれたのであろうか》、いとあさましくなむ《たいへん情けないことであった》。

一 禅宗の別名。達磨大師が初祖だからこう言う。

二 末の松山（宮城県多賀城市）の東北方、今の菖蒲《しょうぶ》浜《はま》から松ケ浜（宮城県七ケ浜町）に至る海岸の小島で、歌枕であるが、ここは松島の海岸をさすのであろう。

三 秋田県の鳥海山《ちょうかいさん》の西北麓《ろく》にある海岸。かつては松島と並ぶ景勝の地であったが、文久元年（一八六一）の大地震以来、田園に変ってしまっている。

四 俳諧を職業とする人。

＊〔大意〕芭蕉の奥の細道をまねて、ある俳諧愛好者が旅したところ、東北の城下町で、博奕打ちと同一視されてうとんじられた。つまり、俳諧師とか文学愛好者などは地方で堅実に暮している人々からは問題にもされなかったのである。

＊〔挿絵〕俳諧師が東北地方を旅行して、門前に立つ老人に宿を頼むと、博奕うち並みに見られて、すげなく断られているさま。

五 多田南嶺《ただなんれい》や建部綾足《たけべあやたり》かとも考えられているが、誰かは不明。

六 「ちょぼくれ」ともいい、江戸時代の大道芸《だいどう》。僧の姿をした放浪者が手に錫杖《しゃくじょう》・鈴などを持って早口唄や神おろしを「ちょぼくれ、ちょんがれ」という囃《はや》し言葉とともに語って物乞いをした。語り物の一種で詞章には卑猥《ひわい》な部分もあった。

＊〔大意〕面白く物語を書く人がいるが、才気がありすぎてまるで、「ちょんがれ」をきくようだと皮肉っている。

才の過ぎたるは及ばざるが如し

むかし、みやこがたに《京都に住んでいて》物がたりいとをかしう《たいへん面白く》かく[五]人ありけり。もとより、ざえある人なりければ《才能のある人だったから》、ひたすらに興あらむとて《面白くしようとして》、筆はさかしきにすぎて《文章が小利口にすぎて》、うちはやり《調子に乗って》、口とくいひもてつらぬる《口ばやにいいつづけていくので》ほどに、よむにいとあわただしく、こころいそがれて、ちよんがれ[六]などを、きくやうになんありける。

若者に通じぬ昔ばなし

むかし、歌舞妓ものがたり《歌舞伎芝居のはなし》をかしく《上手に》するおきなありけり。それが常にいへるは、「古姉川《こあねがは》[七]がしんぼう[八]芸劔撃《たちうち》[九]、訥子《とつし》[一〇]が時代世話[一一]、獅々吼《ししく》[一二]が武道は[一三]」などいひて、かしらうちふり《しぐさをまねて首を振り》、こゑさまざまにて《声色を使いわけて》、「今の世なるは《現代の役者は》、それらがおもかげにもあらず《それらと少しも似ていない》」といふを、わかき人は、露ばかりも信ぜず、「いかで、置山《おくさん》[一四]が逸風《いつぷう》[一五]におとるべき、市紅《いちく》[一六]もまた、古市紅[一七]に、をさをさまけじものを《なかなか容易には負けないものを》、れいの翁が、むかしものがたりよ」とてかへりて《かえって》あざけり《「翁を」》わらひけり。翁はらただしき《翁は心が素直な人だっ》

七 故姉川。先代（初世）姉川のことで、侠客《きようかく》や非人敵討《かたきうち》が至芸であった。享保〜寛延期（一七一六〜五一）の有名な立役《たちやく》。

八 辛抱芸。敵討や主人のためにじっと堪忍《かんにん》して勤める役。

九 太刀打で、刀でたたかうこと。芝居の立ち回り。

一〇 二世助高屋《すけたかや》高助であろう。安永〜文化期（一七七二〜一八一八）の立役。

一一 武士の世界を扱う時代物に、町人の生活気質《かたぎ》を主題にした世話物の要素が入ってきた演目。

一二 享保末から明和六年まで（一七三〇代〜六九）大阪で活躍した中村吉右衛門。獅々吼は俳号である。

一三 立回りなど武芸の演技。

一四 初世浅尾為十郎であろう。実悪《じつあく》（悪に徹した役柄）の大立者で、享和三年（一八〇三）まで活躍した。俳名を「奥《おく》山」といい、秋成は「置山」と間違って記した。

一五 藤川平九郎。元禄十一年（一六九八）江戸に生れ、宝暦十一年（一七六一）没した。京・江戸・大阪で実悪の大立者として活躍した。

一六 ここは二世三世の市紅、すなわち市川団蔵をいう。二世は早世し三世は明和期（一七六四〜七二）に活躍し、京阪で、武道、荒事《あらごと》を得意とした。

一七 初代市川団蔵。俳号を市紅といった。元文五年（一七四〇）まで活躍し、荒事と敵役を得意とした。

ひとにて《たので》、打ちなげき、「今は山にやこもらむ《こうなったら山に隠遁しようか》、うみにやうかばん《海上を漂流しようか》」とひたすらまうされけるとなむ。

[一]訥子は、助高屋高助、獅々吼は、中村吉右衛門、置山は、浅尾為十郎、逸風は、藤川平九郎、市紅は、市川団蔵、今は三代なれども、ここは、初代をのぞきていふ。[二]山にこもるは、[三]隠君子《いんくんし》のなすところ、海に浮ぶは、論語に、[四]道不レ行ハレバ乗リテレ桴ニ浮バンレ海ニ、と見えたり、いづれも、志の世にあはぬ歎《なげき》なり。

男女の仲は狐と狸

むかし、[五]伊勢の御ン神に《伊勢の皇大神宮への》、[六]講《かう》まゐりする男ありけり《集団参詣に参加した男があった》。色ごのみなりければ《好色な男であったから》、[七]御師《おし》のもとに、わらづ解きすつるより《わらじをぬいで上がるよりも早く》、まづ、[八]古市のあんにや[九]《娼妓》に酌《しやく》とらせけり《酒の酌をさせた》。おもひきや《思いがけなくも》、都にてむかしあひかたらひし女の《馴染となったことのある女が》、ここにありて、いできて《出て来て》、かたみに《おたがいに》うちおどろかれ、すずろ《しきりに》なつかしくて《なつかしく》、寝ものがたりあはれに《しみじみと》、うちかたらひけり。

[一〇]あんにやは、伊勢の方言にて、遊妓をいふ。

一 本文中、号で出ている「訥子」ら歌舞伎役者の名前を、それぞれ明らかにした注。

二 本文中の「山にやこもらむ、うみにやうかばん」の語句が、前者は『史記』に、後者は『論語』にある、と指摘し、それらは志の入れられない嘆きである、と解説した。

三 隠居の君子。『史記』巻六十三に「老子、隠君子也」とある。

四 自分の道は実現しそうもないから、桴《いかだ》に乗って東の海に逃れ出ようか、の意。『論語』公冶長《こうやちよう》篇第五にある。

*〔大意〕昔の歌舞伎芝居の話に通じている老人の話も、若い人たちに信じられないという、世代の違いを説いたもの。

五『伊勢物語』六十九段の「むかし、男ありけり。その男、伊勢の国に狩の使に」とある話をもじった。

六 神社の参詣を目的とした信者の団体が「講」で、その団体を組織して参詣するのが「講まゐり」である。ここは「伊勢講」のこと。

七 参詣人の宿泊などの世話をした下級の神職。

八 伊勢の古市《ふるいち》。伊勢市古市町にあった宿場。昔は遊里であったが、太平洋戦争の戦災のため、現在宿屋は一軒もない。

九 江戸時代、伊勢の古市にいた私娼《ししよう》のこと。

一〇「あんにや」は娼妓をいう伊勢の方言である。

一一 二日目という夜に。居つづけして二日目も泊ったからである。

＊〔挿絵〕相手の遊女へ贈るために、洗面のついでに長くなった爪を切っているところ。『伊勢物語』の主人公のような服装の男がおもしろい。

一二 遊女や芸子がこの土地からあの土地へ、この廓《くるわ》からあの巷《ちまた》へと移っていくのを、京阪では「仕替」といい、江戸では「鞍替《くらがえ》」「住替《すみかえ》」といった。

一三「継《まま》しさ」で、継父母との生《な》さぬ仲をいうが、ここは心がねじ曲っている程度の意味であろう。

一一夜といふ夜、いとおもひありげにて《〔女は〕たいそう悩みごとのある様子で》いふやう、「かくはるかなる国に一二しかへられ《住み替えさせられ》、世にたのしみなくさまよふも、親のこころの一三ままましさに《ねじ曲っているのが》、よりてなるを《原因ですが》、猶このたびも、『今二年《〔親は〕もう二年》をきりまして《年季をふやして》こがね五両《いつひら》おくりこせ《送ってよこせ》』と、しきりにせめらるる。『いつまでとか《〔私は〕いったいいつまで》、かくつれなさのみ聞ゆるぞや《このように無情なことばかり言うのですか》。此の度をかぎりにて、親子のえんだに《縁をさえ》、切りてたまはらば、のぞみたまふままならむ』といふ。さすがにうけがひしかば《親も承知をしたから》、たのもしき人々にうちたのみて《頼りになる人たちに金策してもらって》、此の半金《なかば》ばかりはととのへぬ。なほ今なかばに《残りのあと半分に》おもひわづらひたるを、

つきせぬ《尽きない》御ちぎりに《御縁で》、あひ見たてまつるものから《お会いいたしましたものですから》、むかしの御ゝなさけ《お情けを》わすれたまはずば《お忘れでないならば》、あはれおぼしめぐませたまへ《可哀そうだと思ってお情けをおかけ下さい》」と《〔女は〕》打ちなきつゝいふ。

一妓女の売渡さるるを、仕かへらるるといふ、年をかさぬることを、切ましと云ふ、すべて遊里の通言なり。

をとこ、「いとかなしきことをきく物かな。さばかりのはしたがね《それくらいの小金は》、物にもあらぬを《なんでもないのだが》、ここに二ふようの事こそありつれ《困ったことができてしまったよ》。まうで来し《途中寄ってきた》三つち山の宿にて、友どち酒くみすぐし《友人たちと酒を呑んで過し》日もかたぶきぬ。今宵《こよひ》四坂のしたのとまりにと、さだめて《決めて》、人々はゆきけるを、おひて《追いかけて》、五鈴鹿《すずか》やまを六ただふたり、月かげ《月光の》さささぬ岩のかげみちこえ来るに、ものすさまじき《なんとなく恐ろしい》木蔭より《木蔭から》、深山《みやま》のあゆみいづるやうに《奥深い山が歩き出したように》、〔大男が〕七『たて烏帽子《えぼし》のここにあるをしらぬ歟《か》。えこそとほすまじ《絶対に通しはしないぞ》。ふところのかぎり《有るだけ》おいて行け。いのちばかりは得させん《生命だけは助けてやろう》』と雷のおちかかるごとき声していふにぞ、たましひも身にそはず、ありつるかぎりささげいだして《持っていたお金を全部渡してやって》逃げのびぬ。

一 江戸時代、遊女が抱《かか》え主から別の抱え主に売られることを、上方《かみがた》では「仕かへらるる」といい、年季を延ばすことを「切《きり》まし」と言った。それぞれ遊里言葉である。

二 不都合なこと。次の鈴鹿山で盗賊にあったことをさしている。

三 土山の宿。滋賀県甲賀《こうか》郡にある町。鈴鹿《すずか》山の西《せい》麓《ろく》。

四 坂の下の泊り。鈴鹿峠多津加美《たつかみ》坂の下であるから、坂下の名がある。もとは「サカノシタ」と呼んだが、今は「サカシタ」と言っている。その頃東海道五十三次の一宿として賑《にぎ》わった。

五 三重県鈴鹿郡の西部に聳《そび》える山の総称。

六 一人で来たのを、二人としている。もともと作り話だから、作者がいい加減に記したのであろう。

七 頂上部を高く立てたまま折らない烏帽子。ここはたて烏帽子という名の盗賊のこと。

八 「いかにも」を重ねて意味を強めたもので、どうしたって、どんなにでも、の意。『雨月物語』「蛇性の婬」（一〇六頁一〇行）に「いかにもいかにも後見《うしろみ》し奉らん」とある。

九 滋賀県にある「野洲《やす》川」の上流を横田川といい、このあたりか。「よこた村のとつさま二石二斗のみし

此のおどろきに、ここちあしければ、夜べこよひ《昨夜と今夜》、うさはらしにこそ来たれ《きばらしにやって来たのだ》、また、このあはれなる事をきくはいかに《〔ここで〕お前の哀れな話を聞くとはなんとしたことか》。されどわれさへ人のなさけにて、やうやうかへるべければ、こころにもあらで、見すてゆくなり。都にいきて後、八いかにもいかにも《どんなにしてでも》、さばかりのこ《それくらいのお金なんか》とは、おくりこすべき《送ってよこしますよ》。おやなる里は《あんたの親のいる里は》、九横田むらにて、一〇みしんの水牢などいふ罪に、しづめるにあらずや《落ち込んでいるのではないか》」といとしらじらしく《そらぞらしく》いふにぞ、女、いとにくしとおもひて《〔心の内を見すかされて〕たいへん憎いと思い》、つとたちて《さっと立ち上がり》、またもこずなりぬ。

一一鈴鹿山に、立《たて》ゑぼしといふ強盗ありし事、今昔ものがたり、に見えたり。

一二横田村の水牢、丹波与作《たんばのよさく》の書に見えたり。

さて、朝がへりの手水《てうづ》のついでに、爪のながきをきりて、それをおしつつみて《紙に包んで》、表《〔歌を〕》にかきつけて、女のもとへやりける。

一三まれ人にすかさずのばす爪しあれば

をんな、此のすゑ《下の句》を、一四なづ菜の葉にかきて出しける。

んにつまり六十六で水らう」（『丹波与作待夜小室節《たんばのよさくまつよのこむろぶし》』中）とある。

一〇「みしん」は未進で、年貢が未納のために牢に入れられて、水責めにされること。

一一 古来、盗賊の出ることで有名な鈴鹿山に「立えぼし」という強盗がいたと、『今昔物語集』に載っているかのように記したもの。『今昔物語集』巻二十九「於鈴鹿山蜂螫殺盗人語《すずかのやまにしてはちぬすびとをさしころすこと》」などがあるが、直接立えぼしという強盗は登場していない。

一二 横田村の水牢のことは、近松門左衛門の『丹波与作待夜小室節』に出ているということ。

一三「たまに逢う稀《まれ》な客に対し、すかさず長く爪を伸ばしてお金をほしがるのなら」の意。なお「爪しあれば」は『伊勢物語』九段の「唐衣《からころも》きつつなれにしつましあればはるばるきぬる旅をしぞ思ふ」の第三句の「つま」を「爪」にもじった。

一四「なづ菜」は、アブラナ科の越年生草本。春の七草の一つ。狩衣《かりぎぬ》の裾《すそ》を切って、歌を書いた『伊勢物語』初段を翻案したものか、六十九段の「杯《さかづき》の皿」に書いて出したのを、変えたものであろう。『古今六帖』の巻四「今はとて人のかれはて浅茅生《あさぢふ》にさればなづなの花ぞ咲きける」によるとする説もある。ただし底本は、「なつ菜」とあり、「夏菜」とすれば、夏季の野菜の意味となる。しかし、秋成の『書初機嫌海《かきぞめきげんかい》』下巻には、「今の世に毒薬といふは、薺《なつな》の汁《しる》の事なるべし」とあり、「なつ菜」は薺《なずな》のことであろう。

一 「又、二度とここで逢うこともあるまいと思って」の意で、ここは『伊勢物語』六十九段の「かち人の渡れどぬれぬえにしあればまた逢坂の関は越えなむ」によっている。

二 現在の三重県松阪市。

＊〔大意〕昔なじみの遊女に古市で逢い、巧みに借金を申し込まれた男は、途中で強盗に会ったとうまく逃げた。翌朝、お互いの本心を見せ合った贈答歌に、この頃の遊客、遊女のユーモアを見るべきである。

一 またあふ坂もあらじとおもひて

たがひに、あさはかなるこころ《浅薄でおろかな本心をむき出して》を見せあひて、明日は《〔この男は〕》、二 松さかどまりにと立ち行きけり。

嘘《うそ》つき女と利口男

三 「浮かれ女《め》」で、歌舞管絃をするものや、遊女娼婦などをいう。

＊〔挿絵〕嘘つき遊女を相手に、地方へ赴任する口のうまい男が奮闘しているところ。扇子で口を隠して、いかにも相手の鉄砲を受けているようなさまがおもしろい。

四 「馬の鼻向け」の意から出た。『伊勢物語』四十四段に、馬のはなむけに衣裳を贈る話があり、その段から発想したものであろう。

五 江戸時代は「綿入の絹物」のこと。「ひとかさね」は一揃《そろ》いで、小袖は初冬と晩春は下着一枚、真冬は下着二枚を重ねて着用した。

むかし、おのがためにもならぬ事まで《自分のためにも少しも役にたたぬことにまで》何くれと《何でもかんでも》、よくいつはる《うそをつく》、三 うかれ女《遊女》《め》ありけり。あるをとこの、田舎にゆく《地方へ赴任すると》とて《いうので》、いとまごひしにきたりければ、この女、「さらば《それでは》馬のはなむけ《餞別として》四に、五 小《こ》袖《そで》

ひとかさねして《ひとそろいを》、おくりたてまつらん。夜寒《よさむ》をしのがせたまはんには《おしのぎになります時には》、おのが思ひをそへて《私があなたを思う心を添えまして》こそ」といふに、をとこ、「われに物かづけたまはらば《物をくださると言うのならば》、[六]さねよくをどしたる鎧《よろひ》いちりやう《ひとそろい》たまはれ」といひければ、(女)「それとても御こころのままに、たてまつるべし。なにのれうにとて《［しかし］何に使用するために》、かく《そんな》おそろしげなる物を、もとめたまふ《くれとおっしゃいますのか》」と問ふに、(男)「君が[七]鉄炮《てつぱう》をうけんためなるは《うけとめるためですよ》」といひけり。いとくちがしこき《口のうまい》、をとこになんありける。

[八]かづけ物とは、衣服の類を、人のくるるをいふ、さて、それには、見てくれのみにて、あしきもあるより、かづき物といふは、転語歟《か》。[九]上古は、空贅《からぜい》といひ、中世は、鉄炮といひ、下世には、太平楽《たいへいらく》といふを、略して、大《だい》とのみもいへり。

六　よい札《さね》でつづった鎧《よろい》。「さね」は鉄、または革の小板で、これを数多く重ね、牛革で横にとじ鹿のなめし革または紺糸でタテに綴《と》じて鎧を作る。

七　うそ。虚言を俗に「鉄炮（砲）」という。

八　人の贈り物を「かづけ物」というが、往々にして外見ばかりで中身のつまらない贈り物が多い。つまりだまされる意味の「かつぐ」の「かつぎ物」が転じたものか、という皮肉。

九　江戸時代の「大うそ」を表現する言葉を、上古・中世・下世の三区分にして、それぞれ「空贅」「鉄炮」「太平楽」といった、という考証。誇張した嘘のことを「大《だい》」という例は、洒落本《しゃれほん》や雑俳《ざっぱい》などに見えるが、秋成の書いたように「太平楽」の略が、この「大」であるかどうかは疑問である。

＊〔大意〕たいへんな嘘つき遊女に、地方に赴任する男が餞別《せんべつ》に「鎧をくれ」と言うのに「何のため」と聞く女へ「大うそを受けるため」と答えた。この男のユーモアを主題にした章。

貧民街の夕暮

むかし、をとこ友どちかいつらねて《連れだって》、住よしのこほり、住よしのさと、住よしのやしろにまうでけり。霜月《しもつき》のはじめごろにて、ゆふ《夕方に》さりがた《なる頃》のそら霜をれて、うみふく風の、潮しみて、いとさむし。生駒《いこま》やまを見れば、冬がれのところどころ、赤はげて《赤茶色にはげていて》、西にいる日《沈む日の》のかげにあらはにて《光に照らされむき出しになって》、あいなく《あじけなく》、見る見る《見るからに》さむげなり。今宮むらを北によこをれくれば《横に折れてくると》、長町のみなみがしら《南の端》なり。むつかしげなる《むさくるしい》いへども《家々が》、ひしひしと《びっしりと》立ちならびたる中に、はたごや《宿屋が》のところ得がほながら《よい場所に建てられているものの》、時《時節でないから》ならねば、ゐなか人のやどりも、まれまれにて、火おこさぬ夏のすびつ《いろり》の、とうちながめて過ぐ

＊この章は、初めを『伊勢物語』六十七段および六十八段の書き出しを借りて構成している。六十七段に「むかし、男、逍遥《せうえう》しに、思ふどちかいつらねて、和泉《いづみ》の国へ二月《きさらぎ》ばかりに行きけり。河内《かうち》の国、生駒の山を見れば、曇りみ晴れみ、たちゐる雲やまず。朝より曇りて昼晴れたり」とあり、六十八段には、「むかし、男、和泉の国へ行きけり。住吉の郡《こほり》、住吉の里、住吉の浜をゆくに、いとおもしろければ、おりゐつつゆく」とある。

一 住吉大社。大阪市住吉区住吉町にある。

二 陰暦十一月の称。

三 冬の、曇って霜柱が立たないような、うすら寒い天気。霜曇りで。

四 奈良県と大阪府との境にある山。高さ六二四メートル。

五 現在の大阪市西成区《にしなり》今宮町。

六 道頓堀《どうとんぼり》に架《か》かる日本橋《にっぽんばし》南の町筋であり、貧民窟《くつ》があった。

＊〔挿絵〕住吉大社へ参詣した男たちが、今宮村を北へ折れて長町を望んだところ。

七 シーズンでないので、泊り客のいない宿屋を見ると、「火おこさぬ夏のすびつ」の気持がして、興ざめするということ。『無名抄』の「非《ザレドモ》歌仙難歌」に「述懐の哥共《うたども》あまたよみ侍りし中に、ざれごと哥に火おこさぬ夏の炭櫃《すびつ》の心地して人もすさめずすさまじ

るに、青物[八]菓物《くだもの》あきなふ家は、よし簀《ず》たてかこひて、たばね薪《ぎ》[九]、はかり炭、それこれと賑はし《なんだかんだとにぎやかだ》。塩うを《塩づけの魚》なにやかや、しびら[一〇]目黒[一一]の切りうり、ほしいわしのいささか《少しばかり》皿にもりたる。また何とかいふ魚のあぶりもの、鮪《しび》[一二]のおほうを《大きい魚を》いまはしげに《気持わるそうに》、きりさいなみたるに《小切りにしているのや》、にしんのしたたるげに《甘ったるそうに》煮こごらせし《煮汁を固まらせたもの》、唐きびもち、あかむし[一三]《赤飯》の切目[一四]だかなるにも、おほ路のつちかぜやかづくらむ《大通りのほこりっぽい風がおおうことであろう》。香のもの、くきづけ[一五]のにほひ花やぎたるが中に《ぷんぷんとにおううちに》、芋むす湯煙ぞあたたかげなる。日は西にしづみはてて、風いとどあらぶきだち《吹き荒れて》、あつごえて着たるさへ《厚ぼったく何枚も着ていてさえ》、ゆ《夕方》ふしめり《の湿気が》身にしみて覚ゆ。

[一六]むつかしげなるは、むさき、といふ義なり。

[一七]火おこさぬ夏のすびつの心ちして人もすさめずすざましの世や。

此のほとりにやどりとるとて《宿をとろうとして》、あさましげなる物等《みすぼらしい人たちが》、たちつづきてかへりきたるを見れば、老いさらぼへる《すっかり年老いた》目くらの、竹杖のかた手には、十一二なるわらは《子供》にひかせて、ゆくゆくうちたふるべく《行くうちに今にも倒れそうに》あゆ

の身や　とよめるを十二になる女の子の是《これ》を聞て、冬の炭櫃こそ火のなきは今少しすさまじけれ……」とある。『枕草子』にも「すさまじきもの、昼吠《ひるぼえ》する犬、火おこさぬ炭櫃……」とある。

八　野菜やくだものを売る店。八百屋。「菓物」は果実。

九　束ねた薪。『好色一代男』三に「束木《たばねぎ》の当座買ひ」とある。

一〇　しいら（鱪、または勒魚と書く）。一・五メートルほどの魚。

一一　まぐろ。正しくは「小まぐろ」。多く塩物とする。「めじか」とする説もある。

一二　まぐろの成魚《せいぎょ》。二・三メートルほどの魚。「おほうを」で大魚、という意味にとる。また「〝おほう〟を」で大きいのを、とみたり、「ブリ」また「マグロ」の方言とみることもできる。

一三　小豆飯（赤飯）の京阪方言。

一四　型に入れて盛る飯を「切り飯」というから、ここは高く盛ったこと。

一五　大根・かぶらなどの野菜の茎や根を塩漬にしたもの。

一六　困難を意味する「むづかしげ」ではなく、むさくるしい意味の「むつかしげ」である、という語釈。

一七　注七の引用歌を紹介している注。「すさめず」は、気分が乗らず、の意。

み来る。このあたりにては、一米をよばねど、声をしあげば《声をあげさえすれば》、聞きしりたらむものぞ《聞きなれた乞食であるに違いない》。垢《あか》じみたるものに《布で》、つらおしつつみたる《顔を包み隠した》二うばらの、手にかぶら菜二かぶばかりくくりさげて、もの得たりがほに《よいものを得たと得意そうに》ゆくもあり。ゐざり法師の《足の不具である坊主が》、かしら髪おどろに《髪の毛をぼうぼうに》あひのびて《伸ばし放題にして》、つづれの肩のひまより《ぼろの着物の肩の破れ目から》、こほれる《冷えきった》肌のあらはれたるが、なに事やらむひとりごとしつつ、ゐざり行くは、今日の寒さをかこつなるべし《なげいているに違いない》。はやくやどれるは《早く家へ戻ってきた者は》、一銭がしほ《わずかな全額分の塩や》、二銭がもち《餅を》、これかれ《あれこれと》もとめありく。此のあきなふ家《これを》も、ここにとし月住みふりたるは《長い年月住み古した商人たちは》、さるものらも、いぶせ《きたない》うゐやしめず《と馬鹿にせず》、それめすか《それが入用ですか》、これぞよかめるなど《これがよいようですよ》、こころよげなり《隔てなく応対している》。此のきたる《帰ってきた》中に、紺ぞめのしり《〔着物の〕》たかくからげ、三はりの木染の四きやはんしめはきつつ、五しんちゆう鐔《つば》の長劔さしこはらしたるが《いかめしく差した人が》、やどりいそぐに、六さうし紙のおほ鳥毛、さびしげにふりかたげたるに《振り上げて肩にになった者と》、つれだちて、七辻だちの歌舞妓芸者の、紅粉《べに》おしろいまだらにけはひたる若ものと《化粧をした若者と》、むつまじげに、打ちものがたりしつつゆくは、あるが《ここに住む》

一「米をよぶ」は、門口に立って乞食をすること。米をくれ、と門づけはしないが、の意。

二「うばら」は京都で歳末にくる女乞食をいうが、一六八頁四行に「翁うばら」ともあるので、ここは老女の意。

＊この辺りの貧民街の描写は、秋成晩年の作品『春雨草紙《はるさめぞうし》』中の「長者長屋」によく似ている。自筆草稿が八枚しか残っていない「長者長屋」は、大阪内安堂寺《うちあんどうじ》町南にある貧乏長屋の人々が、歳の暮を迎えるさまを描いたもので、秋成としては珍しく写実的なものである。秋成は初め俳諧《はいかい》に親しみ、詩人として出発した。三十歳代の初めに浮世草子を二部執筆し、当時の社会や妾《てかけ》の生態をありのままに描写した。しかし、それ以後は『雨月物語』にせよ、『春雨物語』にせよ、浪漫主義の作風を築いていった。そのような作家が、青年期・中年期・老年期を通じて、写実的な一面を持っていたことは注目すべきことである。

三 榛《はん》の木の皮で染めたもの。「はり」は榛の古名。緑がかった茶黒色。

四 旅行時に脛《すね》に巻きつけて歩き易くしたもの。

五 真鍮製の鐔。鐔は、柄《つか》と刀身の境に挟み、手を守る金属板で、彫刻などが施してある。ここでは、貧民街に住む大道芸人が武家行列の役の時に使用したのであろう。

中にもいさぎよげなれど、さすがに八おどぶる《ふるえる》ふ鼻のさき、太脛《ふとはぎ》など、九鮪《しび》いろにこごえてさむげなり。また、あやしの《いやしい》をとこの、目ばかり見えて《ほおかぶりして目だけ出し》、手には、鳥かごのおしつぶれたるに朽ちたる簀のこ板《くさったすのこ縁の板》、もちそへて、こよひのたき火のれう得たりとや《材料を手に入れたとか言い》、うれしげにはしりゆく。

一〇辻ぎみ五六人、ひききあしだ《歯が減って低い足駄》の音、こぽこぽとひびかせ、髪はぬれぬれとあげて《つやつやと結いあげて》、白きもの《白粉が》衿《えり》にうつらふまで《つくほどに》、きはぎはしく《くっきりと》ぬりて、色あひたしかならぬ《色目もはっきりしない》もの《着物を》ひきかさね着て、二からからと、物たからかに《声高に》いひつつ、北ざまに《北の方へと》あゆみゆく。さらにさらになさけしくこそあらね《少しも女らしい色っぽさがないけれども》、彼もまた、かなしう《この女たちだって いとしいと》いひかはしたる男もあるべし。また、親をとこのために《親やつれあいのために》、我が身はあるものともせず《我が身はないものとして》、よひよひ《宵ごとに》出でたつ《街頭に立つ》もありとや。一二あはれのみさをや《あわれな女の貞操よ》、わりなのまことや《やりきれない女の誠実よ》、とうちながめらるる。

やうやう一三道頓堀《だうとんぼり》に来れば、たちまち異国《ことくに》にいたりしか《来たのか》とおぼゆ。

六 草紙の反古《ほご》紙で作った大鳥毛。「大鳥毛」は鷹などの鳥の羽を栗《くり》の毬《いが》の形に作って馬印《うまじるし》としたり、槍のさやにかぶせたりしたもの。

七 辻に立って歌舞伎役者の真似をして銭を乞う芸人。

八 「恐れてふるえている」こと。寛保二年（一七四二）竹田出雲《いずも》作の浄瑠璃『男作五雁金《おとこだていつつのかりがね》』に「おどぶるうてぞ窺《うかが》ひ居る……」とある。ここは、寒さにふるえている意味に用いている。

九 まぐろ色。鮪《まぐろ》の肉色は暗赤色なので、凍えた手足の色とよく似ている。

一〇 夜、街頭に立って客を取る売春婦。江戸のはやり唄に「京で辻君、大阪で惣嫁《そうか》、江戸の夜鷹《よたか》……」とある。秋成の『万匂集《まにおうしゅう》』にも「おしてるなにはの、はまぎみを、たゝへてよめる、長歌」があり、「……たそがれて　たけふる袖の　みそぢまり　しまだうずなす　よそぢより　しろきものぬり　くろきもの　きつゝなれにし　つまならで……」と、辻君と同様に、浜君（海岸に立つ売春婦）を描写している。

一一 高く笑う声。ここはからからと高らかにおしゃべりしていることを言う。

一二 親や夫のために自分の肉体を売らねばならぬ女たちへ同情しているところ。

一三 大阪市の南にある道頓堀川に沿った芝居街。日本《にっぽん》橋《ばし》南詰から戎《えびす》橋南詰に至る間。

夜芝居のまうけあすの夜よりと《準備がされて芝居は明日の夜からと》、一やぐらまく翩々《へんぺん》とひるがへれる。此のふく風は、さきざきのにはあらぬにや《先ほど〔長町で〕吹いていた風とは違うのだなあ》、とおもふも《と思うのも》、二うつりやすのひとごころや。

むかし、色ごのみなるをとこ、老いてかたりけるは、「遊女ほど世にをかしきものはあらじかし《世に興味深いものはないのではあるまいか》。おのれときめきて《自分が繁盛していて》、ひく手あまたなるにはよるべのすゑ《将来のよりどころ》のことなど、露ばかりもおもひしらず《少しも思ってみようとしない》。逢ふごとの男に、こころをおかせ《関心をもたせ》、ゆめいふにたがはじとおもはせ《少しも言葉にうそはあるまいと》、また、みそか事ありとても《情夫を作っても》、〔馴染客に〕妬《ねた》き言葉、おもふなかばをも《思っている半分も》得いはぬ《言えないように》ものにしこなし《うまくふるまい》、はした金くるるには、手もふれず、男のこころをおくれさせ《気おくれさせ》、または、おやかた《抱え主》に、血のなみだをながさせても《悲痛な思いをさせても》、おのがこころをとらせ《自分の望んでいることを通させ》、友朋輩《ほうばい》は、ありてなきもの《人間扱いもせず》によびつかひ《用事を言いつけ》、よろづこころの行くままに《万事思うぞんぶんに》、うちふるまひつつ《続けているうちに》、あるほどに、つひに《やがて》、

一 芝居小屋の木戸（入口）の上の櫓《やぐら》に、座元の定紋を染め抜いて、張りめぐらした幕。

二 まわりの様子によって、思うことがすぐに移り変り易いのが人間の心というものである。

＊〔大意〕住吉大社の帰りに、長町の南端へ来ると、貧民窟が見えた。多くの落伍者《らくご》の生活を、可哀そうなものだと眺めて歩くと、道頓堀へ来ていた。ここの芝居小屋のにぎやかさを見るにつけ、同じ風でも、さきほどの貧民街のものではないことを痛感する。少し場所が違えば、全く生活環境が違っていることを作者は指摘している。この章について、小林《おばやし》歌城は「真ニ写シ得テ妙景」と絶《ぜっ》讃《さん》している。

遊女の将来は心がけ次第

＊『好色一代女』巻二にも「大夫の時は五七度も心よく逢馴し後もたよりはせざりき。……やり手迄大判三枚、小袖代として給はりし事、其時は世にほしがる金銀もめづらしからず、それ〱にとらせけるに何惜らじ。大夫の人に物やるも、おもへば博奕《ばくち》の場にての銭のごとし」とあって、はぶりのいい遊女が「はした金」には見向きもしないさまが記されている。

* 〔挿絵〕召使の少女と一緒に、魚屋からはしりの魚を物色して贅沢《ぜいたく》に暮している金持の妾《めかけ》のさま。

三『竹取物語』の主人公かぐや姫のように。かぐや姫は、竹の中から生れ大切に育てられたとされる。『竹取物語』には、「この児《ちご》養ふ程に、すくすくと大になりまさる。三月許《ばかり》になる程に、よき程なる人になりぬれば、髪上《かみあげ》などさだして、髪上せさせ裳着《もき》す。帳《ちやう》の内よりも出《いだ》さず、いつきかしづき養ふ程に、この児の容貌《かたちけう》清らなること世になく、家《や》の内は暗き処なく光満ちたり」とある。

四 密通を意味する「みそか事」が情夫を意味し、さらに、もともと江戸期の遊里の陰語にすぎない、「間夫」「虫」「つく」などの言葉を、古代、中世などと国語学的に分類してみせた、秋成のわるふざけ的遊び。

五「つく」には荷棒《にないぼう》の両端にある緒止《おど》めの意から転じて、芸娼妓《げいしょうぎ》の情夫という意味もある。

六『竹取物語』を読んで、本文中の「竹の中よりうまれいでたる人の……」の文を味わえ、という指示。

よき人に（身分ある財産家に）おもはれて、黄金《こがね》あまた（大金）にうけいだされて後は（を出させて身うけされた後は）、いよいよ三竹の中よりうまれいでたる人のやうに、ころも（衣）調度（服や道具類）、あさゆふの物も（食べ物も）、時にさきだち（季節より早いものや）、ときにおくれたる品をのみ（季節外れの品物だけを）、このみ（思いのままに）事して（味わい）、猶あくときもあらず（それでもなかなか満足しない）。

四みそか事とは、密事にて、かくし男の事をいふ、むかしは間夫《まぶ》といひしを、中世に虫といひしより、転じて、ただ五つくとのみもいふ。六竹の中より生れ出たるは、赫夜《かぐや》姫の事也、かのものがたりをみて、この文を味ふべし。

時[一]にさきだつは、二月の瓜なすび、口切[二]ごろの生干《なまぼし》かぶら、つくづく[三]し、或は、秋の末の胡瓜《きうり》、冬の孟宗笋《まうそうたけのこ》[四]などをいふ歟《か》。

よろづ《万事に》おもひほこれるあまり、むかししのびあひし男、《［や］》また、今のいへに、夜昼まゐれる《やってくる》、八百屋、さかなやなどの、こざかしきをとことかたらひて《密通をはたらき》、つひに見あらはされてぞ《とうとう露見してしまうと》、身のひとへのみに《着のみ着のままで》おのれいは《自分がそこの主》ひやられ、そのをとこ《密通の相手の男》のもとの妻をば、わかれさせて、おのれいはらじとなりても《婦におさまっても》、髪[五]はひとにあげさせ《髪の毛は他人に結い上げさせ》、立ちぬふわざも《裁縫することとも》しらねば、姑《しうとめ》におひうたれ《たたかれ》、をとこもまた、はじめこそあれ《始めのうちはまだしも》、するゑはいかな《将来はどうなるのだ》らむ《ろうか》、と心づきては《気づいてからは》、《［女への］》言葉もあらあらしく、時々うちしをりぬるに《うちこらしめたりするので》ぞ、《［女は］どうしてこんなに》なにかく、まづしき男を、たのみつらむ《頼って来たのだろう》、とまけじごころに、《［男に］物を投げつけたりなどして》投げうちなどして、いさかひては《喧嘩をしては》、また、此のをとこにもわかれて、猶《なほ》、いささかもおもひよわる事なく《反省する気配さえみせず》、もとの川竹[六]にながれいづれば、ここかしこの好《すき》[七]ものらは、《［人妻だったので］》いと珍らしみて《珍しがって》、我さきとあひ《買いに》見るに、《行くが》《［女は］ちょっとの間囲われていただけと思ったが》しばしこめられしとおもへど、かぞふれば、はや三とせ四

一　季節より早いかあるいは遅い、現実にはない時期はずれの贅沢《ぜいたく》な食物の名前を列挙した。
二　出はじめ頃の干し大根。「口切」は、茶道の口切で陰暦十月。
三　つくし。
四　孟宗竹《ちく》の筍《たけのこ》。『二十四孝』の中の呉の孟宗が、冬に母が筍を求めたので、竹林に入って嘆いたところ、筍が生じた故事をふまえている。
五　もはや人に髪を結わせる身分でもないのに、髪を自分で結わないことをさしている。
六　浮いた遊女の勤め。定めない身の上、の意の「流れの身」に、枕詞「川竹の」がついた「川竹の流れの身」を略して、「川竹」だけで遊女の境涯《きょうがい》の意を表す。「ながれいづれば」は、これを踏まえて遊女勤めの状態になることをいう。
七　好色な男。

とせになりぬれば、三十《みそぢ》やすぎぬらむと思ふこころより《思いあたってからは》見れば、いとよくけはひて《化粧して》、をかしからぬ事をも《たいして面白くないことでも》、をかしげに、興あるさまにもてなせど《ふるまってみても》、とあるをりには《どうかした時には》、物さびしく、寝がほなどおそろしくなり《自分の寝顔などを見られるのがこわくなり》、あしたの別れに《翌朝の男女の別れの時に》、あらはならじともてかくせど《ふけた顔をはっきり出すまいと隠すが》、しろきもの《白粉の》のはげたるひまより、にきび[八]おもくさなど、さすがにうち見えたる、いとあさまし。さるは《そうなってくると》、思ふにたがひ《考えたのとは違って》、吾がこころさへおくれては《自分で気おくれしてしまって》、にはかに《急に》[九]誘ふ水あらばとこころいられては《誘う人があれば誰でもいいと気が焦ってくると》、かへりて《かえって》、[一〇]もたれげなりなどは[一一]したなめられ、おそろしなどもうとまれ、はてはては《あげくのはては》、いづちゆきけん《どこへ行ったのであろうか》、かきけしてあらずなりぬ《かき消すようにいなくなってしまった》。

[一二]いはらじとは、家主にて、人妻の事也、[一三]京名所といふ書に、世帯なれたるいはらじと見えたり。

[一四]おひうたれは、追出すといふ義、打擲《ちやうちやく》するなり。

[一五]打ちしをるは、伊勢ものがたりに、倉にこめてしをりたまふ、又落くぼ物語に、しをりころせ、など見えたり。

八　顔面に出るかさ。「くさ」は「瘡《かさ》」の意。そのあとにできるそばかすなどのこともいう。白粉《おしろい》などの化粧品が粗悪であったから生じた。

九　ここは『古今集』巻十八にある「侘《わび》ぬれば身を浮草の根を絶えて誘ふ水あらばいなむとぞ思ふ」という、文屋康秀《ふんやのやすひで》への小野小町の返歌によっている。

一〇　いかにも甘えて頼りにしたがっている様子である、の意。「もたる」は、甘えて頼ること。

一一　ひどくたしなめられて。「はしたなむ」は、本来、はしたないと思う状態にさせることをいう。

一二　家主（いへあるじ）が変化して、「いはらじ」という、人妻をさす語となった、という国語学的解説。

一三　『都名所図会《ずえ》』などの例であろう。

一四　「おひうたれ」には、追出すという意味があり、ここは「打ち叩《たた》く」の意味だ、という説明。

一五　いじめるの意味の「うち責《しを》る」の用例が、『伊勢物語』や『落窪物語』に見られる、という国語学的解説。『伊勢物語』には、六十五段に「この女のいとこの御息所《みやすどころ》、女をばまかでさせて、蔵に籠《こ》めてしをり給うければ、蔵に籠《こも》りて泣く」とある。また『落窪物語』巻一に「北の部屋にこめて、物なくぞ、しをり殺してよと、老《おい》ほけて、物のおぼえぬ儘《まま》にの給へば」とある。

こめられしとは、かこはれしと云ふ義なり、いづもやへがき妻ごめに、
といふより転じたる語也。

さるものの《そのような者が》、時めけるには《人気を得ている時には》、二海道の馬士《まご》、あるは《あるいは》、人のひまうか《隙を》がふ小盗人《こぬすびと》等にひとしく、かやかくして《なんだかんだして》、おしとりし物のかぎり《分捕ったもののすべてを》、わけなくつかひすてて、またも得んとおもふなりけり。さるものの母といふは、おほかたがかひこの中の三ほととぎすの、四五月《さつき》まちえてぞ、五四尺帽子《ししやくばうし》ひざ過ぐるまで打ちたれ、花見も《寺》のまうで《社の参詣》などに、女《め》のわらはにつ〔食物を〕つめるものささ《包んだものを》げさせて、した《とくい》り顔《顔して》に、あゆめ

一『古事記』の「妻ごめに」という、夫婦一緒にこもり住む意味の語から、囲《かこ》われたという意味の「こめられし」ができた、という国語学的悪ふざけ。『古事記』上に「や雲立つ　出雲八重垣　妻隠《ご》みに　八重垣作る　その八重垣を」とある。

二 街道筋の馬子《まご》。馬士はうまかたのこと。当時、宿場から宿場へ、街道を、馬方がお客を馬に乗せて運んだが、中には客から金を奪う者もいた。

三 ほととぎすが自分の卵を、鶯《うぐいす》の巣の中に生み落して育てさせ、自分は育てないから、子であっても子でない、という諺《ことわざ》。遊女の母親をほととぎすに、娘の遊女をほととぎすの子にたとえた。謡曲「歌占《うたうら》」にも、「鶯の卵《かいご》の中の時鳥《ほととぎす》、しやが父に似てしやが父に似ず」とある。二一七頁注六参照。

四 五月になるのを待って。ここはその娘の栄華の時を待ちうけて、の意。

五 布で作ったかぶり物を、膝の下までたらして。「四尺帽子」は插絵の老女の冠っている帽子で、四尺（約一・二メートル）の布一枚から作った。

＊〔插絵〕男にもてる娘を持った母親が、少女に包みを持たせ、花見や参詣に一緒に行くさま。腰がかがまりながらも、満足げな老女の表情がおもしろい。

るを、おなじ世界の人の《同様な境遇の人が》、打ちうらやめるも、たのむかげあめもりては《頼りとする娘が頼れなくなると》、ひきかへ《以前とは変って》、見るめもいぶせきを《みっともなくなさけなくなるのだが》、それはもとの水なれば《もとがもとであるから》、いかにせむ《しかたがない》。

六うぐひすのかひこの中のほととぎす、といふに、やしなひ娘をきかせたり、かつ、ほととぎすは、五月をおのが時と鳴くゆゑに、この娘の時めけるをたとへたり、文辞妙なり。

又、むかしは《遊女の時には》、あるものともしられざりしが《まるで存在も認められなかったような女が》、人妻となりて、はした女《召使いの女や》、小わらは《小僧や》、下男などめしつれて、七北野《きたの》清水《きよみづ》まうでなどに〔出歩くのに〕、たびたび行きあひし。かれは《彼女は》、時にあはず《勤める店の雰囲気に合わず》、友ほうばいにあなどられ、常にこころおかれて《うとんじられていて》、いかで《どんなに》老いたる人にもあれ《男であっても》、かたちにくさげにもあれ《姿や顔がみにくかろうとも》、こころだに《心さえ》たのもしくば《しっかりしていたら》、つひのよるべと《最後のよりどころに》うちたのまむをと、おもひくらしつつ、さる人《そのような男を》えらび出でて、今の《現在は》八ひと目よく、うしろやすき世を《心配のない生活を》へぬるぞかし《おくっていることよ》。

かの時めきしたぐひのをんなに《以前はあのように栄えていた遊女たちのなかで》、をりをり、九六波羅《ろくはら》の藪《やぶ》かげ、

六 ほととぎすが、自分の子を鶯に育てさせるという諺をもってきて、色里における養母と養女の関係を説明し、五月はほととぎすがよく啼《な》く時なので、それを娘の全盛期の譬《たと》えにした。「文辞妙なり」と自画自賛している。『十雨余言』に「ほととぎすをしまぬ声をいまぞきくおのが五月《さつき》の五月雨《さみだれ》の比《ころ》」という秋成の歌がある。

七 「北野」は、京都市上京区御前《おんまえ》通今小路上ル馬喰《ばくろ》町《ちょう》にある北野天満宮で、菅原道真《すがわらのみちざね》を祭神としており、「清水」は、京都市東山区清水一丁目の清水寺で、桓《かん》武《む》天皇の御代に、坂上田村麿《さかのうえのたむらまろ》が創建したもの。ともに京都の代表的寺社で、秋成にも享和元年（一八〇一）に、「北野加茂に詣づるの記」がある。

八 「ひと目」は、「人の目」と「一目」と二つの意味にとれる。「人の目」ならば他人の見る目にもよく、の意。「一目」だとちょっと見たところ、の意。

九 六波羅蜜寺があるのでこう言う。京都鴨《かも》川の東、五条と七条との間の称。江戸時代は寂れていた。

一 「昼物嫁」で、昼間も客をとって体を売る女。「惣嫁」は街娼。二一一頁注一〇参照。
二 台幅の広い杉材に白い太い緒をすげた男下駄。薩摩《さつま》下駄とも言う。貧乏で女性用がないので男下駄をはいている。
三 「おから」のこと。「御壁《おかべ》」は豆腐の女房ことば。
＊ 〔大意〕全盛の遊女は、将来を考えずわがままで、立派な人に身うけされても密通して追い出される。離婚させた家へ主婦として入っても、裁縫ひとつできないので、姑にいじめられ、また遊女に戻っても、三十過ぎでは色香もなく、どこかへ消えてしまう。反対に、目立たなかった遊女で堅実に結婚し安楽な生活をしている者がある。そうかと思うと、昔はなやかだった遊女の落ちぶれ果てた姿を見ることもある。要するに、遊女には、その場に合った、ふてぶてしい生き方をする人間が多いという遊女論。

芸人の末路も心がけ次第

四 金持の遊び大尽《だいじん》を九郎判官《ほうがん》義経といったので、その家来に当る幇間を、弁慶といった。
五 満月を見たり桜の花を観賞する宴会。

一ひるそうかたてる軒づたひに《家のあたりで》、行きあへるに《〔その女に〕出会ったが》、肩すそおなじ色ならぬもの《肩と裾の色が違うようなつぎはぎの着物を》、身にまとひ、二かごしま下駄のおと、こぽこぽと、手にはあやしの《粗末な》うつはに、三おかべのからこぼるるばかりして《いっぱいに盛り入れて》、われを見て、露はづるけしきもなく《少しも恥じる様子がなくて》、あらはに《ぬけぬけと》打ちゑみたる、中々につらにくう《なまじっか顔を見るだけで小憎らしい感じがした》なんありし」とかたられき。

むかし、人のあそびの座にいでて《〔遊里や料亭などの〕遊興の席に出て》、よくこころをとれる《人の心をひきつける》をとこありけり。こは、もろこしにては《中国では》、幇間《ほうかん》とよび、此のくににては、たいこもちとも、四弁慶《べんけい》ともいへりけり。これらも、むかしありしは《昔いたたいこもちは》、これぞと、おもておこしなる芸もあらねど《自慢できるような格別の芸もないけれども》、ひたすら、人のこころにたがはじと《そむくまいと》のみ用意せしかば、遊所《いろざと》のみにあらで、五月花の宴、または、伊勢参宮、吉野山ぶみ《山あるき》などにも、めしつれて、物よくまかなひつつ《いろいろと世話をやいて》、ただこころ《〔人の〕》よからむ事をのみつとめたる也《なり》けり。

[六]弁慶とは、財主を、判官といふに、対せるなり、たいこ持といふ事、其の語目[七]のおこる処、いまだ考へず、後の君子をまつ。

また、よき人の子の《立派な身分の人の子が》、家をうしなひて、世にたよりなく《渡世の方法もなくて》、もとより《もともと》すける道とて《が好きな道なので》、さる《そのような》あそびの座にいでて、興をたすけける《興趣をもりあげたところ》に、それらは、扇子の一手《舞いの一曲》、笛つづみ《笛や鼓》、いと竹[八]、茶かきたて《茶の湯》、炷《た》[九]きくゆらすことらにも、たどたどしからず《ある程度は通じている》。よろづに事なれ《万事にものなれていて》、立ちふるまひ、さわがしからず[一〇]てめでたし。ややくだりての世なるは《少しくだって後の時代には》、ひたすら、歌舞妓ものの声色《こわいろ》身ぶりをのみやつす《まねる》を、芸とするにいたりては《〔そんな幇間は〕》、よき人の子はせず、板もと[一一]《板前》の喜八、まはし[一二]の伊助など、こわいろ二つ三つならふより《とすぐに》、座にをどりいで、いかにも《むやみに》いかにも興あらむとするほどに、いとさわがしく、頭いたきここちぞせらる。それが中にも、老いたるは《年功をへたのは》、見せかり芸子[一三]、やとはれ中居[一四]などと、庵《いほり》[一五]して、路次のおく《路地住まいの奥で》きよらかにすみなし《むさくるしくなく生活し》、よろづつましく《暮しのすべてを倹約して》、娘のかたな《みにくい》りなるをも《娘にも》、糸の音いろ《三味線の音色に》なつかしきばかりにをしへたて《人が聞きほれるほどにまで教えこみ》、それにた《その娘の芸か》

六 遊び客を「判官」といい、幇間を「弁慶」というのだが、どこからきたのか分らない。後世のえらい学者の研究に期待する、というふざけた注。
七 語の種類、の意か。「たいこ持」という種類の語の起源は未考ということ。
八 糸竹。糸は絃楽器で琴・三味線。竹は管楽器で笛・笙《しょう》・尺八などの類をいう。
九 香をくゆらすこと。「炷く」は焼《た》くことの意。
一〇 そうぞうしくなくて、よい。この「めでたし」は、人の容姿・振舞いなどについて、ほめたたえたもの。
一一 まな板を置いてある料理場をいい、転じて料理人のこと。なお、喜八・伊助について小林《おばやし》歌城は「喜八伊助は見るに其人《その》無く、猶張三李四《ちょうさんりし》（身分も名もない平凡な人）を言ふ」と解説している。
一二 「まはしをとこ」の略で、娼家《しょうか》で遊女の送り迎えなどの雑事をする男。
一三 店を借りている芸妓。茶屋に身を寄せて自前で営業をするもの。
一四 遊女屋料理屋の女中。茶屋のせわしい時に、雇われて助けにいき世話をする女中のこと。
一五 小さい家を持って住むこと。ここは同棲すること。

一 どちらも遊女を揚げて遊ぶ家で、茶屋の方がより下級である。ここはそのような「茶屋・揚屋」を経営できる身分になったことをいう。
二 この「老いたる」は、普通にいう老衰ではなく、「長年の功を積んだこと」を意味する。
三「庵して」は、普通に庵を作って住むことではなく、所帯を持って落着くことをいうのだ、という注。「やどばいり」は自分の家庭を持つこと。
四「かたなり」という語は、容貌の醜いことをいい、昔物語に多く見られる。
五『宇津保物語』や『源氏物語』のこと。なお、これらの物語では、発育が未熟、の意に使われている。
六 弘法大師の忌日に大師に関係ある寺をまわること。毎月の二十一日。
七 大阪府北能勢《きたのせ》の妙見堂であろう。ただし妙見菩薩《ぼさつ》を祀《まつ》った所は多く、『摂陽奇観《せつようきかん》』に「大坂妙見宮十六ケ所」とある。
八 守夜神《しゆやじん》とも書き、仏法守護の神。大阪市天王寺区餌差町《えざしまち》の成道寺内に「主夜天」が祀《まつ》ってある。
九 赤山明神《せきざんみようじん》。もとは新羅《しらぎ》の神であった。ここは京都市左京区修学院町にある天台宗の赤山権現であろう。
一〇 中国三国時代の蜀漢《しよくかん》の武将である関羽の敬称で、ここは彼を祀った関帝廟《びよう》。財産をもたらす神とされている。大阪市天王寺区勝山通りにある。住之江区安立町《あんりゆうまち》に、かつて存在した亀林寺《きりんじ》内にもあった。

すけられて《ら収入を得て》、終りをよくする《晩年の暮しを》もあり。又、時を得たるは《うまく時勢に合ったのは》、一茶屋あげ屋に、なりのぼれるもありき。

二老いたるとは、老衰にはあらず、功をつみたるをいふなり。

三庵《いほり》してとは、やどばいりの意なり。

四かたなりとは、面貌十分ならぬをいふ、五物がたりどもにも見えたり。

なべて《すべて〔今の幇間は〕》むかしのごとく、物むさぼりても《物を欲張っても》、やがて《すぐに》、手を空しくするは《なくしてしまうようなことは》、まれまれにて《めったにないことで》、泥のごとくゑひても《深酔いしても》、着たる衣のいたはり《着物が汚れないようにすることを》、露わすれず、六大師めぐり、七妙見《めうけん》、八主夜神《しゆやじん》、九赤山《せきざん》、一〇関帝《くわんてい》などに、たえずあゆみをはこびつつ《出かけて行きながら》、身のすゑのさいはひあらむことを祈るに、むかしのよき人の子なるは、さる事おもひもよらず、さかづきの流れにしづみて《酒を呑むことにおぼれてしまって》、一一身にいたづきの入るをもしらず《体をこわしてしまうのも知らないで》、おやまげいこの《遊女や芸者が》、みそかに情あらむことをのみ《ひそかに密通してくれることをのみ》、心底《した》にねがひつつ《心に願って》、はてはていかならむとも《最後にわが身の行く末がどうなるのか》おもひたどらずなむ《思いいたらないようすである》。

一二咲く花に、おもひつく身のあぢきなさみにいたづきをいるもしらずて。

また、わかき医者《くすし》など、ひた《一途に》すらざれ《たわむれて》ばみて、われを、粋《すい》[一三]とも通《つう》[一四]ともおもひほこりては、あげ[一五]やの台所酒《だいどころざけ》、[一六]がくやのすつぽん汁に、うたてきまで打ちとけたる《見た目にもあさましいほど夢中なのは》、いとあさまし。これは、医者《くすし》のみにあらず、なべて《すべて》、芸道もて世をわたる人には、おほかるべし。[一七]親の家蔵《いへくら》なくしての《〔人〕》あり、もとの身より《従来の低い身分から》、なりのぼれるあり《成り上がった者もある》、また、うはべは、いかにも、あそびずきと見せて、したのこころ《内心望んでいることは》おそろしく、妾宅《せうたく》のまかなひかた《を維持するお手当》、揚屋ばらひ《揚屋への支払い金》の取りつぎに、一わりをむさ《一割の手数料をぴん》ぼる《はねする》ほかにも、時々の付けとどけ《心づけ》を、[一八]あて《あてにする》ことの中[一九]やどは、[二〇]三八の

一一「いたづき」は病気になることで、「いたつき」は先のとがっていない小さいやじり。それが体に射込まれるから病気になるのである。

一二『古今集』序や『拾遺集』巻七に、大伴黒主《おおとものくろぬし》の歌として出ている歌。〈咲く花に思いを寄せ遊んでいる鳥のはかなさよ。その身にやじりが射込まれるのも知らないで〉。底本「咲花」とある。

＊〔挿絵〕よい家庭の子息たちが、舞いや笛などにひたすら熱中しているさま。

一三 世の中や遊里のことに精通していること。またはそういう人。粋人。

一四 物事や、人情によく通じていること。文人秋成は「今の世粋をもつて通とす」（一七七頁注一二参照）としている。本来「通」は「粋」の関東なまりである。

一五 揚屋の台所で酒を飲む。通人のすることである。

一六 芝居小屋の楽屋（支度部屋）ですっぽん料理を食べる。役者とたいへん親しいことを意味している。

一七 親の遺産の家や蔵《くら》をなくして没落した者もいる。

一八「付けとどけを期待する」のと、「頼みにする中宿」との、二つにかかっている。

一九 普通、男女密会のための宿をいうが、ここは遊客を、茶屋、揚屋に案内するためのお茶屋をさしている。引手茶屋《ひきて》。

二〇「三八」は毎月の三と八の数に当る日。「釜日」は茶道の師匠が釜に湯をわかし、弟子を集めて稽古する日で、結局、一月に六回の稽古日となる。

釜日《かまび》に、手とり鍋《なべ》[一]のしつぽくもどき、なにかと小手のきくさかしさ《〔などをして〕何につけても抜け目のないこざかしさである》。其の人々のこころごころは、そのなすところによりて見んに、かれ[二]いかでか廋哉《かくさんや》、かれいかでかかくさん哉。

論語[三]に観《み》二其ノ所一レ由《ヨル》、察《スレバ》二其ノ所ヲ一レ安《やすンズル》、人焉《いづくんゾ》廋《かくさんや》哉、人焉廋哉。

むかし、深草[四]のさとに、世を倦《うむ》じてや《いやになってか》住家もとめて《家を探して》、かくれたる人《引きこもり住んだ人》ありけり。しばしやどれるとおもふも《ここに来てまだ少しの間と思っていたのが》、はや四とせ五とせばかりになりぬ。さすがに、みやこなつかしきをりをりは、そなたのそらをのみ《都の方角にあたる空ばかり》ながめてありけり。

いとまがちなる《すきまの多い》窓のもとには、まくらのみ友として、打ちねむれる夢のうちに、庭のこずゑにあそぶ、小鳥ども[五]のさへづる中に、こまどりの、舌はやなるが《早口なのが》、人のものいふにかはらで《のと同じように》、ひとりごとするは、「はるごとに《春のくるたびに》、此のいほに《隠居所》来てあそぶに、このあるじは、何《何を》

一 つるの付いた鍋で、魚を主材料にした中国式料理をする。手をとり合ってしっぽりと、をかける。厳粛な釜日に密会の手引きをするあくどさを描いている。

二 『論語』の為政篇にある「其ノ以テスル所ヲ見、其ノ由ル所ヲ観、其ノ安ンズル所ヲ察スレバ、人焉《いづくん》ゾ廋《かく》サンヤ、人焉ゾ廋サンヤ」のもじり。その人の行動を見ると、その本性は、いくらかくしてもかくしきれずに表れるという意味。

三 本文中の「かれいかでか廋哉」の出典は『論語』にあるので、その原文を示したもの。

＊〔大意〕昔は芸熱心な幇《ほう》間《かん》がいたが、今のは芸よりも、まず将来の生活を考えている。が、昔の良家出身の芸人は、それを思いもしない。粋や通を自慢する医師・芸人は遊びばかり考え、遊び好きに見せかけて、なかだちでもうけようとする者もいる。人間の本心はそのするところを見ればよく分ることを、作者は指摘している。

世を捨てた隠者の心境

四 京都市伏見区深草。鶉《うずら》や月の名所。『山城名勝志』に「東は小栗栖《おぐるす》、南は伏見、西は竹田、北は稲荷《いなり》の間をいふ」とある。

五 つぐみ科の小鳥でスズメよりやや大きく、鳴き声が美しい。

* 〔挿絵〕深草の里に隠棲《いんせい》した人が、窓のもとで、ひとり鳥の声を聞いて読書しているさま。書棚を背に、かむりものをつけ両手で頬杖《ほおづえ》をして気むずかしげである。

六 鶯姫《うそひめ》。「鶯」の俗称。『和漢三才図会』に「鶯。或ハ形麗ニシテ声艶ナルヲ以ツテ宇曾姫ト曰《い》フ」とある。

七 「負ひ借り」で負債、借金の意であろう。「お光り」として「金」の意にとる説もある。『西山物語』に「此のうへの御ひかり」とあって、建部綾足《たけべあやたり》の自注は「世に云《いふ》威光」となっている。このように権力の意味に使われた場合もある。

八 『論語』述而篇に「信ジテ古ヲ好ム」とある。その言葉を踏まえたものか。また、『徒然草』十三段「ひとり燈火《ともしび》のもとに文をひろげて、見ぬ世の人を友とするぞ、こよなう慰むわざなる」や、同二十二段「何事も、古き世のみぞしたはしき」などの影響も考えられる。

をわたらひにするともなき《職業とするともはっきりしない》、いたづら人なり《なまけものである》。かくても《こんなことでは》、世にすむ《生きている》かひありや。いとにくむべきものなり」といふ。下枝《しづえ》にあそぶ[六]うそひめ、これをききて、「さればこのあるじは、もとみやこの人なるが、うまれつきてこころせばく《度量がせまく》、世をわたらむとすれば、お[七]ひかりの《借金が》おそろしく、人は《他の人は》こころのひろきままに《広いものだから》、あしきといふことも、いつはりも、世の害にだにならぬことは《世の中の害にさえならないことなら》、たくまずして《小細工をせずこだわらない》なすままなるを《でいるのに》、〔この人は〕それらを、見聞くたびごとに、打ちもなげき、あるひは、いかりなどもしつつ、また、書よめば、[八]むかしのみしのばしく《慕わしくなり》

て、今の世をうとみ、芸《諸芸道に》にあそべば、古き世の人は、上手も下手も、こころたかし《精神が高尚だと》とあふぎ《尊敬し》、今のまなこのつけどころ《現今の人が目をつけるところを》をさげしみ《軽蔑して》て、楽しまぬにより、とし月をいたづらにくらすなり《むだに送って生きているのだ》。世にあはれむべきものなり」とこたふ。

一 うそ姫ものがたり、といふ艸子《さうし》あるに、よる名なり。

二 荘子に、尊《ビ》レ古《ヲ》卑《シム》レ今《ヲ》学者之流、なり。

駒王《駒鳥が》ききて、からからとわらひ、「さればこそ《だからつまり》、世のおごりもの《高慢ちきな人だという》か《ことか》。あさましのこころざまなれ《なんともあさましい心の持ちようだ》」といふ。うそ姫いはく、「主《あるじ》は常によきころもを身にまとふ事なく、あまきをくらはず《おいしい食物は食べず》、紙のふすま《紙の粗末な夜具と》、三 紙の帳《とばり》に事足りて、何ごとにも、倹をまもりげにて《倹約を守っているようで》、おごれるを見ず」と。

四 駒王とは、うそ姫に対する戯言のみ、王とは、五 鳥毛の王といふにあらず、唐の駱賓《らくひん》王六、また松王梅王七に、おなじ。

駒王いはく、「わがおごれるといふは、さることわりにあらず。

一 この章に出る「うそひめ」は、お伽草子の書名からつけたということ。お伽草子「ふくろふ」の別名を「うそひめ物語」ともいう。室町末期の成立で作者は未詳、加賀の梟《ふくろう》が、ウソ姫に恋する物語で、近世初期の仮名草子『あだ物語』に翻案されている。

二 「尊古卑今」の語句は、『荘子』にあるが、現代でも学者一般の考え方である、とその原文を掲げた。

三 紙製の几帳。「几帳」は垂れ下げて室内を隔てるもの。「紙のふすま」も「紙の帳」も、いずれも粗末な防寒具。

四 「うそひめ」に対してつり合い上「駒王」とつけたもので、「王」は王様の王ではなく、「松王・梅王」の王のようなものだ、という国語学的解説。

五 鳥類全般の王、の意であろう。

六 初唐の詩人。著書に「駱丞集《らくじょう》」がある。

七 浄瑠璃の『菅原伝授手習鑑《すがわらでんじゅてならいかがみ》』に登場する梅王丸と弟の松王丸のこと。松王は藤原時平の、梅王は菅原道真の舎人《とねり》として登場する。

あるじは世にいふ、[八]癇癖《かんぺき》のやまひをつのらして、え養はぬおろかさ《〔癇癖を〕うまく押えられない》より《愚かさから》、我をたふとしとはおもひあがらねど、世の人はみなにごれる《きたなくみに》ものにする《くいものだと考える》、こころ奢《おごり》のひとなり。このあるじがおもふにかなふ《本当に気に入るような》世も人も、いにしへよりあることなし。漢土《から》のやまとの書どもに《中国や日本の書物で》、あかずをしふるも《くり返し教えているのも》、世の人の直からず、佞《ねぢ》けのみゆく《心がねじけるば》をなげきてにあらずや《かりなのを嘆くからではなかろうか》。其のことわりをおしいただきても《その道理をありがたく大切にしても》、そのをしへのままにおこなふ人はあらぬげなり《ないようである》。あるじも《〔ここの〕》、これがたぐひなるべし。よしやなすもなさぬも《実際に するのもしないのも》、われさかしおろかのみにはあらで《自分の賢いとか愚かとかによるばかりではなくて》、かしこき人も、[九]世におしたてられては《無理に世に押し出されたのでは》、おこなへど猶かひなきものか《行おうとしてもやはり効果がないのであろうか》。筆をとりては、[一〇]文《ぶん》・武《ぶ》・周公《しうこう》をもそしる人、いにしへよりすくなからず。今の世には[一一]堯《げう》・舜《しゆん》をさへ、あしくとりなしていふ人もあり。扨《さて》それらがさとれる顔にかきあらはす《その学者たちが物知り顔で》、其の墨のかわかぬあひだも《書物の墨がまだ乾かないわずかの間にも》、我はおよばぬことをしりつつ《〔聖人に〕自分が到底及ばないことを知りながら》、いひいづるがわれがしこのしわざなりけり《利口さをひけらかす》。世におしたてられても《世間に無理やり祭りあげられても》、おのれ濁らぬはまづよ《自分が堕落しないですめば上出来》

八 癇積《かんしやく》を起し易い性質。秋成も、かなり癇積持ちであり、自己の心情をここに表現していると見てよい。

＊ 秋成は五十五歳から長柄《ながら》へ隠棲《いんせい》したが、その庵《いおり》に泥棒が入ったとき、「我よりも貧しき人の世にもあれば茨《いばら》からたちひまくぐるなり」と和歌をよみ、さらに盗人の入ってきた壁の穴を、窓に作らせて「盗窓」と名づけ、風の入る便りにしたと、後年『藤簍冊子《つづらぶみ》』で述べており、ここに言う「こころ奢りのひと」の一面を伝えている。

九 一説に「もみくちゃにされては」との訳もある。

一〇 周の文王・武王・周公のように、中国で立派な人と言われてきた歴史上の人物を非難する者がいる。文王は周の基礎を作った王で武王の父。武王は、殷《いん》の紂《ちゆう》王を討ち天下を統一した周の祖。周公は武王の弟で、周代の礼楽《れいがく》制度を定めた。

一一 堯・舜をさえ悪くねじまげていう人もいる。堯・舜は、ともに中国古代伝説上の聖王で、理想的な政治をした国王として、尊敬されてきた。堯・舜をゆがめるのは神道家である、と秋成は言っている。二二六頁注四参照。なお、賀茂真淵《かものまぶち》は『国意考』で儒教を批判し、本居宣長は『直毘霊《なおびのみたま》』や、『鉗狂人《けんきようじん》』で漢土の聖人たちを攻撃しているから、これらの国学者をさしているのであろう。

しといへり（のほうだ）。それも表面をにごらざれば（とは言え表向きは濁ったふりをしなければ）、世にはまじはりがたし（人づきあいはむずかしいことになる）。

[一]世人皆濁れりとは、漁夫の辞なり、すべて此の段は、かの辞を摘みて荘子に合せ、[二]塩梅《あんばい》したる物と見ゆ。

[三]孔夫子《こうふうし》さへ、世におしたてられて、行ふ事かたきなり。

[四]今神道者といふもの、堯舜をそしれるあり。

[五]漢の卓茂《たくも》といふ人、我は、行《ク》二其清濁之間《フ》一といへり。

此のあるじが輩《やから》は（主人のような人たちは）、これおこなふ事あたはぬものなり（表面を濁して世に交わることのできない人である）。にごるといへば、悪《にく》むべきを、ただ世のありさまと見ば、ことごとしくいむべきにもあらず（「それらも」大げさにきらうべきではない）。花見よめりのはれの衣は（桜の花見や嫁入りの晴れ着は）、いつしか（いつの間にか）[六]壬生《みぶ》のしやてんのをどり小袖《こそで》となり、[七]俳諧師《はいかいし》のあたまに、烏帽子《えぼし》がとまれば、神の忌《い》がき（社の垣）の七五三縄《しめなは》は[八]関とりの褌《ふどし》にまとふ。はした宝のやまにいりて（貧乏人が金まわりのいい時もあって）、時々市《いち》にくすりをあきなふ（市場で高い薬の売り買いをする）。[九]かぶき仙人もあれば、穢多《ゑた》に福者の高名あり（名高い金持もいる）。[一〇]遊女のとはせぶみに（客への手紙に）、[一一]虞世南《ぐせいなん》の書風あり。大名仕立の（大名なみの暮しの）町人あれば、阿蘭陀おさへの（オランダ人も顔負けの）[一二]機関士《からくりし》あり。[一三]蛮学《ばんがく》、天文、[一四]投壺《とうこ》、[一五]盆石、

一 「世人皆濁れり」は楚《そ》の政治家屈原《くつげん》の言葉で、この章は、屈原の『漁夫の辞』と『荘子』とを合わせたものである。『漁夫の辞』は屈原が漁夫との問答に託して自己の思想を述べた作。『古文真宝後集《こぶんしんぽう》』に「屈原ガ曰《いは》ク世ヲコゾリテ皆濁リテ我独リ清メリ」とある。

二 塩と酢《す》で、料理の味つけに必要なもの。転じて程よくする、加減する、の意。底本は梅塩、誤刻か。

三 孔子でさえ世間から無理にかつぎ上げられても実行できなかった。

四 現代の神道者には、堯・舜をそしる人がある。

五 卓茂は、後漢《ごかん》の人で字《あざな》は子康。長安に学んだ儒学者。『東観記』に「行すでに清濁の間に在り」とあると、三沢諄治郎氏が指摘されている。

六 「しゃてん」と囃《はや》す壬生《みぶ》狂言の踊りの小袖。寛政元年（一七八九）、勝曼院《しょうまんいん》で壬生地蔵が開帳した時の壬生狂言の銅鑼《どら》の音で、大阪中の子供がまねた。

七 当時、神官で俳人だった人物。名古屋の俳人加藤暁台《きょうたい》が二条家で花の御会《ごえ》の俳諧《はいかい》をつとめた一件とされている。俳諧師も烏帽子を冠って高貴な人の家へ出入りするようになった、これも時勢だ、との意。

八 寛政元年に谷風と小野川が横綱になり、七五三縄をしめたことをさし、世の推移を表現している。

九 自慢する歌舞伎役者。嵐雛助《あらしひなすけ》とみられている。「仙人」はお高くとまり、俗界から超越した人をいう。ただし小林《おばやし》歌城は、上方《かみがた》方言で「芝居通」と同意としている。これを受けて、三沢諄治郎氏は「わずかな木

琵琶、明楽《みんがく》[一六]、世にすたれたるあそびもひろふ神のまもりはありけるものを、それこれのたがひをいはで、世におしうつりつつ、見きかむには、いかりもうらみもあるまじきことならずや。それをたがへるものにうちなげくは、我がしこのこころおごりなり。淡《あは》きをくらひ、薄《うす》きを着るとも、あたへばかさねん、餉《おく》らばくらはん。驕らずといふにはあらで、まづしきがなす、身のおこなひぞ」とて、駒王のからからとわらへば、百千《ももち》[一七]とりどりにわらふ。うそひめもきき[一八]とわらへば、山[一九]もわらひ野もわらふ。

柳下恵《りうかけい》[二〇]といふ人は、世とよくおしうつれり、といふ話あり。

はるの眠りざまし、かんぺき談とも、くせものがたりとも、何ともかとも、あらうつつなの世がたりや。

拾う神の加護で復活することもあるのに
ああだこうだと間違いを指摘せずに　世間の推移とともに考えを改め　世を見聞
きしていれば　おこらないのではないか　ここが違
うあそこが違うと慨嘆するのは　自分だけが賢いという慢心である〔この主も〕　まずい物を
食べ　薄い着物を着ても　与えられれば重ね着するだろう　贈られれば食べるだろう
結局貧しさが原因の〔やむを得ぬ〕生き方なのだ
多くの鳥がさまざまに笑った
春の眠気ざましに　〔この本を書いたが〕　何と読
んでも結構で　まあたわいもない世間の語りぐさですよ

[二一] 癇癖談下　畢

戸銭で観た芝居を、仰山《ぎようさん》そうに友人間に吹聴する自称芝居通」と解す。

一〇 秋成の『諸道聴耳世間猿《きききみみせけんざる》』の四の三に、遊女が、高尚な唐風の筆蹟で客を困らせている話がある。

一一 唐の学者。文学に通じ、能書で知られる。

一二 からくり細工師。彩色影絵阿蘭陀《オランダ》細工説もある。

一三 外国の学問。ここはオランダの学問をいうか。

一四 つぼなげ。壺《つぼ》に矢を投げ込んでする勝負ごとで、天明・寛政（一七八一～一八〇一）頃に流行した。

一五 天明頃に流行した盆に砂や石で山水《さんすい》を作る遊び。

一六 明時代の楽人がひろめた近代中国音楽で、日本では明和頃盛んになり、安永頃から衰えた。

一七 「百千鳥」と「とりどり」をかけている。

一八 鳴き声と、嘻々《きき》（楽しく笑うさま）をかけている。

一九 春の山野のさまをいう。

二〇 柳下恵という人は、世間の動きに敏感に反応して行動したということだ。春秋時代の魯《ろ》の人、柳下にいて役人となった。恵と謚《おくりな》されたので、柳下恵という。『論語』衛霊公篇に「柳下恵ノ賢」とある。

＊〔大意〕世間に対して癇癖《かんぺき》をつのらせ、悪口を言う隠棲者《いんせい》自身も、しょせん心の奢《おご》った、世に交われない「わるぐせ」の持主である。巻頭の「癇癖《かんぺき》談《だん》を癖《くせ》ものがたりともよめばよめかし」に照応する文でしめくくる。夢中に聞く駒鳥と鶯の会話に託した、作者秋成の長柄《ながら》隠棲時の感懐であろう。

二一 底本にはない。

文政五壬午歳七月

書林

皇都　近江屋治助

東都　前川六左衛門

大坂　河内屋茂兵衛

同　平七

今津屋辰三郎

解説

執着——上田秋成の生涯と文学

浅野三平

作者秋成の生涯

上田秋成とは、どのような時代に、いかなる生涯を送った人物であろうか。

彼の作品である明和四年（一七六七）刊の『世間妾形気《てかけかたぎ》』の一節に、次のような文章が見られる。

江戸は身上《しんしやう》の定めかやと、歌にうたふ本町駿河《するが》町さへ、昔とはことさびて、千両の堀《ほり》ぬき井戸も近年ほらする家も見えず。ましてや小《こ》店《みせ》商人《あきんど》の剣の刃を渡る世の中の姿。そろばん詰のちゑ才覚にも、大まうけあるべきとも思はれず。

このように秋成が生を過した享保《きようほう》から文化にかけての七十余年は、芭蕉・西鶴・近松らが活躍した元禄期の活気に満ちた町人生活も、はかなく崩れ去ってしまい、一攫《かく》千金の夢は、もはや語り草に近く、庶民の暮しは極度に不景気で暗いものとなりつつあった。元禄時代には、有名な悪法「生類憐《しようるいあわれ》みの令」を出した五代将軍綱吉のもと、華美で贅沢《ぜいたく》な生活を満喫していた。しかるに、享保元年（一七一六）に、八代将軍として吉宗が紀州家より入るに及んで、「享保の改革」が実行され、享保・元文《げんぶん》・寛保《かんぽう》・延享《えんきよう》と約三十年続いた彼の執政によって、近世中期の徳川幕府の骨組みが出来上がった。それ以後の寛延・宝暦・明和・安永・天明は、九代家重・十代家治《いえはる》が治政をなしている。家治の時には、悪名高い田沼意次《おきつぐ》が老中として活躍している。この意次が、家治の薨《こう》じたことによって失脚するや、十一代将軍家斉《いえなり》のもと、松平定信が首席老中となり、「寛政の改革」をおこなった。しかし、寛政五年に定信が罷免《ひめん》されて、享和・文化と江戸文化の爛熟《らんじゆく》期へと進んでいく。

上田秋成は、享保十九年（一七三四）に大阪で生をうけた。しかも、彼みずから後年に「父無く其の故を知らず」と記し、書簡にも「実父の生死を知らず」と書いているように、生涯実父を知らなかった。そのため近ごろ、小堀遠州の子孫である青年旗本が父ではないかとの説も出ているが、確証は何もない。また享和三年（一八〇三）六月二十五日の天満祭《てんままつり》の日に、当時京都にいた秋成が、わざわざ大阪の大江橋畔へ出てきて、自分の古稀《こき》を祝っているので、この日の前後に生れたとも考えられている。

秋成は四歳の時に実母に捨てられた。彼の文によると、「四歳にして母また捨つ倖《きいはひ》の有りて上田氏の養ふ所となる」（『自像筥記《じぞうきよき》』）と述べている。さらに後年「実母には只一面のみ」（実法院主あて書簡）と記していて、生涯を通じて一回しか会ったことがないと言っている。この実母は、安永九年（一七八〇）秋成四十七歳の時に死亡しているので、四十三年間に一度しか面会していないことになる。両者の間にかなり複雑な関係があったものであろう。実父の件に関しても、世をはばかる何らかの事情が存在していたので、生母が四歳の秋成を手離したと思われる。

ともかく秋成にとって、「無《ク》レ父不レ知《ラ》二其《ノ》故《ヲ》一、四歳《ニシテ》母亦捨《ツ》」（『自像筥記』）は、彼の生涯を通じて心の奥に大きな傷痕《しようこん》を残した。彼自身晩年の手紙に「老懶《ろうらん》元来不遇薄命」と記している。いつも、彼の脳裡を、俺は不遇だ、薄倖《はつこう》だという思いが占めていたのだ。

しかし、秋成は実母の手から離れたものの、上田家に養われることになった。この上田家は、もと丹波の、恐らく柏原《かいばら》藩織田家に仕えた武士であったが、故あって養祖父茂兵衛満朋《みつとも》の時に浪人して大阪へ出た。火災の時に一儲《もう》けして、当時は堂嶋《どうじま》永来町（現在の大阪駅の近くの毎日新聞社社屋の辺）で、嶋屋と称して紙・油商を手広く営んでいた。この人から秋成は「仙次郎」と呼ばれていたようである。世に広まっている「秋成」は、後年つけた彼の字《あざな》である。

五歳の時に、幼児秋成にとって大事件が生じた。それは江戸期の難病である痘瘡《とうそう》にかかり、不幸にも、右の中指を失い、左の第二指も短くなって、不具になったことである。この時に養父母が、大阪郊外の加島稲荷《かしまいなり》（現在の淀川区加島四丁目の香具波志《かぐわし》神社）に祈って奇蹟《きせき》があり、その生命をとりとめたという。秋成は、この時のことがよほど嬉しかったと見え、享和元年六十八歳の時には、六十八首の和歌を、加島稲荷へ献詠している。これは今もなお、『献神和歌帖』として、香具波志神社に所蔵されている。

この養母も、元文三年（一七三八）六月に亡くなり、翌年、秋成六歳の時に、第二の養母、つまり養父茂助の後妻が、彼の前に現れた。この人の慈愛によって、秋成は成長していく。

肉親に恵まれなかった秋成にとって、この女性が本当の母親ともいうべき存在であった。この第二の養母は、秋成の「自伝」によれば、後年茂助の亡くなった後に、秋成に諫言《かんげん》して商売に励ませたり、火災のために一切の家屋を失う不幸に遭ってから隠栖《いんせい》していた秋成を戒め大阪へ出て医業を開くように勧めたりして、彼の生涯の決定に大きな影響を与えた人であった。また秋成も、この人のみは本当の母と思って、その訓戒をよく聞き入れている。なお、第一の養母もふくめて、秋成の養父母たちは、彼の実父母に関しての事情を、ある程度は知っていたものと思われる。それなのに秋成に知らせなかったのは、やはり秋成に教えたくない複雑な、何らかの事情が存在していたからであろう。

秋成の少年期については、十歳の時に犬に嚇《おど》かされたこととか、十五歳の時に朝鮮の使節を見たということのほかは、何も伝わっていない。わずかに「性多病にして時々驚癇《きやうかん》を発す」（『自像筥記』）

と記しているように、身体が虚弱で病身であり、かなり神経質な腺病質《せんびょうしつ》の小児であったといえる。このような体質のためか、かえって養父母からは強く愛され、かつ、その家庭が富裕な商家であり、男の子は秋成一人きりということもあって、相当に放任的な教育を受けたもののようである。いわば、野放しの典型的お坊っちゃんとして育ったものと思われる。

青年期に入ると、この放縦《ほうじゅう》な傾向がますますひどくなって、家を外にして遊蕩《ゆうとう》に耽《ふけ》った。「我わかき時は文よむ事を知らず、ただ酒飲までも、すみかを野とかなして宿にはゐぬ事なり」と、彼の「自伝」に記されているように、もとより家業である紙・油の販売にかかわったり、学問に熱中することもなかった。「友どちのよくもあらぬ男来て、これは何事ぞ、学文とやらをするか、無分別なりとて、机のむかふに胡坐《あぐら》くみて」と、同様に述べているように、かなりの悪友が彼を取り囲んでいた。そして、このような遊び友達の誘惑するままに、近くの曾根崎新地はもちろんのこと、大阪のさまざまな悪所に出入りしていたであろうことは察するにかたくない。二十五歳頃には、足を伸ばして京都の島原遊廓《ゆうかく》へも遠征している。

さて、遊蕩に日々を過している二十歳前後には、秋成は俳諧を習い始めていた。後年「わかき時は俳かいとかいふ事を習て、凡《およそ》四十ちかくまで、是よりほかの遊びはなかりし」(『胆大小心録《たんだいしょうしんろく》』書おきの事)と、述べているように、若き日の情熱を、この俳諧という詩に注ぎ込んでいた。二十二歳の時には、茶雷編の「俳諧十六日」に二句漁焉《ぎょえん》の名で載せているほどになっている。後に三宅嘯山《しょうざん》編の俳諧書などにも入れられ、以後、この漁焉こと秋成は、俳諧師としての地位を築いていく。

かくの如く俳諧を学ぶと同時に、才気に満ちあふれている青年秋成は、手当り次第に当時の院本《まるほん》・浮世草子の類を濫読《らんどく》したであろうと想像される。口先では学問しないといいながら、相当の教養を身につけ始めていたのだ。それは、幼児期の疱瘡からきた醜悪な自分の両手を見るにつけても、はなやかな外の社会で遊ぶよりは、家に籠《こも》って静かに読書することを好んだのが、青年秋成の本当の姿ではなかろうかと思われるからである。

この青年期の秋成の性情を物語るものとして、次のような插話がある。秋成が二十二歳のとき、義理の姉になる上田家の実の娘が、よくない男と恋愛し、駆け落ちしようとした。実直な父が怒って勘当しようとすると、秋成が、自分は捨子であるから家を継ぐべき者ではない。姉上をお責めになるなら、私にも暇をくれと迫ったので、ようやく父が娘を許したということが「自伝」で語られている。また同じ頃に、室町の四条の辻へ雷が落ちたのを、わずか十軒ほどの近くで聞いたものの、正気を失わなかったと得意気に晩年の随筆『胆大小心録』で述べている。前者からは、正義感の強い直情径行型の純情な青年が秋成だというイメージが浮んでくるし、後者の話からは、ちょっとしたことには驚かない強さを持ち合わせていることが推察される。つまり、強い自我の持ち主といえる。

このように秋成は、性格は烈しかったものの、身体は少年期と同様に、やはり虚弱であった。彼は二十六歳の頃、療養のために、城崎《きのさき》温泉へ出かけたりしている。この時は天の橋立へも寄っている。かくの如き独身生活を送ってきた秋成も、宝暦十年（一七六〇）二十七歳の時に結婚し、身を固めた。江戸中期としては、この結婚はやや遅い方といってもよい。相手の女性は「植山玉《うえやまたま》」といった。

彼女は、もと京都九条の農家の娘であり、幼時に植山氏の養女となって、大阪に移り住んでいた女性である。当時、二十一歳であった。彼女は後年、「瑚璉尼《これんに》」と称し、秋成の身辺で、彼の原稿の浄書などもしている。今日、天理図書館に残っている彼女の筆蹟や、文章からうかがうと、心の優しい立派な女性だったようである。

好事魔多《こうじ》しで、甘い新婚生活を始めた翌年に、大恩ある養父茂助が死んでしまい、秋成は、いよいよ上田家の大黒柱として立たねばならなくなった。ところが、到底、算盤《そろばん》片手に一家を取り締っていく気にはなれなかったようで、「母の諫におそれて紙の商ひ事をする」（「自伝」）といっているように、しぶしぶ亡父の残した業である紙・油の商売に従事したようである。紙という商売に実際に接触することにより、養父在世中よりは、一層現実社会の冷酷さを味わったことであろう。当然、商売人として大いに損をしたり、その逆に、得をしたりの生活が続いたはずだ。それらが秋成の内面生活を、よりいっそう文学へと駆り立てたものと考えられる。

ここに明和元年（一七六四）に「損徳叟《そんとくそう》」と自嘲《じちよう》して、浮世草子『諸道聴耳世間猿《しよどうききみみせけんざる》』五巻五冊の出版願いを出すに至った要因がある。さらに、明和三年、実際に出版した時には、「和訳太郎《わやくたろう》」というふざけたペンネームになっていて、大きな商家の若旦那のせい一杯の衒《てら》いが見られる。続いて翌四年に「和氏訳太郎《わしやくたろう》」の署名で、『世間妾形気《せけんてかけかたぎ》』四巻四冊が、浮世草子第二作として出版された。いずれも、西鶴の浮世草子や、八文字屋《はちもんじや》本の気質《かたぎ》物を意識して創作したものである。通人ぶった都会人によく見られる如く、三十代初めの秋成が、才気にまかせて、筆の赴くままに書いたものである。秋成自ら「さらば尻笑《しりわらひ》の戯《たはむ》れ草」とか、「当世てかけものの厚薄の情」などと、これらの作品の序で述べているように、当時の戯作者風に、浮世草子をものするといった意識をもって書き溜《た》めたのが、この二作品である。

これらの作品には、当時の巷説《こうせつ》や実在人物も、かなり忠実に採り入れられている。かつ、人間の気質や性格が、人間が本来もっている弱点として鋭くあばき出されている。例えば、『世間猿』の一の三には、米問屋の一人息子が家の商売を忘れて学問狂いをし、骨董《こつとう》の目利違《めききき》いをするのを諷刺《ふうし》しているし、『妾形気』では三の一で、金欲しさに、いつわりの父の敵《かたき》を尋ねている部屋めぐりの女が出現したりして、当時の人間の気質をうがっている。このようにして衒学《げんがく》的ではあるが、鋭い警句や強い諷刺に富んだ『諸道聴耳世間猿』、当時の妾の生態をよく描いている『世間妾形気』などは、末期の浮世草子のなかでも、すぐれた作品といえる。

近世中期の文人たちが、ほとんどそうであるように、上田秋成も前述の如く、少年期より俳諧に遊んでいる。誰しもが持つ少年期の夢・ロマンチシズムの発露が、詩の形式をとって表現されるのである。しかし、俳号漁焉こと秋成も、十代から二十代へと、その夢を詩に昇華させたものの、二十七歳で結婚し、二十八歳には養父と死別して、実社会に真正面から接せざるをえなくなっている。甘い逃避の世界から、きびしい現実の世界に投げ出されてしまった。当然、詩人秋成もリアリストにならざるをえない。「人の世は金だ」という世間の人々の声も、ごく自然に聞え、紙・油をあつかう商人としての、厳しい眼も出来てきたにちがいない。このようにしてリアリスト上田秋成が誕生し、三十歳になると、前記のように浮世草子作家として出発する。そして、写実的小説を著しながらも、そろそろ四十歳近くになると、自己の肉体的衰えとか、エネルギーの枯渇《こかつ》などで、周囲のすべてが薄い灰色のヴェールにおおわれてくるとき、かつての活力に満ちた時代も遠のき、物質に興味を持たなくなる。ましてや「金がすべてだ」という町人的発想には、反撥《はんぱつ》しか持ちえない時期がやってくる。こうして秋成も、もう一度ロマンチシズムの世界へUターンを始めている。すなわち、幼少年期の純粋無《む》垢《く》な世界とは少しニュアンスは異なるけれども、やはり魂の純粋性を求め、心の救済を願って、精神的なものへの思慕が、秋成においても盛んになってきている。

かくして秋成は、明和五年三十五歳の時に、不朽の名作『雨月物語』の第一稿を書き、恐らくそれに手を入れて、八年後の四十三歳の時、安永五年（一七七六）四月に「剪枝畸人《せんしきじん》」の名前で刊行している。

この八年の間に、秋成は学問に励み、漢学を都賀庭鐘《つがていしょう》に、国学を建部綾足《たけべあやたり》・加藤宇万伎《かとううまき》らに学び、研究というものに本格的にぶつかろうとしていた。秋成の学問が、賀茂真淵《かもまぶち》の流れをひくのは、彼の師宇万伎が、真淵の高弟だったからである。しかし、商人であるかたわら国学研究家として順調だった秋成に、一つの転機が訪れた。それは明和八年に、堂嶋に大火があり、永来町の家を焼いてしまったことである。普通の人間ならば、これで駄目になってしまうところを、破産に近い打撃を受けた秋成は、四十歳にして近くの加島村へ退き、足かけ三年、医学を学ぶのであった。

それは「四十より田舎住みしてくす師を学ばんと思ひ立ちたり。夜もねず昼はまして、やうやう物読み習ひ、その心をも師につきておろそげながら心得ぬ」（「自伝」）という彼の言葉でも知られるように、全くの晩学ゆえに、人一倍努力している。この間に、天明七年（一七八七）俳諧の切れ字を論じた『也哉抄《やかなしょう》』の版刻が成り、俳人無腸《むちょう》としての仕事もしている。

四十二歳にして養母に諫められ、当時、錚々《そうそう》たる医家が軒を並べていた大阪の尼ヶ崎一丁目に、秋成は開業した。明確には分らないが内科・小児科などを主にしたらしい。秋成は、晩年に『胆大小心録』で、「不学不術のはづの事ゆへ、人の用いぬ事は知つて居が故、ただ医は意じやと心得て、心切《ママ》をつくす趣向がついて、合点のゆかぬ症と思へば、たのまぬに二三べんも見にいた事じや」と、この頃の新米医師の心がけを回想している。

開業医になった翌年に、待望の『雨月物語』が刊行された。以後、医師として、国学者として、また、俳人、歌人として秋成は進んでいく。五年後には、一軒の家を買い取ることができるほどになった。このようにして五十五歳の時に、病気になって医業を廃するまでの十三年間、秋成は医者として活躍している。この頃は経済的に余裕ができて、学問に励むことができ、いくらかの著述を残している。彼の文学論である『ぬば玉の巻』が安永八年に成り、賀茂真淵の講述した『古今和歌集打聴《うちぎき》』を校訂して開板願いを出している。また、この期の特徴は、木村兼葭堂《けんかどう》をよく訪問していることである。秋成も大阪在住の一文人として、周囲から認められていたのである。

天明六年（一七八六）五十三歳の時には、当時、伊勢の松阪にいた本居宣長と、古代音韻その他をめぐって、はげしい論争をしている。これは今も『呵刈葭《かかいか》』という書になって残っている。「あしかりよし」とも呼ぶこの書から二人の論争を見ると、前篇では、神武紀の年数、日の神の解釈、儒仏二教のことなどで争い、後篇では、上代ん音の有無などについて、烈しく論じ合っている。どの論においても、本居宣長の自信に満ちた確乎《かっこ》たる態度と、秋成の感情的な発言とが目立つ。しかし、論争の内容そのものは、今日の観点からみれば、秋成の方がはるかに常識的であり、正鵠《せいこく》を射ている点が多い。ともかく秋成にとって、同時代に国学の大家として君臨していた宣長は、終生、彼の念頭から離れない存在であった。晩年の随筆『胆大小心録』でも、文学に対しては田舎者であり、多くの弟子を集めるだけの人間と見下し、「ひが言をいふてなりとも弟子ほしや古事記伝兵衛と人はいふとも」との狂歌をものして、徹底的に罵倒《ばとう》しているのである。

長い医師生活を通じて世の中の裏を見て来た秋成は、社会への諷刺・批判をなすようになる。かくして談義本『書初機嫌海《かきぞめきげんかい》』三巻三冊が、天明七年正月に「洛外半狂人」の名前で出される。もちろん、この頃秋成は京都にいない。しかし京都辺に住みたいという思いはあったのであろう。また、書名からも分るように、初春の書初めを気の向いたまま気儘《きまま》にしたというもので、京・江戸・大阪の三都で正月を迎える人々を描いて、社会批判とか世相批判をなしている。

このように五十四歳まで、前半は紙・油商、後半は医師として大阪の町に暮してきた秋成は、天明七年四月に医業を止めて妻とともに大阪北郊の長柄《ながら》へ移転した（毛生必華編の人名録『浪華郷友録《なにわきょうゆうろく》』には淡路庄村とある）。この草庵を「鶉居《うずらい》」と称して数年住むことになる。彼がこのような隠栖《いんせい》の思いを抱いたのは、繁華な大阪の町中に住むのがいやになったからかもしれない。長柄へ隠栖してからも、秋成は俳人・歌人・国学者として、その力を伸ばしていく。また、よく京都へ出かけるようになる。この期の彼の思想と生活を如実に描いたものとして、本書に収めた『癇癖談《くせものがたり》』がある。寛政三年（一七九一）春、秋成五十八歳の作品で、さまざまな方面に皮肉・諷刺を利かしている。同年に賀茂真淵の『県居《あがたい》歌集』、加藤宇万伎の『しづ屋歌集』と、自分の先生筋の歌集をまとめて出版している。師を思っての立派な仕事といえよう。翌寛政四年には、宣長の皇国観に反対し、「今は今の安きに安んずる」意の秋成の思想を表現した『安安言《やすみごと》』を書き上げ、さらに、煎茶道において、画期的な著となる『清風瑣言《せいふうさげん》』の稿も成している。

さて、この間、寛政元年に秋成が五十六歳になると、六月に妻の母が死ぬ。さらに十一月には実の母とも思っていた大恩ある養母が亡くなる。とみに淋しさを増した上田家では、妻「玉女」が、剃髪《ていはつ》して「瑚璉尼《これんに》」というようになった。二人の母に先立たれて、その菩提《ぼだい》を弔うために改名し、尼になったのが本当であろうに、秋成は、

夫《それ》から夫婦の心、甚だめつさうになつて、髪をおろして尼となりしが、瑚璉と名を付た、いかにと問た故、字はまゝの皮じや、コレ〳〵とよぶに勝手がよさじやとこたへた。

と、『胆大小心録』で述べていて、「コレコレ」と呼ぶのに都合がよいから、「コレン尼」にしたといっている。さらに、姑《しゅうとめ》や養母のもので無益なのは売り払って、銀三、四百目になったのを懐ろにし

て、たびたび京都へ遊びに行ったと記している。

寛政五年に秋成も、六十歳を迎えることになった。四月に隣家の幼児を、自分の誤診により死亡させた。これが直接の動機となったのか、それともかねがね六十歳を期してのことであろうか、秋成は、長柄の草庵を捨て、妻を伴い、百七両の金を持って京都へ移った。最初の住いは智恩院前袋町である。軒向いに儒者村瀬栲亭《こうてい》がいた。この先人から「京は不義国じやぞ、覚悟して」(『胆大小心録』)という忠告を秋成は受けた。この時、秋成には、この言葉の意味はまだ分らなかった。青年期より遊びに来たことはあっても、まだ京都に住んだことがなかったからである。大阪の地しか知らない秋成には、六十歳過ぎてからの晩年を、花に紅葉に、雪に月に、四季それぞれに美しい京都で過すことしか念頭になかったようだ。

しかし秋成も、千年の都京都の持つ特殊な冷たさに、徐々に心を損《そこな》われていく。江戸・大阪に対するには、あまりにも貧しいこの土地では、誇りうるものとては、所詮《しょせん》その古さしかない。分り易く言えば、実力に対してみせかけの権威、即ち先祖のこと、故事来歴いわれなどで何とか他を圧倒しようとする。それでなければ、ちょっとした情報を伝えて、さも人に恩恵を与えたかのように振舞う。これが「不義国」の由縁なのである。

秋成は、この京都の地が住みにくいのか、智恩院前袋町から南禅寺山内へ行ったり、東洞院《ひがしのとういん》四条へ移ったり、また、衣棚《ころものたな》丸太町へ転居したりする、さらにもとの智恩院前袋町へ戻ったりして、席の暖まる暇がないほど転居を続けている。その内、眼を患い視力を損じたりしている頃、寛政九年の十二月十五日に妻が亡くなった。秋成六十四歳、瑚璉尼五十八歳であった。秋成が後年「亡妻糟糠《さうかう》三十八年」と記しているように、二人の間は三十八年間続いたわけで、秋成のもっともよき理解者、伴《はん》

侶《りょ》が彼女であった。急病で逝《い》った妻に対して、「こい転び足榻《ずり》して嘆けども、すべのなさに野に送りて烟《けむり》となし」たが、その時、

つらかりし此とし月のむくひしていかにせよとか我をすてけむ

世の中のさらぬわかれにをしからぬ老がいのちのするのすべなさ

の二首を柩《ひつぎ》の内に書きつけて、手向《たむけ》とした。長年つれそった妻の死を悼《いた》む孤独な老人の姿を、かいま見る思いがする。

京都へ来てからの秋成の友人としては、陶芸家清水六兵衛、高橋道八、画家松村月渓などがいたが、特に秋成の支えになってくれた人は、歌人小沢芦庵《ろあん》であった。秋成はこの人にだけは、先輩として兄事していたようで、多分彼のつてで堂上公家とも交わりができるようになってきた。二人の仲は、秋成から梅の花や薬を送ったり、芦庵からは炭が送られたりして、むつまじいものがあった。しかし、この芦庵が、生活のために「歌の弟子をとれ」とすすめても、聞くような秋成ではなかった。享和元年（一八〇一）芦庵の死後は、秋成一人の力で、歌人としても一市井人としても生きねばならなかった。それは、文化六年（一八〇九）の秋成の死に至るまでの九年間に、さまざまな苦痛を、秋成に与えることになった。近ごろ発見された文化二年頃の『実法院宛書簡集』によると、晩年の秋成は、衣・食を得るために腰を低くして、たくさんの揮毫《きごう》をし人々へ送っている。彼がその書簡に書き記した「貧士は硯《すずり》を畊《たがや》して口を餬《のり》す」という覚悟を、実践していたのである。また、秋成の眼病を治療してくれた医師谷川良順への、ごく最近発見の書簡にも、彼の貧窮の状況が縷々《るる》と、述べられている。いつ死んでもよいように、秋成が檀那寺《だんなでら》の「送券書」（埋葬許可証か）を首にかけて大阪へ行ったのは、芦庵の死ぬ前年の八月十五日のことである。翌々年の六十九歳の春には、南禅寺山内の西福寺にある紅梅

樹下に蟹《かに》型石の墓をつくり、棺をととのえて、この寺の僧侶に託し、自己の死後の処置を考えている。この墓は、今も梅の下に祭られ、「上田無腸《むちよう》翁之墓」と刻した碑が、その蟹型の石の上に安置されている。同年に友人の木村兼葭《けんか》堂《どう》と死に別れ、さらに、七十二歳の時には、たった一人の理解者でありパトロンであった妙法院宮真仁法親王《しんじんほうしんのう》が入寂《にゆうじやく》されて、秋成は全くの独りぼっちになってしまった。

この頃、歌人としては、文化二年に『藤簍冊子《つづらぶみ》』三冊を刊行し、文化四年に『毎月集《まいげつしゆう》』などの歌集を編成していたりしたものの、彼の思想的内面は、少なからず不安定なものがあった。それは、七十四歳の秋に、書き溜《た》めていた自筆草稿八十部を、庵の傍の廃井《はいせい》に投じたり、七十五歳には「遺言状」を書いたりして、本当に死を迎えたがっていることでも分る。

こうして、彼のたどりついた心境が、最晩年の随筆『胆大小心録』に表れている。この歯に衣着《きぬ》せぬ毒舌で名高い随筆には、京都に対する総決算として、次の如き言葉があるのは注目に値する。十六年前に村瀬栲亭より「京は不義国じや」と注意されたものの、実感としては摑《つか》みえなかった彼が、

十六年すんで、又一語をくわへて、不義国の貧国じやと思ふ。二百年の治世の始に、富豪の家がたんとあつたれど、皆、大坂江戸へ金をすい取られたか。夫《それ》でも家格を云てしやちこばる事よ。貧と薄情の外にはなるべきやうなし。山河花卉鳥虫の外は、あやしきとおもふてすんで居る。

という境地に到達する。もはや七十五歳になっていた秋成は、他郷へ転居して死を迎えることは不可能であった。さらに彼は、

麦くたり、やき米の湯のんだりして、をしからぬ命は生た事じやが、書林がたのむ事をして、十両十五両の礼をとつて、十二三年は過したが、もう何もできぬゆへに、煎茶のんで死をきわめている事じや。

と開き直り、貧窮と孤独のただ中を生きていく。

この不遇な晩年においても、今述べたごとく出版元から著作をたのまれたり、古典の校注を依頼されたりして、秋成は国学者として多くの著述を残している。それらの代表的なものに、『伊勢物語古意』（大本三冊寛政五年刊）、『冠辞考続貂《ぞくちょう》』（大本七冊享和元年刊）、『霊語《れいご》通《つう》』（大本一冊寛政九年刊）、『金砂《こがねいさご》』（文化元年成立）、『金砂剰言《じょうげん》』（文化元年成立）、『大和物語』（大本二冊享和三年刊）などがあり、日本古代文学への深い学識がみられるのである。

さらに、上田秋成の名前を不朽ならしめる仕事として、文化五年には、読本《よみほん》『春雨物語』が完成した。この『春雨物語』には、七十五歳の秋成の小説家としてのすべてが投入されている。短いが深い意味をもつ序文のあとに、「血かたびら」から始まって、「天津をとめ」・「海賊」・「二世の縁」・「目ひとつの神」・「死首の咲顔《えがお》」・「捨石丸」・「宮木が塚」・「歌のほまれ」・「樊噲《はんかい》」の十篇が続いている。いずれも佳作でないものはないが、特に巻尾に据えられた「樊噲」は、そのスケールと思想性において、近世文学では珍しい近代性を有しているといえよう。この『春雨物語』は、長く写本として伝わり、明治になって初めて活字化され、一般の人々の目にふれたのであった。すぐれた芸術であっても、成立直後は、いかに世間に受け入れられなかったかを、如実にものがたっている。

晩年に独自の芸術を残した秋成も、翌文化六年には、体が弱り、門人格の友人羽《は》倉信美《くらのぶよし》の百万遍屋敷（今の京都府立医大の辺）に引きとられ、六月二十七日に、そこで没した。

秋成の生涯は、大阪時代はともかくとして、京都における生活、とくに妻に先立たれてからは、全く孤独と貧窮のなかに生きたのであるが、その文学は、彼自身、「歌も文も我思ふ事を偽らずに読み書きせうと思ふて」（『異本胆大小心録』）と言っている如く、本心のままのそれであった。

晩年に秋成が「朝鮮の使節を見た」と、なつかしげに回想している寛延元年（一七四八）十五歳の翌年に、有名な『英《はなぶさ》草紙』が出版された。これは大阪の儒医都賀庭鐘《つがていしょう》の作品であって、今日では読《よみ》本《ほん》の先祖にされているものである。

もともと読本というものは、最初は上方《かみがた》で、後に江戸の地を中心として発生した文学をさしており、『国字小説通』に、

一冊の紙十六七枚の内に絵は纔《わづか》に二頁三頁にて、余は皆文字計りにて、専ら読むべき料にしたればば読本と名付たり。

とあるように、これまでの草双紙のように絵を見ることを主とせず、地の文を旨として作品が構成されており、読むべき文章を中心とした事をさして読本といっている。明和・安永に始まり寛政頃盛んとなり、文化の時代を全盛期とする読本は、半紙本五巻五冊の体裁をなしているものが多い。

このような名称と形式を持つ「読本」の先駆として、まず中国白話小説の影響を受けて出現した一群の小説がある。中国白話小説というのは、短篇小説集の『醒世恒言《せいせいこうげん》』、『喩世《ゆせい》明言』や、『警世通言』など、さらに「初刻」と「二刻」の『拍案驚奇』を加えて、「三言二拍」と称している作品や、長篇小説の『忠義水滸《すいこ》伝《でん》』、『三国志演義』、『酔菩《すいぼ》提伝《だいでん》』などをさして言う。つまり、明《みん》時代の口語体小説のことである。当時、日本でこれらは、訓釈とか通俗本と呼ばれる翻訳で流行した。訓釈としては、

まず第一に儒者岡白駒《おかはっく》が、寛保三年（一七四三）に『小説精言』という四巻本を出した。これは『醒世恒言』より採った四話の白話小説に訓点をほどこし、読み易くしたものであった。その後、白駒に『小説奇言』（宝暦三年〈一七五三〉刊）があり、彼の門人沢田一斎も『小説粋言』（宝暦八年刊）を続けて出し、世に「和刻三言」といわれている。これらは『今古奇観』、『醒世恒言』や、『西湖佳話』、『警世通言』、『初刻拍案驚奇』などから少しずつ採って訓点をほどこしたものである。

その他、通俗本として通事岡嶋冠山《おかじまかんざん》が『通俗忠義水滸伝』（宝暦七年刊）を出し、初めて水滸伝の本格的な和訳が出現したし、伊藤東涯《とうがい》門下の陶山南濤《すやまなんとう》も、この宝暦期に中国小説を紹介して活躍している。後年、安永九年（一七八〇）刊の『唐錦』の序に、著者伊丹椿園《いたみちんえん》が、

近頃岡嶋、陶山、岡の諸名士小説を深く好み、俚言《りげん》俗語に博く通じ、訳解のあきらかにして残りなきは、往昔よりいまだなき所なり。是によつて海内靡然《びぜん》として中華の小説をもてあそび……

と記した如く、ある意味では一世を風靡したのであった。これらの書は当時の日本の知識人によく読まれ、中国白話小説の翻案や、模倣《もほう》作が登場するようになった。即ち、冒頭に述べた庭鐘の作品である。

都賀庭鐘は京都の香川修庵の所で医学を修め、大阪で開業して以前から構想をめぐらしていた『古《こ》今奇談英草紙《こんきだんはなぶさそうし》』を寛延二年に、『古今奇談繁野《しげしげや》話《わ》』を明和二年（一七六五）に、いずれも大阪の柏原屋清右衛門、菊屋惣兵衛から出版している。この柏原屋は、以後、庭鐘の著述出版のほとんどに関係した人物であり、両者には、何らかの特別な縁故があったのかも知れない。

『英草紙』は、これまでの近世小説によく見られた浮世草子風の文章とは違って、雅俗折衷《せっちゅう》の和漢混《こん》淆《こう》文を採用している。俗語体の文章が幅を利かせていた、その頃の末期浮世草子の世界とは、まるで違った特異な文章ということができる。『英草紙』に収まる九篇の短篇は、その多くを前述のような

中国白話小説から採っている。即ち、『古今小説』、『今古奇観』、『警世通言』、『拍案驚奇』などが母胎となっている。それらは原話を相当忠実に翻訳した、翻案スタイルのもあれば、原典の話を、かなり自由に翻案して換骨奪胎《かんこつだったい》に近い形で、自己の作品としたものがある。さらに、そのどちらにも属さずに、日本の素材から採り、独自に構成したものも存在する。

十六年後の『繁野話』も、前作と同じく中国白話小説を利用して創り出している作品が多い。それらは『任氏伝』『白猿伝』や、『古今小説』『今古奇観』の話が典拠になっている。また、中国白話に拠《よ》らず、日本の古典に拠っているのも三篇ほどある。それらは『日本書紀』『太平記』謡曲「唐船」野史『浪合記《なみあいき》』などに拠っている。なお、中国白話小説のみならず、『明史《みんし》』とか『明実録』といった中国正史を、庭鐘は読みこなして作中に利用している短篇もあって、いわゆる「英繁」二書のすべてが、中国白話小説の翻案小説であるとは言い切れないのである。

しかし、建部綾足や、上田秋成ら庭鐘に続く読本作家たちは、皆一様にこの「英繁」二書から大きな影響をこうむった。即ち、彼らは中国白話小説を、ある所では翻訳し、ある所では翻案し、さらにある箇所では換骨奪胎、自家薬籠《やくろう》中の物とする方法を、この先人の仕事より学んだのであった。

さて、以上のような当時の文壇情勢を頭に置きながら、安永五年に刊行された『雨月物語』の世界に入ってみよう。

巻之一に「白峯」・「菊花の約」、巻之二が「浅茅が宿」・「夢応の鯉魚」、同じく巻之三「仏法僧」・「吉備津の釜」、巻之四「蛇性の婬」、巻之五は「青頭巾」・「貧福論」と、計九篇を収めている『雨月物語』は、研究者によっては、秋成が興じたままを趣味的に筆にしたとみる人々もある。また、秋成の生きた江戸時代を問題として、その封建体制に対する作者の被害者意識から生れたものとか、作者の社会に対する私憤から成ったものだと考えている人々もいる。さらに、秋成が怪異を信じたがゆえに、この『雨月物語』は怪異を表現したもの、つまり怪異小説であると主張する人々もある。

新しい見方である前二者は、しばらく措《お》き、もっとも古典的な最後の見解をめぐって、少しく考えてみよう。

作者秋成は、はたして怪異を物語ろうとして、『雨月物語』を著わしたものであろうか。秋成が怪異に興味を持っていたことは、次の記事からも否定はできない。彼の晩年の随筆『胆大小心録』に、儒者中井履軒《りけん》との問答が載っていて、

老が幽霊ばなしをしたら、跡で「そなたはさつても文盲なわろじや。ゆう霊の、狐つきじやの云事はない事じや。狐つきといふは皆かん症やみじや」と、大に恥しめられた。

と記している。これからすれば、晩年の秋成は、明らかに幽霊ばなしや狐つきに大変興味を持っている。つまり、超自然的な現象に対してかなり理解を持っていたということが言え、かつ、ある程度は、その存在を認めていたふしがみられるのである。

とすると、『雨月物語』は怪異を書いたものであるとする考えに異義をさしはさむ余地はなさそうであるが、怪異好み、興趣本位からだけでは『雨月物語』という作品は成立しない。本書に収録した九篇をよくよく読むならば、そこに物語られているものが、ごく一部の作品を除けば人間の執着、言ってみれば、激しい人間の愛と憎しみからくる執念であることが分ってこよう。そして、題材にとられた怪異は、これらの執着、執念を表現する手段として用いられているのである。

しからば、この『雨月物語』の「執着」はどこから発生したものであろうか。

それは、秋成の性癖から創り出されたものであろう。二十八歳の時に養父の死にあい、紙・油商と

して実社会に立った秋成は、その極端に自我の強い性格から、俗世間から手痛い打撃を受けたと見ても、さして不自然ではない。しかもこの傷は、この世に生をうけて以来、実父を知らず、又実母とも別れて育った薄倖の人秋成――慈愛に富んだ養父母がいたとはいえ、実質的には一種の孤児であった彼の淋しい心を、ますます一方へ追いやってしまったと考えられる。なんら頼る者とて存在しない孤児にとって、この世における唯一の命の綱は、人間の信義である。即ち、人と人との間に結ばれる約束である。この約束が万が一にも裏切られ破られるような事態が起れば、もはや孤児は生きてゆく術《すべ》を知らない。人間間の約束が無残に踏躙《ふみにじ》られても、普通に生い育った人ならば、時間さえ経過すれば、いずれ胸奥から忘れさられていくことであろう。ところがみなしごにとっては不可能に近いことであり、深い傷跡として心の奥底に残るとともに、どうしてもそれを自分の望むようにあってほしいとする思いがますます深まるのである。ここに深い執着が発生する。

『雨月物語』は、現世の俗人たちに裏切られた人間の魂が創り出した文学であると言えば、言い過ぎであろうか。よるべのない孤児が、現実の社会に傷つけられた嘆きが、『雨月物語』の諸篇に表れているというのは、言い過ぎであろうか。しかし、このように見て、初めて『雨月物語』に流れる極度の執着が理解されると思う。たとえば、「菊花の約」における「咨《ああ》、軽薄の人と交りは結ぶべからずとなん」の激情的な結語や、「浅茅が宿」における宮木の「さりともと思ふ心にはかられて世にもけふまでいける命か」の悲しく苦しい絶叫が理解されるのである。言うまでもなく、「青頭巾」や、「蛇性の婬」においても同様であろう。

このようにして考えてくると、『雨月物語』九篇は、いずれも執着の文学として把握されうる。そして、この執着を表現するために、幽霊に対して、深い関心を持ち、興味を示していた秋成が、これらの不思議な現象を駆使して、「三言二拍」などにのる中国白話小説を利用しながら、独自の怪異小説を創りあげたといえる。そして、「執着の文学」である『雨月物語』の諸篇は、第一、信義の執着、第二、愛欲の執着、第三、復讐の執着、第四、その他の執着と、およそ四系列に区分されえよう。

一、信義の執着には、「菊花の約」「浅茅が宿」の二篇が入る。『古今小説』の「范巨卿雞黍死生交《はんきょけいけいしょしせいのまじわり》」を典拠としている「菊花の約」は、山陽道の加古の駅で、丈部《はせべ》左門に助けられた赤穴宗右衛門が義兄弟となり、重陽《ちょうよう》の節句九月九日に会う約束をする。当日山陰の富田城にとじこめられていた赤穴は、自殺してその霊が義弟左門の所へ姿を現すという物語である。「一旦《たび》の約《ちかひ》をおもんじ、むなしき魂《たま》の百里を来る」のが、この作品の根源となっている。また、「浅茅が宿」は、『剪燈新話《せんとうしんわ》』の「愛卿伝《あいけいでん》」その他より部分的に借りて来て、男女の信義を語っている。下総《しもうさ》の国に住む勝四郎が、妻宮木を残して京へ商売に出かける。秋には帰ると約束をしたものの、戦乱や病気のため七年も異国で過す。故郷へ帰ると、荒れ果てた家に、妻がやつれて待っていた。一夜が明けると横に臥していた妻はどこにも見えなかった。妻の辞世を発見し、昨夜のは幽霊であったことを知り、叫び伏すのである。「菊花の約」が、男同士、つまり兄弟としての信義を守ったのに対し、「浅茅が宿」では、夫婦の信義、即ち男女の愛情が少々混じっている点に差があるものの、人間としての信義・約束を描いたものに他ならない。

二、愛欲の執着には、「吉備津の釜」、「蛇性の婬」、「青頭巾」の三篇がある。『剪燈新話』の「牡丹《ぼたん》燈記《とうき》」の影響が少しはみとめられるものの、「吉備津の釜」は、本質的には秋成の創作とみてもよい。それは、秋成が晩年に「釜」と題して「卜《ぼく》とひて吉備津の釜のあしきねにおもひいやます恋に死ななん」と、「吉備津の釜」の事件を詠じていることでも分る。正太郎という道楽息子が、宮司の令嬢磯《いそ》良《ら》と結婚し身を固めたものの、港町の遊女を囲い、駆け落ちしてしまう。嫉妬《しつと》に狂った磯良の生霊《いきりよう》は、この遊女を殺す。さらに彼女の霊は、正太郎も最後に殺してしまう。『西湖佳話』の「雷峰怪蹟」および『警世通言』の「白娘子永鎮雷峰塔《はくじようしとこしえにらいほうとうにしずむ》」の翻案である「蛇性の婬」にしても、蛇が女になって豊雄というやさ男を追っかける話であり、「吉備津の釜」で男女の愛欲より来る執着を描いたので、今度は蛇という大抵の人なら不気味に思うであろう動物をとりあげて、愛欲の極限を追求したものであろう。この系列の最後の「青頭巾」にしても、大きな寺の住職が美少年を愛し、その少年が病死したので、可愛さのあまり葬らずに、少年の肉を吸い、骨をなめて食べつくしてしまう。それ以後、人肉の味を覚えた僧は、夜毎村里へ下って屍《しかばね》を食べたりする。最後は、快庵禅師という名僧によって成仏し、青頭巾と骨のみが草葉にとどまったという物語である。僧家における男色をテーマとした凄《すご》みのある愛欲譚《たん》となっている。

三、復讐の執着に入るものとしては、「白峯」、「仏法僧」がある。『撰集抄』と『保元物語』に拠《よ》るところが非常に多い「白峯」は、讃岐《さぬき》の白峯へ墓参した西行が、復讐の妄執《もうしゆう》に燃え上がっている崇徳《すとく》上皇の亡霊にあうという話である。「御衣《おんぞ》は柿色《かきいろ》のいたうすすびたるに、手足の爪《つめ》は獣のごとく生《お》ひのびて、さながら魔王の形《かたち》、あさましくもおそろし」と、作者はいみじくも表現しているが、盛んな時はおもねり、没落すれば一顧すらしない人の世への復讐の気持を、崇徳院という史上の人物をかりて表現したものに他ならない。登場する幽霊の数の多いことでは、物語中最高の「仏法僧」にしてもそうである。これは『怪談とのゐ袋』巻四の「伏見桃山亡霊行列の事」にある事件が直接のヒントとなり、その他の諸典拠を利用して創り上げている。旅する父子が、夜の高野山で、秀次主従の亡霊に出会い、発句の応答をするという話であって、修羅《しゆら》の時刻になると「いざ石田増田が徒《ともがら》に、今夜《こよひ》も泡《あわ》吹かせん」と、一座の人々が立ちさわいだという場面でも分るように、自分たちを陥れたものに対する、すさまじい復讐心を描いている。

四、のその他の執着としては、残りの「夢応の鯉魚」と「貧福論」となる。『古今説海』の「魚服記」を翻案した「夢応の鯉魚」は、三井寺の僧興義が、日頃魚を助ける功徳《くどく》により、夢に湖で遊び、魚となって自由に泳ぎ廻る話である。これまでの作品に比べると、幽霊も出現せず、陰惨味もなく、明るさが漂っている。しかし、その一面には魚に対する興義の深い愛情が、換言すれば切ない執着が表現されている。物語の巻尾に位置する「貧福論」は、『常山紀談』にものる岡左内という実在人物を主人公としている。左内はたいへん黄金を愛したので、ある夜のこと黄金の精霊が枕元に現れる。金銭論から、当時の政治論までに発展して腹蔵なく語り合うというもので、部分的に岡左内の金に対する異常な執着ぶりを描いている。これも、「夢応の鯉魚」と同じく、物事に過度に愛着し、執着したゆえに始まった物語といえよう。そして、この執着の表現として「鯉」になったり、「黄金の精霊」が出現したりするのであって、作品のテーマそのものは、もちろん執着ではない。

以上のように、どの作品も佳作でないものはないが、特に一、信義の執着、二、愛欲の執着の二系列は、庭鐘《ていしょう》・綾足《あやたり》などの同時代の作品にくらべると、単なる知識的性格の作品にとどまっておらず、深く人間精神の内面に立ち入って創作しており、絶品といえよう。それだけに作者秋成も、この信義と愛欲との執着に、彼自身が苦しみ、血みどろの内面闘争をなしたものであろう。こういう執着の極度のものは、さまざまな幻想や幻覚を生じさせることになる。この幻想の俗的表現が、一種の幽霊であり、幽霊は、また、執着の産物だともいえる。ともかく、秋成が幼い時に痘瘡《とうそう》にかかったとき、養父母が加島稲荷に祈願して、あやうい一命をとりとめたという体験や、実母とは生前一回会っただけ、実父を終生知らなかったという境遇、さらに感受性ゆたかな自我の強い性格などが、これらの珠玉の如き作品を形成せしめた母胎だと思われる。現実に傷つき悩んだひとりの人間の魂の昇華が、この物語であると言っても誇張ではなかろう。このようにして、『雨月物語』には、読本の先駆となりながらも、なんら、勧善懲悪主義の談義的なものはなく、現実逃避の姿勢をとりながらも、人間の執着、執念に対する作者のあくことのない探求心がみられるのである。そして、それらは、現世における不思議さ、人智でははかりしれない不可思議さといったものを、また、よく表現しているのである。

さて、かくの如く執着・執念の思いを表現する手段として、見事に幽霊その他の怪異を駆使して文芸化に成功した『雨月物語』は、それが出版された安永五年（一七七六）以後、どのように後世の文学に享受されていったであろうか。

まず、近世読本《よみほん》の代表的作者である山東京伝や滝沢馬琴らに、『雨月物語』の影響がみられる。京伝には、享和三年（一八〇三）刊の『復讐奇談安積沼《あさかのぬま》』がある。これは殺された俳優が幽霊となって復讐する話であるが、巻之四の怨霊譚《おんりょうたん》は『雨月物語』に拠《よ》っている。また、馬琴にも、『椿説弓張月《ちんせつゆみはりづき》』（文化三〜七年〈一八〇六〜一〇〉）のなかで、為朝が新院の廟《びょう》に詣《もう》でると、新院が平家の滅亡を論じ、一団の燐光《りんこう》となって飛び去るところなど、『雨月物語』「白峯」の西行と院との内容によく似ている。

さらに明治期に入ると、時の文豪である露伴・一葉などが西鶴を読みこなすと同時に、また秋成も読んでその影響を受けている。とくに幸田露伴は、『二日物語』（明治三十一年）で、その前半の「此一日」の方は、『撰集抄』より採ったという説もあるが、むしろ『雨月物語』の「白峯」を念頭に置いて書いているし、樋口一葉も、明治二十四年に、秋成の『つゞら冊子』『春雨物語』『くせ物語』などを上野図書館で熟読したと、その日記にしるしているほどだ。また、大正・昭和期へと進むと、芥川龍之介や佐藤春夫が秋成文学を愛好したことはよく知られている。その他、泉鏡花、林芙美子、岡本かの子、石川淳らの作品形成に、秋成はかなりの影響を与えている。なかでも岡本かの子には、『雨月物語』の「夢応の鯉魚」を再現した小説があるほどである。

　このように秋成文学の影響は、とくに『雨月物語』のそれは、永遠に後の日本文学へ痕跡をしるすことになろう。

　なお、巻末付録の「雨月物語紀行」は、校注者が現地を実際に訪ねて、『雨月物語』の舞台を調査した結果、作成したものである。

癇癖談の構想

　幽霊を素材として人間の執着心を見事に表現した『雨月物語』ののち、十余年をへて上田秋成は『癇癖談』なる諷刺《ふうし》小説を執筆した。現存する『癇癖談』の板本は、文政五年（一八二二）七月に書林近江屋治助他四肆《し》によって刊行されたもので、秋成の死後十三年後のことである。

　しかし、寛政三年（一七九一）春、五十八歳の頃には、その稿が成っていて、今日も若干見られる写本の形式で、愛好家の手に渡り、その面白さを賞せられてきたものと考えられる。寛政頃ともなれば文人であり国学者でもある秋成の名前は、ようやく有名になりつつあり、彼の未出版の著書を順次に写しとったり、他人の所蔵品を借りたりして、写本のまま読むことは、たいへん風流なこととされていた。死後出版された板本の冒頭にも収録してある森川竹窓の書簡にも、「御うはさのくせものがたり拝借中候而《て》、寛々《ゆるゆる》拝見いたし候……われらも其の中間入《なかまいり》にと一本を写して、原本を御返上申上候」と書かれていて、その間の事情を物語っている。

『痼癖談』は、「むかし……ありけり」の文から始まる二十四の小話を収めている。この作品の後に、秋成は『伊勢物語古意』を寛政五年に出していて、『痼癖談』の題名や、短文からなる形式などを、その頃非常に興味を持っていた『伊勢物語』から採ったことは間違いない。既に秋成が四十二歳の時に書いた『区《く》柴《さ》々《くさ》之《の》副徴《ふみ》』にも、「むかしあがたすみするをとこありけり……」と記されていて、早くから『伊勢物語』の文体を模倣《もほう》していることが分る。

さらに、この作品には、さまざまな人間の気質が描写されているので、「くせものがたり」と名づけたものと考えられている。秋成みずからは「はるの眠りざまし、かんぺき談とも、くせものがたりとも、何ともかとも、あらうつつなの世がたりや」と、ふんぞり返っているだけである。だから、この書名を漢字のみを音読した「かんぺきだん」とよめばよめる。しかし、巻頭の竹窓の書簡に「御うはさのくせものがたり」とされているし、板本の題簽《だいせん》には、上・下ともに「くせものがたり」と平仮名で記されているから、この作品は「くせものがたり」と訓《よ》む方が、妥当であろう。

このように、『伊勢物語』に擬《ぎ》して小説めかしたものを秋成がこしらえたのも、江戸期には、古くは烏丸光広《からすまるみつひろ》作といわれる『仁勢《にせ》物語』を初めとして、『伊勢物語平詞』(延宝六年)、『好色伊勢物語』(貞享《じようきよう》三年)、『真実伊勢物語』(元禄三年)などがあり、秋成と同時代のものとしては、『当世穴鑿《あなさが》穿《し》』(明和六年)、『恵世《えせ》物語』(天明二年)、『似勢《にせ》物語通補抄』(天明四年)などの多くの『伊勢物語』の擬態作が出現しているからである。秋成も、こういう世の中の流行を見て、執筆の心をそそられたものであろう。

これに加えて、滑稽《こっけい》にして知識めかした頭注をつける方法は、従来『子犬つれづれ』（寛政頃刊）や『百人一首和歌始衣抄』（天明七年刊）などから借りてきたものであろうかと考えられてきたが、これは、秋成の旧作である安永四年板の『万匂集《まにおう》』の形式を踏襲したのにすぎない。『万匂集』というのは、「苅菰《かりこも》の知麻伎《ちまき》」という狂名で秋成が出したと考えられている狂歌集である。万葉風に模した狂歌を三十八首ほど集めていて、上欄には評注が八十ほど加えられている。この頭注には、国語学的な考察を加えたり、一般的な洒落《しゃれ》も入っていたりして、『癇癖談』の頭注へと続いているのである。

また、前述の如く『癇癖談』には、『伊勢物語』から構想や文章を借りている箇所が多い。上巻にある「むかし、をとこありけり。ならぬ狂言をかりにも、でかしたがりけり」から書き出された章の終りは、『伊勢物語』初段（以下新潮日本古典集成に拠《よ》る）の結びをまねている。また、「むかし、色ごのみのかしこきをとこありけり。かねはつかはねど、おやまはわれに身をうつことと、つねにほこりていひけり」からはじまる色男の失敗譚の一節は、『伊勢物語』の東下りで有名な第九段および、第六段芥川《あくたがわ》の所の文の部分的な借用が見られる。その他、「むかし、人のつまありけり。其のをとこ外ごころおほき癖ありて」からの章は、河内通いの第二十三段の奪胎である。また、ここは『大和物語』の百四十九段にも見られ、秋成は後年『大和物語』を、享和三年に校刊している所を見ると、少しは参考にしたものでもあろうか。下巻では、「むかし、伊勢の御ン神に、講まゐりする男ありけり」からの話の終りの歌が、伊勢へ狩の使いにいく第六十九段の歌を踏まえているし、「むかし、をとこ友どちかいつらねて、住よしのこほり、住よしのさと、住よしのやしろにまうでけり」からの条は、その初めを第六十七、六十八段の書き出しの文を借りて構成したものである。

このように『伊勢物語』の影響が多く見られるが、それとともに『徒然草《つれづれぐさ》』の影響も、注目されねばならない。『癇癖談』の上巻にある「むかし、なまさかしきをとこありけり」から始まる章にある「世の中のうつりかはるこそあやしうはかなきものなれ」は、『徒然草』第二十五段の文より、文体および思想上の影響を受けている。下巻の「むかし、深草のさとに」からの話のなかの「書よめば、むかしのみしのばしくて」以下二、三行の文には、『徒然草』十三段および二十二段からの思想的なつながりを見る。さらに、上巻の「ひとごとにひとつのくせとは」から始まる文章やら、「むかし、物ふかくもおもひわたらぬ人の」などの条にも、そのような影響があろう。『癇癖談』より四年前の作品である談義本『書初機嫌海《かきぞめきげんかい》』にも、『徒然草』第一段の文の引用が見られる。これら二作品には共通している所がかなりあり、特に、文体上の類似がいちじるしいのである。

さて、この『癇癖談』は、相応に日本古典を勉強した初老の国学者が、その個性の強さと、皮肉な諷刺《ふうし》的手法とにより、社会批評をこころみたものである。つまり、一種の諷刺小説の意図を持って書かれた作品とみるべきものであろう。むろん、実際の内容には、多くの随筆に過ぎない文がみられる。しかし序に作者が「このものがたりは」と記していることでも分るように、一個の物語として著されたものと理解するべきであろう。作者自身「物語」として創ったことは、題名や序からみれば、きわめて明瞭である。

しかして、この物語では、文字通り作者秋成の生れつきの「癇癖」がほとばしり出て、物語の形式を借りながらも、随筆的に言いたい放題を言うようになる。例えば、巻末に置かれた駒鳥とうそ姫とのやりとりの中に、長柄《ながら》隠栖中の秋成の影が濃い「隠栖者」の心境描写があり、「世は皆いつわり人が多いし、自分一人心おごりしている人物だ」と、その「かんぺき」の生ずる原因も説明している。もともと秋成は、長い医師生活で、いやという程、人の世の醜さを見てきている。彼は四十二歳にし

て、医師として大阪に開業したとき、

医になる始に、願心を立て、金口入・太鼓持・仲人・道具の取次はせまいといふて、一生せなんだ事じや、それ故癇症がくるしめて、五十五の春から又医をやめて、（『胆大小心録』）

と、述懐している如く、世俗的に生きることを拒否して医業に専心したのである。当然、腹の立つことばかりが多いこの世であった。しかし、生きねばならない。ますます秋成の「癇癖」がつのる由縁である。五十五歳で隠栖した翌年には、姑《しゅうとめ》を、そして養母を半歳の間に、相次いで亡くし、妻と二人きりの暮しはわびしく感じられて、随分秋成の精神に影響したものであろう。かてて加えて左の目をこの頃に悪くし始め、「内柔外剛」の彼が、いっそうその外剛を、外に、社会に向って発揮するようになってくる。

そのために、この作品では、天王寺の法師や物産老人などが手ひどくやっつけられるのである。さらに、仲人が商売みたいな金儲け専門の医師たちへの痛烈な批判は、本当に作者自身の身近な体験から出たものである。また、リアルな目で社会を写している章もある。例えば、大阪長町の貧民街を描いたところなど、今日言う自然主義風の客観描写で、人間の生活の奥深いところまで迫っている。

以上のように『癇癖談』で、秋成は、あらゆる方面にわたって、批判、冷笑、諷戒をほしいままにした。このような彼の行き方が、晩年の『胆大小心録』になると、全く「筆人を刺す」罵詈《ばり》雑言《ぞうごん》となるのである。つまり、『癇癖談』は、杉野恒の書目解題書である『典籍作者便覧』に言う「伊勢物語ニ擬シテ近世ノ人情ヲトキ尽セリ」は、やや褒《ほ》めすぎにしても、近世の人間生活に一種のメスを加えた諷刺的作品であることは間違いない。

付録

雨月物語紀行

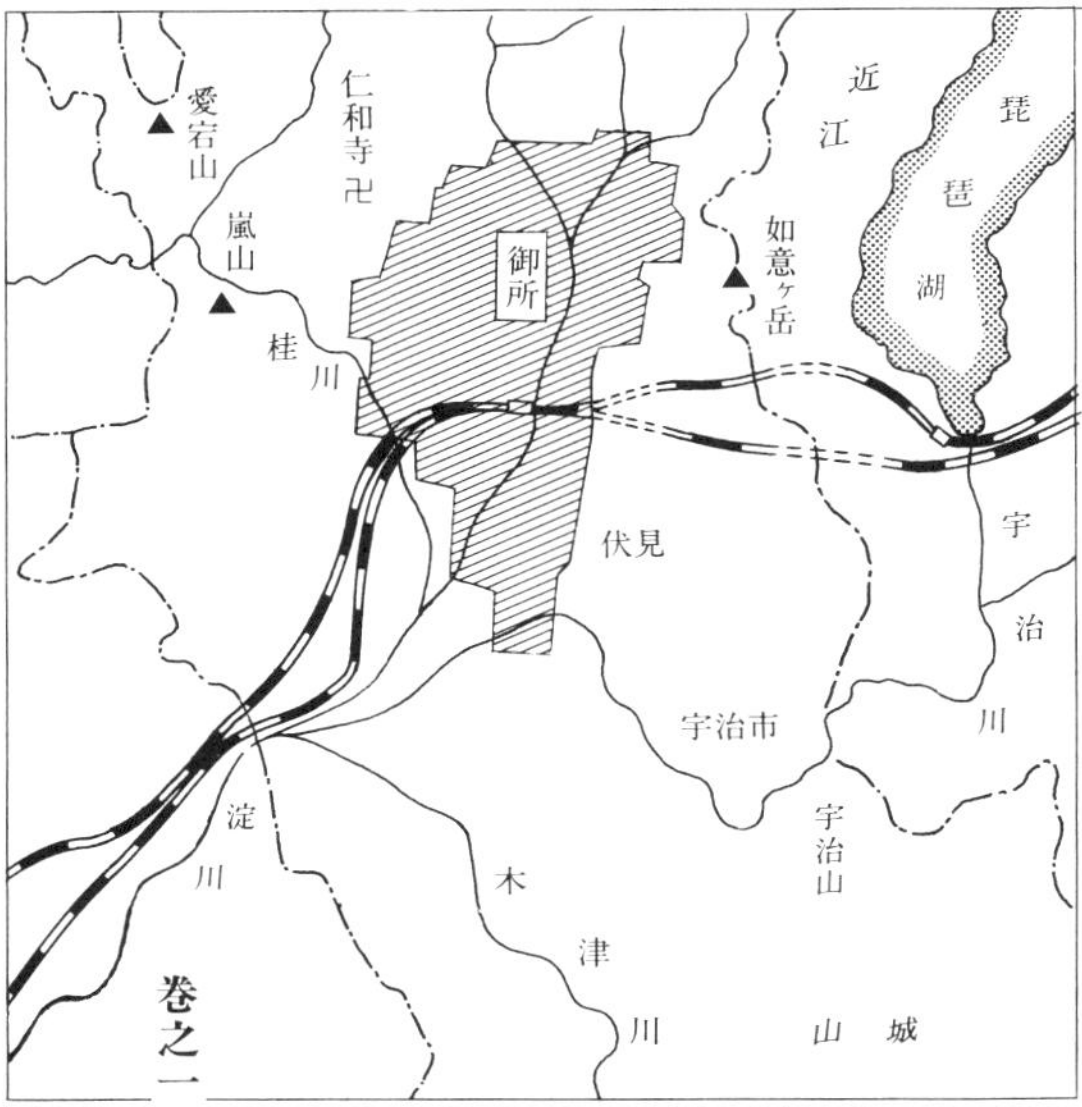

巻之一 白峯

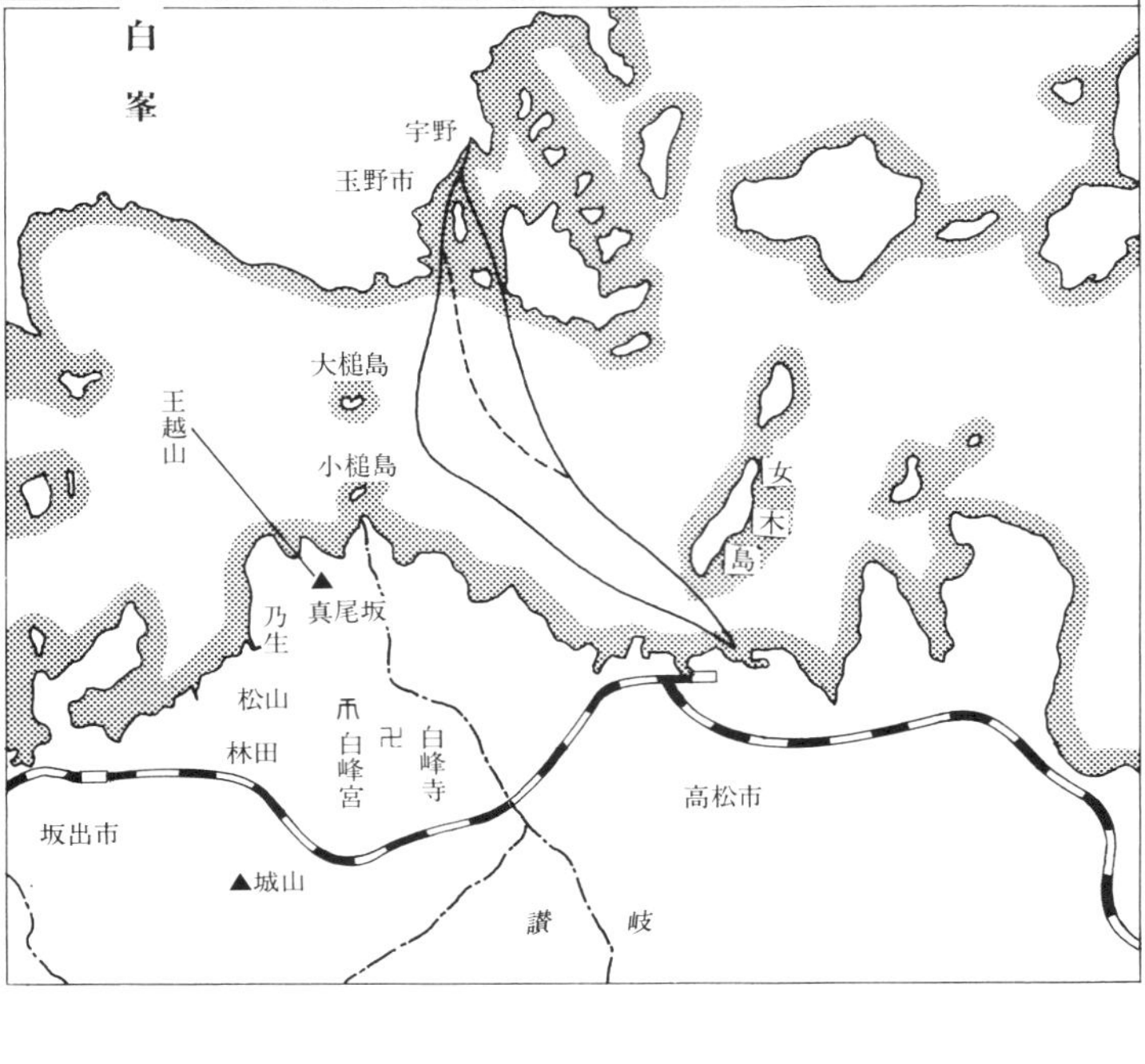

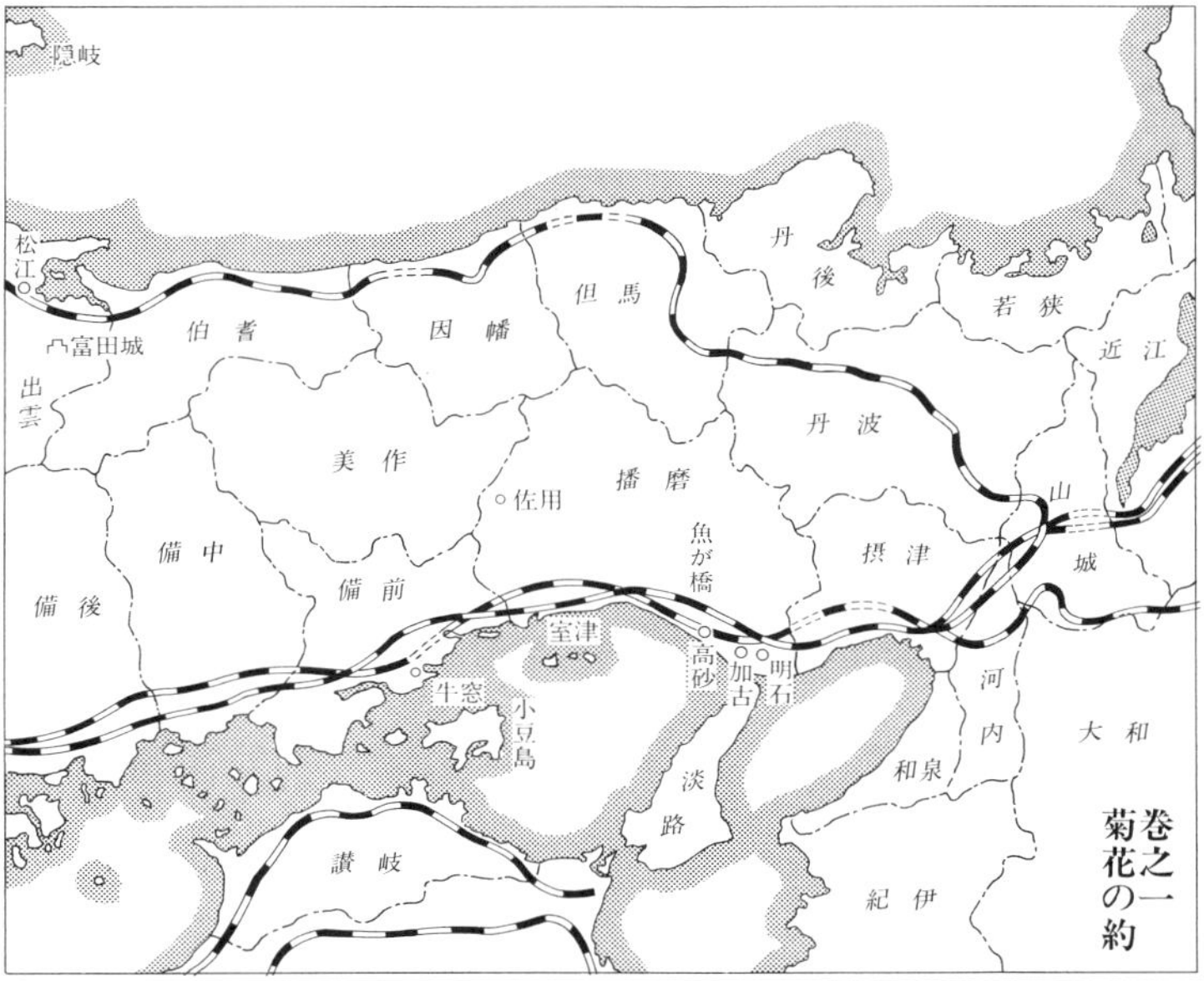
巻之一
菊花の約
隠岐
松江
富田城
出雲
伯耆
因幡
但馬
丹後
若狭
近江
美作
丹波
佐用
播磨
山城
備中
魚が橋
摂津
備後
備前
室津
高砂
加古
明石
牛窓
小豆島
河内
大和
淡路
和泉
讃岐
紀伊

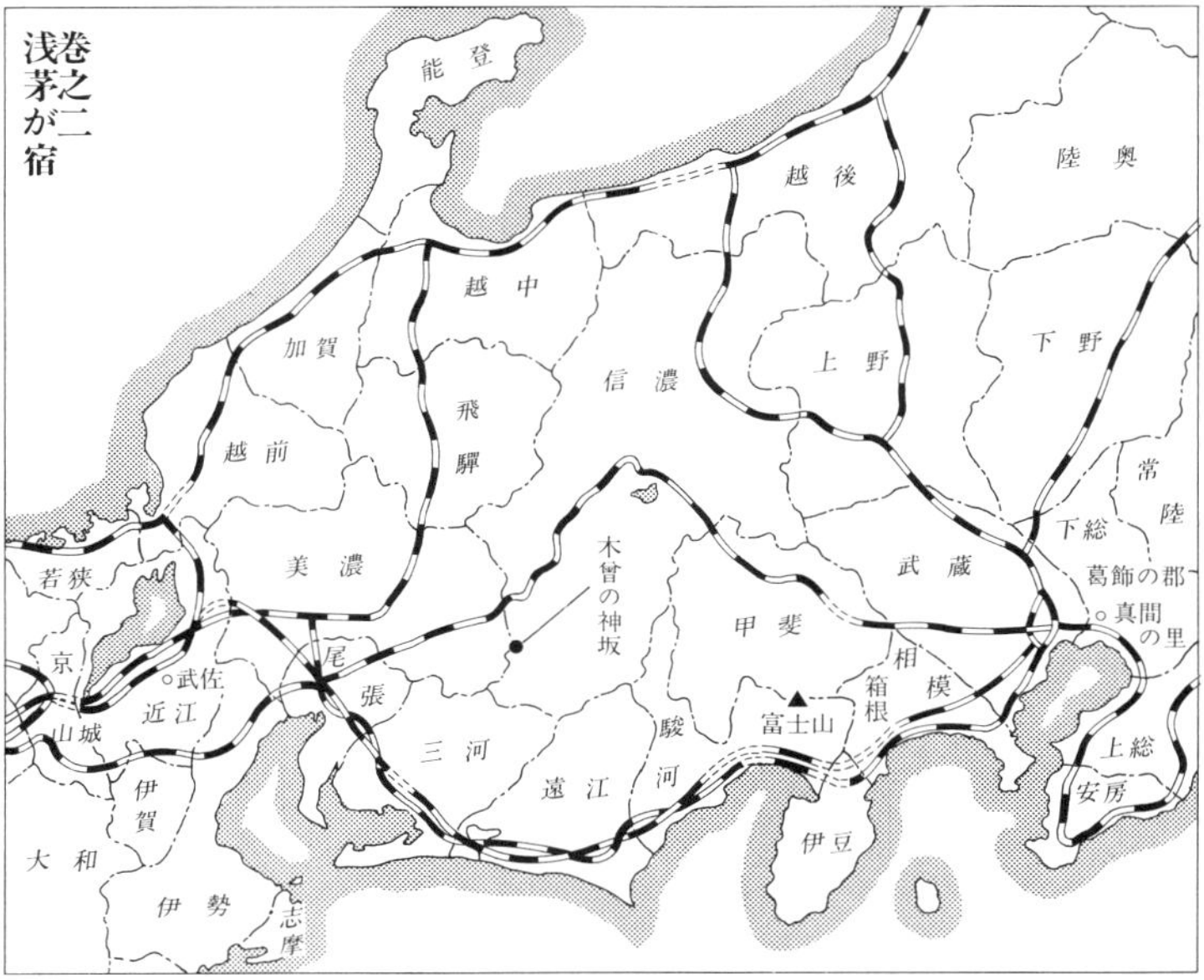
巻之二
浅茅が宿
能登
陸奥
越後
越中
加賀
上野
下野
信濃
飛騨
越前
常陸
下総
美濃
木曽の神坂
武蔵
葛飾の郡
真間の里
若狭
甲斐
尾
相模
京
武佐
張
箱根
近江
富士山
山城
三河
駿河
上総
遠江
伊賀
安房
伊豆
大和
伊勢
志摩

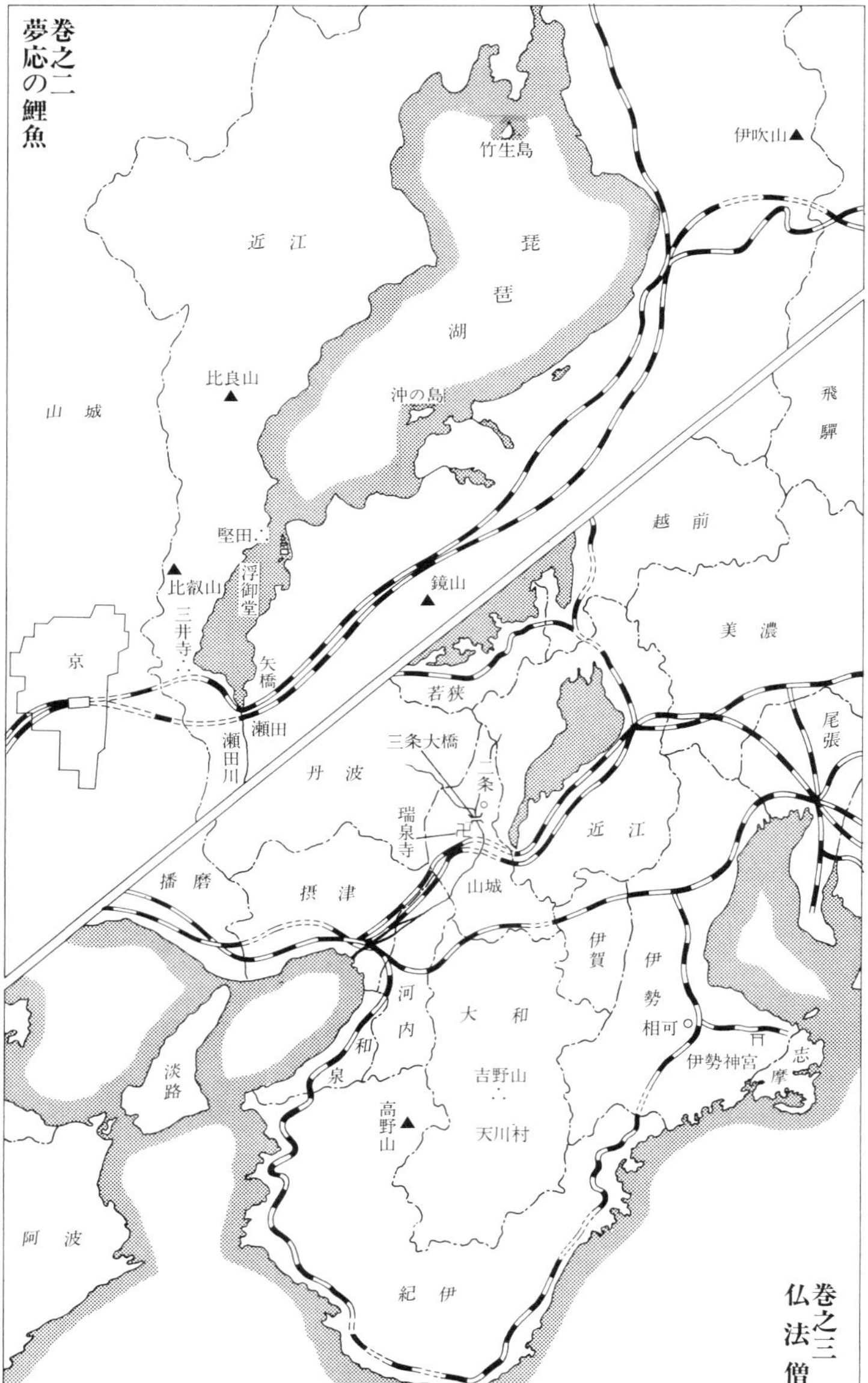
巻之二
夢応の鯉魚
竹生島
伊吹山
近江
琵琶湖
比良山
山城
沖の島
飛驒
越前
堅田
浮御堂
比叡山
鏡山
三井寺
京
美濃
矢橋
若狭
瀬田
瀬田川
尾張
三条大橋
二条
丹波
瑞泉寺
近江
播磨
摂津
山城
伊賀
伊勢
河内
大和
相可
伊勢神宮
志摩
淡路
和泉
吉野山
高野山
天川村
阿波
紀伊
巻之三
仏法僧

巻之三　吉備津の釜

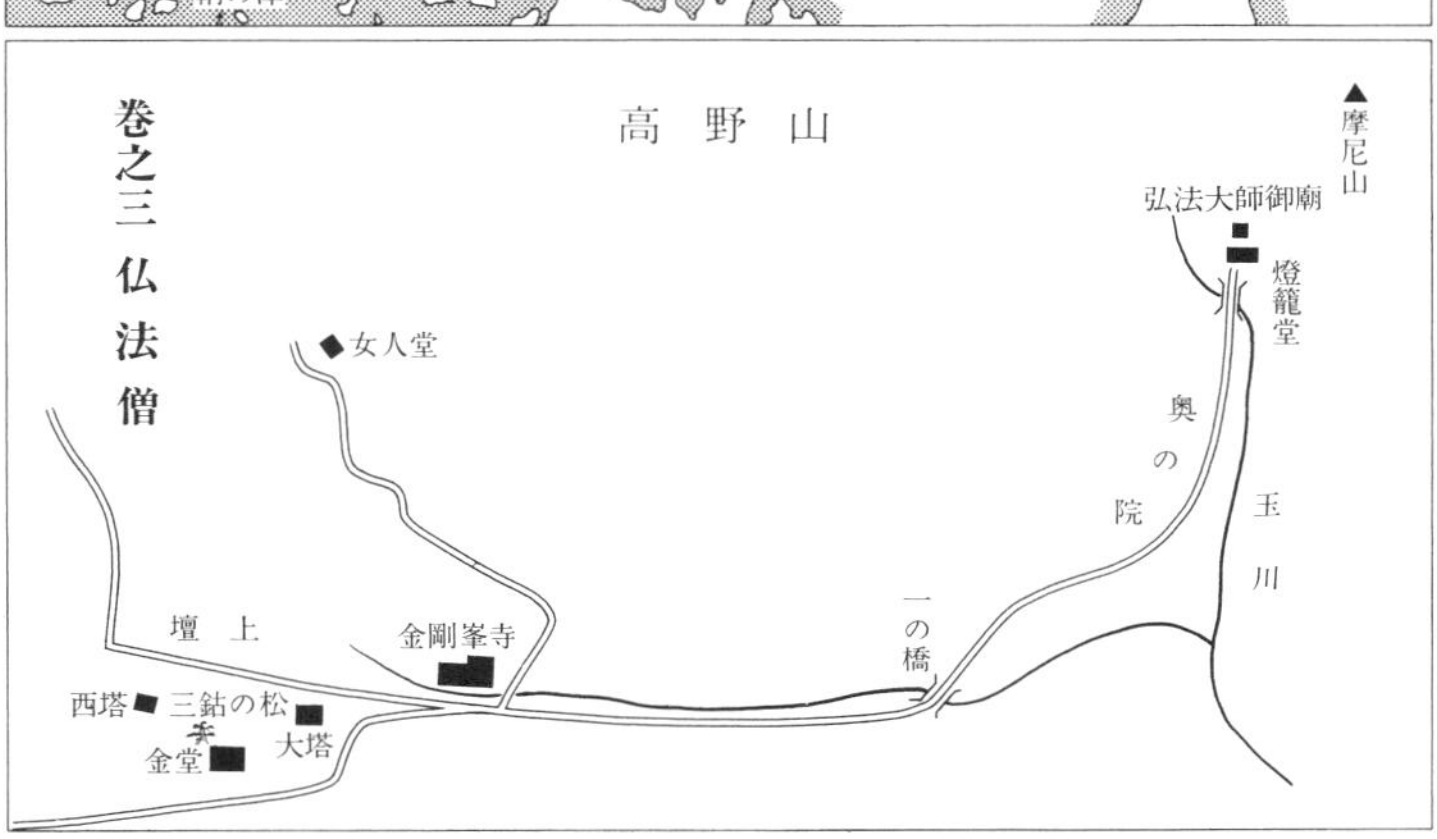

巻之三　仏法僧

巻之四 蛇性の婬

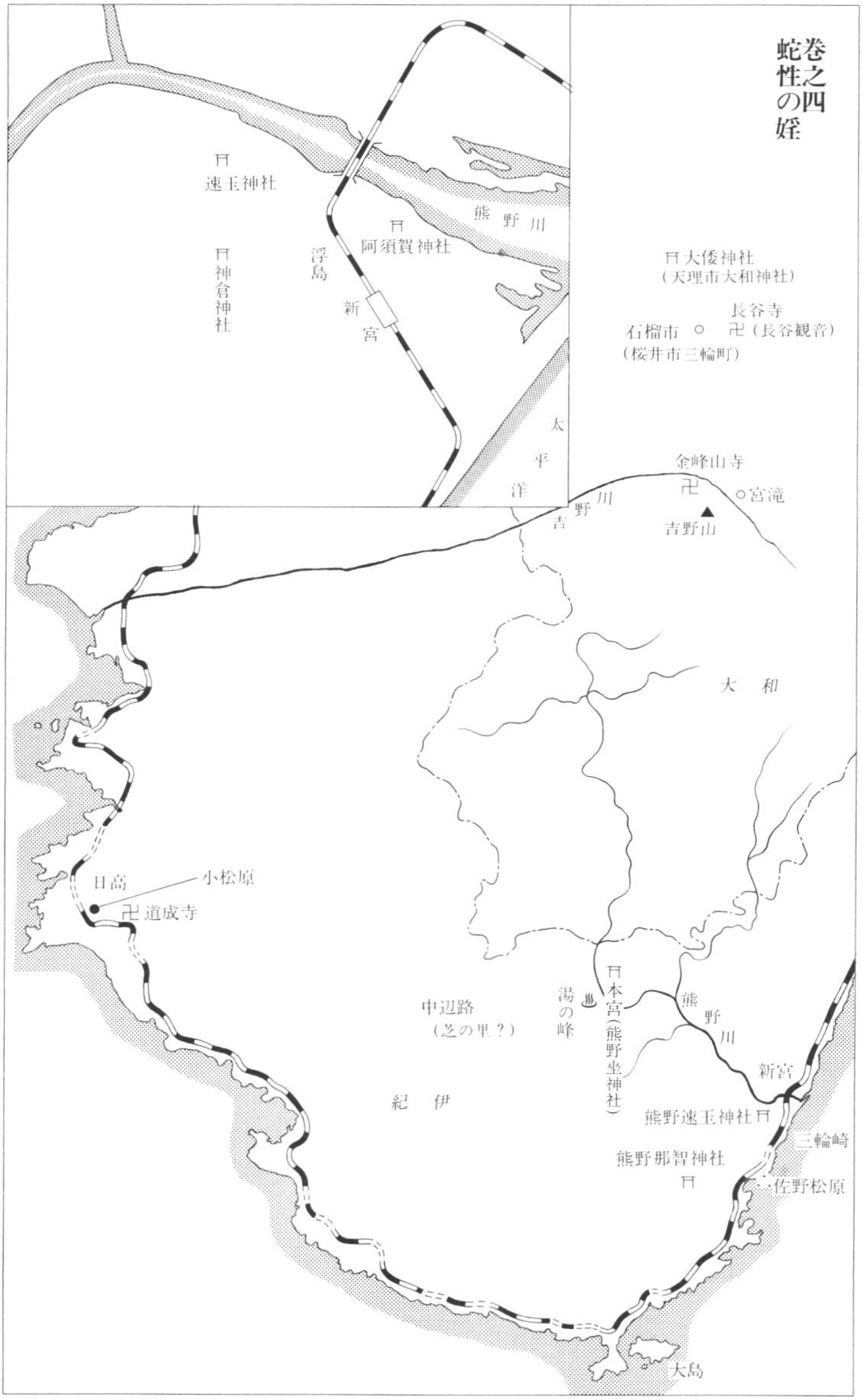
速玉神社
神倉神社
浮島
新宮
阿須賀神社
熊野川
太平洋
大倭神社
（天理市大和神社）
長谷寺
（長谷観音）
石榴市
（桜井市三輪町）
金峰山寺
宮滝
吉野川
吉野山
大和
日高
小松原
道成寺
中辺路
（芝の里？）
湯の峰
本宮（熊野坐神社）
熊野川
新宮
紀伊
熊野速玉神社
三輪崎
熊野那智神社
佐野松原
大島

巻之五　青頭巾

根なし藤
開山堂
墓地
本堂
蔵
井戸
方丈・庫裡
燈籠
油坂(石段)
石段
池
山門
小滝
小滝

大中寺

出羽
越後
猪苗代湖
陸奥
能登
下野
越中
上野
大中寺
小山
富田
常陸
加賀
飛驒
信濃
越前
武蔵
下総
美濃
甲斐
龍泰寺
相模
上総
尾張
伊勢
三河
駿河
安房
伊豆
遠江
志摩

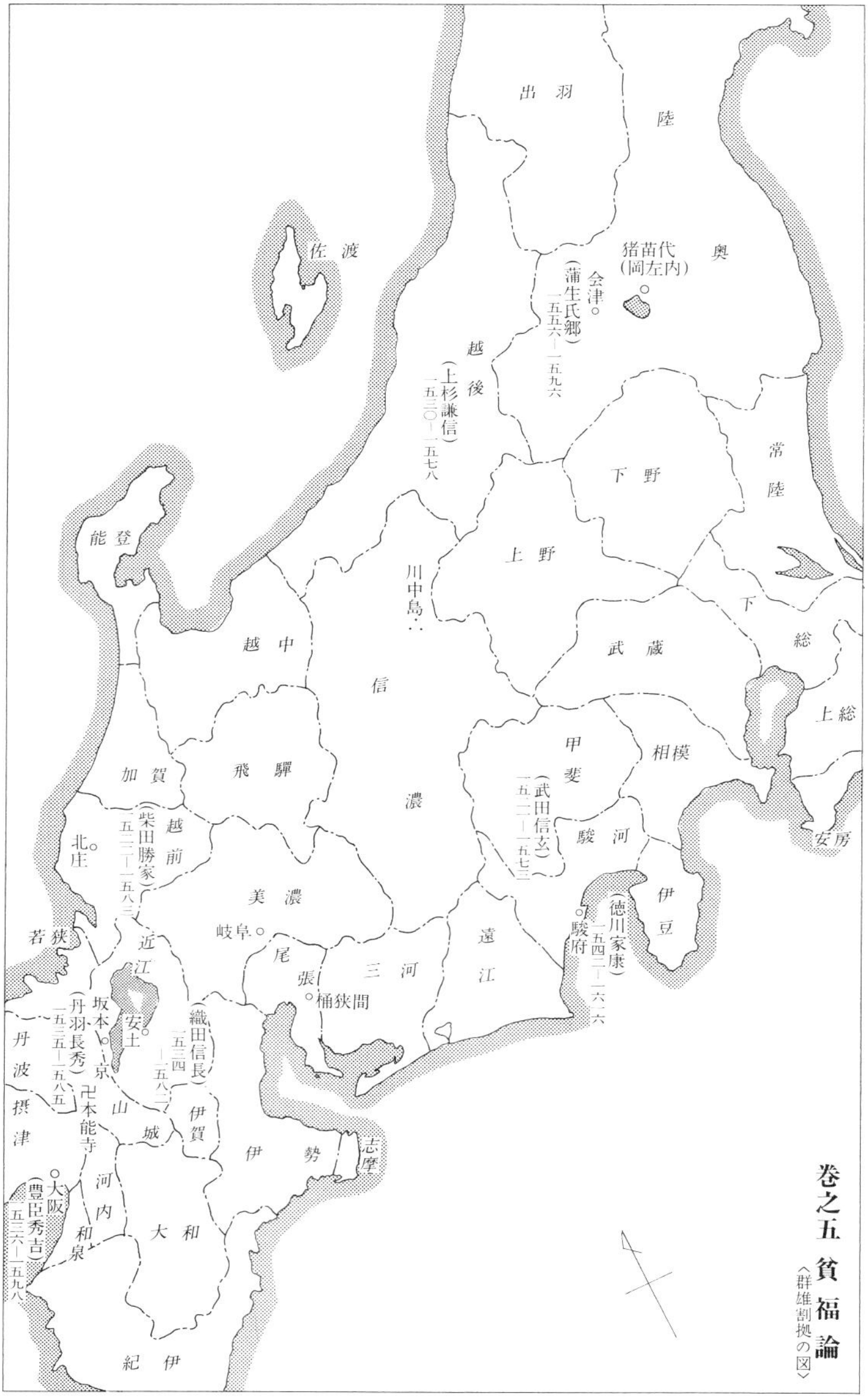

巻之五 貧福論

〈群雄割拠の図〉

伊勢物語抜萃

『痼癖談』の内容・構成に影響を与えた『伊勢物語』の章段を、付録として掲載した。本文は、渡辺実氏の御好意により新潮日本古典集成版の『伊勢物語』を用いた。

初段

むかし、男、うひかうぶりして、平城《なら》の京《きやう》、春日《かすが》の里にしるよしして、狩に往《い》にけり。その里に、いとなまめいたる女はらから住みけり。この男、かいまみてけり。おもほえず、古里にいとはしたなくてありければ、心地《ここち》まどひにけり。男の着たりける狩衣《かりぎぬ》の裾《すそ》を切りて、歌を書きてやる。その男、しのぶずりの狩衣をなむ着たりける。

　春日野の若紫《わかむらさき》のすり衣《ごろも》
　　しのぶのみだれかぎり知られず

となむ、おいづきていひやりける。ついでおもしろきことともや思ひけむ、

　みちのくのしのぶもぢずり誰《たれ》ゆゑに
　　みだれそめにし我ならなくに

といふ歌の心ばへなり。むかし人は、かくいちはやきみやびをなむしける。

二段

むかし、男ありけり。平城《なら》の京ははなれ、この京は人の家まださだまらざりける時に、西の京に女ありけり。その女、世人《よひと》にはまされりけり。その人、かたちよりは心なむまさりたりける。ひとりのみもあらざりけらし。それを、かのまめ男、うちものがたらひて、かへりきて、いかが思ひけむ、時は三月《やよひ》のついたち、雨そほふるにやりける。

　起きもせず寝もせで夜《よる》をあかしては
　　春のものとてながめ暮しつ

二十三段

むかし、田舎《ゐなか》わたらひしける人の子ども、井のもとに出でてあそびけるを、大人になりにければ、男も女も、はぢかはしてありけれど、男は、この女をこそ得めと思ふ。女は、この男をと思ひつつ、親のあはすれども聞かでなむありける。

さてこの隣の男のもとよりかくなむ。

筒井《つつゐ》つの井筒《ゐづつ》にかけしまろがたけ
すぎにけらしな妹《いも》見ざるまに

女、返し、

くらべこしふりわけ髪も肩すぎぬ
君ならずしてたれかあぐべき

などいひいひて、つひに本意《ほい》のごとくあひにけり。

さて年ごろ経《ふ》るほどに、女、親なくたよりなくなるままに、もろともにいふかひなくてあらむやはとて、河内《かうち》の国高安《たかやす》の郡《こほり》に、いき通ふ所いできにけり。さりけれど、このもとの女、あしと思へるけしきもなくていだしやりければ、男、こと心ありて、かかるにやあらむと思ひうたがひて、前栽《せんざい》の中にかくれゐて、河内へいぬる顔にて見れば、この女、いとようけさうじて、うちながめて、

風吹けば沖つしら浪たつた山
よはにや君がひとりこゆらむ

とよみけるをききて、かぎりなくかなしと思ひて、河内へもいかずなりにけり。

まれまれかの高安に来てみれば、はじめこそ心にくくもつくりけれ、いまはうちとけて、てづから飯匙《いひがひ》とりて、笥子《けこ》のうつはものにもりけるを見て、心うがりていかずなりにけり。さりければ、かの女、大和のかたを見やりて、

君があたり見つつを居《を》らむ生駒山《いこまやま》
雲なかくしそ雨は降るとも

といひて見いだすに、からうじて「大和人来《こ》む」といへり。よろこびて待つに、たびたび過ぎぬれば、

君こむといひし夜ごとに過ぎぬれば
たのまぬものの恋ひつつぞふる

といひけれど、男、すまずなりにけり。

六十七段

むかし、男、逍遥《せうえう》しに、思ふどちかいつらねて、和泉《いづみ》の国へ二月《きさらぎ》ばかりに行《い》きけり。河内《かうち》の国、生駒《いこま》の山を見れば、曇りみ晴れみ、たちゐる雲やまず。朝《あした》より曇りて昼晴れたり。雪いと白う木の末に降りたり。それを見て、かの行く人のなかにただ一人《ひとり》よみける。

きのふ今日《けふ》雲のたちまひ隠《かく》ろふは
花のはやしを憂しとなりけり

六十八段

むかし、男、和泉《いづみ》の国へ行《い》きけり。住吉《すみよし》の郡《こほり》、住吉の里《さと》、住吉の浜をゆくに、いとおもしろければ、おりゐつつゆく。

或る人、「住吉の浜とよめ」といふ。

雁《かり》鳴きて菊の花さく秋はあれど
春のうみべに住吉の浜

とよめりければ、みな人々よまずなりにけり。

六十九段

むかし、男ありけり。その男、伊勢の国に狩の使《つかひ》に行《い》きけるに、かの伊勢の斎宮《いつきのみや》なりける人の親、「常の使よりは、この人、よくいたはれ」といひやれりければ、親のことなりければ、いとねむごろにいたはりけり。朝《あした》には狩にいだし立てやり、夕さりはかへりつつそこに来《こ》させけり。かくてねむごろにいたづきけり。二日といふ夜、男、「われて逢はむ」といふ。女もはた、いと逢はじとも思へらず。されど人目しげければえ逢はず。使実《つかひざね》とある人なれば、遠くも宿さず。女の閨《ねや》近くありければ、女、人をしづめて、子《ね》一つばかりに、男のもとに来たりけり。男はた、寝られざりければ、外《と》のかたを見出して臥《ふ》せるに、月のおぼろなるに、小さき童《わらは》を先に立てて人たてり。男、いとうれしくて、我が寝《ぬ》る所に率《ゐ》ていりて、子《ね》一つより丑《うし》三つまであるに、まだ何ごとも語らはぬに、かへりにけり。男、いとかなしくて、寝ずなりにけり。つとめて、いぶかしけれど、わが人をやるべきにしあらねば、いと心もとなくて待ちをれば、明けはなれてしばしあるに、女のもとより、言葉はなくて、

君や来《こ》し我や行きけむおもほえず
夢かうつつか寝てかさめてか

男、いといたう泣きてよめる。

かきくらす心の闇にまどひにき
夢うつつとはこよひ定めよ

とよみてやりて、狩に出でぬ。野に歩《あり》けど心はそらにて、こよひだに人しづめて、いととく逢はむと思ふに、国《くに》の守《かみ》、斎宮の守かけたる、狩の使ありときて、夜ひと夜酒飲みしければ、もはらあひごともえせで、明けば尾張《をはり》の国へたちなむとすれば、男も人知れず血の涙を流せど、え逢はず。夜やうやう明けなむとするほどに、女がたより出《いだ》す杯《さかづき》の皿に、歌を書きて出《いだ》したり。とりて見れば、

かち人の渡れどぬれぬえにしあれば

と書きて、末はなし。その杯の皿に、続松《ついまつ》の炭して歌の末を書きつく。

また逢坂《あふさか》の関は越えなむ

とて、明くれば、尾張の国へ越えにけり。

斎宮は水尾《みのを》の御時、文徳天皇の御むすめ、惟喬《これたか》の親王《みこ》の妹。

新潮日本古典集成〈新装版〉

雨《う》月《げつ》物語《ものがたり》　癇癖談《くせものがたり》

平成三十年十二月二十五日　発行

校注者　浅《あさ》野《の》三《さん》平《ぺい》

発行者　佐藤隆信

発行所　株式会社新潮社

〒一六二-八七一一　東京都新宿区矢来町七一
電話　〇三-三二六六-五四一一(編集部)
　　　〇三-三二六六-五一一一(読者係)
https://www.shinchosha.co.jp

印刷所　大日本印刷株式会社

製本所　加藤製本株式会社

装画　佐多芳郎／装幀　新潮社装幀室

組版　株式会社ＤＮＰメディア・アート

乱丁・落丁本は、ご面倒ですが小社読者係宛お送り下さい。
送料小社負担にてお取替えいたします。
価格はカバーに表示してあります。

ISBN978-4-10-620875-1　C0393

新潮日本古典集成